Antoine de la Salle

König Ludwigs galante Chronika

Verone

Antoine de la Salle

König Ludwigs galante Chronika

1st Edition | ISBN: 978-9-92500-151-4

Place of Publication: Nikosia, Cyprus

Erscheinungsjahr: 2016

TP Verone Publishing House Ltd.

Reproduktion des Originals in Großdruckschrift.

Antoine de la Salle

König Ludwigs galante Chronika

Aus den Hundert Neuen Novellen des Antoine de la
Salle ausgewählt, übertragen und eingeleitet von The-
odor Ritter von Riba

**Von König Ludwig XI. und wie diese Chronik zustan-
de kam.**

Nicht ohne lebhafte Neugier wird ein Leser Balzacs in
dessen »**Drolligen Geschichten**« [1] auf die rühmenden
Hinweise gestoßen sein, die der Meister der französischen Erzählerkunst zu Anfang des neunzehnten Jahrhunderts seinen Vorbildern widmete. Sagt er doch
selbst, dass er sich an ihnen geschult, von ihnen den
bald übersprudelnden, bald trockenen, aber desto un-
widerstehlicheren Witz abgeguckt hat. In den »Drolligen
Geschichten« ist es nicht **Boccaccio**, dem **Balzac** die
wärmsten Worte der Anerkennung zollt, – vielleicht,
weil der Autor des »**Dekameron**« – kein Franzose war,
und ein Franzose zuerst einmal zuschaut, ob er nicht unter seinen Landsleuten Gleichwertiges findet, ehe er sich
in emphatischen Worten der Bewunderung für fremde
Leistungen ergeht. (Freilich lässt sich gegen solches,
nicht ganz objektive Verhalten unserer westlichen
Nachbarn in gewisser Beziehung manches einwenden,

---

[1] H. de Balzac, Drollige Geschichten. Übertragen von Th. v. Riba. Verlag
Wilhelm Borngräber, Berlin.

1

zumal, wenn es ausartet und an überlegenen Leistungen Fremder kein gutes Haar lässt oder sie mit Schweigen und Nichtachtung straft und die Leistungen der eignen Landsleute kritiklos in den Himmel hebt. Aber könnten wir Deutsche nicht manches dabei lernen, die wir noch immer eine ausgesprochene Neigung haben, alles Ausländische zu verhimmeln, auch dann, wenn wir Gleichwertiges oder gar Besseres aufweisen können? Ich kenne heute noch manchen deutschen Fabrikanten, der seine Ware über England wandern lässt, um ihr unter englischer Flagge den wünschenswerten Absatz zu verschaffen!!)

Balzac hatte es nicht schwer, im eigenen Lande Umschau zu halten: er fand die »Hundert neuen Novellen« König Ludwigs XI. und das »**Heptameron**« der **Königin von Navarra**, [2] und wenn diese beiden Werke auch nach dem »Dekameron« [3] entstanden sind und selbiges als Vorbild hatten, so gehören sie immerhin zu den bedeutendsten der Weltliteratur, und an ihnen achtlos vorbeigehen, weil Boccaccio als erster in der Reihe seine Aufgabe so vollendet gelöst hat, wäre ebenso lächerlich, wie wenn man Schiller zum Kehricht würfe, weil ihm Shakespeare als unübertroffener Meister voranging.

Es ist ein unbestreitbares Verdienst des Verlages W. Borngräber, dass er seinem Leserkreise die ganze Reihe dieser Schöpfungen nebeneinander bietet und sich nicht

---

[2] Das Heptameron, Erzählungen der Königin von Navarra. Übertragen von Th. v. Riba. Verlag Wilhelm Borngräber, Berlin. Mit Bildern vom Marquis v. Bayros.
[3] Boccaccio, Das Dekameron. Übertragen von Christian Kraus. Illustriert von Arthur Grunenberg. Verlag von Wilhelm Borngräber, Berlin.

an den Erfolg eines einzelnen aus dem Rahmen gerissenen Werkes klammert. Schon das »Heptameron« ist von dem launenhaften Geschmack des Publikums in Deutschland (nicht so in Frankreich usw.!) etwas stiefmütterlich behandelt worden, und die Verleger haben sich zu Unrecht dieser Laune lange Zeit gebeugt. Diese »Hundert Neuen Novellen« vollends, die zeitlich zwischen »Dekameron« und »Heptameron« liegen, sind der breiteren deutschen Öffentlichkeit einfach vorenthalten worden, während sie im Westen wie im Osten unseres lieben Vaterlandes zum Bestande jeder Bibliothek gehören, die einigermaßen den Ansprüchen auf Vollständigkeit in Bezug auf Werke der Weltliteratur genügt. Diese Lücke soll nunmehr durch die vorliegende Ausgabe nach Möglichkeit ausgefüllt werden.

Ludwig XI., aus dem Hause Valois, gehört zu den eigenartigen Erscheinungen der Vergangenheit, deren Charakterbild zwischen hellsten Lichtern und schwärzesten Schatten jäh hin- und herschwankt. Ihn zeichnen hieße in gleichem Atem hehre Tugenden preisen und schändliche Bosheit geißeln. Zwei Autoren nur haben es bisher gewagt: **Walter Scott** in seinem berühmten Roman »**Quentin Durward**« und Delavigne in dem Drama, das des Königs Namen trägt. Als dritten könnte man Balzac nennen, der in seinen »Drolligen Geschichten« manch kennzeichnendes Bild von dieser problematischen Natur entworfen hat, ohne dass es ihm aber gelungen wäre, die unvereinbaren Gegensätze seines Wesens psychologisch verständlich zu machen. Immerhin deutet er die Lösung des Rätsels an, indem er ihn aus seiner Zeit heraus, inmitten seiner Zeitgenossen, schildert. Er lässt aber ein Wichtiges beiseite: das – wenn ich so sagen darf – naturnotwendige Bedürfnis jener Entwicklungsperiode Frankreichs, zu einer Einheitlichkeit zu kommen.

Es gibt Dinge, von denen man zu sagen pflegt, dass sie »in der Luft liegen«: Jede große Bewegung, jede bahnbrechende Erfindung usw. liegt um die Zeit herum, da sie gleichsam »reif« wird, in Erscheinung zu treten, solchermaßen in der Luft. Wohl gibt es vorher, oft lange zuvor, Leute, die den gleichen Gedanken wälzen, zu verwirklichen suchen und bisweilen auch zu einem ganz ansehnlichen Ergebnis kommen. Aber: Liegt der Erfolg im Rahmen des Staatslebens, so zerfließt er in Bälde, oft anscheinend unbegreiflicherweise, und nimmt ein gar kläglich Ende, um erst viel, viel später und dann unter Umständen fast mühelos von Neuem zu gelingen und fortan wirklich Bestand zu haben. Liegt er im Rahmen der Wissenschaft, dann wird er verlacht oder gar verfolgt: die Zeit ist nicht »reif« dafür, und der Genius, der über die Undankbarkeit der Mitwelt klagt, hat mit dieser Klage nur bedingt recht: – er würde es doch auch durchaus begreiflich finden, wenn ein Kind einen abstrakten Gedankenschluss nicht verstehen würde, der ja außerhalb des kindlichen Fassungsvermögens liegt. Darum blieb zum Beispiel die Entdeckung der Elektrizität im Rahmen der europäischen Kulturentwicklung gute zweihundert Jahre unbeachtet und verlacht (ich lasse die Frage, ob es eine Wiederentdeckung gewesen ist, beiseite, weil es sich dabei auf alle Fälle früher nicht um *unsere* Kultur gehandelt hat). Ein geistreicher Franzose hat einmal den Widerstand gegen diese Entdeckung in den

4

Gehirnen der Herrn Akademiker mathematisch in der Art errechnet, dass er ihn dem Widerstand eines elektrischen Leitungsdrahtes von der Länge der Strecke gleichsetzte, die ein elektrischer Funke in diesen zweihundert Jahren zurückgelegt haben würde. Freilich versetzte er damit manchem Gelehrten die beabsichtigte moralische Ohrfeige mit Recht für die Anmaßung, sich in wissenschaftlichen Fragen eine päpstliche Unfehlbarkeit beizumessen, aber der naturnotwendigen Unfähigkeit der meisten Gehirne, gewaltige Entwicklungsphasen gleichsam sprunghaft zu durchmessen, hat er doch nicht genügend Rechnung getragen.

Aber auch im Rahmen der normalen Fortentwicklung gibt es fast Schritt für Schritt Momente, wo nur eine gewisse gewalttätige Rücksichtslosigkeit den Widerstand überwinden kann, der aus dem Wirken von gesundem Konservativismus und blöder Indolenz entsteht. Es gilt, den Stein zu lockern, ehe man ihn ins Rollen bringen kann. Die lauten Schreier, die mit selbstbewusster Zufriedenheit über die derzeitigen Leistungen und Fortschritte lobsingen (ich rede nicht nur von heute, – so war es zu allen Zeiten!), sehen nur den bereits wie von selbst vorwärtstrudelnden Stein und trampeln auf den andern Felsblöcken herum, die noch des Augenblickes harren, wo wirkliche Bahnbrecher sie in Angriff nehmen.

Ein Bahnbrecher war auch Ludwig XI. – nicht vielleicht der erste, aber einer der bedeutendsten auf dem Weg zur Konsolidierung Frankreichs. Und um zu dem Ziele zu gelangen, das erst der dreizehnte Ludwig endgültig erreichte, musste er oft genug in dem rauen fünfzehnten Jahrhundert (er lebte 1423-83) alles das beiseiteschieben, was der hammelmütige Bourgeois milde und treu zu nennen liebt. Ich brauche niemandem zu sagen, dass jede Politik ein Interessenkampf ist, der genau so durchgeführt werden muss, wie ein Kaufmann seine Ware in Schwung bringt oder sein Geld fruchtbar verwertet. Wenn Herr Mayer nach dem Posten des Herrn Müller äugt, fragt er wenig danach, ob dieser verheiratet ist, ein Rudel Kinder hat, und vielleicht zu alt ist, um einen andern Posten zu finden, fragt nicht danach, ob Müller mit Familie vielleicht ins Elend gerät und durch Massenselbstmord endet, wenn er, Mayer, ihn brotlos macht, obgleich er selbst vielleicht Junggeselle ist und auch ohne den Posten leben könnte. Aber in politischen Fragen wird er zetern, und wird gewaltige Herrscher für Henker und grausame Gewaltmenschen oder gemeine Intriganten erklären – es sei denn, dass er Gelegenheit findet, sein Profitchen dabei zu holen.

Dies der Standpunkt des Bourgeois, denn es wird überall mit zweierlei Maß gemessen, und darum wird mir auch ein Bourgeois nicht glauben, dass es durchaus erklärlich ist, wenn sich Ludwig XI. nebeneinander »klug, fest, tätig, gerecht« und »grausam, misstrauisch und heuchlerisch« zeigte. Er war eben, wie die Umstände es erheischten, denen er im Kampfe um die Einigung und Festigung Frankreichs begegnete. Ränkevollen und brutalen Gegnern trat er mit gleichen Waffen entgegen, vor dem schlichten Volke, das sich seiner lenkenden Hand ziemlich willig fügte, entfaltete er seine Herrschertugenden auch in dem Sinne, den ein moderner liberaler Parteimann darunter versteht; förderte Handel und Industrie, gab der Universität Paris eine neue, vollkommene Gestalt, gründete andere Universitäten, an die er die Geistesleuchten seines Jahrhunderts, griechische Gelehrte, berief; vereinheitlichte auch den Parlamentarismus seiner Zeit durch Verschmelzung der kleineren Landesvertretungen zu den »Reichsständen«, die er berief; und hätte also kurz und gut ein »liberaler Mann« genannt werden können, wenn er nicht das Unglück gehabt hätte, trotz seiner unzweifelhaft bedeutenden Bildung – abergläubig gewesen zu sein.

Umgekehrt aber revoltierte er entgegen allen Gesetzen der Pietät gegen seinen (recht unsympathischen) Vater zu wiederholten Malen, was diesem Lebemann das Dasein derart verbitterte, dass er angeblich deshalb, achtundfünfzigjährig, viel früher von der Erde Abschied nahm, als seine Anhänger das erwartet hatten (denn ob Karls VII. Tode hat gar mancher im wahren Sinne des Wortes den Kopf verloren), und *anno domini* 1461 seinem aufsässigen Sohne den Thron überließ, auf dem er nicht gerade überaus viel geleistet hatte. Sein Volk hat ihm den Namen »Der Siegreiche« beigelegt; aber siegreich war eigentlich nur Jeanne d'Arc, die Jungfrau von Orleans, die, wie man weiß, seinen schlaffen Widerstand und seine Niederlagen gegen die Engländer wettmachte, und dafür von ihrem »edlen« König preisgegeben wurde; auch die ihm später in den Schoß fallenden Erfolge würde Karl wohl nicht genutzt haben, wenn nicht eine andere Frau, seine Mätresse Agnes Sorel, ihrem temperamentvollen Ehrgeiz alle Zügel hätte schießen lassen.

Dass Ludwig jeden Vorwand beim Schopfe ergriff, um gegen seinen Vater Ränke zu spinnen und sich aufzulehnen kann man ihm also nicht sehr verübeln, wenn man sich den Alten näher beschaut. Dass er sich mit Persönlichkeiten allerzweifelhaftester Herkunft mit Vorliebe umgab (ich erinnere an das Kleeblatt Olivier le Dain, den Barbier, »Gevatter« Tristan, den Henker, und La Balue, den Kardinal und obendrein hochbegabten Staatsmann, deren Bilder Balzac so reizvoll entwarf – alles Leute, die Ludwig aus dem Nichts emporgehoben hatte – auch das ist hinreichend verständlich; denn er, der die Macht der Vasallen brach, um sein Land zu vereinheitlichen, war von Mordplänen und Verrat umlauert, und nur Leute, die mit ihm standen und fielen, weil sie ihm alles verdankten und von einem andern nur jähen Sturz, wenn nicht schleunige Beseitigung durch Strang oder Beil erwarten mussten, nur solche boten ihm eine verhältnismäßige Sicherheit als Mensch und als König. Dass er endlich störrischen Widerstand eigensüchtiger und hochfahrender Vasallen durch grausame Exekutionen zu schrecken suchte, dass er Meineidige durch Trug und List bekämpfte, Intriganten misstrauisch bespähte und kurz vor keinem Mittel zurückschreckte, wenn er nur seinem Ziele dadurch näher kam, so wird das nach dem vorigen wohl nicht mehr so unbegreiflich erscheinen, und seinen Tugenden kann es darum keinen Abbruch tun.

Wenn ich von Tugenden rede, meine ich damit nicht, was man heute zu den Erfordernissen von Moral und Sittsamkeit rechnet. Die Menschen des fünfzehnten Jahrhunderts waren schlichter in ihrer Lebensauffassung und stellten an den Lebenswandel des irdischen Sünders weitaus weniger beschränkende Forderungen als der moderne Kulturmensch. Ich habe darüber manches im

Vorwort zum »Heptameron« gesagt, und mehr noch findet man in dem Büchlein »Eheleute und Kirchenleute« [4] zu diesem Thema. Dort wird der Leser für vieles eine Erklärung finden, was ich hier mit wenigen Bemerkungen abtun muss, zumal über den Entwicklungsgang jener Sitten, die er hier in diesen Novellen angedeutet findet und die in zwei Jahrhunderten zu dem »galanten Zeitalter« im engeren Sinne und zum Zusammenbruch der französischen Königsmacht und der um sie gruppierten Gesellschaft führten. Ehe ich darauf eingehe, sei der Entstehungsgeschichte der »Hundert Neuen Novellen« gedacht. Wir verdanken sie gewissermaßen den Verschwörungen des damaligen Kronprinzen Ludwig.

Die erste Verschwörung fällt in die Jahre 1440 – 41. Als sich dann Vater und Sohn wieder einigermaßen vertrugen, erwies Ludwig seine kriegerische Tüchtigkeit im Kampfe gegen die Engländer und Schweizer. Aber schon 1443 fing er wieder an zu intrigieren, und seine Wühlereien fanden ihren Höhepunkt im Jahre 1456, wo es zum offenen Bruch kam und der Kronprinz sich genötigt sah, beim Herzog von Burgund Aufnahme und Schutz zu suchen. Dort hat er bis zum Tode des Vaters gelebt, und zwar war es die wasserumspülte, fast uneinnehmbare Feste Genappe, unweit Brüssel, zwischen Nivelle und Gemblours auf der kleinen Insel Dyle, die ihm einen vor Überfällen hinreichend gesicherten Zufluchtsort bot.

---

[4] Horst Broichstetten, »Eheleute und Kirchenleute«, vergnügliche und ernste Kulturbilder aus vergangenen Zeiten. Verlag Wilhelm Borngräber, Berlin.

Dort konnte er sich dem Wohlleben hingeben, zu dem er einen gewissen Hang von seinem verbuhlten, lasterhaften Vater geerbt hatte. Sein reger Geist und seine Bildung hinderten ihn, darin wie in einem Sumpfe zu versinken, und zu verfaulen. Das beweist uns die Tatkraft, mit der er sich 1461 auf die Regierungsgeschäfte stürzte, das beweist uns auch die Entstehung der hundert Novellen.

Ein anderer hätte sich damit zufrieden gegeben, in dem Zufluchtsort, den Philipp der Gute seinem zukünftigen Könige voll kluger Berechnung bot, bei leckerem Mahle und würzigem Trunke inmitten liebesdurstiger, verbuhlter Frauen mit lustigen Kumpanen herzerquickende Scherze auszutauschen und den Klatsch, die Tagesereignisse durchzuhecheln. Ludwig fand es angebracht, das Bemerkenswerteste zu sammeln und solchermaßen ein französisches »Dekameron« zu schaffen, gleich wie nach ihm die Königin von Navarra diesen Plan fasste.

Während aber letztere ihren Plan nicht zu Ende führen konnte, weil ihr der Tod die Feder aus der Hand nahm, hat Ludwigs »Dekameron« mit dem des Boccaccio nur die Zahl der Erzählungen gemeinsam: Die Form, die Einkleidung in eine Rahmenerzählung und die Einleitung in zehn durch Erzählen ausgefüllte Tage fehlt, – vielleicht zum Vorteil des Werkes; denn weder Ludwig, der die Idee gab und mindestens ein Dutzend Geschichten beisteuerte, noch der Herzog von Burgund, der ebenfalls daran mitarbeitete und dem das Buch gewidmet wurde, noch endlich Antoine de la Salle, der Autor der »Fünfzehn Ehefreuden«, dem die Überarbeitung und Zusammenstellung des Buches übertragen ward, scheinen zu jenen tieferen Spekulationen veranlagt gewesen zu sein, die den der Rahmenerzählung zugehörigen Zwischengesprächen der Königin von Navarra ihren eignen Wert und Reiz verleihen.

Zugleich erleichtert die schlichte Folge von Erzählungen, die durch keinerlei Zwischenreden verbunden sind, die für eine deutsche Ausgabe unvermeidliche Auswahl: Denn allein über ein Drittel der im Original enthaltenen Geschichten lässt sich in keiner Weise verdeutschen, ohne mit den Regeln der Zensur in Konflikt zu kommen. Glücklicherweise bleibt noch genug des Wertvollen übrig, um dem Leser, der in die Sittenzustände der Zeit einen Einblick zu erhalten wünscht, alles Wesentliche zu bieten.

Ich möchte hier einmal meinen Standpunkt gegenüber den Vorschriften der zensurierenden deutschen Staatsanwaltschaft präzisieren: ich halte es für durchaus berechtigt, wenn in Übersetzungen von Werken halb künstlerischen, halb kulturhistorischen Wertes solche Teile gemildert oder ausgeschieden werden, die von einem vielleicht anfechtbaren aber immerhin auch zu verteidigenden Standpunkt aus für anstößig gelten können, dafern die Kürzungen nicht das Künstlerische des Werks zerstören oder die kulturhistorischen Werte wesentlich beeinträchtigen. Dem Forscher bleibt es ja, zumal bei so allgemein bekannten Sprachen wie dem Französischen, unbenommen, das Original durchzuarbeiten, und er wird sich auch in das Altertümliche der Sprache bald einlesen, wenn es ihm nicht geläufig ist. Aber solche Werke dem weiteren Leserkreise deshalb einfach vorzuenthalten, weil es nicht für die kleinen Kinder geschrieben ist, muss entschieden verurteilt werden, weil die Kenntnis vergangener Kulturzustände zur allgemeinen Bildung gehört, weil das Interesse dafür in Laienkreisen viel zu rege ist und weil auch der federgewandteste Kulturhistoriker nicht die Anschaulichkeit ersetzen kann, die in der Schilderung der entsprechenden alten Werke liegt.

Nehmen wir z. B. die Geschichte: »Die Kehrseite der Medaille«. Gewiss mag diesem oder jenem die Pointe gewagt erscheinen, und es wird Moralisten geben, die Zetermordio darüber schreien dürften. Aber vielleicht keine der sämtlichen hundert Novellen dieses Buches, keine der Novellen Boccaccios oder des »Heptamerons« führen so bis ins Innerste der damaligen Lebensgewohnheiten hinein. Überhaupt sind die »neuen Novellen« durch ihre Detailschilderungen des intimen Lebens, durch ein Schmuckwerk, das bisweilen vielleicht einer gewissen Unbehilflichkeit entstammte, aber heute nicht mehr so wirkt, weil es uns so überragend interessante Einblicke gestattet, von einem so hohen kulturhistorischen Werte, dass Boccaccios »Dekameron« daneben geradezu in den Hintergrund gedrängt wird, trotzdem seine künstlerischen Qualitäten wohl bedeutender sind.

Dagegen gibt es unter Ludwigs Novellen eine ganze Reihe, deren Witz sich in keiner Weise mit dem verträgt, was man mit behördlicher Erlaubnis der Öffentlichkeit unterbreiten kann, und die dabei auch in ihren Sittenschilderungen nichts Wertvolles enthalten. Die meisten von ihnen sind offenbar den Werken von Poggio Braciollini entnommen, wohl, weil es den Erzählern bisweilen an neuem Stoff fehlte. Und diese auszuscheiden, trug ich nicht das geringste Bedenken. An ihnen hat meines Erachtens das vorliegende Werk nichts zu verlieren, umso weniger, als, wie gesagt, diese Stoffe meist nicht den »Tagesereignissen« und persönlichen Erlebnissen der Erzähler, sondern fremden Quellen entnommen sind.

Umgekehrt mögen Balzacs »Drollige Geschichten« von Anfang bis zu Ende von einem Geiste erfüllt sein, der prüden Gemütern höchst verwerflich erscheint: Aber jede Geschichte ist ein Kunstwerk aus einem Guss, dem man kaum einige Längen beschneiden kann, die aber mit ihren moralisch anfechtbaren Teilen steht und fällt. Und da dies Werk einerseits die Schilderung der dargestellten Zeit mit einer unübertrefflichen Anschaulichkeit, Lebenswahrheit und Kunst durchführt, andererseits von tiefer Beobachtung und psychologischer Weisheit erfüllt ist, und drittens den Rang eines Meisterwerks von internationaler Bedeutung mit Recht einnimmt, so ist der Kampf um die Zulassung einer deutschen Übersetzung tief bedauerlich, solange man dabei moralische Qualitäten des Originales anfeindet. Ein anderes wäre es, wenn man die künstlerischen Qualitäten der Übersetzung infrage zöge und zum Grundsatze erhöbe: Ein Werk wie Balzacs »Drollige Geschichten« darf der Öffentlichkeit in deutscher Übersetzung nur dann dargeboten werden, wenn diese Übersetzung wahrhaft künstlerische Werte aufweist.

In den »Hundert Neuen Novellen« treffen zwei Momente zusammen, die das Werk wenigstens auszugsweise einer deutschen Ausgabe würdig, ja, eine solche zur literarischen Pflicht machen: die eigenartige Erzählertechnik, die zwischen Natur und Kunst steht und eine hochbedeutsame Entwicklungsphase der Sprachbehandlung bedeutet; und die bereits erwähnten kulturgeschichtlichen Schilderungen, die in der gesamten Literatur jener Zeit kaum ihresgleichen haben. Es war die Pflicht des Übersetzers, ersterem Momente weitestgehend Rechnung zu tragen, und ich tat dies, aus der Gewohnheit heraus, jede derartige Aufgabe in immer wieder besonderer Weise anzupacken, in ganz anderer Art, als ich etwa das »Heptameron« oder Balzac wiedergab: hier war es mir das Wichtigste, den trockenen Witz herauszuarbeiten, der dem ganzen Werke die Würze gibt, bald in ebenso schwerfälligen Satzgefügen (wenn z. B. das Original von einer »weit über den Durchschnitt gehenden« Freude spricht, die jemand erlebt), bald in moderneren, schlankeren Wendungen, wenn ich fürchten musste, dass der heutige Leser den Scherz, das Groteske in der Originalfassung nicht so genießen würde, wie der Leser bzw. Zuhörer die Wendung damals genossen haben dürfte. Wie es denn überhaupt von dem Übersetzer einen ungewöhnlichen Takt verlangt, gerade solchen Werken gegenüber einen adäquaten Stil zu finden, der von Fall zu Fall wechseln muss, sich weder sklavisch an den Text klammern darf, wie manche Besserwisser es verlangen und viele Übersetzungsfabrikanten es leider tun (man denke z. B. an den scheußlichen Gallizismus: »es war ein schöner Tag, als ich ...«, eine Sprachmisshandlung, deren Analogon im Französischen eine Übersetzung in Frankreich geradezu unverkäuflich machen würde!!), noch andrerseits gute Gelegenheiten verpassen soll, um eine eigenartige Wendung, ein originelles greifbares Bild der Muttersprache zu gewinnen und zuzuführen. Aber, vorläufig wenigstens, sind ja derartige Betrachtungen leider in den Wind gesprochen, und die Zeitungen sorgen in allererster Reihe dafür, das ärgste Undeutsch unter den Leuten heimisch zu machen. Wenden wir uns den Stoffen zu, die in den Novellen behandelt werden. Ein Teil, und wie gesagt zumeist das, was hier ausgeschieden wurde, ist früheren Autoren entlehnt; am häufigsten dem Italiener **Poggio Braciollini**, über den der Leser alles Wissenswerte nebst fast einem halben Hundert seiner Facetien in dem genannten Büchlein »**Eheleute und Kirchenleute**« findet. Als Quellen dienten ferner in einigen wenigen Erzählungen Boccaccios »Dekameron« und die berühmten, dem deutschen Leserkreise ebenfalls so gut wie unbekannten »Fabliaux«. Einige sechzig Berichte sind völlig neu, einige wenige wurden dann hieraus von der Königin von Navarra für das »Heptameron« entlehnt – von den vielen zu schweigen, die mit ›saftigem‹ Aufputz in die galante Abbé-Literatur aufgenommen wurden; dass es nicht die wertvollsten, sondern die pikantesten waren, wird mir der Leser ohne Beweis glauben.

Die in dieser Auswahl gebotenen Stücke befassen sich zumeist mit erlebten oder vielbesprochenen wahren Vorfällen. Sie wurden mit nicht mehr oder weniger Fantasie des ›Berichterstatters‹ ausgeschmückt, als heute ein Ereignis von lokalem oder allgemeinem Interesse von einem Zeitungsberichterstatter zurechtstaffiert und schmackhaft gemacht wird. Darum ist die Ableitung der Literaturgelehrten grundfalsch, die das Wort Novelle (*Novella* ital., *Nouvelle* franz.) daraus erläutern, dass ein Geschehnis als wunderbar, als »neu(artig)« dargestellt

werden soll. Nein, das Geschilderte war eine »Neuigkeit«, so wie die Neuigkeiten, mit denen uns heute die
Zeitungen füttern, und, wie oben gesagt, gleich dieser
entsprechend der Neugier oder Teilnahme, die sie ver-
mutlich beim Leser erregen, erzählerisch ausgestaltet.
Wie ich an anderem Orte in ähnlichem Zusammenhang
ausgeführt habe, liegt die Kunst des Definierens entsetzlich im Argen und die Mehrzahl der literarischen Defini-
tionen sind geradezu lächerlich: Das Märchen z.B. soll
angeblich das Wunderbare als natürlich darstellen wollen im Gegensatz zum Roman und der Novelle, die das
Natürliche als wunderbar schildert! Möge doch einer
der Herren einmal ein paar Märchen, z.B. aus »Tausend
und eine Nacht«, lesen (oder aus irgendeinem andern
Märchenbuch) und dann sich äußern, ob der Märchen-
erzähler nicht alles tut, um auch die natürlichsten Vorgänge als wunderbar zu interpretieren (den Sturm als
Zauberei usw.) und eben in all und jedem die Handlung
möglichst gruselig, unwahrscheinlich, kurz, wunderbar
wirken zu lassen. Es wird sich doch am Ende die Notwendigkeit herausstellen, alle diese misslungenen,
stümperhaften Definitionsversuche von Grund auf zu
korrigieren und das »an den Haaren herbeigezogene«
Unbrauchbare durch sachliche, kunstgerechte Erläute-
rungen zu ersetzen. Die »Hundert Neuen Novellen« bieten in den weitaus meisten Fällen das, was ihr Name behauptet: Tagesneuigkeiten. Dass die »Neuigkeiten« öfters etwas »altbacken« sind, wird hinreichend begreiflich, wenn man den damaligen primitiven Nachrichten-
dienst »von Mund zu Mund« und die relative Enge des
Gesichtskreises in Betracht zieht. Fehlte es einem der Er-

zähler an Stoff, dann holte er andere Anekdoten hervor (wie die Urteile des englischen Feldmarschalls Talbot, die interessant sind durch die naive Unbeholfenheit des Berichtes und dadurch, dass in ihnen des für Frankreich so unheilvollen Krieges gegen England gedacht wird, der sonst in kaum einer der anderen Novellen so deutlich im Hintergrunde wetterleuchtet), oder er entlehnte bei bewährten Vorgängern.

Eine nicht geringe Kunst spöttischer Charakteristik spricht aus Erzählungen, wie jene Geschichte von der geheilten Äbtissin, die ich nicht in diese Sammlung aufgenommen hätte, wenn sie nicht mehr wäre als ein schlürfrig gemeinter Witz: Sie gehört vielmehr zu den wohl *gut* erfundenen Anekdoten, die den Zweck haben, einen Übelstand zu kennzeichnen, der sich ausdrucksvoller gar nicht ironisieren ließ. Von diesem Gesichtspunkt aus betrachtet ist gerade die Geschichte von der geheilten Äbtissin eine Meisterleistung, die weder in diesem Werk noch in den Werken Boccaccios oder der Königin von Navarra ihresgleichen findet.

Beinahe alle Geschichten verschweigen nicht nur die Namen der handelnden Personen, sondern bemühen sich auch noch durch Änderungen der Szenerie usw., etwaige Schnüffler irrezuführen – nicht immer mit vollem Erfolge: Denn es gehört nicht so entsetzlich viel Scharfsinn dazu, um herauszulesen, dass der Held in der »Kehrseite der Medaille« sich einen Luxus erlaubt, der bei einem wenn auch recht wohlhabenden Bürgersmanne etwas unwahrscheinlich wirkt. Und es gab Indiskrete, die den Schleier lüfteten. So wissen wir und können es auch bei Balzac nachlesen, dass jener kecke Eindringling in anderer Leute Eheglück niemand anderes war als der ob seiner Ausschweifungen berüchtigte Wüstling Gaston von Orleans.

Noch manch anderes Inkognito ist in gleicher Weise gelüftet worden; aber so wenig wie beim »Heptameron« kann ich annehmen, dass der Leser etwas damit gewinnt, wenn er statt der Bezeichnung Edelmann einen Namen kennenlernt, den er ebenso schnell wieder vergisst und der ihm ohne eine Reihe von beizufügender, orientierender Daten usw. auch nichts sagen würde. Das aber würde eine ganz andere Behandlungsweise des Stoffes nötig machen und wieder eher zu einem Memoirenwerk passen, wobei sich dann, so wie etwa bei der Federnschen Ausgabe von den Memoiren des Grafen von Gramont, der Umfang des Werkes verdoppeln würde.

Dass ich die Sammlung unter dem Namen »König Ludwigs galante Chronika« herausgebe, wird dem Beurteiler nach den vorangegangenen Ausführungen verständlich genug erscheinen. Der Titel, der sich durch das Ausscheiden ungeeigneter Teile von der Bezeichnung »hundert« sowieso trennen musste und durch den Ausdruck »Neue Novellen« nicht die geringste Orientierung geboten hätte, hebt einerseits das hervor, was das Werk heute für uns geworden ist: eine Chronik – so etwa, wie in den alten Berichten oft zu lesen steht: Der König fand diesen Vorfall so merkwürdig, dass er ihn durch seine Chronisten mit goldenen Lettern in die Geschichtswerke eintragen ließ. Und der Zusatz »galant« ist eine Anpassung an eine damalige, allerdings etwas spätere Sitte, welche dadurch zu verstehen gab, dass ein gut Teil dieser bemerkenswerten Vorfälle mit Liebesabenteuern zusammenhängen. Den schlüpfrigen Nebensinn, den das Wort im 17. und 18. Jahrhundert bekam, brauchte ich dabei nicht mit infrage zu ziehen, da es ein älteres Werk ist und der Leser, sei es durch einen Hinblick auf den eigentlichen Wortsinn, sei es durch diesen Hinweis, eine Missdeutung vermeiden wird.

Beschließen wir denn diese einführenden Worte durch einen letzten Blick auf den Mann, dessen Name für immer mit dem Werke verknüpft bleibt: So wie die »Hundert Novellen« ist auch das eigentliche Lebenswerk Ludwigs XI. von einem dauernden Erfolge gekrönt worden. Frankreich ging geeint und nach außen wie nach innen gekräftigt in die Hände seines Sohnes und Nachfolgers über, den ihm seine zweite Gemahlin, Charlotte von Savoyen, nebst zwei anderen Söhnen geschenkt hatte. Aber der harte Kampf um sein Ziel, die unvermeidlichen Grausamkeiten hatten sein Gemüt verdüstert, und es legt uns doch wohl wiederum den Gedanken nahe, dass Ludwig eigentlich ein relativ weichherziger Mensch war, wenn wir hören, dass seine letzten Lebensjahre durch schreckhafte Wahnvorstellungen verängstet wurden und der kühne Mann unter qualvollen Seelenleiden im Jahre 1483 einsam auf dem festen Schlosse Plessis-les-Tours verstarb. Lässt uns das nur an Shakespeares »König Richard III.« denken oder weckt es nicht auch die Erinnerungen an J.J.Rousseau, von dem wir wissen, dass auch er die Qualen des Verfolgungswahnes bis zur Neige durchgekostet hat? Wissenschaft und Erfahrung lehren uns, dass diese Kranken vordem zartsinniger, fast überempfindlicher Gemütsart sind, und deshalb den harten Erfordernissen des Lebens am Ende erliegen, vielleicht dient denn auch dieser Hinweis ein wenig dazu, von dem gern verleumdeten König zur Literatur eine Brücke des Verständnisses zu schlagen.

St. Petersburg, Sommer 1914.

Th. von Riba.

Warum muten uns die vorstehenden Ausführungen Th. von Ribas so fremd und doch zugleich so vertraut an? Warum bleibt unser Blick so verwundert an der Orts- und Zeitangabe »St. Petersburg, im Sommer 1914« haften, da wir doch in gleichem Gewande, in der gleichen Sammlung eine ganze Reihe ähnlicher bedeutsamer Werke der Weltliteratur antreffen? Kaum drei Jahre sind seitdem verflossen, und doch scheint eine Ewigkeit zwischen unserm Heut und diesem Gestern zu liegen, eine Ewigkeit, die jene Betrachtungen des beliebten und geschätzten Herausgebers und Übersetzers zu einem *zeitgeschichtlichen Dokument* machen.

Als er die vorliegenden Einleitungsworte schrieb, ballten sich am Himmel Europas bereits die Gewitterwolken, die sich fast unmittelbar danach zu entladen begannen und den Geschicken der Welt ein ganz neues, für immer verändertes Aussehen verliehen. Konnte unser Autor ahnen, dass manchem seiner, auch hier geäußerten Hoffnungen fast unmittelbare Erfüllung werden sollte? Konnte er erwarten, dass ein Weltenungewitter so vieles, was für ihn und »seine Zeit« von wahrhaft aufdringlicher Wichtigkeit war, in rücksichtslosem, unwiderstehlichem Dahinfegen fortspülen würde? Der Kampf um Balzacs »Drollige Geschichten« versank inmitten wahrlich bedeutsamerer Ereignisse in den Staub der Vergessenheit und blieb darin mit gutem Recht begraben. Deutsche Waren brauchen nicht mehr den Weg über Frankreich oder England zu nehmen, um hier bei uns Gefallen und Absatz zu finden. Und Deutschland ist bestimmt ein wenig mehr, als sich das vor drei Jahren erhoffen ließ, auf dem Wege, das Eigne hoch genug und richtig einzuschätzen, ohne dabei für fremde Werte das nötige Augenmaß zu verlieren.

Ob Th. von Riba dieses Geistes noch einen Hauch verspürt hat? Was wir von seinem Schicksale berichten können, kann der Leser in unserem Vorwort zu den **»Briefen der Ninon de Lenclos«** finden. Eine rechtzeitige, damals freilich arglose und des künftigen Geschickes nicht gewärtige Reise nach deutschen Landen hat uns eine reiche Lese seiner fleißigen Tätigkeit gleichsam vor Toresschluss in den Schoß geworfen, und während Th. von Riba als ein Opfer des Weltgeschehens hinweggefegt entschwand, können noch immer neue Arbeiten von ihm vor die Öffentlichkeit hintreten und für ihren geistigen Vater zeugen. So ist außer den erwähnten Ninon-Briefen, an denen er so regen Anteil hatte, inzwischen Prévosts, des Abbés, **»Manon Lescaut«** [5] herausgekommen, und so findet nun »König Ludwigs galante Chronika« in schönem Gewande, mit Arthur Grunenbergs eigenartigen, eindrucksvollen Zeichnungen, den

---

[5] Mit Bildern von Arthur Grunenberg, erschienen bei W. Borngräber, Berlin.

Weg in die Welt hinaus, während noch manch anderes Werk der letzten Durchsicht und hie und da kleiner Ergänzungen harrt, um ebenfalls dem immer wachsenden treuen Leserkreise zugänglich zu werden.

Aber nicht dem Gedanken allein an einen, der schon vor dem Kriege mutig für sein Deutschtum rang und eintrat, soll dieser Rückblick gelten. Er soll auffordern, einen Augenblick stillzuhalten, um zu ermessen, was uns von den nahen und doch schon so fernen Zeiten trennt, damit wir für die Zukunft eine Lehre daraus ziehen. Was sehen wir denn?

Streitfragen bildeten damals einen wichtigen Mittelpunkt der Interessen und reiche Nahrung für das beherrschende Wirken der Zeitungen, der sogenannten Öffentlichkeit, – Streitfragen, die uns heute winzig, wo nicht lächerlich erscheinen. Gab es damals, fragen wir uns, wirklich nichts Wichtigeres als philologische und Kunstzankereien, Moralstreitigkeiten, die nur mit den winzigen Ausschlägen einer überempfindlichen Goldwaage zu entscheiden waren, kleine, persönliche Interessen, machtvolle Erlasse und Ergüsse von Beamten und Autoren, die wohl ihre Bedeutsamkeit merklich machen wollten, und was dergleichen »welterschütternder« Vorgänge noch mehr waren?

Gar mancher denkt zwar: »Das war vor dem Kriege! Heut gibt es wichtigere Dinge.« Gewiss, aber wie lange gilt das »Heut?!« Steht nicht das »Morgen« vor der Tür? Und soll morgen dieser ganze Unflat widerlicher Kleinlichkeit gleich dem unhemmbaren Strome aus einem geplatzten Abfußrohre von Neuem über uns hereinbrechen? Ist gar dies Schrumpfen des Maßstabes für wirkliche Werte und Interessen, dies Überwuchern unkrautlicher Kleinlichkeit und die völlige Missachtung und Verkennung des wahrhaft Bedeutungsvollen das untrennbare Kennzeichen, das »Krankheitssymptom« eines Siechzustandes, den wir mit feigherzig-wonnevollem, schmalzig-zuckersüßem Augenaufschlage und verzückt-girrendem Schmeichelton »Frieden« nennen?

Wäre es das, – wahrlich, die »Kulturmenschheit« verdiente diesen Frieden nicht, und ein kulturvernichtender, ewiger Krieg wäre das einzige Rettungsmittel gegenüber solchem verzuckerten Elend. Darum: »Einkehr – nicht für heute, sondern erst recht für morgen, für den Lenz- und Sommerbauch des Weltfriedens, mag er lang oder kurz währen, damit er nicht von Neuem zum Gifthauch werde. Und darum schien uns dies kurze Stillhalten und Zurückblicken bedeutsam. Denn Th. von Ribas Worte sind für uns wahrlich ein kulturgeschichtliches Dokument geworden, wie ihm »König Ludwigs galante Chronika« eins war.

Im Herbst 1917.

Horst Broichstetten.

Das Schneekindelein.

War da einst ein Kaufmann zu London in Engelland, ein guter Kerl und reicher Mann, den sein kühnes Herz und sein kecker Mut zu Taten drängten. Immer beseelte ihn der glühende Wunsch, fremde Länder zu sehen und Erfahrungen zu sammeln, wie die Welt sie tagtäglich denen bietet, die da lernen wollen; und so ließ er eines Tages sein schönes, liebevolles Weib, seine Kinder, Verwandten, Freunde und was sonst seinem Hause nahe stand, seinen Reichtum und seine Bequemlichkeiten, und kehrte seinem Heimatlande den Rücken. Wohl versehen mit barem Gelde und vielen Handelswaren, wie Engelland sie andern Ländern liefern kann, als da sind: Zinn, Reis und eine Menge anderer Dinge, die ich hier nicht im Einzelnen aufzählen mag, segelte er davon und blieb gleich das erste Mal fünf Jahre unterwegs. Derweilen lebte sein Weib in Züchten und Ehren und setzte den Handel ihres Mannes mit gleichem Erfolge fort, wie dieser ihm bis dahin obgelegen hatte. Und als selbiger nach vermeldeten fünf Jahren heimkam, da war er natürlich ihres Lobes voll und liebte sie noch mehr denn zuvor. Aber obgleich er doch nun schon so viele fremdartige und wundersame Dinge erschaut und einen gewaltigen Haufen Geldes eingeheimst hatte, mochte sein ruheloses Herz sich nicht zufriedengeben, und schon im fünften oder sechsten Monat nach seiner Heimkehr stach er von Neuem in See. Abenteuerlustig besuchte er nicht nur alle Länder der Christenheit – auch die Länder der Sarazenen lernte er eingehend kennen, und so vergingen mehr denn zehn Jahre, ehe sein Weib ihn wiedersah.

Dem hatte er reichlich oft und fleißig geschrieben, damit sie immer Lebenszeichen von ihm hätte und nie im Zweifel wäre, ob er etwa gar derweil dem Erdendasein Lebewohl gesagt habe. Nun war besagte Frau ein junges, lebensfrohes Ding, gesund und mit allen Dingen gar wohl versehen, damit der liebe Gott eines Weibleins Dasein zu dessen Glücke auszustatten weiß. Einzig ihr Ehegemahl fehlte ihr, und als der immer und immer weiter von ihr ferne blieb, da kam es, dass er am Ende einen Stellvertreter fand, der sie kurzerhand mit einem gar wohlgeratenen Söhnlein beschenkte. Dies Kindelein ward mit den andern Geschwistern aufgezogen und wohl gepflegt, und als der Kaufmann endlich heimkam, da war es bereits sieben Jahr alt.

Die Rückkehr ward von dem Ehepaar wie ein großes Freudenfest gefeiert: lustig plauderten sie und erzählten sich mit Scherzen und Lachen ihre Erlebnisse, bis der Mann sich nach seinen Kindern erkundigte und die wackere Hausfrau selbige herbeiholte – auch den Jüngsten, der zwar des Kaufmannes Namen trug, im Übrigen aber just dessen Abwesenheit sein Leben verdankte.

Der glückstrahlende Vater labte alsbald sein Auge an dem Anblick dieser prächtigen Kinderschar; aber er erinnerte sich noch recht wohl, wie viele es bei seiner Abfahrt gewesen waren, und als er nun eines mehr vorfand, da war sein Staunen groß und er riss sämtliche Augen auf. Endlich fragte er sein Weib, was das für ein hübscher Bengel sei, der da als Jüngster bei den andern Kindern stände. »Wer das ist?«, meinte sie. »Ei, liebster Herr, das ist doch natürlich unser Sohn. Was sollte er denn sonst sein?!«

»Ich weiß nicht,« verwunderte sich der Herr Papa. »Aber da ich ihn bisher noch nicht gesehen hatte, so ist doch meine Frage nicht so merkwürdig.«

»Das ist sie auch nicht, weiß Gott«, sagte die Frau. »Also das ist mein Sohn.«

»Aber sage mir nur, wie ist das möglich?«, erkundigte sich der Ehemann. »Als ich abreiste, warst du doch nicht in anderen Umständen.«

»Ganz recht – das war ich nicht. Und dennoch lüge ich nicht, wenn ich sage: dass es euer Kind ist und ich niemandem angehört habe, denn euch allein.«

»Dem will ich auch gar nicht widersprechen. Immerhin erinnere dich, dass ich zehn Jahre lang weg war; das Kind ist offenbar nur sieben Jahre alt. Wie kann es da meines sein?«

»Ich weiß selbst nicht recht, aber das beschwöre ich Euch: alles was ich Euch sage, ist die lautere Wahrheit. Ich weiß auch nicht, dass ich etwa länger damit schwanger gewesen wäre; aber wenn Ihr mich nicht vor Eurer Abreise damit beschenkt habt, dann kann ich mir gar nicht denken, wie ich dazu gekommen sein sollte. Höchstens könnte es dann davon stammen, dass ich lange Zeit nach Eurer Abreise eines Morgens in unserm großen Garten lustwandelte. Da überkam mich plötzlich der Wunsch, ein Blatt von dem Ampfer zu essen, der damals noch ganz mit Schnee bedeckt war. Ich suchte mir also ein schönes, breites Blatt aus und wollte es schlucken; aber es war nur ein wenig weißer, fester Schnee. Und kaum hatte ich den im Magen, da verspürte ich, was ich immer verspürte, wenn ich mit einem Kindlein schwanger ging; und als die Zeit gekommen war, brachte ich diesen wunderschönen Knaben zur Welt!«

Nunmehr ging dem Kaufmann ein Licht darüber auf, dass er hineingelegt war; aber er ließ sich nichts merken. Vielmehr beschwichtigte er sein Weib, als ob er an den riesengroßen Bären glaubte, den sie ihm da aufzubinden suchte, und versicherte ihr mit dem seligsten Lächeln der Welt:

»Liebster Schatz, was du mir da erzählst, ist durchaus möglich, und dürfte auch anderen als dir begegnet sein. Gott sei gelobt für das, womit er uns beschenkt hat. Hat er uns durch ein Wunder mit einem Kindlein beglückt oder durch geheimnisvolle Fügung, die wir nimmer ergründen können, so hat er auch nicht vergessen, uns die Mittel zu spenden, damit wir es aufziehen.«

Als die wackere Frau inneward, dass ihr Teuerster mit größter Bereitwilligkeit glaubte, was sie ihm vorerzählt hatte, da ward sie von einer Freude erfüllt, die den Durchschnitt irdischer Fröhlichkeit bei Weitem übertraf. Der Herr Papa aber blieb nun voll Weisheit und Vorbedacht ganze zehn Jahre daheim, machte keine weiten Reisen mehr und ließ weder durch Worte noch durch sein Verhalten etwas davon merken, dass er die Sache durchschaut hatte. War er aber in diesem Punkt die Geduld selbst, so hatte er deshalb das Reisen noch keineswegs satt. Und darum erklärte er seinem Weibe eines Tages mit dem traurigsten Gesicht der Welt, dass er noch eine Reise unternehmen wolle.

»Rege dich darüber nicht auf,« tröstete er sie. »Wenn es Gott und meinem Schutzpatron, dem heiligen Georg, gefällt, dann werde ich in Bälde zurückkehren. Und da unser Sohn, mit dem du mich in meiner Abwesenheit beschenkt hast, nun schon erwachsen ist und recht gewandt, einen offenen Kopf hat und recht gelehrig scheint, so will ich ihn mitnehmen, wenn's dir recht ist.«

»Weiß Gott, das wäre schön!«, rief sie. »Bitte, nehmt ihn mit.«

»Also gut,« entgegnete er.

Und so reiste er wieder ab und nahm den Jüngling mit, der sein Sohn war, obgleich er auf die Vaterschaft doch gar keinen Anspruch hatte. Aber er hatte für diesen eine schöne Überraschung erdacht. So kamen sie bei gutem Winde bald nach Alexandria, wo der Kaufmann im Hafen anlegte und in kurzer Zeit fast alle seine Waren absetzte. Und da er nicht auf den Kopf gefallen war und deshalb nicht die geringste Absicht hatte, ein Kind auf dem Halse zu behalten, das sein Weib sich von einem andern hatte schenken lassen und das doch nicht mit den andern Geschwistern nach des Vaters Tode zu gleichen Teilen erben sollte, so verkaufte er den Jüngling für eine hübsche runde Summe als Sklaven – da der Bengel nämlich jung und kräftig war, so bekam der Alte seine hundert Dukaten dafür.

Nachdem er so alles gut und glatt erledigt hatte, fuhr er wieder heim und kam Gott sei Dank gesund und wohlbehalten nach Engelland zurück. Als seine bessere Hälfte ihn so blühend und wohl wiederkehren sah, da hatte sie eine Freude, die sich schwer beschreiben lässt. Aber als sie dann ihren Sohn nicht erblickte, da wusste sie doch nicht so recht, was sie davon denken sollte. Am Ende konnte sie nicht mehr an sich halten und fragte ihn, was er mit ihrem Sohn gemacht habe.

»Ach mein Schatz«, sagte der Ehemann, »leider kann ich es dir ja doch nicht verheimlichen: Die Reise ist ihm nicht über die Maßen gut bekommen!«

»Weh mir! Wieso?« klagte die Frau. »Ist er ertrunken?«
»Nein, das ist er nicht«, meinte er. »Vielmehr fügte es sich, dass uns des Meeres Wogen zu einem Lande verschlugen, allwo es so heiß war, dass wir alle unter der

Sonne Strahlenglut zu sterben vermeinten. Wie wir nun eines Tages ans Land gingen, um uns zum Schutze vor der Sonne in die Erde einzugraben, da geschah es, dass unser Sohn, der doch aus Schnee entstanden war, wie du dich noch erinnern wirst, vor unsern Augen auf dem Sande durch der Sonne Gewalt plötzlich dahinschmolz und sich in Wasser auflöste. Das ging eins, zwei, drei – und schon war nichts mehr von ihm zu sehen. So plötzlich, wie er zur Welt gekommen war, so plötzlich war er auch wieder von hinnen geschieden. Du kannst dir denken, wie mir die Sache naheging; und soviel Wundersames ich auch in meinem Leben erlebt habe – niemals war ich so überrascht, wie bei diesem Geschehnis.«

»Wenn es denn Gott gefallen hat, ihn uns zu nehmen, so wie er ihn uns gegeben hatte, so wollen wir ihn deshalb nicht minder loben und preisen!«, sagte die Frau. Ihr war freilich klar, dass die Sache in Wirklichkeit wesentlich anders verlaufen sein dürfte; aber sie hielt den Mund darüber und kam nie wieder darauf zurück, sintemalen er ihr doch nur zurückbezahlt hatte, was sie ihm einst einzubrocken beliebte, ohne dass er ihr ansonsten je das Geringste nachtrug.

Der Säufling im Paradiese.

Zu Haag in Holland wandelte einst der Augustiner-Prior so um die Abendstunde betend des Wegs; so kam er in die Nähe der Sankt-Antons-Kapelle, die unweit der Stadt im Gehölz liegt, und dort kam ihm plötzlich ein riesiger, schwerfälliger Holländer entgegen, der zu Stevelingen, einem Städtchen zwei Meilen von Haag, wohnte, und geradezu unglaublich betrunken war.

Schon wie ihn der Prior von weiten heranschwanken sah, merkte er an seiner unsicheren, schleppenden Gangart, wie's um ihn bestellt war; als sie nun aber voreinander standen, da begrüßte ihn der Säufling in feierlicher Demut, und der Prior grüßte schleunigst zurück und ging eilig an ihm vorbei, ohne weiter ein Wort an ihn zu richten oder ihn wegen seines Zustandes zur Rede zu stellen. Vielmehr setzte er sogleich seine Gebete wieder fort.

Der Säufling aber, der so sternhagelbetrunken war, wie nur irgendein Mensch sein konnte, machte kehrt, stolperte hinter dem Prior her und verlangte, der solle ihm die Beichte abnehmen.

»Die Beichte?«, meint der Prior. »Geh' nur, geh nur, du hast genügend gebeichtet.«

»Ach wehe, Herr«, lallte der Säufling, »um Gottes willen nehmt mir die Beichte ab: Just eben erinnere ich mich all' meiner Sünden und bin voll schrecklicher Zerknirschung!«

Dem Prior behagte es gar nicht, dass ihn der Betrunkene solchermaßen festhielt, und er erwiderte:

»Geh' deiner Wege, du hast eine Beichte jetzt nicht nötig, denn du bist offenbar in einem durchaus seligen Zustand.«

»Schockschwernot,« polterte der andere, »da soll doch das Wetter dreinschlagen, Meister Pfarrer, wenn Ihr mir die Beichte nicht abnehmt! Denn ich bin mächtig demütig gestimmt.«

Und dabei packte er ihn beim Ärmel und suchte ihn festzuhalten. Der Pfarrer wollte sich auf nichts einlassen und stellte alles nur erdenkliche an, um dem Kerl zu entwischen. Aber da half nichts: Der hatte sich in den Kopf gesetzt zu beichten, und wie entschieden der Pfarrer es ihm auch verweigerte, was er auch versuchte, um ihn loszuweisen, der Säufling gab nicht nach. Vielmehr wurde seine Gewissensangst nur immer größer, und als er inneward, dass der Pfarrer ihn um keinen Preis anhören wollte, da griff er nach seinem Fangmesser, zog es aus der Scheide und erklärte dem Pfarrer, wenn er ihm jetzt nicht die Beichte abnehme, würde er ihn totstechen.

Dem Pfarrer wurde beim Anblick des Messers und der riesenstarken Hand, die es schwang, einigermaßen bänglich zumute, und da er nicht aus noch ein wusste, so fragte er ihn:

»Also was willst du mir sagen?«

»Ich will Euch beichten.«

»Meinetwegen denn! Komm also her!«

Unser Säufling, der so betrunken war, wie eine Drossel, die am Weinstock genascht hat, begann also, mit Verlaub, seine gar demütige Beichte, deren Inhalt ich übergehen muss, sintemalen der Pfarrer sie später niemandem mitteilte. Aber man darf wohl mit Recht annehmen, dass sie einigermaßen eigenartig und mit mancherlei ungewöhnlichen Neuheiten ausgeschmückt war.

Als dem Pfarrer die Sache genügend schien, schnitt er den überreichen Wortschwall, der sich in schwerfälligen, unzusammenhängenden Phrasen über ihn ergoss, kurzerhand ab und erteilte ihm Absolution. Und dann sagte er, um ihn loszuwerden:

»Geh' jetzt heim, denn nun hast du alles sehr schön gebeichtet.«

»Ist das auch wirklich wahr?«, erkundigte sich der andere.

»Ja, ja, es ist wahr – du hast sehr gut und brav gebeichtet. Jetzt kannst du ganz beruhigt heimgehen, denn dir kann nichts Schlimmes widerfahren.«

»Wenn ich nun also wirklich so gut gebeichtet habe und Ihr mir Absolution gegeben habt – sagt mir, käme ich denn da ins Paradies, wenn ich jetzt stürbe?«

»Natürlich, geradeswegs, geradeswegs, da kannst du ganz ruhig sein,« beschwichtigte ihn der Pfarrer.

»Ja, wenn das so ist«, ruft der Säufling, »wenn meine Seele jetzt so reingewaschen ist, dann will ich gleich und auf der Stelle sterben, damit ich auch wirklich dort hinkomme.«

Und damit nimmt er wieder sein Fangmesser, reicht es dem Pfarrer und bittet ihn flehentlich, er solle ihm den Kopf abschneiden, damit er ins Paradies einginge.

»Schockschwernot!« ächzt nun der Pfarrer, dem mehr als schwül wird vor Schreck. »Das geht doch nicht – so etwas kann man doch nicht machen! Du wirst schon auf andere Weise ins Paradies gelangen.«

»Nein, nein,« beharrt der Säufling, »ich will jetzt auf der Stelle von eurer Hand sterben, um sofort ins Paradies zu kommen. Also geht her und tötet mich!«

»Das werde ich lieber nicht tun,« beschwichtigt ihn der Pfarrer. »Ein Priester darf keine Menschen umbringen.«

»Doch werdet Ihr das tun, beim gekreuzigten Herrgott, Ihr werdet es tun, und wenn Ihr nicht schnell macht und mich nicht sofort ins Paradies hinüber befördert, dann werde ich euch mit diesen meinen zwei eigenen Händen umbringen.«

Und dabei fuchtelte er mit dem großen Messer dem Pfarrer vor den Augen herum, sodass dem Ärmsten angst und bange wurde und er sich zunächst gar nicht zu helfen wusste. Schließlich suchte er mühsam seine paar Gedanken zu sammeln, denn der Säufling hantierte immer wilder mit seinem Mordinstrument herum und war weiß Gott drauf und dran, ihn umzubringen und ins Jenseits zu befördern. Und so nahm er ihm nach kurzem Bedenken das Messer aus der Hand und sagte:

»Wenn du denn also durchaus willst, dass ich dich töte, damit du ins Paradies eingehst, so knie hier vor mir nieder!«

Der Betrunkene ließ sich auch nicht lange bitten, sondern plumpste, krach, der Länge nach auf die Erde. Dann suchte er mühsam und umständlich auf die Knie zu kommen, und als ihm das nach vielerlei vergeblichen Versuchen gelungen war, faltete er in Erwartung seines nahen Endes fromm die Hände und erwartete demütig den Todesstreich. Der Pfarrer gab ihm alsbald mit dem Messerrücken einen mächtigen Hieb auf den Nacken, davon der Säufling schwer zu Boden niederschlug. Und dann rückte und rührte er sich nicht mehr, denn er glaubte, nunmehr wirklich im Paradiese zu sein.

Der Pfarrer ließ ihn ruhig liegen und nahm nur der Sicherheit halber das Messer mit. Und als er ein Stück

Wegs gegangen war, traf er einen Leiterwagen, auf dem einige Leute saßen, von denen die meisten zufällig dabei gewesen waren, als jener Säufling sich betrunken hatte. Das traf sich also gut, und so erzählte ihnen der Pfarrer des langen und breiten, was ihm begegnet war, und bat sie, den Säufling aufzulesen und heimzubringen. Dann gab er ihnen das Messer, und da sie ihm versprachen, dass sie alles pünktlich ausführen und den armen Sünder mitnehmen würden, setzte er seinen Heimweg fort.

Die andern hatten den Säufling bald erreicht und sahen ihn noch immer, wie in die Erde verbissen und einer Leiche gleich, auf dem Boden liegen. Alle zusammen riefen ihn laut bei seinem Namen; aber mochten sie auch noch so sehr schreien, er dachte gar nicht daran, zu antworten, und alles war vergeblich. So kletterten denn einige von dem Wagen hinunter, packten ihn beim Kopf, den Beinen und Füßen, hoben ihn hoch in die Luft und schrien ihm derart in die Ohren, dass er die Augen öffnete und endlich zu reden anhub:

»Lasst mich doch, lasst mich – ich bin tot!«

»Nein, das bist du nicht«, riefen die andern. »Du musst jetzt mit uns kommen!«

»Fällt mir gar nicht ein! Wo soll ich denn hin? Ich bin tot und weile im Paradiese.«

»So wirst du eben von dort wieder zurückkehren; wir müssen noch eins trinken.«

»Trinken –? Nie werde ich mehr trinken, denn ich bin tot.«

So konnten seine Gefährten in ihn hineinreden, soviel sie wollten: – er mochte weder mit ihnen gehen, noch auf den Gedanken verzichten, dass er tot sei. Sie redeten sich schier die Seele aus dem Leibe und den Mund in Fransen, es half nichts; er ging nicht mit und antwortete nur immer: »Ich bin tot.«

Endlich hatte einer einen guten Einfall und sagte:

»Wenn du tot bist, dann wirst du doch nicht hier bleiben wollen, wo man dich wie ein Aas im freien Felde verscharren wird. Drum komm' also mit, wir werden dich auf dem Wagen heimbringen, damit du auf dem Gottesacker beigesetzt wirst, so wie sich das für einen Christenmenschen gehört. Sonst ist das mit dem Paradiese Essig.«

Als der Säufling hörte, dass er erst noch regelrecht beerdigt werden müsse, damit er auch wirklich ins Paradies käme, zeigte er sich endlich bereit, mitzukommen. So wurde er von ihnen alsbald auf den Wagen gehisst und dort niedergelegt, und da schlief er denn auch gleich ohne viel Umstände ein. Da der Wagen von einem kräftigen Gespann gezogen wurde, waren sie bald in Stevelingen angelangt und luden dort den Trunkenen vor seinem Hause ab. Sein Weib und seine Leute wurden herausgetrommelt und bekamen den Leib des Heiligen anvertraut. Aber der Edle schlief so fest, dass er auch nicht aufwachte, als er ins Haus getragen und aufs Bett gelegt wurde. Dort ward er dann zwischen zwei Leintüchern sorglich bestattet und ist auch richtig erst am dritten Tage wieder erwacht und vom Tode erstanden.

Der Zweikampf mit Nestelbändern.

Der edle Herr Talbot, den Gott in seiner Barmherzigkeit behalten möge, war, wie jedermann weiß, ein kühner engelländischer Feldherr, dessen Heldenmut nur seinem unwandelbaren Kriegsglücke zu vergleichen war. Dieser stolze Kämpe nun hat in seinem Leben zwei Urteilssprüche gefällt, die es wahrhaftig wert sind, dass man sie erzählt und immer wieder ins Gedächtnis zurückruft. Und darum will ich sie in kurzen Worten wiedergeben und zum Gegenstand dieser Erzählung machen:

In jener argen Zeit, da der gottverdammte, menschenmordende Krieg zwischen Frankreich und Engelland wütete, der auch heute noch sein Ende nicht erreicht hat, geschah es, wie das ja öfters vorkommt, dass ein französischer Kriegsmann einem Engelländer in die Hände fiel und von ihm gefangen genommen wurde. Damit er sich nun durch Lösegeld wieder freikaufen konnte, so bekam er einen Geleitbrief des Herrn Talbot ausgehändigt und machte sich auf den Weg, um zu seinem Feldherrn zurückzukehren, das Geld aufzutreiben und es seinem Besieger zugehen zu lassen.

Während er solchermaßen heimeilte, begegnete er im freien Felde einem anderen Engelländer, der bei seinem Anblick ihm den Weg verlegte und ihn fragte, woher er käme und wo er hinwolle. Der Franzose sagte ihm, wie die Sache sich verhielt.

»Wo ist denn Euer Geleitbrief?«, fragte der Engelländer.

»Ganz dicht dabei«, meinte der Franzose, holte ein Behältnis hervor, das an seinem Wams hing und den Geleitbrief enthielt, und reichte diesen dem Engelländer hin. Der las ihn von vorn bis hinten durch; und da der Brief den üblichen Passus enthielt: ›Dafern der Betreffende keinerlei Kriegswaffen bei sich führt‹, so hakte der Engelländer auf diese Worte ein. Denn er sah an des Franzosen Wams noch die Wehrgehenke, und es bedünkte ihm, dass er sein eignes Urteil darüber haben dürfe, ob die Bedingungen des Geleitbriefes eingehalten seien, sintemalen er die Nestelbänder zum eigentlichen Kriegsgewaffen rechnete. Darum also sagte er:

»Lieber Freund, ich nehme Euch gefangen, denn Ihr habt die Bedingungen des Geleitbriefes nicht eingehalten.«

»Gestattet gütigst: Ich habe sie doch eingehalten, – mein Wort darauf,« entgegnete der Franzose. »Ihr seht doch selbst, was ich bei mir habe.«

»Das stimmt nicht«, widersprach der Engelländer. »Beim heiligen Johann: Ihr habt sie nicht eingehalten. Ergebt Euch, oder ich mache Euch nieder.«

Der arme Franzmann, der nur seinen Pagen bei sich hatte und doch keinerlei Waffen führte, musste sich also seinem Gegner ergeben, sintemalen dieser gar wohl bewehrt war und zudem drei oder vier Schützen zur Bedeckung bei sich hatte. Selbiger schleppte ihn zu einem befestigten Platze, der dort in der Nähe lag, und sperrte ihn daselbst ein.

Wie nun der Franzose merkte, welche Wendung die Sache nahm, ließ er den Vorfall eiligst dem Hauptmann melden. Der fiel natürlich aus allen Wolken und schrieb auf der Stelle einen Brief an den Herrn Talbot. Außerdem aber schärfte er auch noch dem Herold, der den Brief überbringen sollte, genau ein, was sich da zugetragen hatte und was der Gefangene ihn alles ausführlich hatte wissen lassen: dass nämlich einer seiner Leute jemanden gefangen genommen habe, der von dem Feldherrn freies Geleit erhalten hatte.

Der Herold prägte sich alles genau ein, was er im Namen seines Herrn alles ausrichten musste, machte sich alsdann auf den Weg und überbrachte dem Herrn Talbot das Schreiben. Der las es zunächst selbst durch, dann aber ließ er es durch einen seiner Schreiber vor einigen Rittern, Schildmeistern und anderen Leuten aus seiner Rotte verlesen, die er hatte zu sich rufen lassen.

Wisset nun, dass er alsbald sein Roß bestieg, denn er war hitzköpfig und jähzornig und konnte in den Tod nicht vertragen, wenn einer etwas nicht recht machte; zumal in kriegsrechtlichen Fragen war er besonders eklig, und dass jemand sich über seinen Geleitbrief hinweggesetzt hatte, darüber konnte er nun gar lebendigen Leibes aus der Haut fahren.

Um mich kurz zu fassen: Er ließ den Engelländer und den Franzmann vor sich bringen und befahl letzterem, er solle den Vorfall erzählen. Der berichtete zunächst, wie er seinerzeit von einem Gegner gefangen genommen worden sei und sich loskaufen sollte. Dann fuhr er fort:

»Ich reiste also mit eurem Geleitbrief zu unserem Heere zurück, um das Lösegeld aufzutreiben. Dabei begegnete ich diesem Edelmanne dort, der auch zu Euern Leuten gehört, und der fragte mich, wohin ich ginge und ob ich einen Geleitbrief habe. Ich sagte ja und gab ihm den Brief; und als er ihn gelesen hatte, behauptete er, ich hätte die Bedingungen nicht eingehalten. Das bestritt ich und erklärte, er solle mir doch beweisen, wieso. Kurz, er wollte mich nicht anhören, und da ich mich nicht töten lassen wollte, so musste ich mich ihm ergeben. Ich weiß keinen Grund, um dessentwillen er mich gefangen halten darf und erbitte deshalb Euer gerechtes Urteil.«

Als der edle Herr Talbot den Franzmann so reden hörte, schwoll ihm die Galle; immerhin fragte er zunächst den Engelländer:

»Was kannst du darauf erwidern?«

»Edler Herr,« sprach jener, »alles, was er sagt, ist ja soweit ganz wahr: Ich traf ihn und wollte seinen Geleitbrief sehen. Als ich den aber von Anfang bis zu Ende durchgelesen hatte, da wurde mir klar, dass er die Bedingungen nicht eingehalten und sie gebrochen hatte. Andernfalls hätte ich ihn doch nicht festgenommen.«

»Wieso hat er sie gebrochen?«, fragte der Feldherr. »Sag' das auf der Stelle!«

»Edler Herr, weil im Geleitbrief steht: ›Dafern der Betreffende keinerlei Kriegsgewaffen bei sich führt.‹ Und er trug doch noch die Nestelbänder, die Waffengehenke, die stets zur Kriegsausrüstung gehören – denn wie sollte man sich ohne sie wappnen?«

»Ach so!«, meinte der Herr Talbot. »Also Waffengehenke gehören zur Bewaffnung?! Nun sage mir, ob er sonst noch irgendwie die Bedingungen nicht eingehalten hat!« »Nein, edler Herr, in anderer Beziehung nicht.«

»Aha, du Schandbube!« brauste der Herr Talbot auf. »So mag dir der Satan ins Gedärme fahren! Also wegen der Nestelbänder hast du einen Edelmann festgenommen, der unter meinem Schutzbrief reiste? Beim heiligen Georg, ich werde dir zeigen, ob Nestelbänder zur Bewaffnung gehören!«

Er schäumte ordentlich vor Wut und lohte vor Grimm. Stracks trat er an den Franzosen heran, löste die Nestelbänder von dessen Wamse, gab sie dem Engelländer, dem Franzosen aber ließ er ein gutes Kriegsschwert reichen, zückte selbst seinen prächtigen Degen und befahl dem Engelländer:

»Jetzt verteidige dich mit dem, was du Gewaffen nennst – wenn du kannst!«

Und zu dem Franzosen sagte er:

»Haut auf diesen Schandbuben ein, der Euch wider Vernunft und Recht festgenommen hat! Wir werden ja sehen, wie er sich mit Eurem Gewaffen verteidigen wird, wenn Ihr ihn aber schont, dann, beim heiligen Georg, schlage ich Euch den Schädel ein!«

So musste also der Franzmann, mochte er wollen oder nicht, mit dem blanken Schwerte auf den Engelländer eindringen, und dieser arme Teufel lief, so schnell er konnte, durch die Stube vor ihm davon. Talbot sauste immer hinterher und hieß fortwährend den Franzosen, zuzuschlagen, während er dem andern zurief:

»Verteidige dich doch, du Schandbube, mit deinem Gewaffen!«

So wurde denn richtig der Engelländer halbtotgeschlagen und bat Talbot und den Franzosen jämmerlich um

Gnade. Der Franzmann aber kam frei, auch das Lösegeld wurde ihm von Herrn Talbot erlassen, und mit seinem Harnisch, seinem Rosse und aller Habe, die ihm bei der Gefangennahme abgenommen worden war, durfte er heimkehren. Dies war der eine der Urteilssprüche des wackeren Herrn Talbot. Bleibt der zweite, mit dem es sich folgendermaßen verhielt:

Er erfuhr, dass einer seiner Leute in einer Kirche das Ziborium, jene Büchse, darein man das *Corpus Domini* legt, gestohlen und für eine beträchtliche Summe verkauft hatte – wie viel es war, weiß ich nicht genau: Es handelte sich um eine schöne, große, vergoldete und wundervoll emaillierte Silberbüchse.

Obgleich nun der Herr Talbot gar furchtbar und grausam von Natur war und im Kriege vor keiner Gewalt zurückschreckte, so hatte er doch vor der Kirche allezeit große Ehrfurcht und erlaubte nie, dass man ein Kloster plünderte oder gar in Brand steckte. Und wenn er hörte, dass etwas Derartiges vorgefallen war, dann konnten diejenigen, die seine Anordnungen nicht eingehalten hatten, ihr blaues Wunder erleben, so streng ging er wider sie vor.

So ließ er sich auch diesmal den Mann vorführen, der das Ziborium aus der Kirche entwendet hatte, und als der vor ihm erschien und der Herr Talbot seiner ansichtig wurde, da kam er ihm auf den Kopf – weiß Gott, so etwas war noch nicht da gewesen! Und in seiner rasenden Wut hätte er ihn unbedingt totgeschlagen, wenn nicht sein Gefolge ihn solange mit Bitten bestürmt hätte, bis er ihm das Leben schenkte. Aber ungestraft wollte er ihn nicht lassen, und deshalb brüllte er ihn an:

»Du verdammter Hurenjäger, wie konntest du es wagen, gegen mein ausdrückliches Verbot die Kirche zu berauben?!«

»Ach, edler Herr, seid mir um Gottes willen gnädig!«, wimmerte der armselige Dieb. »Ich bitte Euch flehentlichst um Gnade: Es soll ja nie wieder vorkommen.«

»Komm hierher, du Schuft!« schnob jener. Und der andere nahte ihm genau so bereitwillig, wie einer auf Wache zieht. Alsbald ließ der Herr Talbot seine riesige, schwere Faust auf den Schädel des wackeren Pilgersmannes niedersausen und donnerte: »Ha, du Schurke, du hast die Kirche beraubt!«

Und der andere jammerte:

»Edler Herr, seid gnädig, ich bitte Euch! Ich werde es nie wieder tun!« »Wirst du's noch einmal tun?«

»Nein, niemals, edler Herr!«

»So schwöre mir, dass du nie wieder eine Kirche betreten wirst, es sei welche es wolle. Schwöre es, du Schuft!«

»Das will ich tun, edler Herr!« Und so musste er schwören, dass er nie wieder eine Kirche betreten wolle, worüber alle, die dabeistanden, mordsmäßig lachen mussten. Denn wenn ihnen auch der Dieb leidtat, so machte es ihnen doch einen riesigen Spaß, dass der Herr Talbot ihm für immerdar das Betreten einer Kirche verbot und ihn schwören ließ, dass er nie mehr hineingehen würde. Aber ihr könnt sicher sein, dass er dabei die beste Absicht hatte und glaubte, sehr recht damit getan zu haben.

Und solches waren die beiden Urteilssprüche des Herrn Talbot.

Der Mann, der sein Weib verkuppelte.

Unter den vielen Dingen, die sich an den verschiedensten Orten in immer neuer, eigenartiger Weise zutragen, darf im Rahmen dieser Erzählungen nicht der Fall übergangen werden, dessen Held ein edler Rittersmann aus Burgund war. Der bewohnte, wie es seinem hohen Stande geziemte, eine schöne, feste Burg, die durch eine starke Besatzung und eine Menge Geschütze wohlbewehrt war. Zur Dienerschaft des Schlosses gehörte auch ein Kammerkätzchen, die erste Zofe der Schlossherrin, und in diese verliebte sich eines schönen Tages der Herr Rittersmann.

Seine Liebe setzte ihm bald mordsmäßig zu; er konnte es am Ende gar nicht mehr ohne sie aushalten, stieg ihr überallhin nach oder ließ sie rufen, plauderte mit ihr an allen Ecken und Enden, und kurz und gut – er war derartig in sie vernarrt, dass er ohne sie keine ruhige Minute mehr hatte.

Das Mädel hingegen war ein gutes, tugendhaftes Ding, dem seine Ehre über alles ging, und das über selbige so eifrig wachte wie über die Reinheit seiner Seele. Zudem wollte die Kleine sich auch ihrer Herrin gegenüber nichts vergeben, und darum zeigte sie dem Edelmanne keineswegs das Entgegenkommen, das er so sehr wünschte. Musste sie auch hier und da seine Liebesklagen mitanhören, so ließ sie ihm jedenfalls, weiß Gott, die kühlsten Ablehnungen zuteilwerden, hielt ihm vor, wie namenlos schwach er sich zeige, indem er sich an solche

Torheit klammere, und erklärte ihm endlich: Wenn er ihr weiter so zusetze, dann würde sie es ihrer Herrin sagen.

Aber alles Drohen half nichts. Er wollte sein Vorhaben nicht aufgeben, lief ihr sogar nur umso mehr nach und brachte es am Ende so weit, dass das arme Ding sich nicht mehr zu helfen wusste und seiner Herrin alles haarklein erzählte. Als die Schlossfrau von den neuesten Liebesstreichen ihres Ehegemahls hörte, da war sie sehr schmerzlich berührt. Aber sie ließ sich das nicht merken und erdachte eine List, die sie folgendermaßen hinter seinem Rücken vorbereitete:

Sie schärfte ihrer Zofe ein, sie solle fortan ihr ablehnendes Verhalten gegen den Schlossherrn aufgeben. Und wenn er sie wieder um ihrer Liebe Gunst bitte, dann solle sie ihm sagen, er dürfe am folgenden Tage in ihr Zimmer kommen und zu ihr ins Bett schlüpfen. »Und«, fuhr sie fort, »wenn er das zusagt, dann werde ich deinen Platz einnehmen, und für den Rest lass mich nur sorgen.«

Das Mädel wollte seiner Herrin nicht ungehorsam sein und erklärte sich gern zu allem bereit. Sie brauchte nicht lange zu warten, denn der edle Herr machte sich sehr bald wieder an sie heran, und seine holden Heuchelreden stellten alles in den Schatten, was er sich auf diesem Gebiet bisher geleistet hatte. Wenn man ihn so hörte, dann war ihm der Tod noch lieber als all die Qualen, die er ausstehen musste, dafern sie seine Wunden nicht heilen, ihm keinen sanften Trost bringen würde. Was braucht man da viel zu erzählen? Das Mädel kannte seine Rolle hinreichend, die ihm von seiner Herrin eingeschärft worden war; es verkündete dem Kranken, wann er auf Heilung hoffen dürfe, und darob hüpfte sein Herz nur so vor lauter Freude, und er war sich schnell mit sich einig, dass er diese Gelegenheit nicht verpassen würde. Just an dem Abend, da der Waffengang ausgefochten werden sollte, kam unversehens ein Edelmann zu Besuch, der in der Nachbarschaft ansässig und mit dem Schlossherrn aufs Innigste befreundet war. Er wurde natürlich mit offenen Armen aufgenommen; auch die Schlossherrin freute sich riesig über seinen Besuch, und das ganze Haus tat, was es dem Gast nur an den Augen absehen konnte, denn es wusste, wie sehr ihm der Schlossherr und seine Gemahlin in Freundschaft zugetan waren.

Als nun solchermaßen die Freuden der Begrüßung, das Abendessen und das Festgelage vorüber waren, als die Schlafenszeit kam und die Hausfrau mit ihren Frauen eine gute Nacht gewünscht und sich zurückgezogen hatte, da hielten die beiden Edelleute noch einen kleinen Schwatz ab. Und während sie so über dies und das plauderten, erkundigte sich der Gast bei dem Schlossherrn, ob es drunten im Dorfe nicht irgendein appetitliches Ding gäbe, bei dem man es sich wohl sein lassen könne, sintemalen ihn das schöne Wetter und das gute Essen in Stimmung gebracht hätten. Der Schlossherr hatte vor seinem Freunde keine Geheimnisse und deshalb erzählte er ihm, dass er just heute Nacht die Gunst eines Kammerkätzleins genießen solle. Und um ihm gefällig zu sein, wolle er gern nach den ersten Erfolgen die Schöne sachte verlassen und jenen herbeiholen, damit er den Rest ernte.

Der Gast dankte ihm für soviel Entgegenkommen von ganzem Herzen, und Gott weiß, wie lebhaft er alsbald die Stunde ersehnte, da er dieses Glückes teilhaftig werden sollte. So nimmt der Schlossherr Abschied von ihm und zieht sich seiner Gewohnheit nach in die Kleiderkammer zurück, wo er sich seiner Gewänder entledigt. – Derweile nun aber die Herren geplaudert hatten, war die Gnädige in das Bett geschlüpft, darin der Hausherr sein Zöflein zu finden hoffte. Und dort erharrte sie, was Gott ihr senden sollte. Der Ehemann hatte sich inzwischen in aller Gemütsruhe ausgekleidet und sich umsomehr Zeit dabei gelassen, als er abwarten wollte, bis sein Eheweib eingeschlafen sei. Denn sie war schon seit langem daran gewöhnt, vor ihm zu Bett zu gehen und nicht mehr so lange wachzubleiben, bis er bei ihr zu erscheinen geruhte.

Endlich schickt der Rittersmann seinen Diener fort und wandelt im langen Nachtgewand zu dem Bette, darin seine bessere Hälfte auf ihn lauerte. Er hat natürlich keine Ahnung, dass sie dort liegt: Das Licht ist aus und die Gnädige hält fein den Mund. Also wirft er den Nachtkittel ab, hüpft ins Bett und umfängt das vermeintliche Zöflein. Pünktlich erfüllt er alle Pflichten, die solche Lage so mit sich bringt, und gar drei-, viermal erklärt er ihr seine Liebe, als ob es ihm auf ein paar Mal mehr gar nicht ankäme, und die Gnädige nahm ihm das keineswegs übel. Als sie dann aber vermeinte, dass seine Beredsamkeit erschöpft sei; schlief sie baldigst ein.

Der Edelmann hingegen schlüpft leichtfüßiger, als er gekommen war, und möglichst sachte aus dem Bette, sowie er merkte, dass seine Partnerin schlief. Denn er war seines Versprechens eingedenk und eilte flugs zu seinem Freunde, der ordentlich vor Kampfeslust glühte. Dem sagte er, dass er jetzt kommen könne, dass er aber fein säuberlich den Mund halten müsse und dann gleich zurückkommen solle, wenn er sein Mütchen hinreichend gekühlt habe. Hurtig wie eine Ratte und flink wie ein Windhund stürmt nunmehro der andere zum Kampfplatz und begibt sich zu der ahnungslosen Schlossfrau. Und wie er überzeugt war, dass der Hausherr sich von seiner besten Seite gezeigt hatte, so suchte er ihn womöglich noch zu überbieten. Das schien der guten Dame freilich sehr verwunderlich, aber sie focht auch diesen Kampf, der ihr viel Freude machte, wacker durch, und am Ende schlief sie wieder sanftselig ein.

Das benutzte der Edelmann, um sich zu verflüchtigen und zu dem Schlossherrn zurückzukehren, der nun seinerseits wieder seine Schöne aufsucht und sich erneut und mit staunenswertem Schwung in den Kampf stürzt, an dem er so viel Gefallen gefunden hatte. Und so verging die Nacht in sanftem Wechsel zwischen Schlafen und Liebkosen, und der Tag dämmerte heran. Wie sich nun aber im Morgenlichte der Ehemann umwandte, um sein Auge am Anblick des Kammerkätzleins zu laben, da erblickt und erkennt er seine bessere Hälfte, die alsbald das Gehege ihrer Zähne auftut und zu ihm spricht:

»Aha, du Wicht, du hinterlistiger, nichtsnutzer Hurenjäger! Du dachtest, das sei die Zofe und darum konntest du dir gar nicht genug tun an Liebesbeweisen, Umarmungen und Zärtlichkeiten! Wie maßlos kannst du doch sein, wenn deine Begierden auf Abwege geraten! Aber du hast dich, Gott sei Dank, getäuscht: denn diesmal sind deine Liebesbeweise, die mir allein zukommen, keiner anderen, sondern eben mir zuteil geworden!«

Als der Ehemann die Sachlage überschaute, war er ebenso verdutzt wie wütend, was ja nicht weiter verwunderlich ist. Und als er endlich Worte fand, da erwiderte er ihr:

»Meine Liebe, ich kann dir meine Torheit freilich nicht abstreiten. Aber jetzt tut es mir furchtbar leid, dass ich mich auf solche Dummheiten einließ. Bitte, gib dich zufrieden und schlag dir die Sache aus dem Sinn, denn nie mehr im Leben wird mir so etwas begegnen – das verspreche ich dir hoch und heilig. Und damit du künftig überhaupt nicht mehr daran erinnert wirst, werde ich die Zofe fortschicken, die in mir den Wunsch erweckte, dich zu hintergehen.«

Die Gnädige war über dies nächtliche Abenteuer im Grunde weit beglückter als das Zöflein; und als sie nun die große Reue ihres Ehemannes wahrnahm, da ließ sie sich ohne große Umstände von ihm beruhigen – das heißt, nachdem sie ihm noch gehörig ihre Meinung gesagt und die Leviten gelesen hatte. Schließlich aber ward die Streitaxt begraben, und als sich dann der Ehemann erhoben hatte, begab er sich zu seinem Freunde, erzählte ihm, was sich da heute zugetragen hatte und bat ihn flehentlichst: zum ersten das Geheimnis und sein (des Hausherrn) beklagenswertes Missgeschick sorgfältig und vor jedermann zu verschweigen; zum zweiten aber nie mehr irgendwo hinzukommen, wo die Schlossherrin sich befände.

Dem Freunde war der betrübliche Vorfall auch im höchsten Grade peinlich; er tröstete den Edelmann, so gut er konnte, und versprach ihm, seine sehr begreiflichen Wünsche strengstens zu erfüllen. Dann aber bestieg er sein Roß und ritt davon. Die Zofe, die doch eigentlich an nichts schuld war, was sich da zugetragen hatte, musste trotzdem die Sache ausbaden, indem sie entlassen wurde. Der Schlossherr aber lebte fortan gar lange Zeit mit seinem Weibe im schönsten Einvernehmen, und nie wieder ist die gute Dame mit dem fremden Rittersmanne zusammengekommen.

Die Aalpasteten.

Wohl hat sich zu Engelland manch erhabenes und furchtbares Abenteuer abgespielt; aber die meisten würden nicht zu der vorliegenden Geschichte passen, wenn wir sie im Zusammenhang mit ihr erzählen wollten. Die Geschichte, die nunmehr folgen wird, um sich in den Rahmen dieser Chronika einzufügen, berichtet von einem gar hochgestellten edlen Herrn, einer der hochgeborensten Persönlichkeiten de»engelländischen Königreiches, einem riesig reichen und mächtigen Mann, dessen Name durch seine siegreichen Feldzüge und Eroberungen weithin berühmt wurde.

Der hatte in seinem Gefolge einen jungen, anmutigen Edelmann, der zu seinem engeren Hausbestande gehörte und sich seines herzlichsten Vertrauens, seiner innigsten Zuneigung und Liebe erfreute – aus vielerlei Gründen: denn der Jüngling war bildschön, außerordentlich gewandt und tüchtig und dabei gleichermaßen verschlagen wie klug-zurückhaltend. Und da der hohe Herr so in jeder Beziehung an ihm seine Freude hatte, so verheimlichte er ihm auch nicht seine Liebesabenteuer. Ja, es kam sogar mit der Zeit dahin, dass der junge Edelmann, in dem Bestreben, sich noch immer fester in der Gunst seines Herrn einzunisten, diesem bei den meisten Unternehmungen, die der Befriedigung seiner Liebeswünsche dienten, hilfreich zur Hand war.

Dies alles aber tat er nur, solange sein Herr noch unvermählt war. Nun geschah es jedoch nach einiger Zeit, dass einige Verwandte in fürsorglicher Freundschaft dem edlen Herrn so lange zusetzten, bis er sich mit einer bildschönen, tugendsamen und obendrein steinreichen Dame verheiratete. Darüber waren die Seinen hocherfreut und unter anderem unser Edelmann, der sich mit Recht seinen Liebling [6] nennen konnte und der nun voller Zufriedenheit erwog, wie sehr diese Ehe seinem Herrn zum Wohl und zur Ehre gereichte und wie sie ihn von allerlei Torheiten abbringen würde.

Mit dieser Überzeugung hatte er sich allerdings nicht unwesentlich geirrt. Denn als er eines Tages seinem Herrn seine Freude über dessen Ehe mit dieser schönen, lieben Gattin aussprach, sintemalen selbiger doch nun nicht mehr nötig habe, wie bisher immer hier und dort auf Abenteuer auszugehen – da erwiderte ihm seine Hoheit: Er habe auf die Seitenwege noch längst nicht verzichtet; denn wenn er verheiratet sei, so wäre damit

---

[6] Der französische Text sagt ›mignon‹, was damals zumeist als ›Liebster‹ oder ›Herzliebster‹ gemeint wurde. Ich habe das Wort ›Liebling‹ gewählt, weil es nicht nur den ›engsten‹ Sinn den Wortes bezeichnet und dem Leser überlässt, wie er die Sache auffassen will. S. a. darüber das Vorwort. Th. v. K.

doch nicht gesagt, dass er aus holdem Minnedienste ausschiede, und er habe sogar die Absicht, sich nun umso lebhafter diesem Dienste zu widmen.

Sein Liebling konnte sich mit so schlimmen Vorsätzen gar nicht einverstanden erklären. Er erwiderte ihm, dass seine Seitensprünge nunmehr ein Ende haben müssten, maßen er eine Lebensgefährtin gefunden habe, die weder in Schönheit, noch in Tugend, noch in Edelmut und Güte ihresgleichen fände; seinetwegen könne ja sein Herr tun und lassen, was er wolle; aber er würde nun und nimmermehr einer anderen Frau eine Botschaft überbringen, die den Zweck hätte, die Herrin zu hintergehen und zu benachteiligen.

»Ich weiß nicht, was du da mit ›benachteiligen‹ meinst,« lächelte sein Herr. »Aber es ist dringend nötig, dass du dich von Neuem an die Arbeit machst und mit dieser, jener, der und der wieder meine schönen Beziehungen anknüpfst, die ich inzwischen nur allzu lange vernachlässigt hatte. Und denke nur nicht, dass es damit sein Bewenden hat.«

»Ach, hoher Herr«, sagte der Jüngling, »ich kann mich über Euch gar nicht genug wundern. Ihr macht Euch ja geradezu ein Vergnügen daraus, Frauen zu missbrauchen, und daran tut Ihr nicht recht; Ihr wisst ja selbst besser als irgendein anderer, dass von all den Frauen, die Ihr da eben aufzähltet, keine Einzige an Schönheit oder sonstwie der Euren gleichkommt, und doch wollt Ihr Euch an sie wegwerfen, wo Ihr doch sicher sein könnt, dass Eure Gemahlin in den Tod betrübt sein würde, wenn sie Eure Seitensprünge erführe. Und mehr noch: Ihr solltet wissen, dass Ihr durch solches Tun Euer Seelenheil verscherzt.«

»Lass dein Predigen und richte aus, was ich dir aufgetragen habe.«

»Verzeiht, hoher Herr, aber wisst ein für alle Mal: Lieber will ich sterben, ehe ich durch eine solche Handlungsweise das Einvernehmen zwischen Euch und Eurer Gemahlin trübe und Euch dabei der ewigen Verdammnis weihe! Ich bitte Euch, mir das nicht zu verübeln, denn von meinem Vorsatz werde ich nicht abgehen.«

Als der unternehmungslustige Ehemann inneward, dass sein Liebling so fest entschlossen war, bestürmte er ihn vorläufig nicht weiter. Aber nachdem er während drei oder vier Tagen über die Angelegenheit nicht mehr gesprochen hatte, fragte er den Jüngling wie von ungefähr, was seine Lieblingsspeise sei. Der erwiderte, dass er nichts so sehr schätze wie Aalpastete.

»Weiß Gott, das ist ein leckeres Essen,« schmunzelte sein Herr. »Du hast wirklich keinen schlechten Geschmack.«

Und damit ging er über die Frage hinweg. Dann aber, als er sich zurückgezogen hatte, ließ er seine Hausmeister rufen und befahl ihnen aufs Strengste: Sie dürften seinem Liebling fortan nur mehr Aalpasteten beim Essen vorsetzen und sich darin durch nichts beirren lassen. Die Leute versprachen das auch voller Diensteifer und führten den Befehl pünktlichst aus. Denn schon am gleichen Tage bekam der Jüngling, als er sich in seinem Zimmer (wo er immer speiste) zum Essen niedersetzte, eine wundervolle, große Aalpastete vorgesetzt, die man dem Diener in der Küche für seinen Herrn übergeben hatte.

Der Jüngling war darüber hochbeglückt und aß davon soviel, als er nur in sich hineinbekam. Aber tags darauf kam das gleiche Gericht, und weitere fünf, sechs Tage immer wieder das gleiche. Nun hatte er die Sache ziemlich satt und fragte seinen Diener, ob es denn nur noch diese Pasteten im Hause gäbe.

»Ich jedenfalls bekomme nichts anderes, edler Herr«, erwiderte der Diener. »Wohl sehen wir, dass im großen Saal und den andern Zimmern andere Gerichte gereicht werden. Aber für Euch gibt man mir immer wieder diese Pasteten.«

Der junge Edelmann war, wie gesagt, voll kluger Zurückhaltung und beklagte sich höchstens einmal im allerdringendsten Notfalle. Deshalb ließ er noch einige Tage darüber hingehen und aß weiter, wenn auch schon mit merklichem Widerwillen, von den alltäglichen Pasteten. Aber dann traf es sich eines Tages, dass er mit dem Hausmeister zusammenspeiste, und wieder bekam er die unvermeidliche Pastete vorgesetzt. Da aber konnte er nun doch nicht mehr an sich halten, und er erkundigte sich, warum er denn nur immer dies eine einzige Gericht bekäme, während die anderen doch die reichste Abwechslung hätten.

»Beim gekreuzigten Heiland!«, rief er. »Mir steht die Sache bis zum Halse! Ich sehe nur noch Pasteten und nichts als Pasteten. Und dabei gibt es doch wahrhaftig keinen Grund dafür, dass die Sache kein Ende nimmt: Der Spaß dauert doch nun schon einen ganzen Monat,

und ich bin bereits derart abgemagert, dass es mir mählig an Kräften fehlt. Ich muss Euch sagen, dass mir diese
Behandlung recht wenig behagt.«

Daraus erwiderte der Hausmeister, dass sie daran nicht
schuld seien, sondern der hohe Herr, der das so angeordnet habe. Und da dem Jüngling schon beim bloßen
Gedanken, dass die Sache so weitergehen könne, übel
wurde, so trug er seine Beschwerde nicht mehr erst lange bei sich herum, sondern brachte sie seinem Herrn
vor; fragte ihn, weshalb er ihn so lange mit Aalpastete
habe füttern lassen, und erkundigte sich, ob die Behauptung der Hausmeister wahr sei, dass er selbst ihnen verboten habe, ihm etwas anderes vorzusetzen.

Der hohe Herr fragte ihn statt aller Antwort: »Hast du
mir nicht gesagt, dass Aalpastete deine Lieblingsspeise
ist?«

»Weiß Gott, Herr, das habe ich freilich gesagt.«

»Dann also – worüber klagst du? Ich habe dir nur vorsetzen lassen, was du über alles liebst.«

»Zwischen lieben und lieben gibt es einen Unterschied,
hoher Herr,« ereiferte sich sein Liebling. »Natürlich liebe
ich es sehr, einmal, auch zwei- oder dreimal, hier und da
Aalpasteten zu essen, weil mir nichts so gut schmeckt,
wie diese. Aber damit ist doch noch nicht gesagt, dass
ich alle Tage welche essen will und kein anderes Gericht
mehr sehen mag. Das würde jedem Menschen auf die
Dauer widerstehen und widerlich werden, und mein
Magen hat von dem ewigen Pastetenessen so sehr genug, dass ich schon satt bin, wenn ich sie nur sehe. Beim
grundgütigen Herrgott, hoher Herr, ordnet, bitte, an,

dass man mir fortan wieder andere Gerichte vorsetzt, von denen ich essen kann, sonst gehe ich jämmerlich zugrunde.«

»Nun, siehst du wohl,« lächelte der hohe Herr. »Und warum glaubst du, dass ich nicht auf die Dauer den Appetit verlieren kann, wenn ich einmal etwas anderes als die Schönheit meiner Frau genießen will?! Du kannst sicher sein: Ich habe diese Schönheit ebenso satt, wie du deine Pasteten, und ich möchte mich gern anderweitig wieder auffrischen, obgleich ich sie über alles liebe, so wie du dich nach anderen Gerichten sehnst, obgleich du Aalpasteten über alles schätzt. Kurz und gut: Du bekommst diese Pasteten solange vorgesetzt, bis du ausführst, was ich dich geheißen habe. Und die Abwechslung, die du mir bietest, wird mich ebenso auffrischen, wie dich die anderen Gerichte, nach denen du Verlangen trägst.«

Als der Jüngling begriff, was für ein Geheimnis hinter der Sache steckte und welch schlauen Vergleich sein Herr da angestellt hatte, da schwand seine Hartnäckigkeit. Er gab nach und versprach seinem Herrn, all seine Wünsche bereitwilligst auszuführen, wenn er nur keine Pasteten mehr zu sehen bekäme.

So fand der hohe Herr die gewünschte Abwechslung, konnte sich von seiner Gemahlin erholen und verbrachte, dank der Beihilfe seines Lieblings, manch frohes Stündlein mit gutherzigen Schönen, so wie er sich vorgenommen hatte. Und sein Liebling wurde nicht mehr mit Aalpasteten gequält und lag wieder seinen früheren Pflichten ob.

Der entmannte Amtsschreiber.

Ganz drinnen in London lebte einst ein Anwalt, in dessen Diensten unter anderem ein gewandter, fleißiger und riesig tüchtiger Schreiber stand. Er war ein sogenannter ›Schöner Mann‹, aber, was man im Auge behalten möge, nicht überaus ›helle‹. Auch der Klerk war ein hübscher Bengel, frisch, lebhaft und im Handumdrehen in die bezaubernde Anmut und Schönheit der Anwaltsfrau verliebt. Und eine glückliche Fügung des Liebesgottes brachte es zuwege, dass just auf ihm das Auge der Herrin mit besonderem Wohlgefallen ruhte. Das konnte er feststellen, als er es wagte, ihr sein Liebesleid zu klagen: Er fand offene Arme, und darum überwand er schnell alle Schüchternheit. Als sein Stammeln in eine beredte Schilderung seiner ach so holden Schmerzen überging, da erwies es sich, wie viel Mitgefühl und Liebenswürdigkeit der Schönen vom lieben Herrgott verliehen worden war; denn dieserthalben und infolge des schon erwähnten Wohlgefallens ließ sie ihn nicht lange zappeln – tat zwar natürlich erst etwas entrüstet, spielte die Gekränkte, und enthüllte ihm dann ohne große Umschweife, dass ein andrer sich zwar verdammt lange und eklig hätte abmühen können, um von ihr eine Gunst zu erzielen; dass er ihr aber damit eine freudige Überraschung bereite, sintemalen er ihr schon des längeren eine erquickliche Augenweide sei.

Ihr Partner ließ sich das nicht zweimal sagen. Ihre Eröffnung war für ihn wohl die größte Freude, die er bisher jemals erlebt hatte, und er beschloss, das Eisen zu schmieden, solange es heiß war. Er ging denn auch gleich forsch auf das Ziel los und konnte es dank seinem Eifer in Bälde und glückstrahlend erreichen. Und die Liebe der Herrin zu ihrem Schreiber, und die Liebe des Schreibers zu seiner Herrin flammte lange Zeit in einer Glut, wie sie selbst unter recht leidenschaftlichen Liebesleuten selten ist: Es war gerade wie in einem Roman, nur insofern nicht, dass es in diesem Falle ganz und gar an solchen verdammten Intriganten und Neidern fehlte, die das für die Handlung nötige Unheil stiften und den lieben Seelchen die Suppe versalzen.

So verging also eine geraume Zeit bei derlei holder, herzerquickender Kurzweil, und diese Zeit verflog so rasch, als ob sie noch gar nicht gewesen wäre. Ja, die zwei Liebesleute hätten gern mit dem lieben Gotte ein Abkommen dahin getroffen, dass sie auf ihre paradiesische Seligkeit verzichteten und dafür dies zukünftige ewige Glück auf der Erde unter den so angenehm erprobten Bedingungen absolvierten.

Wie sie nun eines Tages so beisammen waren, sich an den holden Früchten sattgeschleckt hatten, die auf dem Baume ihrer Liebe wuchsen, und nun plaudernd in der Stube auf und ab schritten, da gingen sie ans Überlegen, wie sie diesen, so überaus erfreulichen Zustand auch zu einem dauernden und völlig sicheren umgestalten könnten, ohne dass ihre heimlichen Beziehungen fortan die Gefahr liefen, von dem benachteiligten Ehemann entdeckt zu werden. Selbiger wurde nämlich schon nicht unwesentlich von Eifersucht gekitzelt und guckte den beiden in beängstigender Weise auf die Finger, maßen ihm schon mehr als ein Warnbrief zugekommen war –

was dadrin stand, brauche ich ja nicht erst noch zu erzählen.

Am Ende kamen sie zu einem Entschluss, der dem Schreiber die Rolle zuwies, in pfiffiger Schläue seinen Herrn hineinzulegen; und der Schlingel brachte es auch richtig fertig, den so fein ausgetüftelten Plan erfolgreich durchzuführen. Und zwar stellte er das folgendermaßen an: Zunächst muss man wissen, dass dieser Galgenstrick von Schreiber seinem Herrn mit dem gleichen Fleiß und Eifer zu Diensten war, wie seiner Herrin. Wie für sie, tat er auch für ihn, was er ihm nur an den Augen absehen konnte, riss sich gleichsam Arme und Beine aus, ging ihm sanft um den Bart, erzählte ihm herzerquickliche Schnurren, klatschte, schwatzte und stellte kurz und gut das Menschenmöglichste an, um seine Schandtaten zu verbergen und in die eifersüchtigen Augen des Ehemannes, der doch bereits misstrauisch geworden war, immer weiter Sand zu streuen.

Als nun der Bursch eines Tages wieder einmal die besondere Zufriedenheit und Anerkennung seines Herrn errungen hatte, da bat er ihn gar demütiglich, ihm ein Gespräch unter vier Augen zu gewähren. Denn, so versicherte er mit ehrfurchtersterbender Stimme und klagevoller Wehmut, auf seinem Herzen laste ein Geheimnis, das er ihm brennend gern enthüllen würde, wenn er das wagen dürfe. Und wie die Frauen zumeist einen ganzen Eimer voll Tränen zur Verfügung haben und nur am Tränenkördelchen zu ziehen brauchen, um einen wahren Wasserfall daherbrausen zu lassen, sowie sie dessen bedürfen, so war's auch bei unserm Schreiberlein: dicke, große Krokodiltränen kullerten, während er sprach, in unabsehbaren Mengen über seine Backen, und nur ein ganz verhärtetes Gemüt hätte daran zweifeln können, dass der Schlingel vor Reue, Jammer oder herzlichster Aufrichtigkeit überfloss.

Sein armer Herr wurde natürlich aufs Innigste ergriffen: Ihm kam auch nicht das leiseste Misstrauen, ja, er war nicht einmal erstaunt oder verwundert, denn er vermeinte, zu wissen, was der Bursch ihm da gestehen wollte. Allerdings war er dabei auf dem Holzwege, wie er alsbald merken sollte. Denn als er ihn fragte: »Nun also, mein Sohn, was bedrückt dich? Warum musst du so herzbrechend weinen und klagen?« da begann der Pfiffikus:

»Ach, Herr, ich habe wahrhaftig Grund genug und mehr als irgendein Mensch dieser Erde, um kreuzunglücklich zu sein. Aber mein Missgeschick ist so ungewöhnlich und umso beklagenswerter, als man es eigentlich immer verheimlichen muss. Und darum habe ich bisher allemal, wenn ich drauf und dran war, Euch mein Herz auszuschütten, diesen Gedanken voller Scheu wieder ausgegeben, sobald ich mein Unglück sorglich überdachte.«

»So höre mir aus, zu weinen,« tröstete ihn sein Herr, »und sage mir ruhig, was dir aus der Seele lastet. Du kannst sicher sein, dass ich dir gern helfen werde, wie sich's für einen guten Christen geziemt, wenn ich nur irgend die Möglichkeit haben sollte.«

»Ach, teurer Meister«, schluchzte der verdammte Galgenstrick, »wie danke ich Euch von ganzem Herzen! Aber ich mag es drehen, wie ich will, ich sehe keine

Möglichkeit, mit Worten das Unglück zu beschreiben, das ich nun schon so lange mit mir herumtrage.«

»Lass nur all deine Bedenken beiseite! Du brauchst nicht mehr zu jammern, denn vor mir sollst du keine Geheimnisse haben. Ich will wissen, was du hast; komm nur näher und erzähle es mir.«

Der Schlingel kannte seine Rolle ausgezeichnet. Endlos lange ließ er sich bitten und bestürmen, und als er schließlich dem Drängen anscheinend nur gezwungen und wider Willen nachgab, da erklärte er mit angstverzerrtem Gesicht und unter einem neuen Tränenstrom: Er wolle es denn sagen, aber sein Herr müsse es ihm hoch und heilig versprechen, dass nie eine Menschenseele von der Sache etwas erführe; denn ehe sein Missgeschick in die Welt hinausposaunt würde, wolle er lieber eines grausigen Todes versterben. Als ihm der Meister das alles fest zugesichert hatte, da endlich begann das Schreiberlein, scheinbar mehr tot als lebendig und bleich wie ein Verurteilter unter dem Galgen, folgendermaßen:

»Hochverehrter Meister! Sicherlich habet Ihr und gleichermaßen alle Leute geglaubt, dass ich ein Mann sei wie jeder andere, dass ich zu Frauen ginge, eine Familie gründen könnte und was dergleichen mehr ist. Aber dem ist nicht so, und darin liegt, ach, all mein Gram, mein Unglück!«

Und nunmehr stürzte ein ganzer Wolkenbruch von Klagen über den verblüfften Anwalt hernieder, den sein Schreiber in der ausführlichsten Weise von seinem angeblichen Mangel zu überzeugen suchte, und er wusste es so geschickt einzurichten und verwendete so raffinierte Kunstgriffe, um die Wahrheit seiner Behauptung zu erweisen, dass sein Herr schließlich, wirklich den Schwindel glaubte und von der Berechtigung seines Wehegeschreis überzeugt war. Worauf der Schlingel seine Klagen mit den schönen Worten beschloss:

»Ihr kennt nun mein Unglück und werdet es mir nachfühlen, wenn ich auch nochmals bitte, es unbedingt geheim zu halten. Und wenn auch alle meine Dienste, die ich Euch bisher geleistet habe, nicht annähernd so groß sind, wie ich sie Euch gern leisten würde, wenn Gott mir nur die Möglichkeit dazu böte, so flehe ich Euch doch um meiner Dienstbereitschaft willen an, mir Eintritt zu einem frommen Kloster zu verschaffen, allwo ich bis zu meines Lebens Ende Gott dienen kann, sintemalen ich doch auf dieser Welt zu nichts nutze bin.«

Sein Herr, den er also hinters Licht führte, war wie aus den Wolken gefallen: Das hatte er nicht erwartet. Und so begann er, seinem Schreiber das harte Klosterleben auszumalen. Dort würde er sich zudem keine großen moralischen Verdienste einheimsen, denn es wäre ja gerade dieser Mangel, der ihm die Freude an der Welt geraubt habe und ins Kloster triebe, und kurz und gut – er stellte alles nur Erdenkliche auf, um dem Schlingel seinen Vorsatz wieder auszureden. Dazu hatte er seine guten Gründe, denn er schätzte seine gute Schrift und seinen Fleiß, hatte zudem nunmehr all sein Vertrauen wiedergewonnen und wollte ihn auf keinen Fall verlieren. Was soll ich noch viel sagen? Er redete so lange auf sein Schreiberlein ein, bis der Schlingel ihm zusagte, wenigstens einstweilen seine Stelle zu behalten und in seinem Dienst zu bleiben. Und da der Anwalt nun seines

Schreibers Geheimnis kannte, wollte er ihm auch sein Geheimnis nicht vorenthalten, und deshalb sagte er:

»Mein Sohn, dein Unglück geht mir freilich sehe nahe; aber Gott weiß alles zum Besten zu führen und kennt besser als wir die Dinge, die uns frommen, und deshalb, Preis sei ihm, kannst du mir nunmehr einen Dienst erweisen, für den ich dir von Herzen dankbar wäre. Ich habe ein Weib, das ziemlich leichten Sinnes und lockerer Sitten ist, wogegen ich, wie du weißt, schon einigermaßen bei Jahren und in dem Alter bin, wo man bisweilen Anlass dazu gibt, entehrt zu werden. Wäre mein Weib nicht so herzensgut, dann hätte sie mir wohl schon Grund zur Eifersucht gegeben; um nun aber all diesen Gefahren und anderen sonst noch vorzubeugen, so sollst du fortan über sie wachen, und versprich mir das, bitte, in die Hand, damit ich nie mehr zu fürchten brauche, dass sie mir Grund zur Eifersucht bieten könnte.«

Der Schreiber versank in ein langes, tiefes Nachdenken; als er dann aber seinen Entschluss gefasst hatte und die Schleusen seiner Beredsamkeit öffnete: hei! Wie flossen da die Lobgesänge auf seine edle, herzensgute Herrin so prächtig plätschernd dahin, wie herrlich pries er da ihre Schönheit und Tugend, die alles Denkbare erreichten. ›Indessen‹, meinte er, ›wenn etwas zu seinen Dienstpflichten gehöre, dann wäre er mit Leib und Seele dabei, und mit unermüdlichem Pflichteifer wolle er dafür sorgen, dass nichts Schlimmes geschehe; sollte nur das Geringste vorkommen, so würde er seinen Herrn davon sogleich in Kenntnis setzen, so wie es sich bei einem ergebenen Diener von selbst verstünde.‹

Sein Herr war über diese Wache, die sein Weib fortan haben würde, strahlend froh; er verließ zufrieden sein Haus und widmete sich seelenruhig und sorgenlos seiner Tätigkeit in der Stadt. Das Schreiberlein aber trat unverweilt sein Wächteramt an und widmete sich ihm mit der ganzen Hingebung, deren er fähig war. Und seine Herrin machte ihm sein Amt leicht und freute sich diebisch, als sie hörte, wie schlau er ihren Mann hineingelegt hatte.

Die fröhliche Kurzweil der beiden, die sich so gut verstanden, dauerte gar lange Zeit. Wenn der Ehemann das Haus verließ, dann schickte er allemal sein Schreiberlein zu seinem Weibe; und er hätte sich lieber einen Diener von einem Nachbarn ausgeliehen, ehe er auf die Wächterdienste des pfiffigen Burschen verzichtet hätte; und wenn die Dame eine Reise oder Wallfahrt machte, hätte sie lieber auf ihre Zofe verzichtet, als aus das unentbehrliche, herzerquickende Schreiberlein. Gebt dann selbst zu: Nie ist wohl je einem Schreiber ein ähnliches Glück widerfahren! Und, soweit ich unterrichtet bin, hat der Ehemann niemals von der Sache Wind bekommen. Sonst hätte er sich sicherlich vor Gram die Haare ausgerissen.

Der Papstmacher oder Gottesmann.

Auch die weiten Gefilde Burgunds sind nicht arm an Ereignissen, die es wohl verdienen, aufgezeichnet und der Nachwelt überliefert zu werden. So will ich aus den Geschichten, von denen zurzeit viel die Rede ist, eine herausgreifen und hier mitteilen, die sich erst ganz kürzlich zugetragen hat.

Unweit eines hübschen, großen Dorfes an der Ouches, in den Waldungen des Berges, der dieses Dorf beherrscht, lebte ein Klausner – Gott weiß, was für ein Kerl! Umschattet von dem trügerischen Mantel gleißnerischer Heuchelei, trieb er dort die seltsamsten Dinge, die erst ans Licht kamen und dem Volke bekannt wurden, als Gott seine schändlichen, verdammenswerten Missbräuche nicht länger mehr dulden wollte. Dieser heilige Klausner, der am Ende nur knapp dem verdienten Tode entschlüpfte, war so wollüstig, wie ein alter Affe boshaft ist. Aber er wusste sich so pfiffig einzurichten, dass er alles Denkbare an List in den Schatten stellte. Er ging folgendermaßen zu Werke:

Unter den Frauen und schönen Mägdelein der Umgegend schien ihm am liebenswertesten und verlockendsten die Tochter einer schlichten Wittib, die fromm und demütig lebte und ihren letzten Pfennig für die Kirche dahinzugeben bereit war. Er kam zu der Überzeugung, dass er an dieser sehr wohl seine Lust büßen könne, wenn ihn nicht alle Sinne trogen.

Als es daher eines Nachts so recht finster und das Wetter recht schlecht war, stieg er um die zwölfte Stunde vom Berge hernieder, schlich sich auf Pfaden und unbegangenen Waldwegen zu dem Häuschen, wo jene Mutter mit ihrer Tochter wohnte, und langte dort auch richtig an, ohne jemandem zu begegnen. Das Häuschen war nicht groß, und er hatte es oft genug bei seinen frommen Besuchen gesehen, um all seine Einzelheiten zu kennen. So bohrte er in die nicht sehr dicke Wand, an der drinnen das Bett der schlichten Wittib stand, ein Loch, ergriff dann einen langen, hohlen Stock, den er mitgenommen hatte, brachte dessen Öffnung vorsichtig, ohne das Weiblein dabei zu erwecken, in die Nähe ihres Ohres und sprach mit gedämpfter Stimme zu dreien Malen: »Lausche meinem Worte, du Weib Gottes! Ich bin der Engel des Herrn, der mich zu dir entsandte und mich dir ob all des Glückes, so er dir in seiner Gnade bescheren will, verkünden und befehlen hieß: ein Spross deines Leibes, so da ist deine Tochter, soll seine Braut, die heilige Kirche, einigen, erneuen und wieder zu der Blüte zurückführen, die ihr zukommt. Wisse denn, wie solches geschehen wird: Wandle den Berg hinan zu dem heiligen Klausner und nimm auch deine Tochter dorthin mit. Erzähle ihr unter Weges, was Gott dir eben durch meinen Mund verkünden ließ. Der Klausner wird dein Töchterlein erkennen, und davon wird ein Sohn entsprießen, der wird sein der Auserwählte Gottes, wird den Heiligen Stuhl zu Rom besteigen und alldorten so viel Gutes tun, wie man gleiches nur vom heiligen Petrus und Paulus erlebt hat. Solches sollte ich dir künden – so sei denn deinem Gotte gehorsam!«

Das arme Weiblein war wie vom Donner gerührt und glaubte, halb erschrocken, halb beglückt, dass wirklich Gott ihm diese Botschaft gesandt habe. Alsbald war es innerlich fest entschlossen, dem Befehl getreulich zu gehorchen, wälzte sich noch lange schlaflos auf seinem Lager, und als ihm endlich die Augen wieder zufielen, schlief es doch nicht mehr fest ein, denn die Erwartung des herandämmernden Tages setzte ihm gar gewaltig zu. Derweile aber hatte sich der Klausner wieder zu seiner Hütte droben am Berge zurückgeschlichen.

Als nun der ersehnte Tag anbrach und die ersten Sonnenstrahlen sich durch die Vorhänge des Fensters ins Zimmer hineinstahlen, waren Mutter und Tochter flink auf den Beinen. Kaum hatten sie sich fertiggemacht, angekleidet und ihr bisschen Haushalt in Ordnung gebracht, da fragte schon das Weiblein seine Tochter, ob sie heut Nacht nichts gehört habe. Das Mägdelein erwiderte:

»Gewiss nicht, Mutter.«

»Ja, ja,« nickte die Alte. »Die erste Kunde solch holder Botschaft dürfte freilich nicht zu dir dringen, so nahe sie dich auch betrifft.«

Und dann begann sie dem Mägdelein des langen und breiten von der engelischen Botschaft zu berichten, die ihr Gott heut Nacht hatte verkündigen lassen, und fragte es schließlich, was es davon denke. Die holde Maid, die gleich ihrer Mutter schlichten, frommen Sinnes war, entgegnete:

»Gott sei gelobt, liebe Mutter, und es soll allezeit geschehen, was ihm gefällt.«

»Wohlgesprochen,« erfreute sich die Mutter. »So wollen wir denn zum Berge wallen und den heiligen Mann aufsuchen, so wie der liebe Engel das befohlen hat.« Der Klausner saß bereits auf der Lauer, als die betrogene Alte ihr einfältiges Töchterlein zu ihm brachte. Als er die beiden kommen sah, ließ er die Tür zu seiner Hütte halb offen, begab sich in seine Stube und versenkte sich alldorten in ein tiefandächtiges Gebet, auf das jene ihn in frommer Glaubensübung antreffen konnten. So geschah es auch: Denn als das Weiblein und deren Tochter die

Tür nur angelehnt sahen, traten sie ohne alle Umstände in die Klause; und als sie den Heiligen in andächtiger Versunkenheit erschauten, da ehrten sie ihn, als ob er der liebe Gott selber wäre. Der Klausner hielt seine Augen demütig zu Boden gesenkt und grüßte sie in Gottes Namen mit unterwürfiger, gebrochener Stimme. Aber die Alte wollte ihm gleich mitteilen, weshalb sie gekommen sei, und deshalb nahm sie ihn beiseite und erzählte ihm von Anfang bis zu Ende ihr Erlebnis, das er ja viel besser kannte als sie selbst. Während sie voller Ehrfurcht ihren Bericht abstattete, verdrehte der fromme Mann seine Augen zum Himmel und erhob seine gefalteten Hände flehend empor, und die Alte heulte darob vor Freude und Erbauung. Als dann ihr wortreicher Bericht zu Ende war und sie eine Antwort erhoffte, beeilte sich der Schlaufuchs keineswegs. Endlich aber öffnete er das Gehege seiner Zähne und sprach die schönen Worte:

»Gott sei gelobt und gepriesen! Aber liebe Frau, seid Ihr auch ganz sicher, zweifelt Ihr wirklich nicht, dass alles das, was Ihr mir ebenso frei heraus erzähltet, kein Trug noch Sinnestäuschung war? Lasset Euer Herz richten! Bedenket, dass es sich hier um etwas Großes, etwas Gewaltiges handelt!«

»Wahr und wahrhaftig habe ich die Stimme vernommen, die mir diese herzerquickende Verkündigung tat!«, beteuerte die Alte. »Glaubet mir, guter Vater, was ich Euch sagte, ist wahr, und seid versichert, dass ich nicht schlief.«

»Sehr wohl«, murmelte der Klausner. »Dennoch scheint es mir angebracht, dass von Euch wie von mir die Sache sorglich beschlafen werden muss, – nicht etwa, dass ich meinem Schöpfer widersprechen wollte, Gott behüte! Ader solltet Ihr nochmals die gleiche Erscheinung haben, dann kehret hier zu mir zurück, und Gott wird uns dann schon einen Rat und Entschluss eingeben. Man soll nicht allzu leichtfertig in Glaubensfragen sein, teure Mutter: Der Teufel hat es bisweilen auf uns arme Menschenkinder abgesehen, und dann findet er allerlei Listen und verwandelt sich wohl gar in eines lichten Engels Gestalt. Bedenket, teure Mutter, dass es sich hier um keine Kleinigkeit handelt, und es deshalb nicht verwunderlich ist, wenn ich zögere: Habe ich nicht vor Gott das Gelübde der Keuschheit abgelegt? Und Ihr bringet mir von ihm einen Befehl, dessen Erfüllung dies Gelübde brechen würde. Kehret also in Euer Haus zurück, betet zu Gott, und dann wollen wir abwarten, was morgen sein wird. Und nun, Gott befohlen.«

Die beiden erschöpften sich in Ehrfurchtsbezeugungen, ehe sie endlich des Einsiedlers Klause verließen und in eifrigem Gespräche heimwandelten. Um kurz zu sein: Zur gleichen mitternächtigen Stunde kam der fromme Mann mit seinem hohlen Pilgerstabe wieder zu dem Häuschen, und kündete durch ihn dem lauschenden Ohre der Alten mit etwa den gleichen Worten, was er ihr in der vorigen Nacht gesagt hatte; worauf er wiederum schleunigst in seine Klause zurückeilte. Das Weiblein war ganz närrisch vor Freude; ihr schien, dass sie nun schon gewissermaßen dem lieben Gott selbst zu Füßen läge; sie sprang aus dem Bette, noch ehe überhaupt der Morgen recht angebrochen war, weckte ihre Tochter und erzählte, was sich Neues zugetragen habe, und dass man nach dieser Bestätigung der gestrigen Erscheinung nun überhaupt nicht mehr an der Richtigkeit zweifeln könne. Darum kurz und gut: »Wir wollen zu dem heiligen Manne eilen!«

Sie eilen hin, und er sieht sie kommen, greift daher flugs zum Stundenbuch, beginnt seinen Gottesdienst von Neuem und lässt sich in dieser andächtigen Tätigkeit vor der Tür seiner Hütte ›überraschen‹ und von den einfältigen Frauenzimmern ehrfürchtiglich begrüßen. Alsbald fängt die Alte an, ihre nächtliche Erscheinung zu schildern und mit der vorigen zu vergleichen, der sie so aufs Haar gleich war. Der fromme Mann ist die Verwunderung selbst; er schlägt ein Kreuz und sagt endlich: »So wahr ein Gott im Himmel ist, was mag das heißen ?! O du mein Herr da droben, mache mit mir, was du willst, obgleich ich deiner großen Gnade nicht wert noch würdig bin, ein so herrliches Werk auszuführen!«

»Aber«, redete ihm die Alte zu, »Ihr seht nun doch und müsst zugeben, dass mir der Engel wahrhaftig und wirklich erschienen ist, maßen es nun wiederum geschah.«

»Ich muss Euch gestehen, teure Freundin,« entgegnete der Klausner, »dass die ganze Sache so über meine Begriffe geht, mir so schwierig scheint und allen meinen Erfahrungen so fernliegt, dass ich Euch keine entscheidende Antwort geben kann. Nicht wahrlich will ich damit sagen (verstehet mich recht!), dass Ihr Gott versuchen und eine dritte Erscheinung abwarten müsst. Aber man sagt gewöhnlich: ›Aller guten Dinge sind drei!‹ Darum bitte ich Euch inständigst: lasset noch diese Nacht vorübergehen, ehe Ihr mich zur Entscheidung dränget, und harret, was Gott in seiner Gnade für gut befinden wird. Und wenn er in seinem unendlichen Erbarmen auch in dieser Nacht Euch dieselbe Erscheinung sendet wie in den früheren, dann werden wir tun, wie er befiehlt; Preis sei ihm!«

Der guten Alten war das gar nicht recht, dass man so lange zögern sollte, Gottes Befehlen zu gehorchen. Aber sie fügte sich dem Klausner, der das ja besser wissen musste. Als sie im Bett lag, allwo sie emsig über die himmlischen Botschaften nachgrübelte, die ihr nicht aus dem Kopfe wollten, kam der geile Heuchler wieder vom Berge herabgeschlichen und gab ihr von Neuem durch sein Sprachrohr in Gottes Namen, als sei er ein Engel, den endgültigen Befehl, ihre Tochter für den angegebenen Zweck zu dem Klausner zu geleiten. Und es war noch nicht recht Tag geworden, da führte sie dies Geheiß schon aus: eilends sprach sie mit ihrer Tochter das Morgengebet, und dann begaben sich die zwei zu seiner Hütte. Der fromme Mann kam ihnen bereits entgegen, begrüßte sie in Gottes Namen und segnete sie. Und die gute Alte, deren Freude nun keine Grenzen mehr kannte, platzte denn auch sogleich mit dem Bericht der dritten Erscheinung heraus, worob der Klausner, der ihre Hand ergriffen hatte, sie in seine Kapelle führte, wohin ihnen das Mägdelein folgte. Und dort drinnen stimmten sie andachtsvolle Lobgesänge auf den Herrn da droben an, der sie in seiner Allmacht dieses erhabenen Mysteriums gewürdigt hatte, dann hielt der Klausner eine gar erbauliche Predigt, wo er von Träumen, Gesichten, Erscheinungen und Verkündungen sprach, die bisweilen den Menschen zuteil würden. Dann schien es ihm angebracht, von dem Zwecke zu reden, der sie hier zusammengeführt hatte, und – weiß Gott! Er sprach voll schöner, herzergreifender Salbung:

»Sintemalen Gott wünscht und befiehlt, dass ich dem Papsttum einen Erben schenke, und er solches nicht nur ein- oder zweimal zu verkünden geruht hat, sondern zum Überfluss gar noch ein drittes Mal, so müssen wir dem Wunder Glauben schenken und zu dem Schlusse kommen und sagen: Wahrlich, das ist eine gar gewaltige, erhabene Gottesgabe, die der Welt hierdurch zuteilwerden wird. Und darum scheint mir, wir tun am besten, wenn wir die Sache nicht länger hinausschieben, maßen ich schon so gar lange gezögert hatte, bis ich der heiligen Botschaft Glauben schenkte.«

»Wohlgesprochen, mein guter Vater!«, rief die Alte, »Wie wünschet Ihr, dass die Zeremonie vor sich gehen soll?« »Lasset Euer schönes Töchterlein hier bei mir,« entgegnete der Klausner. »Sie wird sich mit mir in Gebete versenken, und dann werden wir vollziehen, was Gott uns lehren wird.«

Die gute Alte war damit einverstanden und hieß ihrer Tochter, gehorsam zu sein. Als der verdammte Klausner mit dem Mägdelein allein war, hieß er ihr, sich zu entkleiden, maßen er sie in schlichter Nacktheit neuerlich taufen wollte; und dass er seine Kutte nicht anbehielt, werdet ihr wohl glauben. Kurz und gut, sie blieb lange Zeit bei ihm, als wäre sie sein Mesner; und als er anfing, das Gerede der Leute zu fürchten, besuchte er sie oft und reichlich in ihrem Häuschen, also dass schließlich ihr Leib zu schwellen begann. Darüber war sie so beglückt, dass es sich gar nicht beschreiben lässt; aber strahlte die Tochter über diese Frucht ihres Leibes, so strahlte die Mutter noch hundertmal mehr. Und auch der gottverfluchte Pfaff tat ganz glückselig, aber innerlich barst er schier vor Wut.

Die arme, betrogene Wittib, die da vermeinte, dass ihre schöne Tochter wirklich einen bildschönen Sohn zur Welt bringen würde, der in der Zukunft von Gott zum Papst in Rom gemacht werden sollte, konnte natürlich auf die Dauer ihre Zunge nicht im Zaume halten: Sie erzählte es ihrer besten Freundin in der Nachbarschaft, die so erstaunt war, als wären ihr plötzlich Hörner gewachsen. Ich will nicht gerade behaupten, dass sie den Betrug ahnte; aber jedenfalls erzählte sie die Geschichte wieder andern Nachbarn und Nachbarinnen: Die Tochter der Soundso sei durch den heiligen Klausner schwanger und würde einen Sohn gebären, der später Papst in Rom würde. Und sie beteuerte:

»Alles, was ich weiß, hat mir die Mutter selbst mitgeteilt, der es Gott zu verkündigen geruhte.«

So verbreitete sich die Nachricht auch in den benachbarten Städten. Aber da geschah es, dass das Mägdelein niederkam und eines schönen Töchterleins genas! Darob waren alle, die Tochter, ihre dumme Mutter und sogar die Nachbarsleute wie vom Schlage getroffen, und sie verfielen in wilde Wut. Denn sie hatten wahrhaftig geglaubt, der zukünftige Heilige Vater würde zur Welt kommen. Die neue Kunde verbreitete sich wie der Wind; aber einer der ersten, der sie erfuhr, war der Klausner, der sich nicht erst lange besann und Hals über Kopf in ein ander Land enteilte – in welches, weiß ich nicht; aber sicher hat er dorten bald ein ander Weib oder Mägdelein gefunden, das er in gleicher Weise betrog, dafern er nicht in die Wüsten Ägyptenlandes geflüchtet ist, um seine Seele in reuiger Zerknirschung wieder von Sünden rein zu waschen. Das Mägdelein freilich blieb entehrt, und das war tief bedauerlich, denn es war schön, anmutig und voller Herzensgüte.

Die geheilte Äbtissin.

In der Normandie steht eine schöne, große Abtei für Damen, deren Oberin, ein hübsches, junges, wohlgeformtes Weiblein, eines Tages krank wurde und das Bett hüten musste. Ihre lieben, frommen Schwestern kamen alsbald voll zarter Fürsorge zu ihr in die Zelle, trösteten sie und schleppten herbei, was sie nur auftreiben konnten, in der Hoffnung, ihr damit eine Erleichterung zu schaffen. Und als sie innewurden, dass die Krankheit nicht die geringsten Anstalten machte, zu weichen, so beschlossen sie, dass eine von ihnen nach Rouen gehen und einen berühmten Arzt dort aufsuchen müsse, dem sie den Harn der Kranken brächte und den ganzen Fall ausführlich schildere.

Die Nonne, der dieser Auftrag zufiel, machte sich tags darauf auf den Weg. Als sie bei dem Arzt anlangte, übergab sie ihm die fragliche Flüssigkeit und beschrieb ihm gar umständlich, wie die Krankheit sich äußere und in Erscheinung trete, wie es um Schlaf, Verdauung, Essen und Trinken stehe. Der erfahrene Arzt war durch diese eingehende Beschreibung und die Harnuntersuchung alsbald völlig über die Art der Krankheit klar und wusste, was er für ärztliche Vorschriften machen musste. Zwar pflegte er derartige Verordnungen zumeist schriftlich zu geben. Aber diesmal schien es ihm besser, sie mündlich übermitteln zu lassen, und deshalb sagte er zu dem Nönnlein:

»Schöne Schwester, damit die Frau Äbtissin ihre Gesundheit wiedererlangt, ist es dringend notwendig, dass sie mit einem Manne Umgang pflegt. Geschieht das nicht, so wird sie in kurzer Zeit so schwer darniederliegen, wird das Übel derart überhandnehmen, dass nur der Tod sie davon erlösen kann.«

Ob dieser niederschmetternden Eröffnung fiel unser Nönnlein aus allen Wolken, und angstbeklommen fragte sie: »Wehe, Meister Johann, sehet Ihr denn wirklich gar keine andere Möglichkeit, die Frau Äbtissin wieder gesundzumachen?!«

»Wahrhaftig, nein! Einen anderen Weg gibt es nicht, und ich kann Euch nur dringend einschärfen: Man muss dafür sorgen, und darauf bestehen, dass alles genau so geschieht, wie ich gesagt habe! Denn wenn dem Leiden nicht solchermaßen begegnet wird, wenn man es weiter in der bisherigen Weise fortschreiten lässt, dann wird's auch für einen Mann nicht mehr möglich sein, rechtzeitig zu helfen.«

Das Nönnlein wagte kaum, ein paar Happen zu essen, so eilte sie, der Frau Äbtissin diese Botschaft zu übermitteln. In fliegender Eile trieb sie unermüdlich ihren wackeren Zelter an, und deshalb war die Äbtissin denn auch bass erstaunt, als sie jene so viel früher, als sie es hatte erwarten können, in das Kloster zurückkehren sah. Kaum trat die Nonne in die Zelle der Kranken, da rief ihr selbige bereits zu:

»Nun, Schwesterlein, was sagt der Arzt? Werde ich mit dem Leben davonkommen?«

»Wenn's Gott gefällt, werdet Ihr bald wiederhergestellt sein,« entgegnete die fromme Botengängerin. »Haltet einen guten Schmaus und fasset Mut.«

»Hat mir denn der Arzt sonst keinerlei Vorschriften für eine bestimmte Lebensweise oder ähnliches gemacht?«

»Freilich hat er das«, meinte die Schwester und berichtete zunächst ausführlich, wie der Arzt den Harn untersucht und sie über Alter, Essen, Schlaf usw. der Kranken ausgefragt habe.

»Schließlich,« beschloss sie ihren Bericht, »erklärte er und schrieb er vor: Ihr müsstet mit einem Manne Eures Fleisches Lust büßen, maßen Ihr ansonsten unwiderruflich sterben werdet – ein anderes Rettungsmittel gibt es nicht.«

»Umgang mit einem Manne!!« ächzte die Äbtissin, »Lieber will ich tausendmal sterben, als so etwas tun!« Und mit ergebungsvoller Stimme fuhr sie fort:

»Da mein Leiden unheilbar ist und zum Tode führt, wenn ich es nicht solchermaßen vertreibe, so ist mir, gottlob, der Tod willkommen. So rufet denn eilig das ganze Kloster zusammen.«

Alsbald ertönte die Glocke und in kurzer Zeit waren alle Nönnlein in der Zelle der edlen Frau vollzählig versammelt. Die Kranke litt zwar sehr, aber reden konnte sie noch wie ein Wasserfall, und so hielt sie den Schwestern eine großmächtige, schwungvolle Ansprache von nicht unwesentlicher Länge, darin sie die Zustände und die Entwicklung der Abtei schilderte und darlegte, in welcher Verfassung sie das Kloster vorgefunden habe und wie gar herrlich es alljetzo dorten ausschaue. Des weiteren kam sie auf ihre Krankheit zu sprechen, die tödlich und unheilbar sei; das fühlte sie selbst und zudem wisse sie es nun auch ganz genau, sintemalen jener treffliche Arzt, dessen sie im Folgenden des längeren gedachte, sein Gutachten abgegeben und gewissermaßen ihr Todesurteil gesprochen habe.

»So empfehle ich denn«, schloss sie ihre Rede, »unser Kloster eurer Fürsorge an, meine lieben Schwestern, und bitte euch, meine arme Seele in eure frommen Gebete mit einzuschließen.« Bei diesen Worten ergoss sich ein wahrer Sturzbach von heißen Zähren aus ihren holden Augen, und hierzu gesellten sich alsbald zahllose andere Tränenbächlein, die aus dem Herzensborn des guten Klosters sprudelnd emporquollen. Lange Zeit dauerte dieser Erguss, und während dieser langen Zeit vermochte keines der schluchzenden Weiblein ein Sterbenswörtchen vorzubringen. Endlich aber vermochte sich die Frau Priorin etwas zu fassen; und diese gute, kluge Frau ergriff für das gesamte Kloster das Wort und sprach:

»Edle Herrin: Gott, dem man nichts verbergen kann, weiß am besten, wie sehr uns Eure Krankheit zu Herzen geht, und es gibt keine unter uns, die sich nicht gern zur Verfügung stellen und opfern würde, soviel nur irgendein lebendes Wesen das könnte, um Euch Eure Gesundheit wiederzugeben. Und darum bitten wir Euch insgesamt: schonet nichts, was zu dem Besitze des Klosters gehört; seid nicht sparsam damit, denn viel lieber wollen wir all unsere irdische Habe darangeben, lieber unseren irdischen Besitz verlieren, als die Vorzüge einbüßen, die Eure Gegenwart unseren Seelen verleiht.«

»Meine teure Schwester,« entgegnete die Äbtissin, »was Ihr mir da anbietet, habe ich keineswegs verdient; immerhin danke ich Euch von ganzem Herzen und bitte Euch nochmals und eindringlichst: denket an alles, was ich Euch über die Lage unseres Klosters gesagt habe, denn das steht mir, weiß Gott, nah zum Herzen; und weiter: schließet meine arme Seele mit in Eure Gebete ein, denn sie ist Eurer Fürsprache gar bedürftig.«

»Wehe, edle Frau!« jammerte die Priorin, »ist es denn gar nicht möglich, durch sorgliche Pflege und richtige Heilmittel Eure Gesundheit wiederherzustellen?«

»Nein, meine Liebe, es ist nicht möglich! Ihr müsst mich hinfüro zu den Toten rechnen, denn ich bin keinen Pfifferling mehr wert, und all mein Reden macht die Sache nicht anders.«

Nunmehr aber trat aus den Reihen ihrer Schwestern jenes Nönnlein, das nach Rouen gepilgert war, und sprach: »Verzeihet, edle Frau, aber Ihr wisst: Es gibt doch ein Heilmittel!«

»Eines, das mir nicht behagt,« fuhr die Äbtissin auf, und erklärte weiter: »Schwester Johanna kommt nämlich von Rouen zurück, allwo sie dem Arzte meinen Harn zur Untersuchung gegeben und meinen Fall erzählt hat. Der aber hat meine Krankheit für tödlich erklärt, sintemalen ich mich keinem Manne hingeben, noch mit ihm Umgang pflegen mag. Dieses war nämlich seine Verordnung, wie er sie in seinen Büchern gelesen hatte, und durch die er mich vom Tode zu erretten hoffte. Folge ich der Verordnung nicht, so ist mein Tod unausbleiblich. Und ich lobpreise Gott, der mich solchermaßen zu sich rufen und vor allen Sünden bewahren will. Ihm empfehle ich mich an und freudig überantworte ich meinen Leib dem Tode; mag er mich denn dahinraffen, wann es ihm gefällt!«

»Wie denn!«, rief die Beschließerin. »Ihr wollt aus freien Stücken Selbstmord begehen?! Wird Euch ein Mittel angegeben, durch das Ihr Euch heilen und retten könnt, so müsst Ihr doch eiligst danach greifen und die Hilfe heischen! Man wird alles dafür tun, dass Ihr nicht lange darauf zu warten braucht. Wahrlich, Ihr tut nicht recht, und ich wage zu behaupten, dass Eure Seele keineswegs so sicher ins Paradies eingehen wird, wenn Ihr solchermaßen Euren Tod herbeiführt.«

»Ach, liebe Schwester,« entgegnete die Äbtissin, »wie oft doch habet Ihr in den Predigten gehört, dass es besser ist, sich dem Tod in die Arme zu werfen als eine solche Todsünde zu begehen. Und Ihr sehet doch nun, dass ich dem Tode nur entgehen kann, wenn ich solchermaßen in den Pfuhl der Todsünde hinabsteige. Und was noch schlimmer ist und mein Herz bedrückt, ist dieses: Nehmen wir an, ich hätte die Vorschrift befolgt und mein Leben verlängert – werde ich nicht für alle Zeit entehrt sein? Werde ich nicht unter quälendsten Selbstvorwürfen mein Leben weiter verbringen? Wird man nicht mit Fingern auf mich weisen und sagen: ›Diese Frau dort hat ...‹ usw.? Auch ihr alle, die ihr mir jetzt so dringend ratet und zusprechet, auch ihr werdet eure Achtung, eure Liebe zu mir verlieren. Täte ich so, dann würdet ihr und mit Recht, gar bald zu der Erkenntnis kommen, dass ich unwert bin, euer Oberhaupt zu sein und euch zu leiten.«

»Sprechet so etwas nicht aus, noch lasset je dergleichen Gedanken in Euch aufkommen!«, rief die Schatzmeisterin. »Man soll stets alles nur Erdenkliche tun, um dem Tode zu entgehen. Sagt nicht auch unser edler Kirchenvater, der heilige Augustinus, dass kein Mensch das Recht hat, sich das Leben zu nehmen, ja, selbst nicht einmal sich eines Gliedes zu berauben?! Heißt es nicht, dieser seiner Entscheidung geradezu entgegenhandeln, wenn Ihr etwas unterlasset, das Euch vor dem Tode bewahren könnte?«

»Wohlgesprochen! Sie hat recht!« rief das ganze Kloster einstimmig. »Bei Gott, edle Frau, gehorchet dem Arzt, verharret nicht so eigensinnig auf Eurem Vorhaben, dessen Durchführung Euch mit Leib und Seele dem Verderben ausliefern würde, und Euer armes Kloster, das Euch in so heißer Liebe anhängt, in tiefste Verzweiflung stürzen und Eurer weisen Leitung berauben würde!«

»Meine liebe Schwestern, lieber will ich freiwillig dem Tode meine Arme öffnen, freiwillig ihm meinen Nacken bieten und ihm in Ehren zur Beute werden, als ihn fliehen und dadurch für mein ganzes Leben entehrt werden. Bedenket nur: Was werden die Leute sagen?!«

»Kümmert Euch nicht darum, was die Leute sagen werden! Anständige Menschen werden Euch niemals daraus einen Vorwurf machen.«

»Man wird, man wird!« ächzte die Äbtissin.

Das ganze Kloster war in der fürchterlichsten Erregung. Die guten Nönnlein verließen tiefbewegt die Zelle und hielten untereinander eine lange, lange Beratung ab. Und als sie zu einem endgültigen Entschlusse gekommen waren, da übernahm es die Priorin, im Namen der anderen diesen Beschluss der Äbtissin zu eröffnen, und sie sprach zu ihr:

»Edle Frau, sehet hier das versammelte Kloster, das so schmerzbeklommen ist, wie wohl nie ein anderes Kloster gleichermaßen gramumfangen und verzweifelt war. Und daran seid Ihr schuld! Denn wisset: Wenn Ihr den unglückseligen Gedanken durchführen würdet, Euch dem Tode zu überantworten, dem Ihr entgehen könntet, so wäre das Selbstmord, – davon bin ich fest überzeugt! Damit Ihr aber sehet, in wie herzlicher, aufrichtiger Liebe wir an Euch hängen, so haben wir uns dahin geeinigt und beschlossen (und zwar einstimmig!): wir wollen Euer Leben und damit auch uns erretten; und darum, wenn es denn sein muss, dass Ihr Euch im geheimen einem edlen Manne hingebet, wollen wir, dafern es Euch so gefällt, das gleiche tun wie Ihr, auf dass Ihr niemals den Gedanken oder die Vorstellung haben könntet, es könnte Euch eines Tages eine von uns aus solcher Handlung einen Vorwurf machen. Ist es nicht so, meine Schwestern?«

»So ist's!«, rufen sie alle aus vollem Herzen. Als die Äbtissin solche Wort hörte, da sank schwerer Gram auf ihr Herze; aber ob der Liebe zu ihren Schwestern ließ sie sich überreden und gab, wenn auch voll tiefen Bedauerns, nach. So gestattete sie, dass die Vorschrift des Arztes zur Ausführung kommen dürfe, vorausgesetzt, dass ihre Schwestern sich der gleichen Vorschrift unterwürfen. Und darum rief man alsbald Mönche, Pfarrer und andere Geistliche herbei, die jene ärztliche Verordnung durchführten, also dass die Frau Äbtissin in Bälde ihre Gesundheit wiedererlangt hatte. Darob herrschte denn auch eitel Freude im ganzen Kloster. Aber leider – was aus so gar ehrenhaften Gründen geschehen war, davon mochte man fortan aus recht schmählichen Gründen nicht mehr lassen.

Das Kind, das zwei Väter hatte.

Lebte da kürzlich in Brügge ein Edelmann, der ein bildhübsches Mägdelein zur Buhle hatte und mit ihr lange Zeit in trautester Gemeinschaft verbrachte. Solchermaßen geschah es, dass ihr mählig ihr Gürtel zu enge war. Aber just als sie dessen gewiss ward, rief der König seine Truppen ins Feld, und so ward unser Edelmann genötigt, seine Liebste zu lassen und sich in den Dienst seines Herrn zu begeben. Das tat er gern und frohen Herzens. Aber bevor er von hinnen zog, sorgte er dafür, dass für das Kindelein, das da kommen sollte, Paten und Patinnen bereit und zur Hand waren und für das Kind zu sorgen versprachen; gleichermaßen besorgte er eine Amme und brachte die Mutter bei ordentlichen Leuten unter, denen er genügend Geld zurückließ und seine Liebste herzlichst anempfahl. Und als er so gut, aber auch so schnell er konnte, für alles vorgesorgt hatte, rüstete er sich zur Abreise, nahm von seiner Dame Abschied und versprach ihr, mit Gottes Hilfe baldmöglichst wieder heimzukehren.

Die Ärmste hatte wohl noch nie in ihrem Leben so heiße Tränen vergossen, wie in dieser schweren Abschiedsstunde, wo ihr eins und alles, das ihr auf der Welt lieb teuer war, von dannen ging. Die Trennung ging ihr halt unbeschreiblich nahe, und die bitteren Zähren, die aus der Tiefe ihres Herzens quollen, schnürten ihr die Kehle zu. Aber da alles Jammern nichts half und die Sache darum nicht anders wurde, so beruhigte sie sich mit der Zeit. Und als gar etwa ein Monat seit der Abreise ihres Liebsten verflossen war, da entglomm in ihrem Herzen ein heißer Wunsch und die Rückerinnerung an all die holde Kurzweil, deren sie nun ob ihres Freundes unerträglicher, verdammter Abwesenheit, ach! So gänzlich beraubt war.

Der Liebesgott, der allezeit tätig bei der Arbeit ist, machte ihr den Mund wässerig mit den hohen Vorzügen eines benachbarten Kaufmanns und pries ihr insgeheim seinen reichen Besitz, seine edlen Tugenden und sein gutes Herz. Selbiger Kaufmann hatte ihr nämlich schon vor des Edelmannes Abreise und nunmehr erst recht und zu wiederholten Malen ein zartes Liebesbündnis vorgeschlagen; und nun kam sie zu dem Entschluss: Wenn jener nochmals mit Vorschlägen an sie heranträte, würde sie ihm nicht mehr die Türe weisen; und wenn er sie jetzt links liegen ließe, so habe sie ja Mittel genug, um ihm zum Ausdruck zu bringen, wie sehr sie ihm wohlwolle.

Schon am Tage, nachdem sie zu diesem Entschluss gekommen war, hatte Amor nichts Eiligeres zu tun, als unsern Kaufmann zu der Ärmsten zu entsenden. Wiederum bot er ihr Hunde und Vögel, legte ihr all seine Habe und sich selbst zu Füßen und bot ihr kurz all die tausend Dinge, die ein abgefeimter Frauenfänger allemal in fließenden, gewinnenden Reden zu versprechen weiß. Und er ward mitnichten zur Tür gewiesen: Denn wenn sein ganzes Herz nach fröhlichen Liebesschlachten dürstet, so lechzte sie nicht minder danach, ihm eine mutige Partnerin zu sein und alles zu tun, damit er seine guten Vorsätze auch durchführe.

So kam es, dass unser holdes Mägdelein ohne lange Umstände den Edelmann von sich abschüttelte, der just im Kriege war und bereitwilligst auf alle Angebote und Vorschläge des wackeren Kaufmannes einging. Sie zögerte auch nicht einen Augenblick, die Folgen dieses Abkommens sofort auf sich zu nehmen; und ihr neuer Freund erwies sich ihr als so gar ritterlich, mutig und tugendsam, dass sie den alten, all seine Liebe und Liebesweise völlig vergaß, wovon der Ärmste natürlich keine Ahnung hatte.

Auch der Kaufmann war von den herzerquickenden Vorzügen seiner neuerrungenen Huldin ganz entzückt, und ihre Wünsche, Begierden und Gedanken begegneten sich so in allen Stücken, dass die beiden alsbald ein Herz und eine Seele waren. Sie kamen zu der Einsicht, dass sie ein Haus brauchten, darinnen sie bequem und ungebunden miteinander leben konnten, und so packte eines schönen Tages die Buhle ihre sieben Sachen zusammen und kam mit Sack und Pack in das Haus des Kaufmannes: von ihrem früheren Liebsten, von den wackeren Leuten, bei denen sie gewohnt hatte, und von all' den anderen, deren Fürsorge und Liebe sie anempfohlen war, mochte sie nichts mehr wissen.

Immerhin war sie schlau genug, dem Kaufmanne sofort, als sie bei ihm prächtig untergebracht war, zu eröffnen, dass sie gesegneten Leibes sei, und darüber ward er strahlend glücklich, maßen er vermeinte, dass er daran schuld sei. Und nach etwa sieben Monaten kam das Dirnlein auch richtig mit einem schönen Knaben nieder, der, gleichermaßen wie seine Frau Mama, von dem Adoptivvater mit Geschenken überschüttet wurde.

Nun aber begab es sich bald darauf, dass jener Edelmann vom Kriege zurückkehrte und nach Brügge kam, allwo er sich schleunigst und gar ehrsam zu dem Hause begab, darinnen er seine Liebste zurückgelassen hatte. Und als er dorten eintrat, begann er die Hausleute, deren Obhut und Fürsorge er sie anvertraut hatte, nach ihr zu fragen.

»Wie denn!«, riefen sie betreten, »wisset Ihr denn nicht? Habt Ihr die Briefe nicht bekommen, die wir Euch schrieben?«

»Nein! Weiß Gott, nein!« entsetzte er sich. »Was ist denn geschehen?«

»Ach, der Jammer! Heilige Maria! Muttergottes!« entrüsteten sich die Hausleute. »So ist es höchste Zeit, dass Ihr es erfahrt! Ihr waret noch keinen Monat fort, da packte sie schon ihre Siebensachen zusammen und zog in das Haus gegenüber zu dem Kaufmann Soundso, der sie nun fest unter Schloss und Riegel hält. Seitdem ist sie auch Mutter eines schönen Knäbleins geworden, das sie dort zur Welt brachte. Der Kaufmann hat den Kleinen taufen lassen und hält ihn als sein eigen Kind.«

»Heiliger Johannes! Was sind das für Nachrichten!« klagte unser guter Edelmann. »Aber wenn sie solch ein Flittchen ist, mag sie meinetwegen der Teufel holen! Mir soll's recht sein, wenn der Kaufmann sie hat und bei sich behält; das Kind aber ist meines, es gehört mir, und ich will es zurückhaben!«

Mit diesen Worten machte er kehrt, ging davon und begab sich stracks zum Hause des Kaufmanns, allwo er gröblich und heftig an das Tor pochte. Zufälligerweise kam just seine einstige Liebste, die ja nun dort zu Hause war, an die Tür und machte die Klappe auf. Als sie ihren verratenen Freund sah, und er seine treulose Buhle erkannte, traf die beiden schier der Schlag. Doch fasste er sich und fragte, wie sie dorthin käme. »Fortuna hat mich hergeführt!« lächelte sie, etwas blöd. »Fortuna!«, schnaubte er. »So mag Fortuna dich auch behalten. Aber mein Kind will ich wiederhaben! Immer gerecht: Dein Meister hat die Kuh, ich für mein Teil beanspruche das Kalb. Gib es mir also gleich und ohne lange Umstände, denn ich bestehe darauf, mag kommen, was will.«

»Ach, wehe!« jammerte die Buhle, »was wird mein Mann sagen?! Ich werde drunter durch sein, denn er ist fest überzeugt, dass dies Kind ihm gehört.«

»Was geht das mich an! Er mag sagen, was er will, aber was mein ist, das bekommt er nicht.«

»Ach, liebster Freund, ich bitte euch flehentlich, lasst dies Kind meinem Kaufmann, Ihr würdet damit ihn und mich glücklich machen. Und bei Gott! Wenn Ihr das Kind gesehen hättet, würdet Ihr nicht so drängen, es zu besitzen: Es ist ein hässlicher, schmutziger Bengel, räudig und missgestaltet.«

»Mag sein! Ader so wie er ist, ist er mein, und ich will ihn wiederhaben!«

»Mein Gott, sprecht leise,« ächzte das Dirnlein. »Und gebt nach, bestehet nicht rücksichtslos auf Eurer Forderung, ich bitte euch flehentlich! Ach! Wenn Ihr die Gnade hättet, das Kind hier zu lassen, beim lieben Himmel! Wenn Ihr so gut wäret, das zu tun, weiß Gott! Dann verspreche ich Euch: Ihr sollt gleich das erste kriegen, das ich künftig zur Welt bringen werde!«

Ob dieser Worte konnte sich der Edelmann, trotz seines Zornes und seiner gewaltigen Erregung, das Lachen nicht verbeißen. Ohne ein Wort weiter zu reden, ließ er seine Holde stehen und ging weg. Soviel ich gehört habe, hat er auch nie mehr die Rückgabe des Kindes gefordert, und es lebt noch immer bei dem Kaufmann, der während des Edelmannes Abwesenheit die wackere Mutter auflas.

Halb im Stiefel.

Obgleich in den anderen Erzählungen die Namen der Personen, die darin vorkommen und handelnd auftreten, nicht genannt sind, so habe ich doch nicht übel Lust, in dieser kleinen Geschichte den Helden zu nennen: Es war der Graf Walerant, der seinerzeit Graf Saint-Pol hieß und allenthalben »der schöne Graf« genannt wurde. Neben vielen andern Herrensitzen gehört ihm auch ein Dorf in der Schlossvogtei von Lisle. Und das Dörflein Vrelenchem lag nur eine Meile etwa von der Stadt Lisle entfernt.

Der edle, schmucke Graf war sanft und gut, und wohl darum schwamm er allezeit, ohne irgendein Maß und Ziel zu kennen, im heißen Liebesstrome! Nun erfuhr er durch Untergebene, die ihm in dieser Beziehung zu

Diensten standen; dass im besagten Dörflein Vrelenchem ein bildhübsches Mägdelein wohne, das schmuck gebaut und wohl bei Fleische sei. Der Graf, nicht faul, hatte das kaum gehört, als er schon dorthin eilte, um das Mädel von Weitem zu besichtigen. Seine Leute richteten denn auch alles so ein, dass er sie beaugenscheinigen konnte, und wahrhaftig! Ihr Anblick bestätigte alles, was er an Lobgesängen über sie gehört hatte.

»Schön«, meinte unser Gräflein. »Aber was nun tun? Ich muss jetzt unbedingt mit ihr ein kleines Gespräch unter vier Augen haben; was mich das kostet, darauf soll es mir nicht ankommen.«

Alsbald ergriff einer seiner Leute, der sich auf sein Handwerk verstand, das Wort und sagte:

»Edler Herr, mir scheint es am besten um Eurer Ehre und auch der des Mägdeleins willen, dass ich ihr die Wünsche enthülle, die in Eurem Herzen brennen. Habe ich von ihr eine Antwort, dann kann ich danach raten, ob und wie man mit ihr verhandeln und Eure Absichten durchführen kann.«

Alle stimmten seinen Worten zu und es geschah, wie er gesagt hatte: er begab sich zu der Schönen hin und begrüßte sie mit ausgesuchter Höflichkeit; und sie erwiderte seinen Gruß nicht minder höflich, denn sie war nicht nur hübsch, sondern auch wohlerzogen und tugendhaft. Um kurz zu sein: Nach einigen belanglosen Redensarten begann der Mädchenfänger ihr in schwungvollen, einleitenden Worten zu schildern, wie sein Herr sie mit Gütern und Ehren zu überhäufen beabsichtige; wahrhaftig, es hinge nur an ihr, dass all die Ihren mit Kind und Kegel reiche und hochangesehene Leute würden.

Das gute Ding merkte schnell, was die Uhr geschlagen hatte. Und ihre Antwort war ebenso schön und brav, wie das ganze Mädel: ›Allezeit würde sie ihrem edlen Herren, dem Grafen, wie sich's für sie gebühre, in Ehrfurcht gehorsam und dienstbar sein, soweit es nicht wider ihre Ehre ginge. Denn diese sei ihr so teuer wie ihr Leben, und wenn er diese antasten wolle, dann wolle sie nichts von ihm wissen und ihn meiden wie den bösen Geist.‹

Als unser Liebesbote diese Antwort hörte, fiel er begreiflicherweise aus allen Wolken, und die Galle schwoll ihm. Geknickt kehrte er mit seinem kläglichen Ergebnis zu seinem Herrn zurück, denn beinahe wäre die Sache schief gegangen. Der Graf war natürlich wütend, als er die stolze, ablehnende Antwort der Holden erfuhr, nach deren Gunst und Schönheit sein ganzes Begehren stand – jetzo gab es schon nichts mehr auf der ganzen Welt, das er sehnlicher zu besitzen wünschte, als sie. Schließlich sagte er:

»Nun gut denn, vorwärts! Lassen wir sie für diesmal ungeschoren. Ich werde mich ihrer schon noch erinnern, wenn sie glauben wird, ich hätte die Sache vergessen.«

Alsbald verließ er das Dörflein und mied es sechs ganze Wochen hindurch; als er es dann aber wieder aufsuchte, da geschah das so heimlich, dass kein Bewohner dort etwas davon erfuhr; denn er kam in schlichtem Aufzug und vermied alles, was sein Eintreffen hätte bemerkbar machen können. Desto eifriger waren seine

Spione an der Arbeit, und die erkundeten bald, dass das schöne Mägdelein an einer Waldesecke ganz mutterseelenallein im Grase ruhte. Darob geriet er außer sich vor Freude, und gestiefelt und gespornt, wie er war, eilte er stracks mit seinen Leuten zu der Stelle, wo sie sich just befand.

Sobald er in der Nähe seines Zieles angelangt war, ließ er seine Begleiter zurück und schlich so sachte zu ihr, dass sie seine Anwesenheit erst merkte, als er vor ihr auftauchte. So ist es denn auch nicht verwunderlich, dass sie vor Überraschung alle Geistesgegenwart verlor und sich ihrer Lage erst bewusst wurde, als der Herr Graf sie bereits gepackt hatte und festhielt. Sie wurde totenbleich, ihr ganzes Gesicht verzerrte sich angstvoll, und das Wort blieb ihr in der Kehle stecken. Denn sie kannte recht gut den Ruf eines ganz gefährlichen, rücksichtslosen Frauenjägers, dessen der Graf sich allenthalben erfreute. Und während sie sich in seine Hände krallte, hub er an und sprach:

»Schockschwerenot, meine Gnädigste, wie seid Ihr unglaublich stolz! Man kann Euch wahrlich ohne eine Belagerung und Erstürmung nach allen Regeln der Kunst gar nicht erobern! Auf denn! Verteidigt Euch gut, jetzt kommt die Entscheidungsschlacht; und Ihr werdet den Kampfplatz nicht verlassen, ehe Ihr nicht meine Bedingungen erfüllt und mich für all die Mühe und Pein entschädigt habt, die ich aus Liebe zu Euch erduldete.«

»Wehe, edler Herr!« ächzte das Mägdelein, das immer noch vor Schrecken und Überraschung kaum reden konnte, »ich bitte um Gnade! Sollte ich etwas gesagt oder getan haben, was Euer Missfallen erregt hat, so wollet mir verzeihen; und seid versichert, dass ich wissentlich wenigstens niemals etwas sagte oder tat, um dessentwillen Ihr mir zürnen könntet. Ich weiß nicht, was man Euch berichtet hat. Jemand kam und machte mir in Eurem Namen einen ehrlosen Vorschlag. Ich habe seinen Worten keinen Glauben schenken können, denn ich halte Euch für tugendhaft und kann mir nicht denken, dass Ihr für nichts und wieder nichts eine schlichte Untergebene, wie ich es für Euch bin, entehren könntet. Eher würde ich meinen, dass Ihr auf unsern Schutz bedacht seid.«

»Lass deine Vorwürfe! Du kannst überzeugt sein, dass du meinen Händen erst dann entschlüpfst, wenn ich dir gezeigt habe, wie sehr ich dir wohl will. Und zu diesem Zwecke hatte ich auch einen meiner Leute zu dir geschickt.«

Und ohne noch weiter ein Wort zu verlieren, packte er sie mit starken Armen um den Leib, drückte sie auf den Blätterhaufen nieder, den sie zuvor zusammengelesen hatte, um es sich darauf bequem zu machen, und bemühte sich, sie dorten festzuhalten und ihren Widerstand zu bezähmen, auf dass er seine bösen Absichten zur Ausführung bringen könne. So sah sich das Mägdelein alsbald in der allergrößten Gefahr, zu verlieren, was ihr aus Erden das teuerste war. Aber just in diesem Augenblick kam ihr ein pfiffiger Gedanke, und sie rief dem Grafen zu:

»Ich ergebe mich! Ich will alles tun, was Ihr von mir wünscht, und Euch in nichts mehr widersprechen noch Widerstand leisten. Sicherlich werdet Ihr zufrieden sein, wenn Ihr Eure Absichten mit meiner Zustimmung erreicht und ich mich Euch aus freiem Willen und fröhlichen Herzens hingebe, als wenn Ihr wider meinen Willen gewaltsam Eure zügellose Lust an mir büßet.«

»Schon gut! Wenn du glaubst, dass du mir entwischen kannst, so irrst du dich! Also, was wolltest du sagen?«

»Ich bitte Euch flehentlich: Wenn ich Euch denn schon zu Willen sein muss, so tut mir wenigstens den einen Gefallen und besudelt mich nicht mit Euren Schaftstiefeln, die fettig, schmutzig und obendrein auch Euch hinderlich sind.«

»Wie soll ich das denn machen?«, fragte er erstaunt.

»Ich werde sie Euch ausziehen, wenn Ihr mir das gestattet; denn, weiß der Himmel, wie kann ich liebenswürdig oder gar zärtlich zu Euch sein, solange Ihr diese dreckigen, scheußlichen Stiefel anhabt.«

»Ich finde das nicht so schlimm mit den Stiefeln«, brummte der Graf. »Aber wenn du es durchaus willst, magst du sie ausziehen.«

Damit gab er sie frei, setzte sich ins Gras und streckte ihr ein Bein hin. Und die Schöne schnallte zuerst den Sporen ab und begann alsdann, ihm den Stiefel auszuziehen. Der war eng und sie hatte eine Mordsmühe; sie zerrte in die Kreuz und in die Quere, bis sie ihn endlich zur Hälfte ausgezogen hatte. Da aber rannte sie davon und lief, so schnell ihre Füße sie nur tragen konnten; schon war sie weit von dem Grafen entfernt, aber sie nahm alle Kräfte, all ihren Willen zusammen und hielt in ihrem wilden Jagen erst inne, als sie im Hause ihres Vaters angelangt war.

Die Wut des Edelmannes, der sich solchermaßen hinters Licht geführt sah, lässt sich überhaupt nicht beschreiben. Und wenn in diesem Augenblick einer dabei gewesen wäre und gelacht hätte, ich glaube, dem wäre das Lachen sofort für alle Zeiten vergangen, und er hätte nicht einmal Zeit gefunden, von diesem irdischen Jammertal zuvor tränenreichen Abschied zu nehmen.

Zwar fiel es ihm verdammt schwer, auf die Füße zu kommen; aber schließlich brachte er es zuwege, und vermeinte nun, sich des Stiefels zu entledigen, indem er mit dem anderen Fuße vorn darauftrat. Aber damit war es nichts. Der Stiefel war eben zu eng, und so blieb ihm schließlich nichts anderes übrig, als zu seinen Leuten zurückzuhumpeln.

So verließ er denn die Stätte seines so rühmlichen Erfolges, und nach einer kleinen Weile sah er seine Leute vor sich auftauchen. Die saßen geduldig an einem Grabenrande und warteten auf ihn. Als sie ihn in diesem Aufzuge erblickten, machten sie natürlich große Augen und wussten nicht, was sie davon denken sollten. So erzählte er ihnen, was ihm begegnet war, und ließ sich wieder in den Stiefel helfen. Wenn man ihn in diesem Augenblick hörte, dann konnte man dem Mägdelein, das ihn solchermaßen hineingelegt hatte, ein frühes, jähes Ende prophezeien, so schreckliche Drohungen und Flüche stieß er wider sie aus. Aber inmitten seiner wütenden Rachegedanken und in dem rasenden Grimme, der lange Zeit in ihm wühlte, kühlte seine Leidenschaft sich mählig ab, und sein Zorn wandelte sich in ehrliche, herzliche Liebe. Und wirklich tat er später alles, um einen wackeren Mann für sie zu finden und ihre Hochzeit zu betreiben, die er mit vielen Kosten und großem Pomp feiern ließ. So ward sie ein reiches, angesehenes Eheweiblein, weil er ihre Offenheit und edle Gesinnung aufrichtig bewunderte, nachdem er sie durch die eben berichtete kecke Abweisung in ihrem wahren Werte kennengelernt hatte.

Der blinde Einäugige.

In der Grafschaft Artois lebte einst ein edler Rittersmann, der reich und mächtig war und zudem durch seine Ehe mit einer wunderschönen Frau von edelster Abkunft die hochgestelltesten Beziehungen hatte. Das Ehepaar verbrachte seine Tage während vieler Jahre in holdester Eintracht. Es waren das jene schönen Zeiten, wo der hochmächtige Herzog von Burgund, Gott sei Dank, in stetem Frieden mit allen wackeren Fürsten der Christenheit lebte. Aber der Rittersmann war gar fromm und gottesfürchtig, und deshalb beschloss er, seinen Leib seinem Gotte zu weihen, der ihm Kraft, Schönheit und einen Wuchs verliehen hatte, wie es in der ganzen Grafschaft keinen zweiten gab. Einzig ein Auge fehlte ihm, das er bei einem stürmischen Angriffe einst verlor, allwo er sich vor seinem Fürsten durch seltenen Mut auszeichnete.

Um sein versprochenes Opfer an einer Stätte zu vollziehen, die er schon längst erwählt und ausersehen hatte, nahm er von seiner Gemahlin, seinen Verwandten und Freunden Abschied und zog nach Preußen, allwo die Ritterschaft als wahre Vorkämpferin und Verteidigerin des heiligen, christlichen Glaubens tätig war. Als wackerer Kämpe überstand er alle Abenteuer seiner Reise, über die ich hier kurz hinweggehen kann, langte frisch und gesund in Preußen an und verrichtete alldorten gar gewaltige und glorreiche Waffentaten. Der Ruf von seiner heldenhaften Kühnheit drang weithin über die Lande; dafür sorgten nicht nur alle, die in ihre Heimat zurückkehrten und erzählten, wie sie ihn gesehen hatten: Auch die Zurückgebliebenen berichteten es in begeisterten Briefen an ihre Freunde, und manches Herz pochte darob höher. Nun kann aber nicht verschwiegen werden, dass die Frau Gemahlin, die daheimgeblieben war, kein also hartes Herz hatte, dass sie nicht den Bitten eines Edelknappen Gehör schenkte, der ihre Gunst erflehte; ja, sie war erst zufrieden, als er der Stellvertreter ihres Mannes geworden war, der sich derweile mit den Ungläubigen herumschlug. Während also der Herr Gemahl fastete und Buße tat, ließ es sich sein Eheweib mit dem Edelknappen gar wohl sein; der Herr Gemahl musste sich so manches Mal mit trockenem Zwieback begnügen, den er mit schlichtem Quellwasser feuchtete – seine Eheliebste schwelgte derweile in einem wahren Überfluss von Gottesgaben; der Herr Gemahl schlief besten Falles auf einem Bündel Stroh, seine Teure lag in einem Bette in den Armen ihres Edelknappen. Kurz: derweile der Rittersmann sich mit den Ungläubigen herumschlug, focht sein Weib zärtliche Liebeskämpfe aus und ließ es sich wohlergehen, so wohl, dass sie es leicht und ohne viel Bedauern ertragen hätte, wenn ihr Gemahl nimmermehr zurückgekehrt wäre – es sei denn, dass er sich bis dahin von Grund aus geändert haben sollte.

Aber der Rittersmann kam inzwischen zu der Erkenntnis, dass, Gott sei Dank, der Widerstand der Ungläubigen viel schwächer wurde, als er anfangs gewesen war. Ihn bedünkte, dass er lange genug fern von seinem Schlosse und seinem Weibe geweilt habe, und es ging ihm arg zu Herzen, wenn er aus all ihren Briefen herauslas, wie sehr sie sich nach ihm sehne und voller Betrübnis seiner gedenke. So entschloss er sich zur Heimkehr und machte sich mit seinen paar Leuten auf den Weg.

Die Sehnsucht, es sich bald zu Haus und in den Armen seiner Holden bequem zu machen, gab ihm Flügel, und so kam er schon nach wenigen Tagen ins Land Artois. Er hatte es viel eiliger als all seine Leute, war daher immer der erste auf den Beinen, immer als erster zum Weiterritte bereit und trabte ihnen allezeit weit voraus. So kam es, dass er sich in seiner Hast oft ganz von seinen Leuten trennte und bisweilen eine Viertelmeile und mehr vor ihnen her einsam seines Weges zog. Und als er eines Tages nur noch sechs Meilen von seinem Schlosse und seiner Liebsten entfernt haltgemacht hatte, da geschah es, dass er sich noch vor Tagesanbruch erhob, sein Pferd bestieg und nun hoffen konnte, so frühe daheim anzulangen, dass er seine Gemahlin, die nichts von seinem Kommen wusste, im Bette überraschen würde. Gesagt, getan. Als der Trupp aufgebrochen war, da sagte er voller Freude zu seinen Leuten:

»Kommt mir nur gemächlich nach und kümmert euch nicht darum, dass ich vorausreite. Ich will mich beeilen, damit ich mein Weib noch im Bett überrasche.«

Seine Leute waren abgerackert und müde, ihre Klepper gleichermaßen; und deshalb lag es ihnen fern, ihrem Herrn zu widersprechen. Er aber spornte sein Roß, und kaum eine Stunde später langte er im Vorhof seines

Schlosses an, allwo er abstieg, und einem Stallknecht die Zügel zuwarf. Gestiefelt und gespornt, wie er war, stieg er die Stiege hinauf, ohne eine Menschenseele zu treffen, denn es war noch kaum Morgen. So kam er zum Gemache der Gnädigen, die just in tiefem Schlafe lag oder von gleichen süßen Träumen gewiegt wurde, wie ihr Eheliebster sie im Sinne trug.

Begreiflicherweise war die Tür verschlossen; denn der Herr Stellvertreter war ja bei ihr, und der fiel nicht minder aus allen Wolken wie die Herrin des Hauses, als plötzlich der Rittersmann mit seinem Stock gar vernehmlich pochte.

»Wer ist das?«, rief sie.

»Ich bin's, ich bin's!« lachte der Rittersmann. »Macht auf, macht auf!«

Die Gnädige hatte seine Stimme sofort erkannt und fühlte sich darum in ihrer Haut ungemein wenig wohl. Immerhin bedeutete sie den Edelknappen, er sollt sich schleunigst ankleiden, und er sputete sich denn auch damit, so sehr er konnte, derweile er sich den Kopf darüber zerbrach, wie er wohl mit heiler Haut entschlüpfen könne. Die Gnädige tat inzwischen, als sei sie noch vom Schlaf befangen, und sie wollte ihren Ehemann durchaus nicht erkennen. Als er zum zweiten Male an die Tür pochte, fragte sie wiederum:

»Wer ist denn das?«

»Dein Mann, Verehrteste; also mache schleunigst auf.«

»Mein Mann? Ach, der weilt fern von hier! Mag Gott ihn bald in Freuden heimwärts senden.«

»Bei meinem Eide, ich bin dein Mann! Erkennst du denn meine Stimme nicht? Deine Stimme habe ich im gleichen Augenblick erkannt, als du das erste Wort sprachest.«

»Wenn er heimkommen wird, werde ich es lange zuvor wissen, um ihn würdig zu empfangen, und auch alle Verwandten und Freunde zu holen, damit wir ihn feiern und begrüßen können, wie es sich geziemt. Geht, geht nur und lasset mich schlafen.«

»Beim heiligen Johann! Davor werde ich mich schön hüten. Du sollst mir die Tür öffnen! Willst du deinen Mann denn durchaus nicht erkennen?«

Damit rief er sie bei ihrem Namen. Just in diesem Augenblick war der Knappe fast fertig angezogen, und als die Dame das sah, ließ sie ihn hinter die Tür schlüpfen, und sagte dann:

»Ach, edler Herr, *Ihr* seid es?! Bei Gott, verzeiht mir – wie geht es Euch? Seid Ihr wohlauf?«

»O ja, Gott sei Dank.«

»So sei der Himmel dafür gepriesen!« begeisterte sich die Gnädige. »Ich komme gleich und lasse Euch herein – ich will nur schnell etwas umnehmen und die Kerze anzünden.«

»Ganz wie es dir bequem ist.«

»Nein, wirklich, denkt Euch nur: gerade, wie Ihr an die Tür zu pochen begannt, edler Herr, war ich von einem Traum befangen, der von Euch handelte.«

»Und was für ein Traum war das, Liebste?«

»Weiß Gott, mir schien es, als wäre ich bei vollem Bewusstsein, und Ihr wäret zurückgekehrt und sprächet mit mir, und mir schien, dass Ihr mit dem einen Auge genau so gut sehen konntet, wie mit dem andern.«

»Geb' es Gott!«, brummte der Rittersmann.

»Bei der Heiligen Jungfrau!«, rief die Gnädige, »mich bedünkt, dass mein Traum die reine Wahrheit gesprochen hat.«

»Weiß der Himmel, wie kannst du nur so dummes Zeug reden,« lachte er. »Wie sollte das denn möglich sein?!«

»Ich bin ganz sicher, dass es so ist,« beharrte sie.

»Keine Rede davon! Nein, nein, wie kannst du nur so töricht sein, dir so etwas einzureden?«

»Ich weiß nicht; Ihr möget mir nie mehr glauben, wenn ich mich diesmal irre, aber tut mir den Gefallen, und erlaubt mir, bitte, um meiner Herzensruhe willen, dass wir es versuchen.«

Dabei machte sie die Tür auf: mit der einen Hand hielt sie die brennende Kerze; und da ihr Eheliebster auf ihren Vorschlag bereitwilligst einging, so ließ er es auch ruhig geschehen, dass sie sein sehendes Auge mit der andern Hand verschloss, und vor das erblindete Auge die flammende Kerze hielt. Dann fragte sie:

»Nun sagt, auf Ehre, lieber Herr, sehet Ihr nicht sehr gut damit?«

»Auf mein heiliges Ehrenwort – nein, meine Liebe«, versicherte er ihr.

Derweile die beiden aber diese erbaulichen Reden tauschten, war der brave Stellvertreter flugs aus der Stube geschlüpft, ohne dass sein Herr ihn erblickt hatte.

»Nun wartet mal«, meinte sie, »und jetzt – jetzt seht Ihr mich doch, nicht wahr!«

»Bei Gott, meine Liebe, nein! Wie sollte ich dich denn sehen?! Du hältst mein rechtes Auge zu, und das andere ist seit zehn Jahren durch einen Hieb geborsten und verloren.« »Ach«, seufzte sie, »dann war es also wirklich nur ein Traum, der mir dummes Zeug vorgegaukelt hat. Aber dennoch, Gott sei gelobt und gepriesen, dass Ihr nun glücklich wieder daheim seid!«

»Also sei es!«, rief der Rittersmann.

Und dann umhalsten sie sich, herzten und küssten sich wiederholentlich und mit viel Eifer, und feierten ein fröhliches Wiedersehen. Dabei erzählte er ihr auch, wie er seine Leute zurückgelassen hatte und eilig vorausgejagt war, um sie im Bette anzutreffen.

»Wirklich, Ihr seid ein guter Ehemann«, versicherte seine Schöne.

Und dann kamen die Frauen und Diener, die den Rittersmann segneten, ihm die Stiefel auszogen und ihn auskleideten. Und dann kroch er zu seiner Holden in die Federn, derweile der Edelknappe sich längst davongemacht hatte und strahlend froh war, diesmal noch so glücklich davongekommen zu sein. So war denn, wie ihr gehört habt, der Herr Rittersmann betrogen worden, ohne dass er es wusste, und eine Reihe von Leuten haben später erfahren, dass er nie in seinem Leben hinter die Sache gekommen ist.

Eine Dirne ist die andre wert.

Zu Brüssel, wo sich in dieser Zeit ja so mancherlei Merkwürdiges zugetragen hat, lebte vor Kurzem ein Pikarde, ein junger Kerl, der bei einem Kaufmann als Geselle tätig war, bei diesem im Hause wohnte und eifrig, fleißig und ehrlich seit geraumer Weile die Dienste bei seinem Meister versah. Aber er wusste nicht nur seine Pflichten pünktlichst zu erfüllen, die ihm oblagen – er besaß auch ein wundersam-gewinnendes Mundwerk und ein so höflich-einschmeichelndes Wesen, dass er sich alsbald die Gunst der Meisterstochter gewann. Und das Ende vom Liede war, dass sie ihm an Huld gewährte, was sie nur gewähren konnte, und schließlich in unzweifelhaft andere Umstände kam.

Als unser Gesell dieser Wendung der Dinge inneward, war er keineswegs so närrisch, erst noch lange zu warten, bis auch sein Meister von der Sache Wind bekäme. Vielmehr nahm er rechtzeitig Urlaub für einige wenige Tage, um, wie er sagte, in der Heimat seinen Vater, seine Mutter und seine Verwandten zu besuchen. In Wirklichkeit dachte er natürlich nicht im geringsten daran, jemals wieder zurückzukommen, und dafür hatte er ja seine guten Gründe, obgleich er es dem Mägdelein gar fest und heilig versprach, als er von ihr tränenreichen Abschied nahm – so, wie er auch vom Meister und der Meisterin Abschied genommen hatte. Derweile nun jener im Hause seines Vaters sich festsetzte und mit den heimatlichen Gefilden der Pikardie ein gerührtes Wiedersehen feierte, ward des Meisters Töchterlein allmählich derart durch ihre Schwangerschaft entstaltet, dass sie selbigen betrüblichen Zustand nicht länger verbergen konnte. Die erste, die es merkte, war die Mutter, die ja für solche Dinge ein Auge hatte. Sie nahm ihr Töchterlein beiseite und fragte sie mit begreiflicher Sorge, wie sie zu diesem Missgeschick käme und wer der Übeltäter sei, der das angerichtet habe.

Das Mägdelein ließ sich erst eine gute Weile mit Fragen und Drohungen zusetzen, ehe sie mit der Sprache herausrückte. Das war durchaus verständlich, aber es nutzte nun einmal nichts mehr, sie musste Farbe bekennen und ihren ganzen Jammer eingestehen: wie der Pikarde, der in ihres Vaters Diensten stand und kürzlich davongegangen war, sie verführt habe, und wie sie nun in diesem traurigen Zustand zurückgeblieben sei. Die Mutter war natürlich ganz außer sich vor Wut, Hilflosigkeit und Gram, als sie der schrecklichen Schande ihrer Tochter inneward. Sie schrie sie an und warf ihr soviel Grobheiten und Schimpfworte an den Kopf, dass das arme Ding, das alles schweigend über sich ergehen ließ und ihr in nichts widersprach, schon durch diese Geduld, mit der es die Mutter anhörte, all ihre Schuld, selbst diese entehrende Schwangerschaft wohl hinreichend wieder gutmachte. Aber die Mutter ließ sich durch diese geduldige Demut nicht zur Milde stimmen. Vielmehr schrie sie: »Scher' dich weg, scher' dich fort von hier! Schau zu, wie du deinen Pikarden wiederfindest, der dir diese Suppe eingebrockt hat! Sag' ihm nur, dass er nun auch wieder gutmachen soll, was er mit dir angestellt hat; und wage nur ja nicht eher wieder heimzukommen, bis er deine Schande getilgt hat, die du ihm zu danken hast!« Weiß Gott, das arme Ding war ganz verzweifelt, und in ihrem

Zustand ging ihr der Zorn der Mutter doppelt nahe. Völlig gebrochen verließ sie die grausame Alte, die vor Wut geradezu dampfte, und machte sich auf, den Schlingel zu suchen, der ihr das alles angerichtet hatte.

Ach, was musste sie ausstehen, was für eine schreckliche Zeit machte sie durch, ehe sie seine Spur fand. Endlich fügte es Gott, nachdem sie kreuz und quer in der Pikardie herumgewandert war, dass sie eines schönen Tages (es war just ein Sonntag) in einem großen, schönen Dorfe der Grafschaft Artois anlangte. Und das Schicksal wollte es, dass gerade an diesem Tage der Pikarde dort seine Hochzeit feierte.

Als sie dessen inneward, da wurde sie fröhlich, und in dem lebhaften Wunsche, ihrer Mutter zu gehorchen, drängte sie sich trotz ihres Zustandes rücksichtslos durch die Menschenmenge hindurch, bis sie bei ihrem Liebsten angekommen war und ihn begrüßte. Er erkannte sie gleich wieder, und da half ihm alles nichts: Er gab ihr den Gruß zurück und stammelte:

»Herzlich willkommen! Was führt Euch just zu dieser Stunde hierher, meine Liebe?«

»Meine Mutter hat mich zu Euch geschickt«, erklärte sie. »Und, weiß Gott, Ihr habt mir da eine Strafpredigt eingebrockt, die ich nicht so bald vergessen werde. Kurz, sie hat mir befohlen und aufgetragen, Ihr müsstet wieder gutmachen, was Ihr mir Übles zugefügt habt; denn tut Ihr das nicht, dann darf ich ihr nimmermehr vor die Augen kommen.«

Der andere begriff alsbald ihre Dummheit und bemühte sich, sie schleunigst loszuwerden. Darum sagte er zu ihr: »Meine Liebe, was Ihr da von mir verlangt und Eure Mutter Euch aufgetragen hat, will ich sehr gern tun. Das ist ja auch ganz richtig – nur gerade in diesem Augenblick kann ich unmöglich abkommen. Darum bitte ich Euch, geduldet Euch etwas; bleibt hier im Hause, und morgen stehe ich Euch dann zur Verfügung.«

Sie war damit denn auch ganz einverstanden, und so ließ er sie in ein Zimmer führen, wo man für sie sorgte und sie auch pflegte und verband; denn durch die vielen Mühen und Leiden auf ihrer Wanderschaft war sie fürchterlich mitgenommen, und es ging ihr gar kläglich.

Die Braut war natürlich keineswegs mit Blindheit geschlagen. Sie sah recht wohl, wie ihr Mann mit einem schwangeren Mädel sprach, und das passte ihr gar nicht. Sie war empört und außer sich, aber sie ließ sich ihre schlechte Laune nicht merken, bis die Schlafenszeit kam. Als er sich neben ihr niederlegte und nun dachte, er würde sie umarmen und küssen und kurz und gut den Hochzeitstrank in Ehren verdienen, der als Siegespreis in der Brautnacht neben dem Bette stand, – da musste er erleben, dass sie sich immer wieder seinen Umarmungen entwand und all seine Zärtlichkeit energisch abwehrte. Darob war er erst bass verwundert, schließlich aber wütend und meinte: »Warum seid Ihr so unfreundlich, Liebste?« »Dafür habe ich meine guten Gründe! Stellt Euch nur nicht so; ich weiß, dass Ihr von mir nichts wissen wollt: Ihr habt andere, denen Ihr weit herzlicher zugetan seid.«

»Aber keine Rede davon! Nein, wirklich nicht, auf mein Ehrenwort, nein! Ich liebe auf dieser Welt keine andere Frau als Euch allein!«

»Ach«, seufzte sie, »ich sah recht gut, wie Ihr nach dem Essen drunten im Saal mit einer Frau eine Zeit heimlich sprachet. Was das besagen will, weiß jedes Kind – also entschuldigt Euch nicht erst lange, Ihr seid abgefangen.«

»Diese da?! Ach, du lieber Himmel! Auf die braucht Ihr wahrhaftig nicht eifersüchtig zu sein.« Und dann erzählte er ihr ausführlich, dass jene die Tochter seines Meisters in Brüssel sei, deren Gunst er genossen habe, also dass sie schwanger geworden sei; deshalb wäre er heimgekommen. Aber nach seinem Weggange sei ihre Schwangerschaft allmählich so augenscheinlich geworden, dass sie nicht mehr unbemerkt bleiben konnte, und so habe sie ihrer Mutter gestanden, dass er der Übeltäter gewesen sei, und die Mutter habe ihre Tochter zu ihm geschickt, damit er sein Unrecht wieder gutmache, denn ansonsten dürfe ihr das Mädel nicht wieder unter die Augen kommen.

Als unser Gesell das alles erzählt hatte, griff sein Weib eine Einzelheit des Berichtes heraus und fragte:

»Wie denn?! Ihr sagt, sie hat ihrer Mutter gestanden, dass sie Euch ihre Gunst geschenkt hat?« »Freilich,« lachte er. »Es ging ja auch nicht anders, und da gestand sie ihr alles.«

»Auf mein heiliges Ehrenwort!«, rief die Frau, »das Mädel ist kreuzdumm! Unser Kärrner hat mehr denn vierzig Nächte bei mir verbracht, aber Ihr könnt versichert sein, dass ich mich fein gehütet habe, meiner Mutter auch nur ein Sterbenswörtlein davon zu sagen!« »Hol's der Teufel, Verehrteste!« fuhr er auf. »Ach so, solch ein Früchtel seid Ihr? Da also liegt der Hund begraben?! So schert Euch nur ruhig zu Eurem Kärrner, wenn Ihr wollt, denn ich will von Euch nichts mehr wissen.«

Und damit sprang er auf, eilte zu dem Mägdelein, das er geschwängert hatte, und ließ die andere im Stich. Und als die Sache tags darauf bekannt wurde, da gab es natürlich ein Mordsgelächter, und nur wenige, wie besonders der Brautvater und die Brautmutter, machten lange Gesichter und mussten betrübt den Spott einstecken, für den sie nicht gesorgt hatten.

Das Edelfräulein als Rittersmann.

Der bemerkenswerte Vorfall, von dem hier die Rede sein soll, trug sich vor ganz kurzer Zeit im Herzogtum *Bradant* zu, und ist daher heute noch so frisch in Erinnerung, als hätte er sich eben erst zugetragen. Er ist aber so seltsamlich, dass er wohl den Stoff zu einer Erzählung in diesem Rahmen zu liefern verdient, und so soll er denn gebührlich dargestellt, geschildert und der Nachwelt überliefert werden. Es handelt sich um Folgendes:

Zum Hause eines mächtigen Freiherrn jener Gegend gehörte ein junger, anmutiger und wohlgestalter Edelmann namens Gerhard, der sich in eine Ehrendame des gleichen Hauses, Katharina, sterblich verliebte. Als er seiner Gefühle inneward, zögerte er nicht lange, dem Mägdelein sein wonniges Leid gar mutig zu klagen. Was er darauf zunächst für eine Antwort bekam, brauche ich nicht zu sagen: Jeder kann sich das selbst ausmalen, und ich will der Kürze halber darüber hinweggehn. Immerhin geschah es mit der Zeit, dass sich Gerhard und Katharina allmählich innerlich immer näherkamen, und schließlich liebten sich beide so gar herzinniglich und aufrichtig, dass sie ein Herz und eine Seele wurden. Die wundervoll-zärtliche, unvergleichliche Liebe dauerte am Ende schon zwei Jahre, und sintemalen Amor es so sehr schätzt, seinen Gefolgsleuten die Augen zu verbinden, so gelang ihm das auch mit der Zeit bei diesem Pärlein; allemal, wenn sie vermeinten, ihre holden Liebesgedanken überaus heimlich und unbemerkt auszutauschen und zu besprechen, merkten es die andern mit viel Vergnügen, und bald gab es kein Männlein oder Weiblein im ganzen Hause, das sich nicht darauf spitzte und Augen und Ohren aufsperrte, also dass diese Angelegenheit ein Ereignis war, das ganz öffentlich behandelt wurde. Allewelt im Hause sprach nur noch von der Liebe zwischen Gerhard und Katharina. Die beiden Liebesleute glaubten, dass sie die einzigen wären, die sich mit ihren Gefühlen beschäftigten. Ach! Wie konnten sie denn auch ahnen, dass davon auch anderen Ortes als zwischen ihnen beiden die Rede war, wo sie doch sogleich ihr Gespräch änderten, wenn ein dritter dazukam.

Aber lag es nun einfach daran, dass die Leute im Hause eben nicht ihren Mund halten konnten, und ewig davon schwatzten, wie über alles, was sie nicht im geringsten etwas anging, – oder gab's da noch ein paar Neidhammel und Wichtigtuer, die ihr verdammtes, ekelhaftes Ränkespinnen nicht lassen mochten, kurz, die Sache kam dem Hausherrn und seiner Gemahlin zu Ohren, und die sorgten dafür, dass die Eltern von Katharina über die Angelegenheit in Kenntnis gesetzt und diesbezüglich gewarnt wurden.

Glücklicherweise hatte das Mägdelein eine Freundin im gleichen Hause, die ihr aufrichtig und herzlich zugetan war. Die machte Katharina darauf aufmerksam, dass ihre Neigung zu Gerhard Gegenstand des allgemeinen Klatsches war, und erzählte ihr ausführlich, wie man ihren Eltern, ihrem Herrn und der Hausfrau die Sache gesteckt hatte.

Katharina war ganz verzweifelt.

»Ach!« jammerte sie, »liebste Freundin, teure Schwester, was soll ich nur anfangen?! Wenn die Sache wirklich so offenkundig geworden ist, dass das ganze Haus davon weiß und alle darüber klatschen, dann ist doch mein Ruf, meine Stellung vollständig zugrunde gerichtet! Ratet mir, um Gottes willen, sonst bin ich verloren, und keine Frau auf Erden kann unglücklicher und verzweifelter sein als ich!«

Bei diesen Worten quollen bittere Zähren aus ihren Äuglein und rieselten in dichten Strömen über ihr lichtes, holdes Antlitz auf ihr Kleid hernieder. Ob dieses Anblickes war die brave Freundin tief ergriffen und suchte sie voller Teilnahme durch herzliche Worte zu trösten: »Liebste Schwester, wie kann man so töricht sein, darüber gleich solchermaßen außer sich zu geraten und in Schmerz zu versinken. Man kann Euch doch, Gott sei Dank, nicht das geringste vorwerfen, was Eure Ehre beflecken oder Eure Freunde in ein schlechtes Licht setzen würde. Wenn Ihr mit einem Edelmann von zärtlichen Neigungen gesprochen habt, so habet Ihr Euch doch damit noch nicht wider die Gesetze des Anstandes verstoßen; vielmehr habt Ihr damit nur den Weg beschritten und das rechte Mittel gebraucht, um zum Ziele

Eurer Wünsche zu gelangen. Somit liegt nicht der geringste Grund vor, dass Ihr so verzweifelt tut, und keine Menschenseele kann und darf Euch im Grunde daraus einen Vorwurf machen. Immerhin wäre es gut, wenn Ihr ein paar dummen Redensarten die Spitze abbrächet, die man auf Kosten Eurer Liebe in die Welt gesetzt hat, und hierfür scheint es mir am zweckmäßigsten, dass Euer ergebenster Diener, der Herr Gerhard, in ganz unauffälliger Weise den edlen Herrn und seine Frau Gemahlin bittet, ihn huldvoll aus ihren Diensten zu lassen, damit er (es ist ja gleichgültig, welchen Grund er vorschiebt), sei es eine Reise in ein fernes Land unternehmen oder irgendwo an einem Kriege teilnehmen kann. Unter diesem Vorwande also soll er von hier verschwinden und in den Dienst eines anderen edlen Hauses eintreten, allwo er darauf harret, dass Gott und Amor Eure Angelegenheiten regeln. Hat er einen Posten gefunden, so wird er Euch das durch einen Boten wissen lassen, und durch den gleichen Boten könnt Ihr ihm Nachrichten zustellen. Inzwischen wird sich der Klatsch, der zurzeit herrscht, legen, derweil Ihr mit ihm durch Briefe in Verbindung bleibt und Euch verständigt, bis sich die Sache zum Besseren gewandt hat. Ich habe durchaus nicht den Hintergedanken, dass Eure Liebe deshalb zerstört werden wird und ein Ende nimmt; nein, sie wird nur mehr und mehr wachsen, denn seit Langem schon konntet Ihr Euch mit ihm, wie er sich mit Euch, nur durch Blicke verständigen, und das ist keineswegs das beste Mittel, um sich klar und deutlich auszudrücken, auch nicht bei Leuten, die im Banne der Liebe stehen.«

Dieser wohlgemeinte, gute Rat der Edelfrau ward alsbald und schleunigst befolgt und ausgeführt: sowie Katharina die Möglichkeit fand, mit ihrem holdergebenen Gerhard zu sprechen, erzählte sie ihm in gedrängten Worten, wie ihr Liebesgeheimnis entdeckt und gleichermaßen ihren Eltern wie dem Herrn des Hauses und seiner Gemahlin mitgeteilt worden war. »Ihr könnt Euch denken«, fuhr sie fort, »wie es von den Lästermäulern und Klatschbasen durchgehechelt und hier im Hause wie bei der lieben Nachbarschaft breitgetreten worden ist, ehe es der Herrschaft zu Ohren kam. Maßen uns nun also das Schicksal so wenig hold ist, dass es uns nicht gestatten mag, weiter so glücklich dahinzuleben wie bisher; und maßen man uns droht, Ränke schmiedet und allerlei schlimme Pläne und Absichten gegen uns im Schilde führt, die wir durchkreuzen und meiden müssen, so ist es nötig und zweckmäßig, dass wir schnell einen guten Ausweg finden. Zudem ist die Lage für mich recht bedenklich und viel bedenklicher als für Euch; aber ich will Euch nicht erst des langen all die Gefahren schildern, die für mich daraus entstehen können, sondern Euch gleich meine Ansicht sagen.«

Und dann wiederholte sie ihm in wenig Worten den Rat und die Warnung ihrer wohlmeinenden Freundin. – Gerhard war die üble Wendung der Dinge schon nicht mehr ganz unbekannt, und der Gedanke, von seiner Angebeteten getrennt zu werden, schien ihm schlimmer denn ein Weltuntergang. So entgegnete er ihr Folgendes:

»Edle, hochverehrte Herrin, Euer demütiger, fügsamer Knecht, der vor Euch steht, liebt nach Gott nichts so herzlich und aufrichtig wie Euch. Mir möget Ihr befehlen und heißen, was Euch nur immer gut scheint und in den Sinn kommt, – stets werde ich Euch rückhaltlos und von ganzem Herzen zu Diensten und gehorsam sein. Nur seid versichert, dass mir nichts Fürchterlicheres widerfahren kann, als wenn ich Eurer so heißgeliebten Person fernbleiben müsste. Ach, wenn es unabwendbar wäre, dass ich von Euch ließe, dann werdet Ihr (das sagt mir mein Herz, und ich bin ganz fest davon überzeugt) – dann werdet Ihr als erste Nachricht von mir die Mitteilung von meinem kläglichen, schwergepeinigten Hinscheiden vernehmen, das als natürliche Folge meines Fernseins mit tödlicher Gewissheit eintreten muss. Aber das kann ja alles nichts nützen: Ihr seid diejenige, Ihr seid die Einzige auf der Welt, der ich uneingeschränkt und bedingungslos gehorchen muss und will, und lieber möchte ich sterben, indem ich Euch gehorche, als fürder, und wäre es selbst für alle Ewigkeit, auf dieser Erde dadurch leben, dass ich Eure edlen Wünsche und Befehle nicht erfülle! Seht her: Dieser mein Leib ist ganz der Eure! Zerschneidet, zerstückelt ihn, nehmet, reißt hinweg, tut mit ihm, was Ihr wollt und für gut haltet!«

Man braucht nicht darüber im Zweifel zu sein, dass Katharinas Herz sich vor Gram und Leid gar erschrecklich zusammenkrampfte, als sie ihren Freund solche Worte sprechen hörte, – als sie ihn, den sie doch über alles liebte, in so unbeschreiblicher Verzweiflung erblickte. Und hätte sie Gott nicht mit einer gewaltigen Menge Tugend sattsam und reichlich überschüttet und beschenkt, dann hätte sie ihm wahrhaftig den Vorschlag gemacht, gemeinsam mit ihm von dannen zu gehen. Aber da sie hoffte, dass die Dinge in kurzer Zeit sich zum Besseren wenden würden, so suchte sie ihm seine Gedanken auszureden und sprach daher:

»Teurer Freund, wenn Ihr hier fort müsst, so ist das nur etwas Unvermeidliches, eine Notwendigkeit, der man sich nicht entziehen kann. Drum bitte ich Euch: Vergesset mich nicht, die ich Euch mein Herze schenkte. Damit Ihr aber mit mehr Mut den grausamen, fürchterlichen Kampf übersteht, den Eure Einsicht und Vernunft durchfechten muss, um entgegen all Eurem Wollen und Wünschen den schmerzlichen Entschluss zum Siege zu bringen, dass Ihr von hinnen ziehn müsst, so versichere und verspreche ich Euch hoch und heilig, dass ich, so lange ich lebe, freiwillig und bereitwillig keinen andern Mann heiraten werde als Euch, das heißt, dass ich genau so unerschütterlich treu bleiben werde, wie Ihr es hoffentlich sein werdet. Und als Unterpfand für mein Versprechen nehmet hier diesen Ring, diesen güldenen Reif, darauf schwarze Tränen emailliert sind: Sollte man den Versuch machen, mich anderweitig zu vermählen, dann werde ich mich mit allen Mitteln dagegen wenden und meinen Vorsatz, Euch anzugehören, so unzweideutig zum Ausdruck bringen, dass Ihr mit mir zufrieden sein könnt! Daran könntet Ihr sehen, wie fest ich an meinem Versprechen halte, und dass ich nicht die Absicht habe, es zu brechen. Nur bitte ich Euch, dass Ihr mir sogleich Nachricht gebt, wenn Ihr irgendwo eine Stellung gefunden habt; und ich werde Euch dann umgehend antworten.«

»Ach, teuerste Herrin,« jammerte Gerhard, »ich sehe ja leider ein, dass alles nichts hilft: Ich muss Euch verlassen! So flehe ich zu Gott, dass er Euch mehr Glück und

Freude beschere, als mir vom Schicksal beschieden wurde. In der Überfülle Eurer Huld, deren ich so ganz unwürdig bin, habt Ihr mir ein Versprechen gegeben, das so hochgemut, so voller Seelengröße ist, dass ich außerstande bin, dafür auch nur hinreichend zu danken, geschweige denn, dass ich die Möglichkeit hätte, mich dessen würdig zu zeigen. So wisset wenigstens, dass ich von dieser beschämenden Überzeugung völlig durchdrungen bin, und wenn ich Euch das gleiche Versprechen zu geben wage, so flehe ich Euch voller Demut und von ganzem Herzen an: entnehmet daraus all meinen guten Willen und genüget Euch damit, gleich, als ob ein weitaus würdigerer, verdienstvollerer Mann Euch so etwas versprochen hätte. Und nun lebet wohl, teure Herrin; meine Augen bitten darum, aussprechen zu dürfen, was mir in der Kehle stecken bleibt, wenn ich es in Worte zu kleiden suche.«

Bei diesen Worten küsste er sie, und sie gab ihm gar inniglich den Kuss zurück. Und dann enteilten beide auf ihre Zimmer, allwo sie ihrem Schmerze freien Lauf ließen. Gott allein weiß, wie ihre Zähren aus Augen, Herz und Seele strömten! Erst, als dann die Stunde kam, da sie drunten erscheinen mussten, bemühten sich beide, ihrem Antlitz, ihrem Munde einen freundlicheren Ausdruck zu verleihen und den bitteren Gram zu bergen, der aus ihrem Inneren quoll.

Um kurz zu sein: Gerhard ward bei seinem Herrn vorstellig und erreichte binnen weniger Tage die erstrebte Entlassung, ohne dass man ihm irgendwelche Schwierigkeiten in den Weg legte – dies nicht etwa, weil er sich dienstlich irgendetwas hatte zuschulden kommen lassen, sondern einzig aufgrund seiner Neigung zu Katharina und ihrer Liebe zu ihm. Damit waren nämlich alle unzufrieden, weil weder seine Abkunft, noch sein Vermögen bedeutend genug waren, um solche Bande zu rechtfertigen. Dass sie sich ihm anverlobt hatte, das konnte natürlich kein Mensch ahnen.

Maßen also nichts dazwischen kam, so reiste Gerhard ab und gelangte in einigen starken Tagereisen in die Barer Gegend, allwo er Unterkunft in dem Hause eines dortigen wohlangesehenen Freiherrn fand. Und sobald er dort in Dienst getreten war, sandte er einen Boten mit Nachrichten an seine Herrin, die darob voller Freuden ward und ihm in einem Briefe antwortete: wie es ihr erginge und wie fest sie entschlossen sei, ihm treu zu bleiben, solange er auch ihr in Treue anhinge.

Hierzu muss man wissen, dass unmittelbar nach Gerhards Abreise aus Brabant mehrere Edelleute, Reisige und Rittersleute sich an Katharina heranmachten und sich mit allen Mitteln um ihre Gunst und Huld bemühten. Solange Gerhard dort gewesen war, hatten sie sich zurückgehalten und auf alles Werben verzichtet; sie wussten ja ganz gut, dass jener sie ausstechen würde, weil das Mägdelein ihm wohlwollte. Und so kam es, dass nunmehro gleich mehrere bei dem Vater um die Hand seiner Tochter anhielten, und unter ihnen war einer, der dem Alten gar sehr zusagte.

Deshalb rief er seine Freunde und seine Tochter zu sich und schilderte ihnen, wie er doch nun schon hoch bei Jahren sei: Wohl seine größte Freude wäre es, wenn er seine Tochter gut vermählt wüsste. Und weiter fuhr er fort:

»Nun ist so und so ein Edelmann zu mir gekommen und hat um meiner Tochter Hand angehalten. Ich habe nicht das Geringste dawider einzuwenden, und wenn auch ihr mir zuredet und meine Tochter damit einverstanden ist, so will ich gern seiner ehrsamen und erfreulichen Bewerbung entsprechen.«

Alsbald lobten seine Freunde und Verwandten die Vorzüge eines solchen Ehebundes, sintemalen die Tugenden, der Reichtum und die sonstigen Vorzüge jenes Edelmannes über allem Zweifel erhaben waren. Als dann aber Katharinen die Frage vorgelegt wurde, ob sie ihn zum Manne haben wolle, da entschuldigte sie sich damit, dass sie überhaupt nicht heiraten wolle; zudem gab sie allerlei Erklärungen und Entgegnungen, mit denen sie die Gegenansichten zu entwaffnen und den Eheplan zum Sturze zu bringen hoffte. Aber am Ende ward sie so sehr in die Enge getrieben, dass sie sich um alle Zuneigung ihres Vaters, ihrer Mutter, ihrer verwandten und Freunde, selbst ihres Herrn und seiner Gattin gebracht haben würde, wenn sie länger an dem Versprechen festhielt, das sie ihrem treuen Gerhard gegeben hatte. Darum erdachte sie sich einen schlauen Plan, der alle die Ihren zufriedenstellen konnte, ohne dass sie sich deshalb gegen ihr Verlöbnis verstieß, und sie sagte:

»Mein hochverehrter Herr und Vater, mir liegt es durchaus fern, Euch auch nur im geringsten ungehorsam sein zu wollen. Aber ich habe meinem Herrgott ein Gelöbnis getan, und ihm schulde ich noch mehr Demut als Euch, vor ihm nämlich hatte ich gelobt, feierlich zugesagt und versprochen, – nicht etwa, dass ich mich *nimmermehr* vermählen will, sondern, dass ich *noch nicht* heiraten werde. Und um mein Seelenheil zu retten, muss ich mich gedulden, bis er mich in seiner Huld darüber belehrt, ob er mich lieber vermählt wissen will, oder unvermählt. Maßen ich nun keineswegs so eigensinnig bin, um unnötigen Streit herbeizuführen, wo sich das doch hier ganz gut vermeiden lässt, so habe ich auch nicht das Geringste dawider (in den heiligen Stand der Ehe zu treten oder in einen andern, dafern Ihr es wünschen solltet) – dafern Ihr mir nur erlaubt, zum heiligen Nikolaus von Warengeville eine Wallfahrt zu unternehmen, da ich gelobt und zugesichert habe, eine solche zu unternehmen, ehe ich meine derzeitige Lebensstellung ändere.«

Solches sagte sie, um ihren Freund unterwegs zu sehen und ihm zu erzählen, wie man sie gegen ihren Willen zwänge und nötige. Als der Vater ihrer Gutwilligkeit inneward und ihre kluge Antwort hörte, entsprach er sogleich ihrer Bitte. Und er wollte die Wallfahrt so schnell einrichten, dass er auf der Stelle und vor seiner Tochter zu seiner Gemahlin sagte:

»Der und der Edelmann wird sie begleiten, außerdem noch der und der; ferner Isabeau, Margarete und Johanna. Das dürfte als Gefolge genügen.«

»Ach, edler Herr«, meinte Katharina, »wenn es Euch recht ist, werden wir die Sache ganz anders einrichten. Ihr wisst, der Weg von hier nach St. Nikolaus ist nicht übermäßig sicher, zumal für Leute, die Gefolge haben und Frauen mit sich führen. Auch muss man bedenken, dass ein derartiger Aufwand große Kosten verursachen würde; das macht nur unnötiges Aufsehen, und trifft uns dann am Ende noch irgendein Missgeschick, werden wir bestohlen oder ausgeraubt, oder wird – Gott behüte! – unsere Ehre angetastet, dann wäre der Jammer groß! Vorbehaltlich Eurer Absichten scheint es mir am zweckmäßigsten, dass Ihr mir ein Mannesgewand anfertigen lasset und mich meinem Onkel, dem Bastard, anvertraut. Wir beide werden zwei einfache Pferdlein besteigen, viel schneller, viel sicherer und – viel billiger zum Ziele gelangen. Und wenn Ihr nichts Wesentliches dawider einzuwenden habt, dann würde ich die Wallfahrt solchermaßen viel mutiger antreten, als mit dem meinem Stande entsprechenden Aufwande.«

Der gute Alte dachte eine Weile über den Vorschlag seiner Tochter nach und besprach ihn auch mit seiner Frau. Und beide kamen zu der Einsicht, dass alles, was sie da gesagt hatte, gar vernünftig war und von den besten Absichten beseelt schien. Infolgedessen wurden schleunigst die nötigen Reisevorbereitungen getroffen; bald war alles bereit, und so machte sich die schöne Katharina nur mit ihrem Onkel, dem Bastard, ohne irgendwelches sonstige Gefolge auf den Weg.

Sie waren nach deutscher Art gar schön und kleidsam angetan, und zwar spielte Katharina den Herrn und der Onkel den Knecht. Sie legten täglich so bedeutende Strecken zurück, dass die Wallfahrt, wenigstens soweit sie sich auf den heiligen Nikolaus bezog, in wenigen Tagen beendet war. Als sie sich dann aber auf dem Rückwege befanden und voller Dankbarkeit zu Gott für den bisher so glücklichen Verlauf der Reise über dieses und jenes plauderten, da sagte Katharina zu ihrem Onkel:

»Lieber Oheim und teurer Freund, Ihr wisset wohl, wie es mit mir steht: ich bin Gott sei Dank die einzige Erbin meines Herrn Vaters, und so kann ich Euch in vielerlei

Beziehung von Nutzen sein und Unterstützung bieten. Dazu bin ich auch von vornherein bereit, wenn ich einst die Erbschaft angetreten habe, dafern Ihr mir in einer unbedeutenden Angelegenheit, die ich vorhabe, beistehen wollet. Ich will nämlich das Haus eines Barer Freiherrn (sie nannte seinen Namen) besuchen, um dort Gerhard zu sehen, – Ihr wisst ja, wen ich meine. Damit wir, wenn wir heimkommen, etwas Neues erzählen können, wollen wir dort um Aufnahme im Hause bitten; und wenn es uns glückt, dass man unserem Ersuchen entspricht, werden wir dort einige Tage verbringen und uns die Gegend anschauen. Im Übrigen könnt Ihr versichert sein, dass ich meine Ehre so wohl schützen werde, wie sich das für ein tugendsam Mägdelein geziemt.«

Dem Oheim war die Hoffnung, dass es ihm in Zukunft besser gehen würde, sehr verlockend, und zudem war er von des Mägdeleins Tugend so überzeugt, dass er jede Aufsicht für überflüssig hielt. Darum erklärte er sich ohne Weiteres damit einverstanden, ihr in allem zu Diensten zu sein und sie überallhin zu begleiten, wohin sie es begehrte. Das Mägdelein dankte ihm dafür aus vollem Herzen und vereinbarte mit ihm, dass er sie, seine Nichte, fortan Konrad nennen solle.

Sie langten, so wie man es ihnen angegeben hatte, reichlich früh bei ihrem Ziele an und wandten sich an den Hausmeister des Schlossherrn, dessen Schildknappe er einstmals gewesen war. Er empfing sie als fremde Gäste voller Aufmerksamkeit und mit viel Ehrenbezeugungen. Alsbald fragte ihn Konrad, ob sein Herr nicht geneigt wäre, einen jungen Edelmann in seinen Hausbestand aufzunehmen, der auf Abenteuer gelüstig sei und das Land kennenlernen wolle. Darob erkundigte sich der Hausmeister, aus welcher Gegend er stamme.

»Aus Brabant,« entgegnete Konrad.

»Sehr wohl«, meinte jener. »Ihr werdet nachher drinnen speisen, und nach dem Essen werde ich mit dem Herrn reden.«

Alsbald ließ er sie in ein prächtiges Zimmer geleiten, befahl, den Tisch zu decken und ein schönes Feuer anzuzünden, und dann wurde einstweilen in Erwartung des bevorstehenden Mittagessens Suppe, Hammelbraten und Weißwein aufgetragen. Hierauf begab er sich zu seinem Herrn und erzählte ihm, dass ein junger Edelmann aus Brabant angekommen sei, der gern in seine Dienste treten wolle. Der Herr war damit einverstanden, wenn es durchaus sein Wunsch sei.

Kurz und gut: Nachdem der Hausmeister solchermaßen seine Pflicht erfüllt hatte, kam er wieder zu Konrad, um ihm beim Essen Gesellschaft zu leisten, und brachte zugleich den obenerwähnten wackeren Gerhard mit, weil selbiger ja gleichfalls aus Brabant stammte. Er stellte ihn vor mit den Worten:

»Hier bringe ich Euch einen Edelmann aus Eurer Heimat.«

»Ah, das trifft sich ja wunderschön«, entgegnete Konrad.

»Freilich – und ich heiße Euch herzlich willkommen,« begrüßte ihn Gerhard. Aber denkt euch nur: er erkannte seine Angebetete nicht, während sie ihn auf den ersten Blick erkannt hatte!

Derweile man die üblichen Begrüßungen austauschte, wurde das Fleisch aufgetragen, und dann wies der Hausmeister jedem seinen Platz an. Konrad konnte das Ende der Mahlzeit kaum erwarten, denn er hoffte, mit seinem Verehrer gar eingehend und ergötzlich zu plaudern. Freilich nahm er an, dass jener ihn sofort erkennen würde, wenn er mit ihm spräche und von Brabant berichten würde. Aber diese Erwartungen sollten nicht in Erfüllung gehen. Denn während des ganzen Essens erkundigte sich der wackere Gerhard mit keinem Sterbenswörtlein nach irgendeiner Menschenseele in Brabant, weder nach einem Manne, noch nach einer Frau, also dass Konrad gar nicht wusste, was er davon denken sollte. Und als das Essen zu Ende war, ließ der Schlossherr den neu eingetretenen Konrad in seinen Dienst einführen.

Der Hausmeister, der alle Obliegenheiten bis ins kleinste kannte, bestimmte, dass Gerhard und Konrad ein Zimmer zu zweit haben sollten, da sie Landsleute waren. Nachdem das dementsprechend angeordnet worden war, gingen Gerhard und Konrad Arm in Arm zu den Pferden, um den Stall zu besichtigen. Aber auch jetzt redete der verdammte Gerhard kein Sterbenswörtlein von Brabant, und nun ward der arme Konrad, das heißt die schöne Katharina, bereits von bangen Zweifeln gepeinigt. Denn ihr ward klar, dass er sie vergessen hatte, wie lästige Sünden, und dass sie ihm völlig gleichgültig war. Aber trotzdem schien es ihr unvermeidlich, dass er sie nach ihr oder doch zum wenigsten über die Herrschaften, bei denen sie wohnte, ausfragen würde, und darob war die Ärmste gar verzweifelt in ihrem Herzen, wenn sie es sich auch nicht merken ließ. Denn sie wusste nicht aus noch ein: sollte sie sich ihm sofort zu erkennen geben, oder lieber nicht, und ihn vielmehr durch listige Fragen auf die Probe stellen?!

Am Ende entschloss sie sich, die Rolle weiterzuspielen und die Maske nicht abzuwerfen, falls Gerhard so blieb, wie er sich jetzt zeigte. Der Abend verging wie die Mahlzeit, und dann gingen die beiden auf ihr Zimmer – plauderten von vielerlei, kamen aber mit keiner Silbe dem Gegenstand näher, der Konrad so auf der Seele brannte. Und als das Mägdlein endlich inneward, dass Gerhard davon nicht reden würde, wenn man es ihm nicht in den Mund legte, fragte sie ihn, von wo in Brabant er stamme. Er antwortete so, wie es richtig war.

»Und kanntet Ihr dort den und den Edelmann und die und die Dame und den Soundso?«

»Beim heiligen Johann – freilich!« entgegnete er.

So fragte sie nach allen möglichen Leuten, zuletzt nach dem Schlossherrn, bei dem sie gewohnt hatten. Und er erwiderte, er kenne jenen sehr gut, aber er erwähnte mit keinem Worte, dass er bei ihm in Diensten gewesen war.

»Man sagte,« fuhr sie fort, »dass in seinem Hause sehr schöne Mägdelein wohnen sollen. Kennt Ihr einige von diesen?«

»Nur wenige, aber sie sind mir auch höchst gleichgültig! Lasst mich schlafen, ich sterbe vor Müdigkeit.«

»Wie denn – Ihr könnt schlafen, wenn man von Mägdelein redet? Ihr scheint für Liebesdinge wenig übrig zu haben!«

Er sagte kein Wort, sondern schlief ein, wie ein dickes Schwein. Und der armen Katharina war nun die Wahrheit schon kaum mehr zweifelhaft. Aber sie entschloss sich, ihn noch weiter auf die Probe zu stellen.

Als der nächste Morgen kam, kleideten die beiden sich an, und jeder sprach und plauderte von dem, was ihm am meisten am Herzen lag: Gerhard von Hunden und Falken, Konrad von den schönen Mädchen hier im Hause und in Brabant. Später, nach dem Essen, richtete es Konrad so ein, dass er Gerhard aus dem Kreise der andern fortzog, und begann ihm anzudeuten, dass Bar ihm bereits missfiele; Brabant sei doch wahrlich ein viel hübscheres Land. Und indem er also redete, gab er ihm zu verstehen, dass sich sein Herz überstark nach Brabant hingezogen fühle.

»Aus welchem Grund?«, erkundigte sich Gerhard. »Was gibt es denn in Brabant zu finden, was hier nicht zu sehen ist? Sind hier nicht prächtige Wälder zum Jagen, schöne Flüsse, hübsche, freie, fröhliche Ebenen, wie man sie sich nur wünschen kann, um sich an der Reiherbeize und sonstiger Jagd zu erfreuen?«

»Das will nicht viel besagen,« versetzte Konrad. »Die Frauen von Brabant sind halt ganz anders, und an denen liegt mir mindestens ebenso viel, wenn nicht noch mehr, als an eurer Jagd und Reiherbeize.«

»Beim heiligen Johann! Das ist doch ein ganz ander Ding«, erwiderte Gerhard. »Ihr scheint Euch ja ganz gehörig in Eurem Brabant verliebt zu haben, das merke ich schon.« »Mein Wort«, meinte Konrad, »Euch kann auch wirklich nichts entgehen! Ja, wahrhaftig, ich habe mich dort geradezu närrisch verliebt. Das ist auch der Grund, dass sich mein Herz ganz unerträglich nach dort hingezogen fühlt, und ich bin ziemlich bange, dass ich schließlich nicht anders kann und euer Bar verlassen muss. Denn ohne meine Angebetete zu sehen, würde ich auf die Dauer nicht leben können.«

»Das ist ja doch reiner Irrsinn«, erwiderte Gerhard. »Warum habt Ihr sie denn verlassen, wenn Ihr Euch so wankelmütig fühlt?«

»Wankelmütig, mein Lieber? Wo gibt's denn jemanden, der nie aus der Rolle des getreuen Liebenden fiele? Kein Mensch ist so klug und weise, dass er immer wüsste, was das Rechte ist. Amor raubt oft seinen Dienern allen Sinn und Verstand.«

Dies Wortgefecht verlief und endete gleichfalls, ohne dass sie weiter auf die kitzlige Frage eingingen, und so kam die Stunde des Abendessens. Und schließlich lagen sie bereits im Bett und rüsteten sich zum Schlafen, ohne ein neues Gespräch angeknüpft zu haben.

Immerhin könnt ihr glauben: Gerhard hätte sicherlich nichts als Schnarchen verlauten lassen, wenn Konrad nicht von Neuem über ihn hergefallen wäre. Er begann also eine klägliche, lange, betrübte Jammergeschichte wegen seiner Dame zu erzählen, über die ich der Kürze halber hinweggehen will. Schließlich aber sagte er: »Ach, Gerhard, wie könnt Ihr nur den Wunsch haben, so neben mir einzuschlafen, der ich noch hell wach bin und die ganze Seele voller Gram, Kummer und Sorgen habe?! Es ist geradezu merkwürdig, dass Ihr auch nicht die Spur davon berührt werdet. Glaubt mir: Handelte es sich um eine ansteckende Krankheit, dann würdet Ihr nicht so dicht neben mir liegen dürfen, ohne Ausschlag zu bekommen. Ach, ich bitte Euch: Fühlt Ihr Euch auch nicht ergriffen, so wendet doch wenigstens ein klein wenig Teilnahme für mich auf. Ich werde ja gar bald sterben, wenn ich nicht schleunigst meine Liebste wieder erblicke.«

»Niemals sah ich einen so närrisch verliebten Kerl wie Euch«, versetzte Gerhard. »Glaubt Ihr, ich wäre nicht auch schon einmal verliebt gewesen? Ich weiß ganz genau, wie das ist, denn in dem Netz habe ich auch schon einmal gezappelt, das kann ich Euch versichern. So verbiestert freilich war ich nicht, dass ich darüber Essen und Trinken verlernte, das Schlafen vergaß und alle Fassung verlor, wie Ihr es jetzt tut. Wahrlich, Ihr seid verdreht und Eure Liebe ist eigentlich keinen Heller wert. Und glaubt Ihr etwa, dass es Eurer Dame ebenso geht? Gar nicht daran zu denken, verlasst Euch darauf.«

»Ich bin ganz fest davon überzeugt«, entgegnete Konrad, »dass es doch so ist. Sie ist viel zu treu, um mich zu vergessen.«

»Ihr mögt sagen, was Ihr wollt«, meinte Gerhard, »ich glaube nicht, dass die Frauen treu genug sind, um in einen derartigen Zustand zu geraten. Und wer sich so etwas einbildet, ist ein Narr von Kopf bis zu Füßen. Ich habe genau wie jeder andere auch geliebt, und auch jetzt liebe ich eine recht zärtlich. Und um Euch die Wahrheit zu sagen: Ich bin aus Brabant wegen einer Liebesgeschichte fortgegangen. Damals, als ich von dannen zog, stand ich bei einem sehr schönen, wackeren Edelfräulein in hoher Gunst und trennte mich nur mit tiefem

Schmerz von ihr. Einige Tage ging es mir auch hart an die Nieren, dass sie mir aus den Augen entschwunden war. Freilich vergaß ich aber darüber nicht das Schlafen, Trinken und Essen wie Ihr. Als ich mich dann ihrer Nähe entrückt sah, wollte ich als Gegenmittel Ovids Rat befolgen. Deshalb machte ich mich, kaum dass ich hier in dies Haus gekommen und darin heimisch geworden war, an eines der schönen Mägdelein, die hier sind, heran, und ich habe es Gott sei Dank dahin gebracht, dass sie mir gar wohl will, und ich habe sie ebenfalls recht gern. Auf diese Weise habe ich mir die andere vom Halse geschafft, die ich vorher liebte, und jetzt ist es für mich nicht viel anders, als hätte ich sie niemals gesehen, so hat mich die jetzige Liebste davon abgebracht.«

»Wie ist es denn nur möglich,« verwunderte sich Konrad, »dass Ihr die andere so schnell vergessen und verlassen konntet, da Ihr sie doch aufrichtig geliebt habt? Ich für mein Teil kann so etwas nicht begreifen! Ich kann mir gar nicht vorstellen, wie so etwas möglich ist.«

»Es ist aber doch nun einmal so,« versetzte Gerhard. »Ihr müsst das eben, so gut Ihr könnt, begreifen.« »Das nennt man nicht gerade: Die Treue halten,« erwiderte Konrad. »Ich für mein Teil möchte lieber, wenn ich es könnte, tausendmal sterben, als an meiner Geliebten solche Falschheit begehen. Und sicherlich lässt mich Gott nicht länger leben, wenn ich nicht den Willen und überhaupt keinen anderen Gedanken habe, als sie allein zu lieben und zu begehren.«

»Dann seid Ihr gar noch törichter«, versetzte Gerhard, »und wenn Ihr in diese Narrheit verrannt bleibt, wird Euch nie wohl sein. Ihr werdet nichts tun als sinnen und grübeln, werdet auf der Erde verdorren, wie eine schöne Pflanze im heißen Ofen, und werdet Euer eigener Mörder sein. Es geht Euch ja jetzt schon schlimm genug, und was dabei noch ärger ist: Eure Liebste wird nur über Euch lachen, im Falle Ihr das Glück haben solltet, dass es ihr zu Ohren kommt.«

»Ei, ei!«, spottete Konrad. »Ihr habt es ja in Liebeserfahrungen recht weit gebracht! Drum bitte ich Euch, seid mir hier im Hause oder sonsten etwas zur Hand, wenn ich um die Liebe einer Dame werbe. Ich will doch sehen, ob ich ebenso wie Ihr geheilt werden kann.«

»Ich will Euch etwas sagen«, meinte Gerhard. »Ich werde Euch morgen mit meiner Liebsten plaudern lassen, und will ihr sagen, dass wir Gefährten sind, und dass sie bei ihrer Gefährtin ein gutes Wort für Euch einlegen soll. Und ich zweifle gar nicht: wollt Ihr wirklich, dann ist es immer noch zeitig genug, und Eure Träumerei, die Euch den Kopf verdreht, wird in kürzester Frist verscheucht sein, vorausgesetzt, dass Ihr keine Schwierigkeiten macht.«

»Hieße es nicht, meiner Geliebten den Eid brechen; dann würde ich keinen lebhafteren Wunsch haben,« entgegnete Konrad. »Aber immerhin will ich versuchen, wie es bei mir damit anschlägt.«

Bei diesen Worten hatte sich Gerhard herumgedreht, und alsbald war er eingeschlafen. Unsere holdselige Katharina aber brach schier unter der Wucht des Ungemaches zusammen, als sie die Treulosigkeit dieses Mannes, den sie über alles liebte, sah und hörte. Ja, sie wünschte sich den Tod herbei. Aber sie warf alle weibliche Zimperlichkeit von sich und rüstete sich mit männlichem Mute. Denn sie besaß Standhaftigkeit genug, am nächsten Tage des langen und breiten mit dem Mägdelein zu reden, die ihr das ärgste Leid antat, das sich erdenken lässt. Ja, sie wappnete sogar ihr Herz und zwang ihre Augen, Zeugen etlicher Zärtlichkeiten zu sein, die sich zu ihrem Schaden, zu ihrer tödlich-quälenden Pein abspielten.

Als sie dann mit seiner Liebsten plauderte, bemerkte sie bei ihr den Ring, den sie selbst ihrem treulosen Verehrer einst gegeben hatte, und das verschärfte noch ihren Schmerz. Aber ihr glühender Wunsch, diesen Ring wieder in Besitz zu bekommen, raubte ihr nicht die Vernunft. Vielmehr fand sie eine nette, reizende Form, um ihn sich anzusehen und dabei an den Finger zu stecken. Und als ihr das gelungen war, verabschiedete sie sich und ging hinweg, als ob sie nicht mehr daran dächte. Sobald dann das Abendessen vorbei war, kam sie zu ihrem Oheim und sagte:

»Wir sind lange genug Barer Mannen gewesen, und es ist Zeit, dass wir uns davonmachen. Seid morgen bei Tagesanbruch bereit, ich werde es auch sein. Kümmert Euch nur darum, dass all unser Gepäck in Ordnung und aufgeschnallt ist. Und kommt nur, so früh Ihr irgend mögt.«

»Alles soll so vorbereitet sein, dass Ihr nur aufzusteigen braucht!« versetzte der Oheim.

Hört nun weiter: Während Gerhard nach dem Abendessen mit seiner Angebeteten plauderte, kam die andere, die vordem seine Herzliebste gewesen war, in sein

Zimmer und begann in einem Briefe des langen und breiten zu schildern, wie sie und Gerhard ineinander verliebt gewesen waren, was für Versprechungen sie einander bei der Trennung gemacht hatten, wie man sie hatte vermählen wollen, wie sie das abgelehnt und diese Wallfahrt unternommen hatte, um ihren Eid zu erfüllen und ihm ihre Hand zur Ehe zu bieten.

Dann beschrieb sie, wie sie ihn in Treulosigkeit so tief verstrickt gefunden hatte, derart, dass er ihr die Treue in Worten sowohl wie in Taten und krassester Wirklichkeit gebrochen habe. Sie halte sich also in Anbetracht all dieser oben angeführten Gründe ihres Eides und Versprechens, das sie ihm einst gegeben habe, für ledig und entbunden. Nun zöge sie wieder in ihr Land zurück und wünsche, ihn niemals mehr zu sehen, noch ihm zu begegnen, da er offenbar der treuloseste Mann sei, der sich je an eine Frau herangemacht habe. Sie nähme auch den Ring mit, der ihm einst von ihr geschenkt worden sei. Denn er habe ihn an die Hand einer Fremden gesteckt. Freilich dürfe er sich rühmen, drei Nächte Seite an Seite mit ihr geschlafen zu haben, und das könne er ruhig tun, denn sie fürchte ihn nicht. So schreibe sie mit der Handschrift, an der er sehr gut den Verfasser erkennen könne. Und darunter stand: »Katharina usw., die auch den Namen Konrad trägt«, und auf der anderen Seite: »An den treulosen Gerhard usw.«

In der Nacht schlief sie nur wenig, und sobald sie den Tag anbrechen sah, erhob sie sich ganz sacht, kleidete sich an, ohne dass Gerhard erwachte, nahm ihren Brief, den sie verschlossen und versiegelt hatte, und steckte ihn in den Ärmel von Gerhards Wams. Dann empfahl sie ihn leise Gott und weinte dabei gar zärtlich, denn der hinterlistige Streich, den er ihr gespielt hatte, schmerzte sie namenlos. Gerhard aber schlief weiter und erwiderte kein Wort.

So kam sie zu ihrem Oheim, der ihr Pferd heranführte, stieg auf und trabte derart frisch darauf los, dass sie bald nach Brabant zurückkam. Hier wurden sie, weiß Gott, voll Freude mit offenen Armen empfangen. Natürlich wurden sie auch über die Begebnisse ihrer Reise ausgefragt. Aber in all ihren Antworten hüteten sie sich, den wichtigsten Vorfall zu erwähnen. Nun zu Gerhard und zu dem, was ihm geschah, als der Tag von Katharinas Abreise herangebrochen war. Gegen zehn Uhr erwachte er und bemerkte, dass sein Gefährte schon auf war. Er sagte sich, dass es wohl schon spät sei, sprang in aller Hast auf und griff nach seinem Wams. Als er nun in den einen Ärmel fahren wollte, fiel ein Brief heraus, was ihn höchlich verwunderte, denn er erinnerte sich nicht, dort ein Schreiben hineingesteckt zu haben. Er nahm ihn also auf und sah, dass er verschlossen war. Und hinten drauf stand geschrieben: »An den ungetreuen Gerhard usw.«

War er schon zuvor verblüfft gewesen, so war er es nun noch vielmehr. Schließlich machte er ihn auf und sah die Unterschrift an, die da lautete: »Katharina, die auch den Namen Konrad trägt.«

Er wusste nicht, was er denken sollte. Er las aber doch den Brief, und während er ihn las, stieg ihm das Blut zu Kopfe, sein Herz erzitterte, sein ganzer Körper geriet in wilde Erregung, und er wechselte die Farbe. War aber die Sache auch noch so schlimm, – er las den Brief halt zu Ende, und daraus entnahm er, dass seine Treulosigkeit dem Mägdelein bekannt geworden war, ihr, die so von ganzem Herzen an ihm gehangen hatte. Und sie hatte es nicht etwa durch den Bericht irgendeines Dritten erfahren, sondern sie selbst mit eigenen Augen hatte sich die Gewissheit verschafft.

Was ihm aber am allermeisten zu Herzen ging, war der Umstand, dass er drei Nächte mit ihr zusammen geschlafen hatte, ohne sie für die Mühe zu belohnen, die sie auf sich genommen hatte, indem sie aus so weiter Ferne herbeigeeilt war, um ihn auf die Probe zu stellen.

Wutschnaubend knirschte er mit den Zähnen, und er tobte schier vor Wut, als er sich derart hineingefallen sah. Nachdem er lange hin und her überlegt hatte, fand er keinen anderen Ausweg, als ihr nachzueilen. Ja, er war ganz gewiss, dass er sie wieder erringen würde. So nahm er denn Abschied von seinem Herrn, machte sich auf den Weg und folgte den Spuren ihrer Rosse. Aber die hatten nicht eher haltgemacht, bis sie in Brabant angelangt waren, und da traf er gerade zur rechten Zeit ein: Denn er kam am Tage der Hochzeit des Mägdeleins an, das ihn auf die Probe gestellt hatte. Er glaubte, er dürfe zu ihr gehen, sie küssen und begrüßen und seine Fehltritte jämmerlich entschuldigen. Aber das duldete sie nicht. Sie drehte ihm den Rücken zu, und weder an diesem ganzen Tage noch weiterhin fand er jemals Mittel und Wege, mir ihr irgendwie zu sprechen. Selbst als er eines Tages zu ihr hintrat, um sie zum Tanze zu führen, schlug sie ihm es laut vor allen Leuten ab, was gar vielen auffiel. Alsbald kam ein andrer Edelmann hinein, hieß die Spielleute aufspielen, trat zu ihr, und sie ging vor Gerhards Augen mit jenem hinab zum Tanze.

So also kam der treulose Mann um seine Zukünftige. Und wenn es mehr solche Leute gibt, dann sollen sie sich an diesem Beispiel eine Lehre nehmen. Es ist bekannt genug, und die Geschichte hat sich ja erst kürzlich zugetragen.

Der gewappnete Ehekrüppel.

Damals, als König Karl der Siebente in seiner lieben Stadt Tours weilte, verliebte sich ein schottischer Edelmann, der als Bogenschütze der königlichen Leib- und Ehrenwache angehörte, in ein wunderhübsches, zieres Weiblein, die Frau eines Kurzwarenhändlers. Bald hatte der Jungherr eine Gelegenheit erwischt, wo er ihr in wohlgesetzten Worten und so schonend als möglich sein holdes Missgeschick unterbreiten konnte. Aber die Antwort, die er einheimste, war minder sanft und fiel so sehr zu seinen Ungunsten aus, dass er sich hernach weder zu rechter Zufriedenheit noch gar zu herzlicher Freude aufschwingen konnte. Natürlich mochte ihm die Sache durchaus nicht aus dem Sinn: Er lief dem holden Weiblein immer weiter nach und verfolgte sein Ziel mit so verbissener Hartnäckigkeit, dass die Angebetete sich entschloss, ihn mit Schwung zu allen Teufeln zu jagen und sich auf Nimmerwiedersehen von ihm zu verabschieden. Deshalb erklärte sie ihm eines Tages, sie würde ihren Mann davon in Kenntnis setzen, wie jener ihr in so überaus ehrloser und gottverdammter Weise nachstelle und bemüht sei, seine argen Wünsche zu verwirklichen. Und obendrein führte sie ihre Drohung aus und erzählte ihrem Eheherrn all ihren Gram.

Der Krämer war ein gar kluger, sittsamer Herr, und zudem, wie man im Folgenden sehen wird, riesig kühn und wagemutig. So stieg denn auch gleich ein bitterer Groll in ihm auf wider den Schotten, der ihn und obendrein gar sein gutes Weib zu entehren gedachte. Und umso recht in aller Gemütsruhe und ein für alle Mal an dem Frevler Rache üben zu können, befahl er seinem Weibe: Wenn selbiger nochmals mit seinem Begehren an sie herantrete, dann sollt sie ihm ein Stelldichein geben und ihn für einen bestimmten Tag in ihr Haus laden; und wenn dann der Kerl die Narrheit beginge, wirklich zu kommen, dann würde er sein schändliches Vorhaben teuer bezahlen.

Die gute Frau war nur allzu bereit, ihrem Eheliebsten alles Denkbare zu Gefallen zu tun. Deshalb versprach sie ihm denn auch, seinen Anordnungen Folge zu leisten, und es dauerte gar nicht lange, da hatte der arme, liebesgeplagte Schotte es wieder durch allerlei listenreiche Kombinationen ermöglicht, sie zu erwischen und zu stellen. Alsbald begrüßte er die holde Krämersfrau gar demütig und erging sich in sanften, herzbewegenden Liebesklagen, die nur allzu sehr die Befürchtungen bestätigten, deren sich das arme Weiblein ob seiner früheren Bitten versehen hatte; Wenn sie ihn so hörte, dann konnte keine Frau des Erdenrundes einen ergeberen und aufmerksameren Diener finden, als sie an ihm haben würde, wenn sie in Hulden seinem Flehen ein geneigtes Ohr liehe.

Alsbald ward die schöne Krämersfrau, die ihres Gatten kluge Weisungen nicht vergessen hatte, inne, dass nunmehr wohl der geeignete Augenblick gekommen sei, um besagte Weisungen auszuführen. Deshalb unterließ sie nicht, dem hartnäckigen Tugendjäger einige zierliche Worte zu sagen und ihre bisherige Härte wiederholentlich zu entschuldigen, und vereinbarte dann mit ihm, er solle am folgenden Abend in allereigenster Person zu ihr in ihr Zimmer kommen, allwo er ja Gelegenheit hätte, ihr ungestört und in aller Heimlichkeit zu künden, was er noch alles auf dem Herzen habe und wie viel Glück er ihr zu spenden bereit sei.

Was brauche ich erst zu sagen, dass der Schotte sanft wie ein fügsames Lämmlein ihren Worten lauschte und ihr überströmende Dankesworte stammelte; dass er ihr versicherte, wie sehr es ihn dränge, ihr zu gehorchen; und dass er nach diesem hoffnungsvollen Bescheide von der Schönen so fröhlich Abschied nahm, wie der glücklichste Mensch des Erdenrundes.

Als der Ehemann heimkam, da empfing ihn sein Weib sogleich mit der Neuigkeit: Der Schotte sei bei ihr gewesen, habe ihr wieder sein Leid geklagt und die verheißungsvollsten Anerbieten gemacht; und sie könne ihm nun die erfreuliche Mitteilung machen, dass er morgen Abend zu ihr ins Zimmer kommen wolle.

»Lass ihn nur kommen!« polterte der Ehemann. »Ich werde ihm schon zeigen, dass er damit die größte Dummheit seines Lebens begeht! Hei! Wie wird er vor mir knien und sein schändliches Begehren beichten und mir abbitten, bevor er mein Haus verlässt! Das wird auch für die andern anmaßlichen, liebestollen Narren seines Schlages ein belehrsames Exempel sein!«

So kam denn mählich der Abend des folgenden Tages heran, nach dem sich der arme Schotte in seinen Liebesnöten so schrecklich sehnte, weil er doch nun endlich seine Holde in Ruhe sehen und genießen sollte; auf den aber auch der wackere Krämer mit allen Fibern seines mutigen Herzens harrte, sintemalen er seine freventliche Rache ins Werk zu setzen gedachte, die den Verächter seiner Ehre von dem tollen Wunsche heilen sollte, eines Ehemannes Stellvertreter zu sein; – der Abend, vor dem der holden Ehefrau recht bänglich zumute war, maßen die Erfüllung der ehelichen Weisungen sie einen blutigen Streit befürchten ließ. Wie es so weit war, begannen alle Teile ihre Vorbereitungen: Der Krämer ließ sich in einen gewaltigen, schweren, alten Harnisch einschnallen, setzte sich einen Kampfhelm auf, zog furchtbare Fausthandschuhe an und nahm eine riesige Streitaxt in die Hand. Solchermaßen sah er weiß Gott entsetzlich gefährlich aus, und man glaubte einen alten, erfahrenen Haudegen zu erblicken, der schon manche Schlacht erlebt und viel Blut gerochen hatte. Und wie ein sieggewohnter Held, der zu früh auf dem Kampfplatze ist und in Erwartung seines Feindes sein Zelt aufsucht, so kroch er hinter den Vorhang der Bettnische und verbarg sich dorten so wohl, dass man ihn nicht bemerken konnte.

Indessen sah der liebeskranke Schotte, dass die ersehnte Stunde gekommen war, und eilte zum Hause, darinnen seine Liebste wohnte. Immerhin vergaß er nicht, sich sein gutes, großes, starkes, zweihändiges Schlachtschwert mitzunehmen. Als er ins Haus kam, stieg die Schöne vor ihm, ohne ihre Angst zu zeigen, zu ihrem Zimmer hinauf, und er folgte ihr sanft und sachte. Als er dann aber oben anlangte, da fragte er seine Angebetete, ob sich außer ihr noch jemand in dem Zimmer befände, worauf sie arglistig und mit seltsamer, aber keineswegs sicherer Stimme entgegnete: »Nein.«

»Sagt mir die Wahrheit!« beharrte der Schotte. »Ist Euer Mann nicht hier?« »Nein, nein!«, stammelte sie.

»Gut – lasst ihn nur kommen: beim heiligen Trignanus! Wenn er sich blicken lässt, dann spalte ich ihm den Schädel bis zu den Zähnen! Bei Gott – und wenn's ihrer drei wären, ich würde auch noch mit ihnen fertig.«

Und während er diese freventlichen Worte sprach, zückte er sein gutes, gewaltiges Schwert, schwang es drei, viermal und legte es dann auf das Bett, wohl zur Hand. Dann begann er eilends die Schöne zu umhalsen, zu herzen und zu küssen, und obendrein hielt er damit noch keineswegs in seinem Tun inne, sondern führte es mit viel Behagen und ganz nach Wunsch zu Ende, derweile der arme Hahnrei hinter dem Vorhange sich mitnichten zu zeigen wagte, vielmehr vor lauter Herzensangst zu sterben vermeinte.

Als dann unser Schotte sein kühnes Wagnis geglückt sah, nahm er von der Schönen Abschied und wünschte ihr und sich ein baldiges frohes Wiedersehen. Des ferneren sagte er ihr als wohlerzogener junger Mann seinen geziemlichsten Dank, wandte sich hinweg und begann die Stiege hinabzusteigen. Sobald der gewappnete Held inneward, dass der Schotte die Stube verlassen hatte, kam er schlotternd und schier wortlos vor Angst aus seinem Kriegszelt hervorgestolpert und begann seinem Weibe dafür arge Dinge zu sagen, dass es von dem

Schützen so vergnügliche Pein geduldet hatte, worauf sie ihm entgegnete: daran sei doch einzig und allein er schuld, maßen er ihr befohlen habe, dem Keckling ein Stelldichein zu geben.

»Ich befahl dir doch aber nicht, ihm allen Willen zu lassen!«, rief der Ehemann.

»Und wie konnte ich ihm wehren,« entgegnete sie, »wo er doch sein großes Schwert zur Hand hatte, wenn ich ihm nicht zu Willen gewesen wäre!«

In diesem Augenblick macht unser guter Schotte wieder kehrt, steigt von Neuem die Stiege hinauf, springt ins Zimmer und donnert: »Was gibt's da?«

Worob der biedere Krämer sich schnell wie der Wind zu retten sucht und unters Bett kraucht, um sich nur recht sorglich in Sicherheit zu bringen. Denn ihm wurde noch mehr angst als zuvor. Die Schöne aber sah sich alsbald von Neuem in den Armen ihres holden Freiers, der ihr nochmals in aller Ausführlichkeit und voll Behagens seine Liebe erzeigte – wie zuvor mit dem Schwert an seiner Seite. Danach pflog er noch manch zärtliche Zwiesprach, und als endlich die Abschiedsstunde geschlagen hatte, da wünschte er ihr eine geruhsame Nacht, zog sich zurück und verschwand.

Der arme Märtyrer unterm Bett wagte kaum hervorzukommen; denn er hatte eine Mordsangst, sein schrecklicher Gegner oder richtiger, sein Waffengefährte, könne nochmals wiederkehren. Endlich nahm er sich ein Herz und kam mithilfe seiner Frau Gott sei Dank endlich auf die Füße. Hatte er schon zuvor sein Weiblein geschmählt und schlecht gemacht, so begann er jetzt, ihr noch viel unfreundlichere Dinge zu sagen. Denn nunmehr hatte sie doch seine und ihre Ehre entwürdigen lassen, nachdem er ihr das ausdrücklich zuvor verboten hatte.

»Ach, schweig stille!«, rief sie. »Wo gibt es denn eine so mutige Frau, die solch tollköpfigem, liebesglühendem Manne zu widerstehen wagte in einer Lage, in der Ihr, der Ihr gewappnet und bewehrt und obendrein voll zornflammenden Mutes waret (sintemalen er sich doch noch schlimmer an Eurer Ehre verging als an der meinen), es dennoch nicht gewagt habt, ihn niederzumachen und mich zu verteidigen?«

»Hol's der Teufel!« tobte der Mann. »Was ist das für eine Antwort?! Wenn du nicht gewollt hättest, dann hätte er nimmermehr seine Lust an dir büßen können. Du bist ein schlechtes, ehrloses Frauenzimmer!«

»Und Ihr seid ein Feigling!«, schrie sie. »Ein Bösewicht, ein Schandbube! Durch Euch wurde ich entehrt, denn nur um Euch zu gehorchen, habe ich dem Schotten dies Stelldichein gegeben! Und Ihr hattet nicht den Mut, Eurem Weibe ein Schutz und Schirm zu sein, obgleich ich Eure Ehre und Euer teuerstes Gut bin. Glaubt mir: Ich wäre viel lieber gestorben, statt solcherart selbst die Hand zu dieser Missetat zu bieten. Und Gott weiß, welche Trübsal mich darob umfängt und mein Lebelang umfangen wird, dass Ihr, von dem ich Schutz und Hilfe erwarten musste und erhoffte, ruhig dabei standet und gar selbst dazu beitruget, dass ich diese Schande erlitt.«

Solchermaßen muss man also annehmen und glauben, dass sie des Schotten Zärtlichkeit nicht um der Freuden willen duldete, die sie dabei empfand, sondern dass sie selbig wider Willen und gezwungenermaßen über sich ergehen lassen musste, weil sie auf Widerstand zugunsten ihres Mannes verzichtet hatte, der doch ihre Verteidigung kühnlich übernahm und dafür einigermaßen hinreichend gerüstet war.

Und nachdem jede Seite der Gegenpartei noch einen gehörigen Haufen Argumente und Gegenargumente an den Kopf geworfen hatte, ließen beide vom Zank und Streiten ab. Immerhin ergab sich ja durchaus augenscheinlich, dass der Ehemann den kürzeren gezogen hatte, sintemalen er, so wie das oben beschrieben war, von dem Schotten hinters Licht geführt wurde und diese Sache hinfüro auf ihm sitzen blieb.

Der hohe Herr im Kleiderkasten.

»Es ist kein ungewöhnlich Ding, zumal in unserm Königreich, dass schöne Damen und Fräulein sich oft und gern in der Gesellschaft wackerer Edelleute und Gefährten ergehen. Und was den netten frohen Zeitvertreib betrifft, den sie dort pflegen, und auch die anmutsvollen, schmachtenden Wünsche, die da erklingen, so braucht man sich darüber wohl nicht gar den Kopf zu zerbrechen. War da vor nicht zu langer Zeit ein gar edler Herr, – es dürfte wohl ein Prinz oder ein ähnlich hochgestelltes Tier gewesen sein, aber den Namen lass' ich wohl besser beiseite, – der genoss hohe Gunst einer gar schönen verheirateten Edelfrau. Ihr Ruf ist weit genug bekannt, und selbst der erhabenste Herr unseres Landes ließe sich wohl mit Freuden ihren Ritter nennen. Besagte Dame wollte nun gern dem Edelmann erzeigen, wie grenzenlos wohlgesinnt sie ihm sei. Aber das ging nicht gleich auf den ersten Anhieb so, wie sie es sich wünschte, weil ihr die altbekannten Widersacher und Feinde Amors hartnäckig in die Quere kamen. Zumal aber ward ihr wackerer Gatte ihr hinderlich, der sich in diesem Punkt benahm wie der verfluchte Zerberus. Denn wäre er nicht gewesen, dann hätte ihr ergebenster Diener schon längst von ihr empfangen, was sie ihm von Rechts und der Ehre wegen eigentlich nicht geben konnte.

Kann man sich wundern? Ihr Ergebenster war nicht wenig unzufrieden mit dieser langen Wartezeit, denn das Halali dieser seiner fürstlichen Hatz bedeutete ihm größeres Glück und lag ihm mehr am Herzen und im Sinn als alles Gute, das ihm die Zukunft bringen konnte. Und deshalb setzte er sein Drängen fort, bis die Dame ihm einmal sagte:

»Ich bin auf mein Wort nicht minder unglücklich als Ihr, dass ich Euch nichts Köstlicheres zu bieten vermag. Aber Ihr wisst ja: Solange mein Mann daheim ist, muss ich mich auch mit ihm beschäftigen.«

»Ach!«, seufzte er, »gibt's denn gar kein Mittel, um meine arge, grausame Pein zu kürzen?«

Wie schon gesagt, auch sie hatte nicht minder den Wunsch, mit ihrem ergebensten Diener einmal ein Stündchen unter vier Augen zu verbringen, und deshalb schlug sie ihm vor:

»Kommt heut Nacht zu der und der Zeit und pocht an mein Zimmer. Ich werde Euch hineinbugsieren lassen und irgendwie fertigbekommen, meinen Mann abzuhalftern, wenn mir nicht irgendein Missgeschick in die Quere kommt.«

Dem Liebesknechte konnte gar nichts Froheres widerfahren. Er erging sich in gar anmutsvollen holden Dankesworten, wie sich's ob dieser Gunst geziemte, die ihn gleichermaßen zum Herrn und Knechte machte, zog sich zurück und wartete gar sehnsuchtsvoll der vorbestimmten Stunde.

Denkt euch nun einmal: Vor einem guten Stündlein oder mehr hatte sich die gute Dame mit ihren Frauen und ihrem Manne, der ihr nachkam, in ihre Kemenate zurückgezogen, um zur Nacht zu speisen. Und glaubt mir, sie war durchaus nicht untätig, sondern arbeitete mit allen Mitteln, um ihrem Liebsten ihr Versprechen zu erfüllen. Erst bedachte sie dies, dann das, aber ihr wollte gar nichts Rechtes einfallen, was den verfluchten Ehemann fortjagen konnte. Und doch rückte die ersehnte Stunde immer näher. Während sie noch im tiefsten Grübeln war, erzeigte sich das Schicksal über die Maßen gütig: Ihr Mann gab ihr den holden Wink, wie sein und ihr hartes Missgeschick und Unglück selbst durch seinen eignen Gegner, nämlich besagtem Liebsten, in unbegrenzte Freude, Glück, Seligkeit und vollkommenste Wonne verwandelt werden konnte. Und das kam so:

Der arme Ehemann sah seine Frau nachsinnen und ernstlich grübeln, wusste aber nicht, über wen oder was. Er beschaute sie gar aufmerksam, dann auch die eine und die andere der Frauen, die im Zimmer waren, und betrachtete sich wohl mehrmals die Stube. Und während er so stillschweigend hin und her schaute, gewahrt er zufällig zu Füßen des Lagers einen Kleiderkasten seiner

Frau. Um sie nun zum Reden zu bringen und aus ihren Gedanken zu reißen, fragte er, wozu diese Truhe in dem Zimmer herumstehe, und warum sie nicht in die Kleiderkammer oder sonstwohin gestellt würde, statt dass sie sich hier in der Stube breitmache, wo sie wahrlich keine Zierde sei. »Das ist nicht weiter schlimm«, meinte die Frau, »hier kommt keine Menschenseele hinein außer uns. Deshalb habe ich sie mir hier zur Hand gelassen; es sind nämlich noch ein paar Kleider von mir darinnen. Seid nur nicht deswegen unzufrieden, lieber Freund, meine Frauen werden sie gleich hinaustragen.«

»Unzufrieden!«, rief er, »aber keine Spur! Von mir aus kann sie geradeso gut hier wie sonst wo stehen, wenn es Euch lieber ist. Aber mir scheint sie doch recht klein, wenn Ihr Eure Kleider hineintun wollt, ohne dass sie Falten bekommen, maßen sie doch heutzutage so lange, große Schleppen haben.«

»Mein Wort, sie ist groß genug,« entgegnete sie.

»Eigentlich kann ich mir das nicht recht denken,« versetzte er, »schaut sie nur einmal daraufhin genau an.«

»Schön, – wollt Ihr eine Wette mit mir machen?«

»Gewiss«, meinte er », und zwar auf was?«

»Ich wette mit Euch auf ein halbes Dutzend feinster Hemden gegen die Seide zu einem Unterrock, das wir Euch dahinein stopfen, so lang und breit, wie Ihr seid.«

»Mein Wort,« erhitzte er sich, »ich wette, das geht nicht.«

»Und ich wette, es geht!«

»Aber zunächst«, erklärten die Frauen, »wollen wir doch sehen, wer gewinnt.«

»Versuchen wir's, dann wird es sich herausstellen«, sagte der Edelmann.

Er trat herzu, ließ aus der Truhe die Kleider herausnehmen, die darinnen waren, und als sie leer war, da brachten es die Edelfrau mitsamt ihren Damen nach einiger Mühe fertig, dass der edle Herr recht bequem darinnen saß. Daraufhin entstand ein großes, fröhliches Wortgefecht, worauf die Hausfrau schließlich sagte:

»Ihr habt Eure Wette verloren, – das erkennt Ihr an? Nicht wahr?«

»Mein Wort! Ja,« sagte er. Es stimmt.« Und bei diesen Worten wurde die Truhe zugeklappt, scherzend, lachend und neckend nahmen alle zusammen den Mann mitsamt der Truhe, trugen ihn in ein Kleiderkämmerlein weitab von dem Zimmer und ließen ihn da stehen. Der Mann schreit, wütet, lärmt und schimpft, – alles umsonst: Die ganze, schöne, lange Nacht wurde er dort gelassen. Er grübelt, schläft, richtet sich ein, so gut er kann, denn die Hausfrau hat im geheimen Rat bestimmt, ihn an diesem Tage nicht mehr hinauszulassen, weil er dem Kommen dessen, den sie viel lieber hat als ihn, gar so hinderlich gewesen. Nun zurück zu dem, was wir begonnen hatten: Lassen wir unsern Mann in der Truhe stecken und berichten wir, wie die Ehefrau ihren Liebsten im Kreise ihrer Frauen erwartete, denn die waren gar brav und verschwiegen, also dass man ihnen alles anvertrauen konnte. So wussten sie auch, dass der Herzliebste, soweit es auf ihn ankam, heut Nacht die Stelle des Gemahls vertreten sollte, der in der Truhe sein Folterstündchen verlebte.

Es dauerte nämlich gar nicht lange, da kam auch schon der wackere Anbeter, ohne Lärm zu machen oder jemandem Schrecken einzujagen, und pochte an die Tür. An seinem Klopfen wurde er gleich erkannt, und flugs war jemand da, um ihn hineinzulassen. Er wurde gar froh und zärtlich mit offenen Armen empfangen. Die Hausfrau und ihre Begleiterinnen plauderten überaus hold mit ihm, und schließlich blieb es auch nicht aus, dass er mit seiner Dame ein Weilchen allein blieb, die ihm des langen und breiten erzählte, welche hohe Gunst ihnen Gott beschieden hatte. Sie schilderte ihm, wie sie mit ihrem Manne wettete, ob er in die Truhe hineinkäme, wie er dann hineinkroch, und wie sie mit ihren Frauen den Kasten in ein Kämmerlein trug.

»Wie denn«, rief ihr Liebster, »nie hätte ich gedacht, dass er hier im Hause sei. Weiß Gott, ich dachte, Ihr hättet einen Vorwand gefunden, um ihn fortzuschicken und zu einem Ausgang zu bestimmen, also dass ich für heute seine Stelle bei Euch vertrat.«

»Deshalb werdet Ihr doch nicht forteilen«, meinte sie. »Von dort, wo er steckt, kommt er nicht hinaus, und schreien mag er, soviel er kann, in weitem Umkreis ist keine Seele, die ihn hören könnte. Glaubt mir, von mir aus bleibt er die ganze Nacht dort; wollt Ihr ihn aber befreien, so überlasse ich das Euch.«

»Heilige Jungfrau!«, rief der zukünftige Stellvertreter, »kommt er nur hinaus, wenn ich ihm auftue, dann mag er schön warten.«

»Also dann wollen wir es uns wohl sein lassen und nicht mehr daran denken!«

Kurz und gut, die beiden schlüpften aus den Kleidern, krochen gar liebesam in das wunderschöne Bett, machten es sich Arm in Arm bequem und schlürften den Freudentrank, um dessentwillen sie zusammengekommen waren. Aber das kann sich der Leser ja viel besser vorstellen, als der Schreiber es darzustellen vermag. Als dann der Tag graute, machte sich der Herr Liebste so heimlich wie möglich von seiner Schönsten fort und ging heim, um zu schlafen, wie ich hoffe, oder sich durch ein Frühstück zu stärken: denn alles beides hatte er recht nötig.

Die Hausfrau aber war nicht minder pfiffig als klug und wacker: Als es Zeit war, erhob sie sich und sagte zu ihren Frauen:

»Jetzt wird es Zeit, unsern Gefangenen hinauszulassen. Ich will einmal hören, was er sagt, und ob er seine Schuld bezahlen will.«

»Ladet nur alles auf unsern Hals«, meinten die, »wir werden ihn schon beschwichtigen.«

»Nein, das besorge ich selbst,« entgegnete sie. Damit bekreuzt sie sich und geht. Und als wäre nichts geschehen, aber wohl auf dem Sprunge und schlagbereit trat sie in die Kammer, wo ihr Ehemann noch in der verschlossenen Truhe saß. Als er sie hörte, machte er großen Lärm und schrie, wie wenn's ihm ans Leben ginge:

»Was soll das heißen! Soll ich denn hier drin stecken bleiben?«

Als seine Frau ihn so aufbegehren hörte, antwortete sie erschreckt und anscheinend ängstlich, als ob sie von nichts etwas wüsste:

»Herr im Himmel! Was höre ich da für ein Geschrei!?«

»Bei Gott, das bin ich, das bin ich!«, rief der Mann.

»Ihr?« verwunderte sie sich. »Wie kommt Ihr denn zu dieser Zeit hierher?«

»Woher ich komme?«, schalt er, »das wisst Ihr doch recht gut, Frau Liebste, und ich brauche es Euch nicht zu sagen. Aber was Ihr mir da angetan habt, das werde ich Euch ein paar Tage lang zu verspüren geben.«

Und hätte er's gewagt oder sich herausgenommen, so würde er gar gern seinen ganzen Grimm ausgelassen und seine Frau gehörig beschimpft haben. Aber sie kannte ihn gut genug, schnitt ihm das Wort ab und sagte: »Bei Gott, habt Erbarmen. Ich schwöre Euch, ich versichere Euch, ich habe Euch zu dieser Zeit nicht hier vermutet. Glaubt mir, ich hätte in dieser Kammer nicht nach Euch gesucht, und bin ganz sprachlos, dass Ihr noch hier seid. Denn gestern Abend hieß ich die Frauen, Euch hinauszutragen, während ich mein Abendgebet sagte, und sie erklärten, sie würden es tun. Und wirklich hat mir eine gesagt, Ihr wäret schon auf und davon und in die Stadt gegangen, würdet auch vor dem nächsten Tage nicht zurückkommen. Und deshalb ging ich ziemlich früh zu Bett, ohne auf Euch zu warten.«

»Beim heiligen Johann! Ihr seht ja, wie das stimmt!« erboste er sich. »Aber kommt doch nun endlich und zieht mich hinaus, denn ich bin so matt, dass ich mich nicht mehr rühren kann.«

»Gern«, meinte sie, »aber erst müsst Ihr mir versprechen, die verlorene Wette zu bezahlen. Denn sonst, – verzeiht, – tue ich's sicher nicht.« »Bei Gott, kommt her!«, rief er, »ich werde sie pünktlich bezahlen.«

»Und Ihr versprecht mir das?«

»Gewiss, auf mein Wort!«

Nachdem diese Aussprache glücklich erledigt war, machte die Frau den Kasten auf, und der Edelmann kam todmüde gerädert, zerdrückt und abgearbeitet heraus. Sie aber nimmt ihn in den Arm, umhalst und küsst ihn so hold, wie es niemand schöner konnte, und bat ihn bei Gott, nur ja nicht böse zu sein. Und der arme gefoppte Kerl versprach ihr das und meinte, er habe nichts wider sie, da sie ja nichts davon wisse. Aber ihre Frauen wolle er dafür gehörig strafen, sobald sich das machen ließe! »Mein Wort«, meinte sie, »die haben sich arg an Euch gerächt. Ich bin gewiss, Ihr seid irgendwie übel mit ihnen umgesprungen.«

»Nicht, dass ich wüsste! Aber glaubt mir: Den Streich, den sie mir gespielt haben, werden sie teuer bezahlen.« Kaum hatte er das ausgesprochen, da kamen all die Frauen hereingelaufen und lachten so laut und so von Herzen, dass sie eine ganze Weile gar nicht reden konnten. Und der Herr, der so wundergroße Dinge vorhatte, konnte nicht anders, – er musste mit einstimmen, als er sie derart lachen sah. Und seine Frau half dabei und brauchte sich dazu nicht einmal zu verstellen. So gab's ein gar herrliches Gelächter von allen Seiten, und der, um den es sich drehte, konnte sich überhaupt nicht fassen. Schließlich aber nahm der Spaß doch ein Ende, und der Herr sagte:

»Meine Damen, ich danke euch sehr für die Liebenswürdigkeit, die ihr mir heut Nacht angetan habt.«

»Ganz zu Euren Diensten«, erwiderte eine, »aber noch seid Ihr nicht mit uns glatt: stets und bis heute habt Ihr uns so arg zugesetzt und gequält, dass wir immer schon etwas Derartiges gegen Euch geplant hatten. Und es tut uns nur leid, dass es Euch nicht schlimmer ergangen ist. Wenn wir nicht sicher gewesen wären, dass es unserer Herrin missfallen hätte, dann säßet Ihr noch hier. Bedankt Euch also dafür.«

»Steht es so?«, meinte er. »Nun denn, gut: Ihr sollt sehen, wie euch das bekommen wird. Mein Wort, mir ergeht's ja recht nett, wenn man mich bei all dem Missgeschick, das ich auszustehen hatte, auch noch ausspottet und obendrein, was das Schlimmste ist, gar den Seidenrock bezahlen lässt. Und wirklich, ich sollte eigentlich wenigstens die Hemden bekommen als Entschädigung für die Pein, die man mich hat ausstehen lassen.«

»Das ist ganz berechtigt, bei Gott«, meinten die Damen. »In diesem Punkt wollen wir auf Eurer Seite stehen und Ihr sollt sie bekommen. Nicht wahr, gnädige Frau?«

»Woraufhin denn?« sperrte sie sich, »Er hat doch die Wette verloren.«

»Freilich, das wissen wir wohl, und von Rechts wegen hat er keinen Anspruch. In dieser Beziehung erbittet er sie ja auch nicht, aber er hat sie doch ansonsten wohl verdient.« »Darauf soll's mir schließlich nicht ankommen«, meinte sie. »Ich will ja gern das Zeug drangeben, und ihr, meine Damen, die ihr so für ihn besorgt seid, werdet euch dann wohl auch die Mühe nehmen und die Hemden nähen?!«

»Aber freilich; gewiss!« –

Wie ein Hund, der des Morgens, wenn er sich erhebt, bloß den Kopf zu schütteln braucht, um bereit zu sein, so auch der Edelmann: Man brauchte bloß seine Kleider etwas klopfen und über seine Schuhe fahren, da war er schon wieder ganz in Ordnung. So ging er zur Messe, und seine Gemahlin kam mit den Frauen hinterdrein.

Dass die über ihn gehörig kicherten, brauche ich nicht zu versichern. Und glaubt nur: Immer wieder pruschten sie plötzlich los, wenn ihnen so einfiel, was für ein Nachtlager der Herr dort in der Truhe gehabt haben mochte, der nicht einmal wusste, dass er in selbiger Nacht auch in das Buch ohne Namen (die Liste der Hahnreie) eingetragen worden war. Und kommt ihm diese Geschichte hier nicht einmal zufällig in die Hand, dann wird er, so Gott will, und wie ich ihm von Herzen wünsche, nie etwas davon erfahren. Darum bitte ich auch die Leser, die ihn kennen, dass sie ihm um Gottes willen diesen Bericht nicht zeigen.

Die drei Franziskaner.

Es ist so wahr wie das Evangelium, dass sich eines Tages drei biedere savoyische Kaufleute mit ihren drei Frauen auf den Weg machten, um zum heiligen Antonius im Viennerland zu wallfahren. Und damit das sonderlich demütig geschehe und dem Herrn und dem heiligen Antonius desto wohlgefälliger sei, beschlossen sie mitsamt ihren Frauen, von dem Augenblick an, da sie ihre Häuser verließen, wollten sie während der ganzen Reise nicht mehr mit jenen zusammen schlafen, sondern sich auf dem Hin- und Rückwege in Standhaftigkeit ihrer enthalten.

So kamen sie eines Abends in die Stadt Chambery und stiegen in einer recht guten Herberge ab. Dort nahmen sie ein gar vortreffliches Nachtmahl, wie Leute, die sich das leisten können, und die wissen, was gut schmeckt. Und man hätte wohl Stein und Bein darauf schwören können: Hätten sie nicht für die Reise ihr Gelöbnis getan, dann wäre einer wie der andere mit seinem Weiblein schlafen gegangen. Aber daraus wurde nichts; denn als es Zeit wurde, sich zurückzuziehen, wünschten die Frauen ihren Männern eine gute Nacht, ließen sie sitzen und verstauten sich nebenbei in ein Zimmer, wo sich jede ihr Bettlein hatte herrichten lassen.

Wisset nun aber: Just an diesem Abend kamen drei Franziskaner auf dem Wege nach Genf in die Herberge, denen nicht weit von der Stube der Kaufmannsfrauen ein Zimmer zum Schlafen angewiesen wurde. Als die Weiblein unter sich waren, begannen sie von hunderttausenderlei Dingen zu reden, und obgleich es ihrer nur drei waren, erhob sich ein Lärm, dass man meinen konnte, es sei eine ganze Schwadron da.

Die guten Mönche hörten das Geschnatter, ließen sich dadurch aber nicht schrecken, sondern schlüpften aus dem Zimmer und schlichen unbemerkt zur Tür, allwo sie durch die Ritzen diese drei schönen Weiblein erblickten, deren jegliche sich in ein eignes, schönes breites Bett legte, in dem wohl auch noch für einen zweiten Platz gewesen wäre. Dann wandten sie sich zur Seite und hörten, wie die Ehemänner sich im andern Zimmer niederlegten.

Nunmehr kehrten sie in ihre Stube zurück und stellten fest, dass ihnen Glück und Ehre geradeweges in die Arme liefe, und dass sie solches Abenteuers gar nicht wert wären, wenn sie sich das, was ihnen da begegnete, aus Schlappheit entgehen lassen würden.

»Wirklich«, meinte der eine, »in unserem Falle bedarf es keiner sonderlichen Überlegung: wir sind drei, und sie sind drei, und jeder mag, wenn sie eingeschlafen sind, sein Platzlein einnehmen.«

Gesagt, getan. Durch sonderliches Glück fanden die wackeren Brüder zu der Zimmertür der Frauen den Schlüssel und schlossen so sacht auf, dass keine Seele sie hörte. Aber sie verloren nicht etwa den Verstand, als ihnen dieser erste Streich gelungen war und es galt, den zweiten Wall zu erstürmen: Vielmehr zogen sie den Schlüssel heraus, steckten ihn nach innen und schlössen die Tür gut zu. Dann nahm jeder ohne große Umstände sein Plätzlein und machte sich nach Kräften an sein Geschäft. Der beste Spaß dabei war aber, dass die eine, die ihren Mann bei sich glaubte, plötzlich sagte:

»Was wollt Ihr denn nur? Habt Ihr denn Euer Gelübde vergessen?!«

Der wackere Bruder sagte kein Wort, tat, wonach ihm so arg der Sinn stand, und sie konnte schließlich nicht umhin, sein Werk mit ihrer Huld zu besonnen. Auch die andern beiden waren nicht untätig: Die guten Frauen wussten gar nicht, was sie von ihren Männern denken sollten: Was mochte diese Schwerenöter wohl treiben, so bald ihr Gelöbnis zu brechen und unbeachtet zu lassen?! Da sie aber nun einmal gehorchen mussten, so nahmen sie alles in Geduld hin und sagten auch kein Wort, denn jede fürchtete, von den anderen gehört zu werden. Keine einzige glaubte anders, als dass sie allein diese Freude erlebe und dies Glück ernte.

Als die guten Mönche das ihre getan hatten, bis sie nicht mehr konnten, gingen sie stillschweigend wieder fort, kehrten in ihre Stube zurück, und ein jeglicher erzählte seine Leistung: Der eine hatte drei, der andere vier, der dritte gar sechs Lanzen gebrochen. Wer konnte glücklicher sein als sie?!

Gen Morgen standen sie auf, und der Sicherheit halber machten sie sich davon. Die braven Frauen aber, die nur einen Teil der Nacht geschlafen hatten, konnten sich nicht so gar früh aus dem Schlummer reißen, denn sie waren erst gegen Morgen eingeschlafen und schnarchten bis in den tiefen Tag hinein. Hinwiederum hatten ihre Männer am Abend einen guten Trunk getan, rechneten damit, dass ihre Frauen sie rufen würden, und schliefen fest wie Murmeltiere bis zu einer Zeit, da sie an manchen Tagen schon ihre zwei Meilen Weges gemacht hatten.

Schließlich erhoben sich die Weiblein nach ihrer morgendlichen Ruhe, kleideten sich so flink an, als es nur irgend ging, und dabei fiel manch Wörtlein. Eine von ihnen hatte eine besonders lose Zunge, und die meinte:

»Unter uns, wie habt ihr die Nacht verbracht? Haben euch eure Männer genau so geweckt, wie meiner mich?

Der hat die ganze Nacht nicht aufgehört, mir zuzusetzen.«

»Heiliger Johann!«, riefen die beiden andern, »war Euer Mann heut Nacht hinter seinen Pflichten her, so waren auch die unseren nicht untätig. Wirklich, sie haben gar bald vergessen, was sie bei der Abreise gelobt hatten und Ihr dürft glauben: Wir werden nicht versäumen, ihnen das unter die Nase zu reiben.«

»Meiner bekommt etwas zu hören!«, meinte eine. »Ich hab' ihn schon darauf aufmerksam gemacht, als er anfing; aber er mochte ja nicht ablassen. Er war eben durch die zwei Nächte, die er mir fern blieb, wie ausgehungert, und er hat losgelegt wie ein Wilder.«

Als sie fertig waren, kamen sie zu ihren Männern, die nun ebenfalls angekleidet und bereitstanden:

»Guten Tag, guten Tag, ihr Langschläfer«, riefen sie.

»Danke, gleichfalls,« versetzten die. »Ihr habt ja vortrefflich und pünktlich geweckt.«

»Auf mein Wort«, meinte die eine, »wir bedauern unser Wecken heute Morgen mehr, als ihr euch heut Nacht ein Gewissen gemacht habt, euer Gelübde zu brechen.«

»Welch Gelübde?« verwunderte sich einer.

»Das Gelübde bei Eurer Abreise,« entgegnete sie, »nicht mit Eurer Frau zu schlafen.«

»Wer hat denn das getan?«, fragte er.

»Das wisst Ihr recht gut«, spottete sie, »und ich auch.«

»Ich auch«, rief ihre Gefährtin. »Seht nur meinen Mann, der noch nie solch Draufgänger war wie heut Nacht. Hätte er nicht seine Pflicht so gut erfüllt, dann würde ich mit seinem Wortbruch weniger zufrieden sein. Aber so will ich's ihn, hingehen lassen, denn er tat wie die kleinen Kinder; wenn sie schon etwas ausfressen, wollen sie sich ihre Schläge wenigstens redlich verdienen.«

»Heiliger Johann, ob meiner seine Pflicht getan hat!«, rief die dritte. »Aber ich werde ihm deshalb keine Vorwürfe machen. Tat er unrecht, so trägt er auch die Schuld.«

»Und ich möchte darauf schwören«, meinte der eine von den Männern, »dass ihr spinnt und noch ganz verschlafen seid. Denn ich wenigstens habe hier allein geschlafen und bin die ganze Nacht nicht hinausgegangen!!«

»Auch ich nicht!«, rief der zweite.

»Und ich gleichfalls nicht, auf mein Wort!«, versicherte der dritte. »Um nichts in der Welt würde ich mich gegen mein Gelübde verstoßen haben. Und ich glaube, auch meines Gevatters hier und auch meines Nachbarn sicher zu sein: Die haben ihr Gelübde nicht getan, um es so bald zu vergessen!«

Die Frauen begannen die Farbe zu wechseln und argwöhnten einen Trug. Der wurde auch einem der Männer gar bald klar, und im Grunde seines Herzens dämmerte ihm, was sich wohl in Wahrheit zugetragen haben mochte. Er ließ ihnen also nicht erst Zeit, zu antworten, sondern er gab seinen Gefährten einen Wink und meinte lachend:

»Weiß der Himmel, der gute Wein hier im Hause und das treffliche Nachtmahl gestern Abend hat uns unser Gelübde vergessen lassen. Aber nichts für ungut!

Wenn's Gott gefällt, so hat heut Nacht ein jeder von uns mit eurer Hilfe einem hübschen Kindlein das Leben geschenkt, und das ist gar verdienstlich und wird genügen, unserm Verstoß wider das Gelöbnis wieder gut zu machen.«

»Gott gebe es«, meinten die Frauen. »Wie konntet ihr uns aber nur so fest versichern, dass ihr nicht bei uns gewesen seid?! Das hat uns schon einen kleinen Schrecken eingejagt.«

»Das haben wir absichtlich getan«, meinte der Mann, »um zu hören, was ihr sagt.«

»So habt ihr doppelt gesündigt: Habt euer Gelöbnis gebrochen, obendrein gelogen und uns in arge Verwirrung gestürzt.«

»Des mag euch nicht kümmern«, meinte der Mann, »das ist nicht so schlimm. Jetzt geht zur Messe, wir kommen gleich nach.«

Sie machten sich auf den Weg zur Kirche. Aber die Männer blieben etwas zurück, warteten ein wenig und einigten sich ohne langes Hin- und Herreden in der Feststellung: »Wir sind betrogen worden! Diese verteufelten Mönche haben uns hinters Licht geführt, haben unsern Platz eingenommen und gezeigt, was wir für Narren sind. Denn wenn wir schon nicht mit unseren Frauen schlafen wollten, so brauchten wir sie doch noch nicht in einem andern als unserm Zimmer schlafen zu lassen. Und Gefahr genug liegt in der Luft, denn wir sind ja in der Liebeszeit.«

»Freilich«, meinte einer, »wir sind für ein andermal hart genug belehrt. Aber es ist immer besser, dass wir allein von dem Truge wissen und nicht auch sie, denn die Gefahr wäre groß, wenn sie davon erführen. Ihr hört ja aus ihren Worten, dass diese verflixten Mönche wunders was geleistet haben, und nun werden sie mehr und Besseres erhoffen, als wir zu geben vermögen. Wüssten sie das, dann würden sie sich mit einem Seitensprunge nicht begnügen, und darum gebe ich den guten Rat: Schlucken wir den Bissen, ohne lange daran herumzukauen!«

»Des mag mir Gott helfen!« versetzte der Dritte. »Mein Gevatter hat ganz recht. Ich wenigstens widerrufe mein Gelöbnis und habe nicht die Absicht, mich nochmals in diese Gefahr zu bringen.«

»Ganz wie Ihr meint«, erklärten die beiden anderen. »So wollen auch wir Eurem Beispiel folgen.«

Fortan schliefen denn also die ganze Reise hindurch die Männer mit ihren Frauen wieder zusammen, hüteten sich aber wohl, ihnen den Grund davon zu sagen, obgleich die Frauen ihnen ganz gehörig zusetzten und immer wieder nach dem Grund dieser Sinnesänderung fragten. Um sich herauszureden, antworteten sie, nachdem sie einmal ihr Gelöbnis gebrochen hätten, könnten sie nun auch dabei bleiben.

So wurden die drei Kaufleute von drei wackeren Mönchen betrogen, ohne dass die Frauen etwas davon erfuhren. Denn die wären sicherlich vor Schmerz gestorben, wenn sie die Wahrheit erfahren hätten, wie man ja alle Tage Frauen aus viel nichtigeren Gründen in gar mancherlei Fällen sterben sieht.

Der Staatsrat mit der Mehlhaube.

Einst war zu Paris in der Rechnungskammer als Vorsitzender ein gar gelahrter Rittersmann, schon hoch bei Jahren, aber lustig und froh im Gehabe wie in der spaßigen Art, wie er mit Männern und Frauen redete. Dieser wackere Herr hatte eine schon ältliche, kränkliche Frau geheiratet, konnte aber auf eine stattliche Nachkommenschaft blicken.

Unter den Damen, Kammerfrauen und Dienerinnen seines Hauses befand sich eine Magd, bei der sich die Natur in den Kopf gesetzt hatte, eine Schönheit aus ihr zu machen. Sie hatte für das Alltägliche des Hausrates zu sorgen, für die Betten, das Brot und anderes derart. Der Herr ließ sich an Liebesfreuden nichts entgehen, solange ihm nur etwas zwischen die Finger kam. So verhehlte er auch der hübschen Magd durchaus nicht, wie wohl er ihr wollte, hielt ihr einen großen Vortrag als Einleitung zum Liebessturm, beschrieb ihr, wie arg ihm die Liebe zusetze und so weiter, versprach ihr das Blaue vom Himmel herunter und zeigte ihr dar, wie wohl sich alle Teile dabei stünden, wenn sie sich so und so verhielte. Wenn man ihn derart reden hörte, hätte man wahrhaft meinen können, dass der Magd gar kein größeres Glück widerfahren konnte, als seinen zärtlichen Wünschen zu willfahren.

Die schöne Magd war tugendsam und gut, und darum war sie auch nicht so dumm, den holden Worten ihres Herrn eine günstige Antwort zu erteilen, vielmehr entschuldigte sie sich so anmutsvoll, dass der Herr vor ihrem Mut die Waffen strecken musste, wenngleich es ihm weit lieber gewesen wäre, wenn die Dinge einen anderen Weg genommen hätten. Als ihro Gnaden nun merkte, dass mit zuckriger Süße nichts anzufangen war, entströmten seinem Munde harte Worte. Aber das fixe Ding war ein ganzer Kerl und wollte lieber sterben als ihre Ehre darangeben. So erschrak sie auch nicht, sondern erwiderte ihm ganz entschieden, er könne lassen und tun, was ihm gefalle, aber den Tag, da sie ihm zu willen sei, werde er nicht erleben.

Der Herr, der sie in diesem Entschluss unerbittlich und sich gar anmutvoll entlassen sah, unterließ, ich weiß nicht wie viel Tage hindurch, jedes mündliche Ansinnen. Aber Blicke und andere kleine Zeichen kosteten ihm ja nichts, wenn sie auch dem Mägdelein mehr als lästig waren. Freilich wollte sie keinen Zwist zwischen ihrem Herrn und ihrer Herrin säen, sonst hätte sie diese Treulosigkeit des Edelmannes schwerlich auf die Dauer hingenommen. Und so beschloss sie im Grunde ihres Herzens, die Geschichte, solange irgend sie konnte, geheim zu halten.

Die Zuneigung, die der edle Herr für die Reize seiner Magd hatte, wuchs von Tag zu Tage. Bald genügte es ihm nicht mehr, sie mit dem Herzen allein zu lieben und zu bezärteln, sondern er wollte ihr auch, wie schon zuvor, in Worten gar nette Dinge sagen. So machte er sich also wieder an sie heran und begann, seinem früheren Redeschwall von Neuem aufs Schönste freien Lauf zu lassen und seine Worte durch hunderttausend Schwüre und ebenso viel Versprechungen noch zu stützen. Um kurz zu sein: Es nützte ihm gar nichts! Er konnte nicht ein einzig Wörtlein erlangen, geschweige eine Antwort, die ihm wenigstens ein ganz klein bisschen Hoffnung gemacht hätte, dass er jemals zum Ziele gelangen würde. So schwamm er also wieder ab.

Aber er unterließ nicht, ihr zu sagen: ›Würde er sie einmal an einem günstigen Orte haschen, dann müsse sie ihm gehorchen oder es würde ihr schlimm ergehen.‹ Die Magd bekam es durchaus nicht mit der Angst und ging an ihre Arbeit in die Küche oder sonsten, ohne noch viel daran zu denken.

Ich weiß nicht wie viel Tage später, eines Montagmorgens beutelte sie Mehl. Nun muss man wissen, dass die Kammer, wo sie diese Arbeit tat, unweit des Zimmers von dem gnädigen Herrn lag, also dass er ganz deutlich den Lärm und das Geräusch ihrer Beschäftigung vernahm. Eins, zwei, drei verstand er, dass es seine Herzensmagd war, die dort mit dem Sieb hantierte, und sogleich kam ihm der Einfall, dass sie diese Arbeit besser nicht allein mache. Er wollte ihr also helfen, und natürlich noch obendrein zuwege bringen, was er ihr versprochen hatte, denn eine bessere Gelegenheit konnte er ja gar nicht treffen. Dabei sagte er sich:

»Mag sich ihr Mundwerk auch noch so zur Wehr setzen, – ich werde trotzdem zum Ziel kommen, wenn ich sie nur recht zu fassen kriege.«

Er schaute nach und stellte fest, dass es noch recht früh und die Gnädigste noch nicht erwacht war. Nun glitt er sachte, so, wie er war, in der Nachtmütze aus dem Bett, nahm den Schlafrock um, schlüpfte in die Schuhe und eilte so schnell aus seinem Zimmer zu ihr hinunter, dass er in der Kammer, wo die Magd siebte, angelangt war, bevor sie noch etwas merkte: Sie sah ihn erst, als er bereits darinnen stand.

Kam einem das Staunen, dann widerfuhr das der armen Magd, die nicht schlecht erzitterte, so vertattert war sie in ihrer Angst, dass ihr der Herr rauben könne, was er ihr niemals wiederzugeben vermochte. Der seinerseits bemerkte kaum ihren Schrecken, da begann er auch schon, ohne ein Wort zu verlieren, einen kühnen Sturmangriff, und in kurzer Zeit würde er wohl auch die Festung erobert haben, wenn er sich nicht schließlich bereitgefunden hätte, zu verhandeln. Das Mägdelein sagte nämlich zu ihm:

»Ach, gnädiger Herr, ich bitte Euch um Gnade. Ich ergebe mich, mein Leben und meine Ehre sind in Euren Händen! Habt doch Mitleid mit mir.«

»Ich weiß nicht, welche Ehre,« versetzte ihr Herr, der sehr in Glut und Hitze war. »Jetzt geht es dir so, wie ich es dir vorausgesagt habe.«

Damit begann er, seinen Sturm noch kühner wieder aufzunehmen. Das Mädchen sah ein, dass es nicht entwischen konnte; aber rasch kam ihr ein glücklicher Gedanke und sie rief:

»Gnädiger Herr, ich überlasse such meinen Besitz lieber aus Liebe, denn durch Gewalt. Endet, bitte, dieses heftige Drängen, mit dem Ihr mich bestürmt, dann werde ich alles tun, was Ihr begehrt.«

»Damit bin ich einverstanden,« versetzte der Edelmann. »Aber seid versichert, dass Ihr mir ansonsten nicht entgeht.«

»Nur um eines müsst Ihr mich beruhigen«, meinte alsbald das Mädchen. »Ich habe große Angst, dass die gnädige Frau Euch hört oder gar schon gehört hat, und würde sie zufällig kommen und Euch so mir nichts dir nichts hier finden, dann wäre ich verloren. Denn zum Mindesten schlägt sie mich, wenn sie mich nicht umbringt.«

»Sie hütet sich, zu kommen,« beschwichtigte der unternehmungslustig Kämpe, »denn sie schläft fest wie ein Stein.«

»Ach, Herr, mir ist so bange, – ich muss doch erst sicher gehen. Ich bitte und flehe Euch an: gebt meinem Herzen erst Ruhe und sorgt, dass wir ungestört bleiben! Lasst mich gehen und nachsehen, ob sie schläft oder was sie tut.« »Heilige Jungfrau! – du wirst am Ende nicht zurückkommen,« beunruhigte sich der Edelmann.

»Doch tue ich's, bei meinem Eide«, erwiderte sie. »Auf schnellstem Wege!«

»Also dann ist's gut«, meinte er, »spute dich!«

»Ach, gnädiger Herr, wenn Ihr so gut sein wolltet,« drängte sie, »so nehmt doch das Sieb und beutelt hier weiter für mich, damit die Gnädige arbeiten hört, wenn sie etwa aufwachen sollte, und das Geräusch vernimmt, mit dem ich des morgens begonnen habe.«

»So zeigt her, ich werde es richtig besorgen! Und macht flott.«

»Nein, Herr, nehmt auch dies Kopftuch über«, meinte sie, »dann seht Ihr ganz und gar wie eine Frau aus.«

»Also denn meinetwegen«, brummt« er.

Er wurde also in das Kopftuch eingewickelt und begann eifrig zu beuteln, dass es eine wahre Freude war, ihm zuzusehen: So wohl stand es ihm an. Derweile lief die Magd zum Zimmer hinauf, weckte die Gnädige und erzählte ihr, wie ihr der Herr vordem mit Liebesflehen zugesetzt und nun eben einen Sturmangriff auf sie gemacht habe, während sie siebte.

»Wenn Ihr die Güte hättet, so guckt Euch an, wie ich ihm entschlüpft bin und in welcher Lage er sich befindet. Kommt nur hinunter, dann werdet Ihr schon sehen.«

Ihre Herrin sprang flugs auf, nahm ihren Nachtkittel und stand alsbald vor der Kammertür, wo der gnädige Herr so fleißig siebte. Und als sie ihn mit der Mehlhaube und in diesem Zustande erblickte, da legte sie los:

»Ei, ei, Euer Gnaden, was soll denn das? Wo sind Eure Ehrenbriefe, Eure Auszeichnungen, wo steckt Eure Gelehrsamkeit und Eure Bildung?«

Als sich der Edelmann ertappt sah, antwortete er jach: »Teufel auch! Sie haben nur den Stachel meines Fleisches heut geschärft!«

Sehr geknickt und wütend über die Magd warf er das Sieb und die Mehlhaube fort und stieg in sein Zimmer hinauf. Die Gnädige flugs hinterher und nimmt die Gardinenpredigt wieder auf, aber der Herr Ehemann schert sich den Teufel darum.

Als er sich angezogen hatte, bestellte er sein Maultier und begab sich zum Gerichtsgebäude, wo er sein Erlebnis verschiedenen angesehenen Leuten erzählte. Die lachten darüber nicht schlecht, und nachträglich habe ich gehört, dass er trotz seines anfänglichen Zorns für seine schöne Magd gesorgt und ihr später mit seinem Einfluss und seinem Reichtum dazu verholfen hat, dass sie sich gut verheiratete.

Einer oben, einer unten.

Seinerzeit kannte ich eine ehrengeachtete wackere Frau, die des Gedenkens und schönsten Rufes wohl wert ist; ja, fürwahr, ihre Tugenden sollten nie verheimlicht oder unter den Scheffel gestellt werden, sie verdient es sogar geradezu, öffentlich gepriesen zu werden. Ihr sollt nun, mit Verlaub, kurz und knapp, aus dem Hergang in dieser Geschichte erfahren, durch welchen Vorfall ich ihr Ansehen zu steigern und auszubreiten gedenke.

Diese wackere und, beim heiligen Denis, keusche Frau war mit einem arg gehörnten Ehemann vermählt. Sie hatte gar manchen Liebeswerber, Leute, die recht hitzig hinter ihrer Gunst her waren; und denen fiel's nicht allzu schwer, ihr Ziel zu erlangen, da die Gute voll Sanftmut und Erbarmen war. Darum wollte und konnte sie denn auch ihre Gunst mit vollen Händen an jeden hinstreuen, der ihr irgend recht und willkommen schien.

Kamen da eines Tages die zwei zu ihr, wie ihnen das schon ein liebe Gewohnheit geworden war. Natürlich wusste keiner etwas von dem andern. Sie baten also und fragten, wann sie wieder an der Reihe wären und vorgelassen würden. Die gute Frau war eine Kraftnatur, die weder vor zweien noch selbst vor dreien zurückgewichen wäre. Sie bestimmte ihnen also Tag und Stunde, wo sie sich bei ihr einfinden sollten; und zwar am nächsten Tage der eine um acht Uhr morgens, der andere daran anschließend um neun Uhr, und jedem wurde sorglich eingeschärft, dass er zur festgesetzten Stunde ja nicht auf sich warten lassen solle. Woraus die zwei sich hoch und heilig verschworen, dass nur der Tod allein sie hindern werde, zur festgesetzten Zeit da zu sein. Als es am nächsten Tage wohl um die sechs Uhr morgens war, erhob sich der Ehemann dieser wackeren Frau, kleidet sich an und macht sich fertig, dann weckt und ruft er sie, sie solle aufstehen. Aber sie gehorchte ihm nicht, sondern schlug es ihm geradewegs ab und sagte: »Bei Gott, ich habe solches Kopfweh bekommen, dass ich mich nicht auf den Füßen halten kann. Selbst zum Sterben könnte ich mich nicht aufrichten, so schwach und gerädert bin ich. Weißt du, – ich hab heut Nacht überhaupt nicht geschlafen, nicht ein Auge zugetan. Ich bitte dich, lass mich hier, ich hoffe, ich werde etwas Ruhe finden, wenn ich allein bin.«

Ihr Mann glaubte es zwar nicht recht, aber er wagte nicht zu widersprechen oder etwas zu erwidern, und ging weg, um seine Pflichten in der Stadt zu versehen, die seine Stellung mit sich brachte. Derweile war sein Weib daheim nicht untätig: Eben schlug es acht, da erschien schon unser braver Gesell, der am Tag vorher für diese Zeit bestellt war, und pochte an die Tür. Und flugs ließ sie ihn ein.

Kaum hatte er sich seiner Kleider entledigt und war aus den überflüssigen Sachen geschlüpft, da leistete er schon der Hausfrau Gesellschaft, damit sie nicht so einsam sei. So lagen beide Arm in Arm oder sonst wie in lieblicher Behaglichkeit, und die Zeit ging hin und war vorbei, ohne dass sich einer darum kümmerte, bis sie es gewaltig an der Tür klopfen hörten.

»Ach!«, rief sie, »mein Gott, das ist mein Mann! Schnell fort, nehmt Eure Sachen.«

»Euer Mann?«, fragte er. »Kennt Ihr ihn denn am Klopfen?«

»Ja«, sagte sie, »ich weiß genau, er ist's. Sputet Euch, damit er Euch hier nicht findet.«

»Dann wird er mich wohl doch sehen müssen, wenn er's ist. Denn ich wüsste nicht, wo ich entschlüpfen sollte.«

»So Gott will, erblickt er Euch nicht, denn Ihr und ich, wir beide wären des Todes!« drängte sie. »Er ist in dem Punkt ein gar zu wunderlicher Mann. Also steigt hier oben in diesen kleinen Speicher und haltet Euch ganz muckestill und ruhig, damit er Euch nicht sieht.«

Unser Freund kletterte hinauf, wie sie es ihm gesagt hatte, und sah sich in das kleine Kämmerlein gesperrt, – einen alten, ganz rissigen, mürben, an allen Ecken und Enden löchrigen Verschlag. Sobald die Frau des Hauses gewiss war, dass er dort oben steckte, war sie mit einem Sprung an der Tür. Sie wusste recht gut, dass es nicht ihr Mann war, und ließ den guten Freund ein, der versprochen hatte, sich an diesem Tage um neun Uhr zu ihr zu begeben.

Sie kamen zusammen in ihr Zimmer, standen aber nicht lange herum, sondern umhalsten und küssten sich genau so oder so ähnlich, wie es jener droben im Speicher getan hatte. Und der sah das alles durch eine Ritze mit an; aber sonderlich beglückt war er nicht darüber. Er erwog das Ding lange hin und her, nämlich ob es besser sei, zu reden oder lieber den Mund zu halten. Aber er kam zu dem Entschluss, sich in Schweigen zu hüllen und nichts zu sagen, bis er einen passenden Augenblick erhaschen würde.

Ihr könnt euch denken, dass er gehörig Geduld haben musste. Während er aber wartete und die Eintracht seiner Liebsten mit dem Neuankömmling beobachtete, kam der Ehemann nach Haus, um sich nach dem Befinden und der Gesundheit seiner Frau zu erkundigen, was doch seine verfluchte Pflicht und Schuldigkeit war. Alsbald vernahm sie ihn, und was blieb ihr anders übrig? Sie musste ihren Gefährten zum Aufstehen nötigen, und da sie nicht wusste, wohin ihn in Sicherheit bringen, – denn in den Speicher hätte sie ihn doch auf keinen Fall geschickt, – so steckte sie ihn in die Bettecke, deckte ihre Kleider über ihn und sagte:

»Besser weiß ich Euch nicht unterzubringen, also geduldet euch.«

Sie hatte noch nicht ausgeredet, da trat ihr Mann schon ein. Er hatte, wie es schien, einiges verdächtiges Geräusch gehört. Nun fand er das Bett ganz zerknittert und zerwühlt, die Bettdecke in üblem Zustande und gar seltsamlich hergerichtet, und das ganze glich mehr einem Flitterwochenbett als dem Lager einer kranken Frau. Dieser Anblick zusammen mit dem Argwohn, den er schon vordem hatte, bestimmten ihn, sich seine Frau vorzunehmen und sie anzufahren: »Was seid Ihr doch für ein schlimmes, verbuhltes Frauenzimmer! Ich hab mir das schon heut morgen gedacht, als Ihr die Kranke spieltet! Wo ist denn der lüsterne Schürzenjäger? Ich schwöre bei Gott, finde ich ihn, dann ist es mit ihm aus und mit Euch auch!«

Damit legte er die Hand an die Bettdecke und schalt:

»Schaut Euch nur den Staat an! Sieht es nicht aus, als hätten hier die Schweine genächtigt?«

»Was hast du eigentlich, ekliger Säufer?« fauchte sie ihn an. »Soll ich Euch vielleicht an das Übermaß an Wein erinnern, das Ihr die Gurgel hinabgespült habt? Was ist denn das für eine schöne Begrüßung; dass Ihr mich verbuhltes Frauenzimmer heißet? Merkt Euch, bitte: – so etwas bin ich nicht! Ich bin sogar viel zu gut und anständig für solch verlotterten Kerl wie Ihr einer seid. Und es tut mir nur leid, dass ich immer so gut zu Euch war, denn Ihr verdient das wahrhaftig nicht. Ich sollte Euch ins Gesicht springen und Euch die Fratze derart zerkratzen, dass Ihr für immer an diese unbegründete Kränkung denkt, die Ihr mir angetan habt. Das wäre das rechte!«

Fragt ihr mich, woher sie den Mut nahm, so zu antworten und mit ihrem Mann derart zu reden, so finde ich zwei Gründe: zum ersten fühlte sie sich bei diesem Streit im Recht, und obendrein hielt sie sich in dieser Lage für die Stärkere. Man muss doch daran denken, dass der im Speicher und der andere in der Bettdecke ihr beigestanden hätten und zu Hilfe gekommen wären, würde es zur Schlägerei gekommen sein.

Als der arme Ehemann dies verteufelte Weib derart losdonnern hörte, wusste er nicht, was er sagen sollte. Er sah, dass lautes Geschrei und festes Zugreifen nicht angebracht waren und empfahl seine Sache Gott, der gerecht ist und die Dinge zu beurteilen versteht. Nachdem er die Frage zu Ende überlegt hatte, sagte er unter anderem etwa folgendes:

»Ihr entschuldigt Euch sehr wegen der Dinge, die ich ganz offen zutage liegen sehe. Übrigens kümmert es mich auch wenig, was man sagen könnte, ich habe mich nie darum gedrängt, Lärm zu machen: Der da oben wird doch alles bezahlen.«

Mit ›dem da oben‹ meinte er Gott und wollte sagen: »Gott, der jedem gibt, was er verdient, wird Euch die Suppe bezahlen lassen, die Ihr Euch eingebrockt habt.« Aber der Liebhaber, der oben im Speicher war, glaubte ganz bieder bei diesen Worten, dass sie für ihn bestimmt seien, und dass ihm gedroht würde, die ganze Suppe auch für das auszuessen, was der andere verbrochen hatte. Und deshalb antwortete er von oben herab:

»Wieso denn? Es genügt doch, wenn ich die Hälfte bezahle. Der dort in der Bettecke kann für die andere aufkommen, denn er war ebenso daran beteiligt, wie ich.«

Wem stand da der Mund offen? Dem Hausherrn, der da glaubte, dass Gott zu ihm spräche, und auch dem in der Bettecke, der nicht wusste, was er denken sollte, denn er ahnte von dem anderen nichts. Immerhin kroch er hervor und der andere, der ihn kannte, kam herunter. Sie gingen zusammen weg und ließen die Gesellschaft in größter Verwirrung und Unzufriedenheit zurück, aber das kümmerte sie begreiflicherweise wenig.

Ein nicht gar säuberlicher Weihwasserkessel.

Während die andern nachdenken und in ihrem Gedächtnis nach erlebten Begebnissen oder Vorfällen kramen, die unterhaltsam und ansprechend genug sind, um hier eingefügt zu werden, will ich euch kurz erzählen, wie der eifersüchtigste Ehemann seiner Zeit und des ganzen Landes hineingelegt wurde. Ich glaube ja gern, er ist nicht der einzige gewesen, der von dieser Krankheit befallen war, aber immerhin war er über alles Maß von dieser Krankheit besessen, und deshalb mag ich nicht über ihn hinweggehen, ohne dass ihr erfahrt, was ihm für ein netter Streich gespielt wurde.

Dieser wackere Eifersüchtling aber, von dem ich hier erzählen will, war ein großer Geschichtsforscher und hatte gar vielerlei gesehen, gelesen und studiert. Aber die Hauptsache, auf die sein ganzes Streben und seine Arbeit hinauslief, war, zu wissen und zu erfahren, welcher Art und wie, durch welche Mittel und Ränke die Frauen ihre Männer hintergehen können. Denn Gott sei Dank, alte Geschichten, wie Matheolet, Juvenal, ›Die fünfzehn Ehefreuden‹ und so manches, das ich gar nicht alles aufzählen kann, enthalten ja schon eine hübsche Sammlung verschiedenster Listen, Trugesarten, pfiffiger Streiche und Hintergehungen in derartigen Fällen. Die also hatte unser Eifersüchtling täglich in Händen, und er war davon nicht minder verdummt, wie ein Narr von seiner Blödheit. Trotzdem las er, studierte immer und machte sich einen kleinen Auszug aus all diesen Büchern, in denen solche Ränke angeführt, beschrieben und vermerkt waren, die sich um Verführungen und

Überlistungen von Frauen drehten und auf Kosten ihrer Ehemänner vollbracht wurden. Das tat er einzig zu dem Zwecke, um besser verschanzt und auf der Wacht zu sein, wenn etwa seine Frau zufällig einmal solch einen ehelichen Streitfall vom Zaune brechen sollte, wie er sie in seinem Buche eingetragen und wohlgeordnet ausgezeichnet hatte. So kam's, dass er seine Frau ganz wie ein eifersüchtiger Italiener behandelte, und damit war er noch nicht einmal zufrieden, denn die verfluchte Eifersuchtskrankheit setzte ihm gar zu schlimm zu und hatte ihn ganz in ihrem Banne.

In diesem angenehmen ergötzlichen Zustande lebte der wackere Mann drei oder vier Jahre mit seiner Frau. Sie kannte nur einen Zeitvertreib, der sie bisweilen von seiner höllischen Anwesenheit erlöste: Das waren die Stunden, wo sie in Begleitung einer alten Wärterin [7] zur Messe ging und wieder heimkehrte. Dann lag freilich die Aufsicht in der Hand der Alten.

Ein Edelmann hatte von diesem Zustand gehört, und so machte er sich eines Tages auf dem Kirchgange an die gute Dame heran. Sie war in jeder Beziehung anmutsvoll, schön und wohlgestalt. Es fiel ihm daher nicht schwer, ihr mit größter Liebenswürdigkeit zu versichern, wie gern er ihr zu Diensten wäre, er beklagte und beseufzte, in liebevoller Teilnahme für sie, ihr verdammtes Schicksal, das sie an den eifersüchtigsten Mann des Erdkreises gefesselt hatte, und verschwor sich obendrein

---

[7] Das französische Wortspiel: servante (Dienerin) und serpente (Drachen) dürfte in dem Doppelsinn des Wortes »Wärterin« wenigstens andeutungsweise wiedergegeben sein. Th. v. R.

hoch und teuer, dass sie die einzige aus der Welt sei, für die er gern noch mehr tun würde.

»Da ich Euch aber hier nicht sagen kann«, fuhr er fort, »wie sehr ich Euch ergeben bin, – und so manches andere, das Euch hoffentlich auch nicht unangenehm wäre, so werde ich's Euch schreiben und Euch morgen zustecken. Nur bitte ich Euch flehentlich, dass Ihr meine geringen Dienste, die von ganzem Herzen und aus bester Absicht kommen, nicht zurückweisen wollet.«

Sie hörte ihn gern an. Da aber der Zerberus dabei war und allzu nahe stand, so antwortete sie kaum. Trotzdem war sie sehr damit einverstanden, seine Briefe zu lesen, wenn sie kommen sollten; und das gab sie ihm auch zu verstehen.

Der liebeheiße Edelmann nahm recht frohen Abschied, und er hatte ja auch allen Grund dazu. Und die Schöne, dies Musterbild von Sanftmut und Güte, entließ ihn voller Huld. Aber die Alte, die immer mit giftigem Misstrauen hinterher war und sie nicht aus dem Auge ließ, konnte sich natürlich nicht verkneifen, sie zu fragen, was sie denn da für einen Schwatz gehalten hatte mit dem Herrn, der eben von dannen gegangen sei.

»Er brachte mir Nachrichten von meiner Mutter«, sagte sie. »Ich bin darüber sehr froh, denn ich höre, es geht ihr gut.«

Die Alte fragte nicht weiter und so kamen sie ins Haus zurück.

Am nächsten Tage erschien der Jüngling mit einem Brieflein, in dem Gott weiß was stand, passte die Dame ab und gab ihr die Botschaft so schnell und geschickt, dass selbst der scharfe Blick der alten Eule nichts davon wahrnahm. Sie öffnete den Brief, auf den sie so brannte, mit Freuden und las ihn, sobald sie für sich allein war. Im Großen und Ganzen stand darin, dass er von Liebe zu ihr ergriffen sei, und sich niemals mehr wohl fühlen würde, wenn er nicht du Zeit und Möglichkeit fände, ihr des längeren darüber sein Herz auszuschütten. Er bat zum Schluss, sie möchte ihm doch gnädigst Tag und Ort Bestimmen, wo das möglich sei, und ihm diesen Bescheid zusammen mit der Antwort auf den Brief zustellen.

Darauf schrieb sie gar anmutig, sie entschuldige sich, für jemanden Liebesgefühle zu hegen, dem sie nicht Treue und Anhänglichkeit gelobt habe; immerhin wolle sie aber nicht, da er sich doch nun einmal so arg in sie verliebt habe, dass er ungelohnt bliebe, und deshalb wäre sie sehr zufrieden zu hören, was er ihr sagen wolle, wenn sie es nur könnte oder wüsste, wie. Aber das ginge bestimmt nicht, denn ihr Mann hielte sie so streng, dass er sie nicht von sich ließe, außer der Zeit zur Messe, wo sie auf dem Wege zur Kirche mehr als überwacht werde von dem verteufeltsten Drachen, der je einem Menschen in der Quere gewesen sei!

Der junge Edelmann nahte ihr diesmal in ganz anderem Gewande als am vorigen Tage. Aber sie erkannte ihn gar wohl, und beim Vorübergehen trat er so dicht neben sie, dass er besagten Brief aus ihrer Hand erhaschen konnte. Kein Wunder, dass er gierig darauf brannte, den Inhalt zu lesen. Er ging zur Seite an einen Ort, wo er das bequem bewerkstelligen konnte, und entnahm aus ihrem Schreiben, dass die Sache anscheinend schönstens im Gange war. Aber er begriff, dass es sich nun vor allem und einzig darum drehte, wo er mit seinem Unternehmen zum Ziele und glücklichen Ende kommen konnte. Infolgedessen dachte er von nun an Tag und Nacht darüber nach, wie das wohl anzustellen sei. Und so fiel ihm schließlich ein glücklicher Streich ein, der es wohl lohnt, im Gedächtnis behalten zu werden:

Er begab sich zu einer guten Freundin, die just halbwegs zwischen der Kirche und dem Hause der Dame wohnte. Der erzählte er unverhohlen den Stand seines Liebesabenteuers und bat sie, ihm dabei behilflich und zur Hand zu sein.

Nachdem sie ihn angehört hatte, meinte sie:

»Ihr könnte überzeugt sein, dass ich von Herzen alles für Euch tun will, was ich kann.«

»Ich danke Euch,« versetzte er beglückt, »Wäret Ihr dann auch einverstanden, dass sie zu Euch käme, um sich mit mir zu besprechen?«

»Gewiss,« stimmte sie zu. »Euch zuliebe litte ich das gern.«

»Famos!«, rief er. »Und wenn ich Euch einen gleichen Dienst erweisen kann, dann rechnet auf meine Erkenntlichkeit!« –

Ihm war nicht eher wohl, als bis er wieder seiner Geliebten geschrieben und ihr den Brief zugestellt hatte, der da besagte:

»Ich habe mich mit jemandem in Verbindung gesetzt. Das ist eine gute Freundin von mir, eine sehr anständige, ehrliche und verschwiegene Frau, die Euch kennt und wohl will und uns ihr Haus zu einem Gespräch zur Verfügung stellen wird. Hört also, was ich ausgedacht habe: Morgen bin ich oben in dem Zimmer, das zur Straße geht, und neben mir wird ein großer Kübel Wasser mit Asche darin stehen. Damit werde ich Euch in dem Augenblick, wenn Ihr vorbeigeht, begießen. Und ich werde in einem so unkenntlichen Gewande sein, dass weder Eure Alte noch sonst eine Menschenseele mich erkennen kann. Seid Ihr derart hergerichtet, dann tut Ihr entsetzt und flüchtet Euch in dies Haus. Ihr schickt Euren Drachen, ein anderes Kleid holen, und während sie unterwegs ist, sprechen wir zusammen.«

Um kurz zu sein: Der Brief wurde übergeben, und die Dame antwortete ihm mit freudiger Zustimmung. So kam der Tag. Die Schöne wurde von ihrem Liebsten mit dem Aschewasser übergossen, und das geschah so reichlich, dass ihr Hut, ihr Kleid und all ihre Gewänder durch und durch nass wurden und völlig verdorben waren. Ihre Entrüstung und ihren Schrecken verstand sie, weiß Gott, gut zu spielen. Und da sie sich in einem unmöglichen Zustande befand, schlüpfte sie in das Haus mit so ahnungslosem Gesicht, als ob sie nicht wüsste, wo sie sei.

Sobald sie die Dame sah, beklagte sie sich über ihr Missgeschick, und ich brauche nicht zu sagen, wie sehr sie ob dieses Unglücksfalles sich anstellte und aufbegehrte. Erst war's ihr Kleid, dann ihr Hut, dann ihr Rock, kurz, wenn man sie so hörte, war die Welt untergegangen. Und der Zerberus, der vor Ungeduld tobte, nahm ein Messer zur Hand, um das Kleid, so gut es ging, zu reinigen.

»Nein, nein, meine Liebe,« fuhr ihre Herrin dazwischen, »Ihr müht Euch vergebens. Das ist so in aller Eile nicht zu säubern, was Ihr jetzt macht, ist doch ganz zwecklos. Da hilft gar nichts weiter, ich muss ein ander Kleid und einen anderen Hut haben. Also geht heim und holt mir das! Und sputet Euch, dass Ihr mir bald zurückkommt, damit wir nicht über dies Missgeschick auch noch die Messe versäumen!«

Die Alte sah recht wohl, dass dies unvermeidlich sei, und wagte der Herrin nicht zu widersprechen. Sie nahm Kleid und Hut unter ihren Mantel und ging nach Hause. Kaum aber hatte sie den Rücken gedreht, da wurde ihre Herrin schon in das Zimmer geführt, wo ihr Liebster saß, der sie mit Freuden im Unterrock und mit unverhülltem Haar erblickte.

Während die beiden plaudern, wenden wir uns der Alten zu. Die kam daheim an und fand ihren Herrn zuhause vor. Aber er ließ sie gar nicht zu Wort kommen, sondern fragte hastig:

»Was habt Ihr mit meiner Frau gemacht? Wo ist sie?«

»Sie befindet sich bei der und der im Hause«, antwortete die Alte.

»Wie kommt das?«, erkundigte er sich angstvoll.

Nun zeigte sie ihm das Kleid und den Hut, erzählte ihm die Geschichte mit dem Schmutzwasser und der Asche und sagte, sie käme, um andere Kleider zu holen, denn in diesem Zustande wage seine Frau nicht dort fortzugehen.

»So ist es?« ächzte er geknickt. »Mein Gott, der Streich steht noch nicht in meinem Buch! Schnell, schnell, ich sehe schon, wie die Dinge stehen!«

Er hätte gern gesagt, dass er sich ein Geweih zugelegt habe, und ihr könnt mir glauben: – so war es auch.

Fortan mochte er keine Bücher und Leitfaden bei sich haben, in denen derartige Dinge aufgezeichnet standen. Man darf auch wohl annehmen, dass er diesen jüngsten Streich gut genug im Gedächtnis behielt, um ihn nie mehr zu vergessen. Nein, wahrlich, besonders aufzuschreiben brauchte er ihn also nicht, und für die kurze Zeit, die er noch lebte, blieb ihm jede Einzelheit recht frisch in seiner Erinnerung.

Alles am falschen Ort.

Einst war da ein Kaufmann aus Tours, der kaufte eine schöne, feiste Lamprete, um seinem Pfarrer und anderen angesehenen Leuten ein festlich Mahl zu bieten, ließ den Fisch zu sich ins Haus bringen und schärfte seiner Frau sorglich ein, ihn lecker zuzubereiten, so gut sie es nur verstünde.

»Und sorgt dafür«, sagte er, »dass das Essen pünktlich um zwölf bereit ist, denn ich bringe unseren Pfarrer und noch einige andere Leute mit,« die er ihr nannte. »Alles wird bereit sein«, meinte sie, »bringt mit, wen Ihr wollt.«

Sie richtete also einen großen Haufen guter Fische her; als sie aber an die Lamprete kam, hätte sie diese gern ihrem Freunde im Franziskanerkloster zugeschustert. Sie sagte deshalb bei sich:

»Ach, Bruder Bernhard, warum seid Ihr nicht dabei! Auf mein Wort, Ihr wäret nicht fortgegangen, ohne von der Lamprete versucht zu haben, oder Ihr hättet sie wohl gar mit auf Euer Zimmer genommen. Und ich hätte Euch bestimmt dabei Gesellschaft geleistet.«

So nahm die gute Frau die Lamprete mit tiefstem Bedauern in die Hand, sintemalen die doch für ihren Mann bestimmt war, und mochte an nichts anderes denken als daran, wie ihr Pater sie haben könnte. Sie saß und grübelte so lange, bis sie zu dem Schlusse kam, ihm den Fisch durch eine Alte zuzuschicken, die um ihr Geheimnis wusste. Das tat sie denn auch und bestellte ihm zugleich, dass sie zur Nacht kommen würde, mit ihm zu essen und dort zu schlafen.

Als Meister Braunrock die schöne Lamprete sah und die Botschaft seiner Liebsten hörte, war er begreiflicherweise froh und guter Dinge. Und er sagte zu der Alten: ›Wenn er guten Wein auftreiben könne, würde die Lamprete nicht um ihr Recht kommen, gegessen zu werden.‹ Die Alte kehrte von ihrer Besorgung heim und richtete ihren Auftrag aus.

So um die zwölf kommt richtig unser Kaufmann an und schleppt den Pfarrer und andere wackere Leute mit, du helfen sollten, die Lamprete zu verspeisen, die ihnen nun freilich schon entwischt war. Als sie sich alle im Hause des Kaufmanns versammelt hatten, führte er die ganze Gesellschaft in die Küche, um ihnen die feiste Lamprete zu zeigen, mit der er sie bewirten wollte. Er rief seine Frau und hieß sie:

»Zeigt uns unsere Lamprete; ich möchte den Leuten dartun, was für einen guten Kauf ich gemacht habe.«

»Was für eine Lamprete?« verwunderte sie sich.

»Die Lamprete, die ich Euch zum Essen mitsamt diesen anderen Fischen bringen ließ.«

»Ich habe keine Lamprete gesehen«, erklärte sie. »Mich dünkt, Ihr träumt. Hier ist ein Karpfen, da sind zwei Hechte und dort noch allerlei Fische. Aber eine Lamprete fand ich heute nicht dabei!«

»Wie?« fuhr er auf, »glaubt Ihr vielleicht, ich bin betrunken?«

»Weiß Gott,« mischten sich nunmehr der Pfarrer und die anderen ein, »wir haben heute schon fast etwas derartiges vermutet. Ihr seid etwas zu sparsam, um in dieser Zeit eine Lamprete zu kaufen.«

»Weiß der Himmel,« bestätigte die Frau, »er macht sich über euch lustig oder er hat von einer Lamprete geträumt, denn in diesem Jahr habe ich bestimmt noch keine Lamprete gesehen.«

Der gute Ehemann kam in Zorn und schnaubte: »Ihr habt gelogen, Lotterweib, habt sie gegessen oder irgendwo versteckt. Ihr könnt Gift darauf nehmen, dass eine so teure Lamprete nicht für Euch bestimmt war.«

Dann wandte er sich zu dem Pfarrer und den anderen und verschwor sich bei seinem Leben und hundert Eiden, seiner Frau eine Lamprete gegeben zu haben, die ihn einen ganzen Franken gekostet habe. Die andern wollten ihn noch mehr reizen und in Wut bringen. Deshalb taten sie, als ob sie ihm nicht glaubten, machten

Redensarten, als seien sie unzufrieden, und beklagten sich:

»Wir waren bei diesem und jenem eingeladen und haben das alles aufgegeben, um hierher zu kommen, weil wir glaubten, dass es Lampreten zu essen gibt. Aber wie wir nun sehen, werden wir uns an solchem Leckerbissen freilich nicht überfressen!«

Der Wirt kam in hellen Zorn, nahm einen Stock und ging auf seine Frau los, um sie damit gehörig zu verhauen. Aber die andern hielten ihn fest, führten ihn mit Gewalt aus dem Hause und bemühten sich, ihn so gut sie konnten, zu beruhigen, nun sie ihn so in Erregung kommen sahen.

Da sie also um ihre Lamprete gekommen waren, hieß der Pfarrer das Essen auftragen, und sie futterten, dass es nur so eine Freude war.

Die wackere Frau, die die Lamprete eingetan hatte, ließ derweile zu einer ihrer Nachbarinnen schicken, – eine Wittib, aber eine gar hübsche, rundliche Frau. Die lud sie ein, mit ihr zu essen. Und als sie das Weiblein in der rechten Stimmung sah, meinte sie:

»Liebe Nachbarin, es wäre nett von Euch, wenn Ihr mir einen Dienst leisten und eine besondere Freude machen wolltet. Würdet Ihr so etwas für mich tun, dann wäre ich Euch so dankbar, dass Ihr wohl zufrieden sein könntet.«

»Und was sollte ich für Euch tun?«, fragte die andere.

»Ich will es Euch sagen,« entgegnete sie. »Mein Mann ist nachts mordsmäßig liebstoll, – ja, es ist geradezu erstaunlich. In der letzten Nacht ist er derart mit mir umgesprungen, dass ich heute, auf mein Wort, ordentlich ängstlich der Nacht entgegensehe. Ich bitte Euch, vertretet mich, und kann ich jemals etwas für Euch tun, so will ich mit Leib und Eigen für Euch einstehen.«

Die gute Nachbarin hätte ihr gern solche Freude und diesen Dienst getan, und erklärte sich damit einverstanden, sie zu vertreten, wofür sie denn auch heißen, reichlichen Dank erntete.

Nun müsst ihr wissen, dass unser Kaufmann mit der Lamprete, als das Essen glücklich vorbei war, sich einen reichlichen Vorrat an Birkenreisern zugelegt hatte, die er heimlich ins Haus brachte und bei seinem Bette verbarg; denn er sagte sich, dass sie seiner Frau nächstens recht dienlich sein könnten. Aber er konnte es doch nicht so heimlich tun, dass seine Frau nichts davon merkte. Die passte nämlich wie ein Schießhund auf, weil sie genugsam aus langer Erfahrung die Grausamkeit ihres Mannes kannte. Der aß zur Nacht nicht daheim, sondern blieb lange außer Hause, bis er gewiss war, sie entkleidet und im Bett zu finden. Aber sein Überfall misslang. Denn als der Abend kam und es spät wurde, veranlasste die Frau ihre Nachbarin, sich an ihrer Statt zu entkleiden und ins Bett zu legen; und sie band ihr auf die Seele, nur ja dem Manne kein Wort zu erwidern, wenn er käme, sondern die Kranke und Stumme zu spielen. Ja, mehr noch: Sie löschte das Feuer drinnen im Hause, in der Küche wie in der Stube aus.

Nachdem sie das getan hatte, beauftragte sie die Nachbarin, sich sofort in ihr Haus zurückzubegeben, sobald ihr Mann sich am Morgen erhoben habe. Das versprach ihr die andere; und nachdem die gute Wittib ordentlich untergebracht worden war und im Bette lag, ging die wackere Frau fort zu den Franziskanern, um die Lamprete zu essen und sich Vergebung zu holen, wie sie das gewohnt war.

Während sie sich's dort wohl sein ließ, können wir von dem Kaufmann berichten, dass er nach dem Abendessen heimkam. Wutschnaubend und zornentbrannt wegen der Lamprete, gedachte er nun auszuführen, was er innerlich beschlossen hatte, holte sich seine Ruten, und mit ihnen bewaffnet suchte er überall die Kerze. Aber er konnte sie nicht finden. Selbst in der Esse gab es kein Feuer.

Als er das sah, legte er sich stillschweigend ins Bett und schlief bis zum Tagesanbruch. Dann erhob er sich, kleidete sich an, langte sich darauf die Ruten und taufte damit die Stellvertreterin seiner Frau derart stürmisch, dass er sie fast zum Klumpen gehauen hätte. Immer wieder rief er ihr die Lamprete in Erinnerung und richtete die Ärmste so schlimm her, dass sie am ganzen Körper blutete, ja, dass selbst die Betttücher im Blute schwammen und es aussah, als wäre ein Ochs geschlachtet worden. Aber die arme Dulderin wagte kein Wort zu sagen, noch selbst ihr Gesicht zu zeigen. Endlich machten die Ruten nicht mehr mit, er selbst wurde matt, und so ging er fort und verließ das Haus. Und die arme Frau, die erwartet hatte, mit gar zärtlichem, liebevollem Zeitvertreibe bewirtet zu werden, machte auch, dass sie fortkam. Sie eilte heim, um ihrem Schmerz über ihr Unglück und ihr Duldertum Luft zu machen, und gar manche Drohung, mancher Fluch gegen ihre Nachbarin stieg da gen Himmel.

Während der Ehemann außer dem Hause war, kam seine gute Frau vom Kloster heim. Sie fand im ganzen Zimmer Ruten verstreut, ihr Bett zerzaust und zerwühlt, die Laken über und über blutig. Daraus erkannte sie auf den ersten Blick, dass es ihrer Nachbarin an den Kragen gegangen war, wie sie sich das schon gedacht hatte. Ohne zu zögern machte sie ihr Bett in Ordnung, legte gute frische Laken auf, putzte die ganze Stube und ging dann zu der Nachbarin. Sie fand das arme Weib in einem furchtbaren, jämmerlichen Zustande, und es bedarf wohl keiner Erklärung, dass mit ihr nicht zu reden war. So schnell sie konnte, eilte sie deshalb in ihr Haus zurück, kleidete sich vollständig aus, legte sich in ihr schönes frischgemachtes Bett und schlief ausgezeichnet, bis ihr Mann aus der Stadt zurückkam. Der war von seinem Zorn fast geheilt, denn er hatte sich ja gerächt. Er ging also zu seiner Frau, die noch im Bette lag und so tat, als ob sie schliefe.

»Was soll das heißen, Frau?«, brummte er. »Ist es nicht Zeit zum Aufstehen?«

»Sprichst du mit mir?« gähnte sie. »Ist es denn schon Tag? Bei meinem Eide, ich habe Euch nicht aufstehen hören. Ich hatte einen Traum, der mich nicht loslassen wollte.«

»Mich dünkt,« polterte er, »Ihr träumtet von der Lamprete, nicht wahr? Das wäre ja auch nicht gar verwunderlich, denn ich habe sie Euch heut morgen gehörig ins Gedächtnis gerufen.«

»Bei Gott,« versetzte sie, »ich dachte weder an Euch noch an Eure Lamprete.«

»Wie, habt Ihr sie so bald vergessen?«

»Vergessen? Ein Traum wischt alles weg!«

»Gewiss war es der Traum von der Tracht Prügel, die ich Euch vor kaum zwei stunden verabreicht habe.«

»Mir« verwunderte sie sich.

»Gewiss, Euch!« beharrte er. »Ich weiß, es wird verschiedentlich und unverkennbar zu sehen sein, auch in den Betttüchern wird man die Spuren finden.« »Auf mein Wort, Freundchen«, erwiderte sie, »ich weiß nicht, was Ihr getan oder geträumt habt, aber ich erinnere mich gar wohl, dass Ihr heut morgen mit recht viel Appetit eueren Liebeshunger gestillt habt. Anderes weiß ich nicht. Wahrscheinlich habt Ihr das ebenso geträumt, wie die Geschichte mit der Lamprete, die Ihr mir gestern gegeben haben wolltet.«

»Das wäre ein seltsamer Traum«, sagte er. »Lasst Euch ein wenig besehen.«

Sie nahm die Bettdecke weg, schlug sie zurück und zeigte sich ganz nackt, ohne Fleck oder eine Wunde. Und auch die Tücher waren schon weiß, ohne Fleck oder Blut. Darob war er unsäglich verblüfft. Er begann, eingehend zu sinnen und zu grübeln. Das tat er eine gute Weile, und schließlich sagte er:

»Bei meinem Eide, liebste, ich glaubte, Euch heut morgen bis aufs Blut verprügelt zu haben! Aber nun sehe ich, damit war es nichts, und ich weiß nicht, was mir da für merkwürdige Dinge vorgekommen sein mögen.«

»Flink«, rief sie, »löscht diese ganze Prügelgeschichte aus Euren Gedanken aus, denn Ihr könnt ja nun mit eignen Augen sehen, dass Ihr mich nicht berührt habt. Macht Euch nur klar, dass all das ein Traum war.«

»Ich sehe ein,« gab er ohne Zögern zu, »dass Ihr die Wahrheit sprecht. Bitte, verzeiht mir, denn ich weiß nun, dass ich unrecht tat, Euch vor den Fremden, die ich mitbrachte, so arg zu schelten.«

»So will ich Euch denn weitherzig verzeihen«, meinte sie. »Aber merkt Euch: Dass Ihr mir nicht wieder so leichtfertig und überstürzt handelt!«

»Das will ich gewiss nicht wieder tun, Liebste«, versicherte er ihr. –

So schlau also wurde der Kaufmann von seiner Frau hintergangen, dass er wirklich glaubte, den Kauf der Lamprete und alles andere nur geträumt zu haben.

Die doppelte Liebschaft.

Ein Edelmann unseres Königreiches, ein bekannter und weit berufener Junker, verliebte sich in Rouen in eine sehr schöne Dame. Er stellte alles Erdenkliche auf, um ihre Gunst zu erlangen. Aber das Glück war ihm nicht hold und seine Dame blieb so ungeneigt, dass er schließlich sein Begehren als hoffnungslos aufgab. Er hatte nicht so unrecht, denn sie war anderweitig versehen, was er zwar nicht bestimmt wusste, aber doch argwöhnte. Der, der die Gunst genoss, ein Ritter und gar hochgestellter Mann, war mit ihm so eng befreundet, dass er ihm wohl nichts in der Welt verbarg; aber in diesem Fall wollte er nie mit der Sprache herausrücken. Gar oft sagte er vielmehr zu ihm:

»Auf mein Wort, lieber Freund, du musst wissen, dass ich da wieder einen Gang in die Stadt zu machen habe, der mir furchtbar in die Quere kommt. Wenn ich zu solch etlichen Geschäften genötigt werde, ist mir schon ein Meilchen Weges zu viel, während ich wohl gern drei bis vier zurücklegen würde, zwei sogar in einem Zuge, wenn's zu ihr geht.«

»Nützt denn gar kein Fragen oder Bitten,« versetzte der Junker, »damit Ihr mich wenigstens ihren Namen wissen lasst?«

»Nein, auf mein Wort, weiter wirst du nichts erfahren«, erwiderte der andere.

»Schön«, meinte der Junkersmann, »wenn ich so glücklich sein werde, etwas Gutes zu haben, dann werde ich Euch ebenso wenig einweihen, wie Ihr mich jetzt etwas wissen lasst.« –

Zu dieser Zeit traf es sich, dass ihn der wackere Ritter einmal zum Abendessen auf das Schloss Rouen einlud, wo er wohnte, er kam dorthin, sie schmausten gar vortrefflich, und als das Essen vorbei war und sie etwas geplaudert hatten, kam mählich die Zeit, wo der Rittersmann zu seiner Dame musste. Er verabschiedete also den Junker und sagte:

»Ihr wisst ja, morgen gibt es viel zu tun und wir müssen früh aufstehen, um dies und jenes zu erledigen. Darum heißt es rechtzeitig schlafen gehen, und deshalb wünsche ich Euch Gute Nacht.«

Der Junker war schlau genug, um alsbald auf den Gedanken zu kommen, dass der Rittersmann einen zärtlichen Besuch vorhatte und die Arbeiten für den nächsten

Tag nur vorschob, um ihn los zu werden. Aber er ließ sich das nicht merken, verabschiedete sich, wünschte ihm eine gute Nacht und sagte:

»Ihr habt recht, Hoheit, steht nur früh auf; ich werde es auch tun.«

Als der brave Junker hinunterkam, fand er zu Füßen der Schlosstreppe ein Maultierlein, aber niemanden, der es behütete. Er sagte sich gleich, der Page, dem er auf der Treppe begegnet war, sei wohl hinaufgelaufen, um die Decke seines Herrn zu holen. Und so war es auch. So bedachte er innerlich:

»Ja, ja, ohne Grund hat er mich nicht so früh heimgeschickt. Sein Maultier hier wartet sicher nur darauf, dass ich fort bin, um dann meinen Herrn an einen Ort zu tragen, wo ich nicht sein soll. Ja, Maultierlein, wenn du sprechen könntest, dann könntest du mancherlei nette Dinge erzählen. Bitte, führe mich doch dorthin, wo dein Herr jetzt gern sein möchte.«

Damit ließ er seinen Pagen den Steigbügel halten, stieg auf, legte dem Klepper die Zügel über den Hals und ließ ihn frisch draufzugehen, wohin es ihm gut dünkte. Und das gute Maultier führte ihn durch Straßen und Gassen, die kreuz und die quer, bis es vor einem kleinen Pförtlein haltmachte in einer verstohlenen Straße, wo sein Herr offenbar häufig hinkam: und siehe da, es war die Gartenpforte jener Dame, die er so sehr geliebt, aber in seiner Verzweiflung dann aufgegeben hatte. Er stieg ab, klopfte sacht an die Pforte, und eine Frau, die an einem Gitterfensterchen aufpasste, kam in dem Glauben, es sei der Rittersmann, herbei, öffnete und sagte:

»Seid herzlich willkommen, Hoheit, die gnädige Frau ist in ihrem Zimmer und erwartet Euch.«

Sie erkannte ihn nicht, denn es war spät und sein Gesicht war durch den breitkrempigen Hut verdeckt. Er erwiderte also:

»Ich gehe zu ihr.«

Und dann flüsterte er seinem Pagen ganz leise ins Ohr: »Mach dich schnell fort und bring das Reittier dorthin, wo ich's geholt habe. Dann kannst du schlafen gehen.«

»Ich werd's besorgen,« versetzte der Page.

Die Zofe schloss das Pförtlein wieder und ging in ihr Zimmer zurück. Unser braver Junker aber ging, ganz versessen in seinen Plan, sicheren Schrittes zu dem Zimmer, wo seine Liebste war, und fand sie bereits im Unterrock, mit einer dicken güldenen Kette um den Hals. Er war sehr anmutig, höflich und wohlerzogen, und so grüßte er sie gar geziemend. Sie war so verblüfft, als wären ihr Hörner gewachsen, und wusste anfangs kein Wort hervorzubringen. Schließlich fragte sie ihn, was er hier suche, woher er so spät käme und wer ihn eingelassen habe.

»Gnädigste,« versetzte er, »Ihr könnt Euch leicht denken, dass ich nicht hier sein würde, wenn ich nur auf mich selbst angewiesen geblieben wäre. Aber Gott sei Dank hat mir einer, der barmherziger für mich war als Ihr, diese günstige Möglichkeit verschafft.«

»Wer hat Euch denn hierhergebracht?«, fragte sie.

»Mein Wort, ich kann Euch das nicht verhehlen: der und der Herr« (er nannte den Edelmann, bei dem er zur Nacht gegessen hatte) »hat mich hergeschickt.«

»Weh über solchen ungetreuen Verräter!«, rief sie. »Macht er sich derart über mich lustig?! Gut, gut, dafür werde ich eines Tages meine Rache haben!«

»Das ist gar nicht nett, was Ihr da sagt, Gnädigste, denn es ist doch kein Verrat, wenn man seinem Freunde eine Freude schaffen will, ihm hilft und zu Diensten ist, wo man es kann. Ihr wisst recht gut, wie groß unsere Freundschaft ist, und dass jeder seinem Gefährten alles anvertraut, was er irgend auf dem Herzen hat. So ist's noch nicht lange her, dass ich ihm bis ins einzelne erzählte und gestand, welche heiße Liebe ich zu Euch fühle, dass mich deshalb auf dieser Welt nichts mehr freue, und dass es mir nicht mehr möglich wäre, in dieser schmerzlichen Qual länger zu leben, wenn ich nicht irgendwie Eure Gunst erlange. Als sich der gute Herr von der Wahrheit meiner Worte überzeugt hatte, die ja doch wirklich nicht erlogen sind, bedachte er, wie schlimm es doch um mich stünde. Und daraufhin erzählte er mir bereitwillig, wie es zwischen euch beiden steht. Lieber wollte er Euch verlieren, um mir das Leben zu retten, als Euch behalten und mich dadurch elend zugrunde gehen sehen. Wäret Ihr so, wie Ihr sein solltet, dann hättet Ihr nicht so lange gezögert, mir, Eurem gehorsamsten Diener, einen freundlichen Empfang und ein bequemes Ecklein zu bieten. Ihr wisst ja genau, wie ergeben ich Euch gedient und gehorsam auf jedes Eurer Worte gelauscht habe.«

»Ich bitte Euch,« entgegnete sie, »sprecht mir nicht weiter davon und geht fort. Fluch über den, der Euch hierherbrachte!«

»Oho, wisst Ihr, wie die Dinge liegen?« versetzte er. »Es ist meine Absicht, vor morgen nicht von hier fortzugehen.«

»Mein Wort«, rief sie, »Ihr werdet es sofort tun.«

»Potzblitz, ich werde es nicht tun, sondern bei Euch schlafen.«

Als sie sah, dass er seinen Mann stand und nicht der Kerl war, sich durch grobe Worte verjagen zu lassen, glaubte sie ihn durch Sanftmut loszuwerden und meinte:

»Ich bitte Euch von Herzen, geht für heute fort. Mein Wort, ein andermal tue ich alles, was Ihr wollt.«

»Sprecht nicht mehr davon,« versetzte er, »denn ich werde hier schlafen.«

Dann begann er sich auszukleiden, packte die Frau, küsste sie und war gar zärtlich mit ihr, kurz und gut, er wusste dafür zu sorgen, dass er bei ihr ein nächtlich Lager fand.

Aber sie hatten es sich noch nicht recht bequem gemacht und kaum den ersten Liebesstreit ausgetragen, da kam schon der wackere Edelmann auf seinem Maultierlein angetrappelt und pochte an die Pforte. Der Junker hörte ihn und begriff gleich, dass er es war. Er begann alsbald zu knurren, ganz wie ein bissiger Hund. Als ihn der Edelmann hörte, war er verblüfft und zornig obendrein. Er hämmerte nicht schlecht mit harter Faust an das Pförtlein, während der andere von Neuem noch heftiger zu knurren begann.

»Wer knurrt denn da?«, ruft der draußen. »Potzblitz, ich werde das bald feststellen! Macht auf oder ich sprenge die Tür!«

Die wackere Edelfrau kam in wilde Wut, sprang im Hemd ans Fenster und rief:

»Seid Ihr jetzt da, Ihr falscher, ungetreuer Kerl? Pocht nur, hinein kommt Ihr nicht.«

»Warum käme ich nicht hinein?«, fragte er.

»Weil Ihr der unehrenhafteste Mensch seid, der sich je an eine Frau heranmachte. Ihr seid nicht wert, mit anständigen Leuten zu tun zu haben.«

»Gnädigste«, erwiderte er, »Ihr geht ja recht nett mit mir um. Ich weiß nicht, was euch in die Krone gefahren ist, denn meines Wissens habe ich nichts unehrenhaftes gegen Euch getan.«

»Doch tatet Ihr es und das Schlimmste dazu, das ein Mann einer Frau antun kann.«

»Nein, auf mein Wort. Aber sagt mir, wer da drinnen ist.«

»Ihr wisst es recht gut, Ihr arger Verräter!«

Dabei begann der wackere Junker, der im Bette lag, von Neuem wie ein, Hund zu bellen. »Nein,« versetzte der draußen, »das verstehe ich nicht. Darf ich nicht wissen, wer da drinnen knurrt?«

»Beim heiligen Johann, Ihr sollt es!«, rief der andere, sprang herbei zu seiner Dame, kam ans Fenster und sagte:

»Was ist gefällig, gnädiger Herr? Ihr tut nicht recht, uns derart zu wecken.«

Als der Edelmann sah, mit wem er sprach, war er wunders wie erstaunt. Nachdem er endlich Worte gefunden hatte, meinte er:

»Wo kommst du denn her?«

»Ich komme geradeswegs vom Abendessen bei Euch hierher, um hier zu schlafen.«

»Verdammter Streich!« versetzte der andere, wandte sich dann an die Dame und sagte:

»Gnädigste, solche Gäste also beherbergt Ihr?«

»Ja, dank Euch, der Ihr ihn mir geschickt habt.«

»Ich?!«, rief er. »Beim heiligen Johann, so liegt die Sache denn doch nicht! Ich bin ja selbst gekommen, um mein Plätzlein einzunehmen, nur kam ich, wie ich sehe, zu spät! Aber ich bitte Euch, nun ich einmal da bin: Macht mir wenigstens die Tür auf, wenn ich sonst weiter nichts zu erwarten habe.«

»Ihr werdet nicht hereinkommen, bei Gott!« verschwor sie sich.

»Beim heiligen Johann, er wird!«, rief der Junker, sprang hinunter, machte die Tür auf und schlüpfte dann wieder ins Bett. Auch sie kroch hinein, aber Gott weiß wie beschämt und unzufrieden. Doch zu dieser Stunde blieb ihr nichts anderes übrig als gehorchen.

Wie nun der gute Edelmann drinnen war und eine Kerze angesteckt hatte, betrachtete er sich die schöne Gesellschaft im Bett und sagte:

»Mag es Euch wohl bekommen, Gnädigste, und Euch auch, mein Herr Junker.«

»Recht schönen Dank, edler Herr«, erwiderte der.

Aber dem Dämchen wäre schier das Herz aus dem Leibe gesprungen und sie brachte kein Wort heraus. Denn sie glaubte ganz bestimmt, dass der Junker dank dem Winke und der Anweisung des Rittersmannes zu ihr ins Haus gekommen sei, und deshalb war sie mit unbeschreiblicher Wut gegen ihn erfüllt. –

»Und wer hat Euch den Weg hier ins Haus gewiesen, Freund Junker?«, erkundigte sich der Edelmann.

»Euer Mauleselein, gnädiger Herr«, erwiderte der Schelm, »das ich unten im Schlosse fand, nachdem ich bei Euch zu Abend gegessen hatte. Es stand da so einsam und verlassen, dass ich es fragte, auf wen es warte. Darauf antwortete es mir, es warte nur auf seine Decke und auf Euch. – ›Wohin soll es denn gehen?‹ erkundigte ich mich. – ›Wo wir gewöhnlich hingehen,‹ erwiderte es. – ›Ich weiß doch sehr gut‹, entgegnete ich, ›dass dein Herr heut nicht aus dem Hause geht, denn er legt sich schlafen. Aber führe mich dorthin, wo er deines Wissens gewöhnlich hinzugehen pflegt.‹ Damit war es einverstanden. Ich stieg darauf, und so kam ich dank seiner Güte hierher.« »Gott strafe dies verflixte Biest, das mich hineingelegt hat!«, schalt der wackere Edelmann. »Ach, Ihr habt es redlich verdient, gnädiger Herr!« stieß die Dame heraus, als sie endlich die Kraft fand, zu sprechen. »Ich sehe recht gut, dass Ihr Euch über mich lustig macht, aber merkt Euch nur: Ehre tragt Ihr davon nicht heim. Wenn Ihr schon nicht mehr kommen wolltet, so war es doch keine Art und Weise, einen anderen an Eurer Statt herzuschicken. Wer mit Euch zu tun hat, macht schlechte Erfahrungen.«

»Tod und Teufel! Ich habe ihn ja nicht hierher geschickt!« fuhr er auf. »Da er aber nun einmal hier ist, werde ich ihn auch nicht wegjagen. Außerdem langt es ja für uns beide immer noch reichlich, nicht wahr, guter Kamerad?«

»Gewiss, gnädiger Herr, gewiss«, meinte der. »Man braucht nur zuzugreifen, und das ist mir recht. Auf den Handel müssen wir eins trinken!« So wandte er sich zum Anrichtetisch, goss Wein in ein großes Gemäß, das dort stand, und sagte: »Ich trinke auf Euer Wohl, Kamerad!« »Ich komme nach«, erwiderte der andere. Dann ließ er ihn auch Wein für die Dame eingießen, die zuerst nicht trinken wollte, aber schließlich, ob sie nun mochte oder nicht, an dem Topfe schlecken musste. »Nun also, Kamerad, ich lasse Euch jetzt hier«, erklärte der Edelmann. »Macht Eure Arbeit gut. Heute seid Ihr an der Reihe, morgen, so Gott will, komme wieder ich dran. Ich bitte Euch, seid ebenso liebenswürdig zu mir, wenn Ihr mich einmal hier trefft, wie ich es heute zu Euch bin.«

»Bei unserer lieben Frau, Kamerad, ich werde es sein, darauf könnt Ihr Euch verlassen.«

So ging denn der gute Rittersmann von dannen und ließ den Junker dort, der sich in der ersten Nacht von seiner besten Seite zeigte. Er erzählte der Dame Punkt für Punkt den wahren Verlauf seines Erlebnisses, und damit war sie weit mehr einverstanden, als wenn der andere ihn geschickt hätte.

Derart also wurde die schöne Frau von dem Maultier hineingelegt und gezwungen, den Junker gleich dem Edelmann in ihre Gunst aufzunehmen. Einer wechselte mit dem andern, und am Ende gewöhnte sie sich daran und fand sich recht geduldig damit ab. Aber die Sache hatte ihre gute Seite: Denn waren der Edelmann und der Junker einander schon vor diesem Erlebnis von Herzen zugetan, so wurde ihre gegenseitige Liebe durch diese Geschichte geradezu verdoppelt, derart, dass kein schlechter Ratgeber jemals Streit oder tödlichen Hass zwischen ihnen entflammen konnte.

Das Zehnt der Frauen.

Um nicht des beglückenden, erhabenen Verdienstes aller derer verlustig zu gehen, die an der Vermehrung und dem Wachsen der Geschichten für unser Buch arbeiten, will ich euch kurz einen neuen Vorfall erzählen, durch den ich mich der Verpflichtung für ledig halte, einen Beitrag zu liefern, so wie mir das neulich auferlegt wurde. Es handelt sich dabei um einen wahren Vorfall.

In der Stadt Ostellerie in Castelogne langten vor einiger Zeit einige Minoritenbrüder an, die, wie es heißt, von der Observanz wegen ihrer schlechten Führung und Scheinheiligkeit aus dem Königreiche Spanien verjagt und vertrieben worden warm. Die fanden die Möglichkeit, sich bei dem Schlossherrn der besagten Stadt Eingang und Zutritt zu verschaffen, vielleicht wohl deshalb, weil er schon ein recht bejahrter alter Herr war. Und kurz und gut, sie erreichten es sogar, dass er ihnen eine sehr schöne Kirche mit einem Kloster begründete und erbaute, und sein lebelang sie, so gut er konnte, unterstützte und förderte. Und wirklich kam die Gründung in kurzer Zeit zu schönster Blüte: Sie hatten reichlich alles, was man sich für ein Kloster von Bettelmönchen überhaupt nur wünschen kann. Nun dürft ihr euch aber nicht etwa einbilden, dass sie in der Zeit, da sie diese Güter zusammenrafften, ganz untätig waren; im Gegenteil, sie predigten unablässig in der Stadt wie auch in den umliegenden Ortschaften, gewannen das ganze Volk für sich und wussten es so einzurichten, dass sich keiner für einen guten Christen hielt, der nicht bei ihnen gebeichtet hatte. Solchen Ruhm und solches Ansehen hatten sie sich erworben: Sie hatten es eben verstanden, den Sündern ihre Fehler zu Gemüte zu führen. Aber waren sie auch sonst geschätzt und wohl gelitten, so hatten sich die Frauen ihnen nun schon gar vollkommen hingegeben, weil sie sie für heilige Männer voller Barmherzigkeit und tiefer Frömmigkeit hielten.

Hört nun die arge Enttäuschung und den schändlichen Trug, den diese hinterlistigen Heuchler all den guten Leuten bereiteten, trotzdem sie von ihnen Tag für Tag mit den grüßten Wohltaten überhäuft wurden:

Sie machten nämlich allen Frauen in der ganzen Stadt begreiflich, dass sie gehalten und verpflichtet seien, Gott den Zehnten alles Gutes zu geben, »wie auch eurem Schlossherrn von der und der Sache, eurer Pfarre und eurem Pfarrer von diesem und jenem. So schuldet ihr auch den Zehnten für alle Fälle, wo ihr euch mit euren Ehemännern im Fleische eint. Ein anderes Zehnt können wir bei euch nicht erheben, denn, wie ihr wisst, haben wir kein Geld in unserem Besitz. Und wir fordern auch keines, denn uns liegt nichts an irdischen, vergänglichen

Gütern dieser Welt. Wir begehren und fordern nur geistige Güter. Das Zehnt aber, das ihr uns schuldet und das wir fordern, ist kein irdisch Gut; es ist in dem heiligen Sakrament inbegriffen, das ihr empfangen habt, und das ist eine göttliche, geistige Sache. Von diesem aber ein Zehnt zu erheben, steht nur uns allein zu, die wir Geistliche der Observanz sind.«

Die armen einfältigen Frauen, denen die wackeren Brüder eher Engel denn irdische Menschen schienen, weigerten sich denn auch keineswegs, dies Zehnt zu bezahlen: nicht eine einzige entzog sich dieser Pflicht, von der hochgestellten herab bis zu der einfachsten Frau; selbst die Gemahlin des Schlossherrn suchte sich nicht dieser Pflicht zu entziehen.

Derart wurden all die grauen der Stadt dem Gelüst der wackeren Mönche ausgeliefert, und jeder einzelne unter ihnen erhob mindestens von fünfzehn oder sechzehn Frauen seinen Zehnt, was sie bei diesen Gelegenheiten noch sonst für Geschenke, natürlich unter dem Anschein tiefster Frömmigkeit, einheimsten, weiß Gott allein.

Dies Gebaren dauerte eine ganze lange Weile, ohne dass es bei denen bekannt wurde, die sich gern solcher neuen Abgabepflicht ledig gewusst hätten. Schließlich aber kam es doch heraus, und zwar auf folgende Weise:

Ein neuvermählter junger Mann wurde zusammen mit seiner Frau ins Haus eines seiner Verwandten zum Abendessen eingeladen. Als sie von dort zurückkehrten, kamen sie bei der Kirche besagter Mönche vorbei, und just in diesem Augenblick ertönte die Glocke zum Ave

Maria. Der brave Mann beugte sich nieder, um sein Gebet zu sprechen. Sein Weib aber sagte zu ihm:

»Wenn es Euch recht ist, möchte ich gern in die Kirche
hier eintreten und ein Vaterunser und ein Ave Maria
sprechen.«

»Was habt Ihr denn zu dieser Zeit da drinnen zu suchen?«, meinte der Ehemann. »Ihr könntet doch wieder
hierherkommen, wenn es heller Tag ist, morgen oder
sonst einmal.«

»Ich bitte euch,« versetzte sie, »lasst mich hineingehen.
Mein Wort, ich komme gleich wieder zurück.«

»Bei unserer lieben Frau!«, erwiderte er, »jetzt zur
Nachtzeit lasse ich such dort nicht hinein.«

»Mein Wort,« versetzte sie, »ich muss es nun einmal, es
ist meine Pflicht, dorthin zu gehen. Aber ich werde nicht
lange machen. Eilt Ihr heim, so geht nur voraus, ich
komme gleich nach.«

»Vorwärts, vorwärts«, rief er, »Ihr habt dort gar nichts
zu suchen. Wollt Ihr ein Vaterunser oder ein Ave Maria
sprechen, so könnt Ihr das auch zu Haus besorgen, und
es ist dorten auch mindestens ebenso viel wert als jetzt
hier in diesem Kloster, wo man kaum die Hand vor Augen sieht.«

»Ach, redet nur soviel Ihr wollt,« beharrte sie, »das
nützt nichts. Denn auf mein Wort, ich muss unbedingt
für eine kurze Weile dort hingehen.«

»Aber warum denn?« verwunderte er sich. »Wollt Ihr
etwa mit den Mönchen da drinnen zärtlich sein?«

Sie bildete sich tatsächlich ein, ihr Mann wisse ganz genau, dass sie ihr Zehnt bezahle, und versetzte deshalb:

»Keineswegs! Nicht zärtlich sein will ich, sondern bezahlen!«

»Was denn bezahlen?«, erkundigte er sich.

»Ihr wisst es doch ganz gut,« versetzte sie, »was fragt Ihr also noch lange.«

»Was weiß ich ganz gut?« erstaunte er sich. »Ich kümmere mich doch nicht um Eure Ausgaben.«

»Zum Mindesten aber wisst Ihr doch genau«, erwiderte sie, »dass ich mein Zehnt zu bezahlen habe.«

»Was für einen Zehnt?«

»Nun«, rief sie, »einmal für immer: Es ist das Zehnt für nächtliche Freuden von Euch und mir. Ihr seid gut daran, denn ich muss ja für uns beide bezahlen.«

»Wem zahlt Ihr denn?«, erkundigte er sich.

»Dem Bruder Eustacius. Geht nur immer heim und lasst mich ins Kloster gehen, damit ich die Geschichte hinter mir habe. Die Sünde, nicht zu zahlen, ist so groß, dass ich mich nie recht wohlfühle, wenn ich dorten etwas schuldig bin.«

»Für heute ist es doch schon zu spät«, widersprach er. »Es ist ja bereits seit einer Stunde Schlafenszeit.«

»Mein Wort,« versetzte sie, »in diesem Jahr bin ich oft schon viel später dort gewesen, wenn man bezahlen will, dann kann man zu jeder Zeit hinein.«

»Nun, nun,« winkte er ab, »auf eine Nacht kommt es dabei auch nicht an.«

So kamen denn der Ehemann und seine Frau zwar nach Hause, aber beide waren schlechter Laune: die Frau, weil sie ihren Zehnt nicht hatte bezahlen dürfen, der Mann, weil er sich derart hintergangen sah. Er war vor Zorn und Verdrossenheit ganz außer sich, und dass er seine Wut nicht zu zeigen wagte, verdoppelte noch seine Qual. Schließlich legten sie sich schlafen. Der Mann war ein pfiffiger Kerl, und so erkundigte er sich von langer Hand bei seiner Frau, ob die andern Frauen der Stadt nicht ebenso genau ihr Zehnt zu zahlen hätten, wie sie es tut. »Wieso?« verwunderte sie sich. »Selbstverständlich tun sie das. Warum sollten sie irgendein Vorrecht vor mir voraushaben? Außer mir sind noch mindestens sechzehn oder zwanzig beim Bruder Eustacius, um bei ihm zu zahlen. Ach, er ist ja so schrecklich fromm. Denkt Euch nur, für ihn ist das eine arge Pein und ein gar verdienstliches duldungsvolles Werk. Bruder Bartolomäus hat ebenso viel wie er, vielleicht sogar noch mehr, unter anderen auch die Frau unseres Schlossherrn. Bruder Jakob hat auch recht viele, ebenso Bruder Antonius. Überhaupt hat jeder von ihnen eine ganze Menge zuerteilt bekommen.«

»Beim heiligen Johann!«, rief der Ehemann, »faul sind sie gerade nicht. Ich merke nun aber schon, dass sie weitaus frömmer sind, als das von Weitem scheint. Ich möchte sie wirklich einmal allesamt bei mir hier im Hause haben, um einen nach dem andern festlich zu bewirten und ihre frommen Reden zu hören. Damit wenigstens Bruder Eustacius rechtzeitig das Zehnt des Hauses erhält, sorgt, dass wir morgen gut zu essen haben, denn ich will ihn mit herbringen.«

»Recht gern,« versetzte sie. »Dann brauche ich wenigstens nicht zu ihm in seine Kammer zu gehen, um zu bezahlen, denn er wird es hier im Haus gerade so gern erheben.« »Ihr habt ganz recht,« versetzte er. »Und nun wollen wir schlafen.« Ihr könnte euch nun wohl denken, dass er sich mit dem Schlafen nicht überstürzte, und die Zeit, bis es Tag wurde, schien ihm grässlich lang. Statt zu schlafen, dachte er in aller Gemütsruhe darüber nach, wie er das ausführen würde, was er für den nächsten Tag vorhatte.

Das Essen kam, und Bruder Eustacius, der die Absicht seines Gastgebers nicht kannte, lud gehörig in seinen kuttenumhüllten Wanst. Als er sich dann genügend gestärkt sah, wandte er seine Augen der Herrin des Hauses zu, versagte sich auch nicht ein gar anmutiges Spiel mit den Füßen unter dem Tisch; der Herr des Hauses merkte es recht wohl und beobachtete es sorglich, ohne es aber zu zeigen, wenngleich er doch der Leidtragende war. Nachdem sie sich dann gesegnet hatten, rief er den Bruder Eustacius und sagte ihm, er wolle ihm ein hübsches Bild unserer lieben Frau und ein schönes Gebet zeigen, das in seinem Zimmer sei. Der Mönch erklärte sich gern dazu bereit und so gingen sie hinein. Der Gastgeber sperrte die Tür ab, packte dann eine gewaltige Streitaxt und herrschte unsern Pfaffen an:

»Tod und Teufel, liebster Pater! Ihr kommt niemals mehr lebendig aus dieser Stube hinaus, wenn Ihr nicht die Wahrheit gesteht.«

»Ach, mein guter Herr,« jammerte der Bruder Eustacius, »ich bitte Euch um Gnade! Was wollt Ihr denn von mir?«

»Ich verlange von Euch«, versetzte jener, »den Zehnten des Zehnten, den Ihr bei meiner Frau erhoben habt.« Als der Mönch von einem Zehnten reden hörte»sagte er sich klüglich, dass es um seine Sache nicht gut stand. Er wusste nicht, was weiter antworten: Er musste um Verzeihung und Gnade bitten, und versuchte sich so gut als möglich zu entschuldigen.

»So sagt mir denn,« versetzte der Hausherr, »was für ein Zehnt erhebt Ihr bei meiner Frau und den anderen Frauen?«

Der arme Mönch war so durcheinander, dass er nichts zu antworten wusste und kein Wort erwiderte. »So sagt mir denn«, meinte der Hausherr, »wie die Geschichte sich genau verhält; ich will Euch dann auf mein Wort laufen lassen und keinerlei Böses antun. Wenn aber nicht, dann töte ich Euch kaltblütig und ohne Umstände.«

Als sich der andere derart durch Versprechungen gesichert sah, hielt er es für besser, die Wahrheit und seine Sünde einzugestehen, auch seine Gefährten ruhig hineinzulegen und solcherart mit heiler Haut zu entrinnen, als die Sache zu verheimlichen, das Geheimnis zu wahren und in der Gefahr zu schweben, dass er sein Leben verlieren könne. Er erklärte also:

»Liebeswertester Herr, ich bitte Euch flehentlich, habt Erbarmen, ich will Euch auch die volle Wahrheit sagen. Ja, es ist richtig, meine Gefährten und ich haben allen Frauen dieser Stadt eingeredet, dass sie für jeden Fall ein Zehnt schulden, wo ihr sie ehelich umfangt. Sie haben uns Glauben geschenkt und zahlen uns alle, die jungen wie die alten, wenn sie nur irgend vermählt sind, und nicht eine einzige hat sich dieser Pflicht zu entziehen gesucht. Selbst die Frau des Schlossherrn zahlt, genau so wie alle anderen, ihre beiden Nichten gleichfalls, und überhaupt gibt es keine einzige Ausnahme.« »Nun denn, – wenn selbst der Schlossherr und all die vielen angesehenen Leute zahlen müssen, dann bin ich freilich auch dazu verpflichtet, obgleich ich mir eigentlich das Gegenteil gedacht hätte,« entgegnete der Hausherr. »Also dann geht in Frieden, guter Pater, und erklärt mich nur des Zehnts für ledig, das meine Frau Euch schuldet.« Der andere war heilsfroh, als er sich glücklich aus der Klemme kommen sah, und verschwor sich hoch und heilig, nie irgendwelche Wünsche mehr zu äußern. Und wie ihr weiterhin sehen werdet, geschah es auch so. Nachdem sich andererseits der Herr des Hauses bei seiner Frau und dem Erheber dieses neuen Zehnts genügend unterrichtet hatte, begab er sich zu seinem Schlossherrn und erzählte ihm des langen und breiten die Geschichte dieser neuartigen Abgabe, so wie sie weiter oben geschildert worden ist. Ihr könnt euch denken, dass der hohe Herr aus allen Wolken fiel. Schließlich brummte er:

»Diese Kerle gefielen mir schon lange nicht und mein Herz sagte mir schon immer ganz richtig, dass die Bande gar nicht so sei, wie sie sich stelle. Wehe euch, ihr verdammte Gesellschaft, die ihr seid! Verflucht sei die Stunde, da mein Herr Vater, dem Gott verzeihen möge, die Schufte mit offenen Armen aufnahm! Nun sind wir von ihnen entehrt und entwürdigt. Und wenn das noch länger dauert, werden sie es noch schlimmer treiben. Was soll man da tun?«

»Mein Wort, Herr,« versetzte der andere, »wenn's Euch recht ist und gut scheint, dann versammelt alle Eure Untertanen dieser Stadt, denn die Sache betrifft sie genau so wie Euch. Erklärt ihnen die ganze Geschichte und beratet Euch dann mit ihnen, auf welche Weise man der Sache beikommen kann, um diesen Krebs zu heilen, wenn es auch schon recht spät ist.«

Dem Schlossherrn war das recht. Er ließ alle seine Untertanen, so weit sie verheiratet waren, herbeirufen, und sie versammelten sich bei ihm in dem großen Saale seines Schlosses. Dort erklärte er ihnen bis ins Einzelne den Grund, um dessentwillen er sie bei sich zusammenberufen hatte.

War schon der Schlossherr auf den ersten Anhieb wie aus allen Himmeln gerissen gewesen, als ihm diese Neuigkeit aufgetischt wurde, so waren es nicht minder nun all die wackeren Männer, die da um ihn herumstanden. Die einen sagten: »Man muss sie töten!«, die anderen: »Man muss sie henken!« und wieder andere: »Man muss sie ersäufen!« Manche meinten zwar, sie könnten gar nicht glauben, dass so etwas wahr sein könne, denn die Mönche wären doch überaus fromm und führten solch heiligen Lebenswandel. Und so sagten die einen so, die andern anders, und jeder äußerte ausführlich seine Ansicht. Schließlich erklärte der Schlossherr:

»Ich will Euch einen Vorschlag machen. Wir wollen unsere Frauen hierherholen und einer, etwa Meister Johann oder so, hält eine kleine Ansprache an sie, die schließlich auf das Zehnt anspielt. Und dann fragt er im Namen von uns allen, ob sie sich dieser Pflicht auch unterwerfen: – denn wir wollen, dass Schulden bezahlt werden. Auf diese Weise werden wir ja dann ihre Antwort zu hören bekommen.«

Nachdem sie auch darüber beraten hatten, einigten sie sich alle auf den Rat und Vorschlag des Schlossherrn. So wurden denn sämtliche verheirateten Frauen der Stadt herbeigerufen und sie kamen in den Saal, wo sich bereits all ihre Männer befanden. Der Schlossherr ließ sogar auch seine Gemahlin rufen, der vor Schrecken schier der Mund offenstehen blieb, als sie diese Volksversammlung erblickte.

Alsdann gebot einer von den Mannen des Schlossherrn Ruhe, und dann kletterte Meister Johann auf einen etwas erhöhten Sitz, sodass er über die anderen hinausragte, und begann seine kleine Volksrede etwa wie folgt:

»Meine Damen und lieben Frauen, ich bin von unserm Herrn hier und denen, die sich mit ihm beraten haben, beauftragt worden, euch kurz den Grund zu sagen, warum ihr hierherberufen seid. Die Geschichte verhält sich nämlich so, dass unser Herr, seine Ratgeber und sein Volk, das hier um ihn herumsteht, eben in dieser Stunde eine kleine Betrachtung über unsere Gewissenpflicht angestellt haben. Der Anlass war, dass sie entschlossen sind, in kurzer Zeit eine schöne, fromme Wallfahrt zu Ehren unseres Herrn Jesu Christi und seiner glorreichen Mutter um Gottes Willen zu veranstalten. Zu diesem Tage wollten sich alle vorbereiten und in die vollkommenste Verfassung bringen, auf dass ihre allerfrömmsten Gebete umso eher erhört würden und die Werke, die

sie an diesem Tage vollbringen wollten, Gott umso will-
kommener seien. Ihr wisst nun gut genug, dass wir Gott
sei Dank in dieser Zeit keinerlei Krieg bei uns im Land
gehabt haben, während unsere Nachbarn gar erschrecklich von Pest und Hungersnot heimgesucht wurden.
Sind die andern derart geschlagen worden, so haben wir
unsererseits immer sagen können und können es noch
jetzt sagen, dass Gott uns in Gnaden davor bewahrt hat.
Und so ist es denn auch nur vernünftig, wenn wir uns
klarmachen: Das danken wir nicht unserer eigenen Tu-
gendhaftigkeit, sondern der weitherzigen, freigiebigen
Gnade unseres seligen Erlösers, der uns mahnt, ruft und
einladet, unsere Gebete erklingen zu lassen, wie sie in
unserer Gemeindekirche ertönen. In sie setzen wir das
allergrößte Vertrauen, – an ihr hängen wir in tiefster
Frömmigkeit. Das gottselige Kloster der Franziskaner
in unserer Stadt hat viel zur Erhaltung dieses Glückszu-
standes beigetragen und tut es noch heute. So wollen
wir denn nun noch obendrein von euch wissen, ob ihr
euch all den Pflichten unterzieht, die euch auferlegt
worden sind. Und obgleich wir fest davon überzeugt
sind, dass ihr euch eurer Pflichten der Kirche gegenüber
stets genau erinnert, so werdet ihr doch sicher nichts
dagegen haben; dass ich der Sicherheit halber noch einige wichtige Punkte dabei im Besonderen betone. Viermal im Jahr, an den vier großen Festtagen in Erinnerung
an die großen Wendetage im Leben Christi habt ihr zum
Mindesten irgendeinem Priester oder Geistlichen zu
beichten, der dazu ermächtigt ist. Und empfangt ihr jedes Mal den Leib eures Herrn, so wird das sehr wohlge-
tan sein. Zweimal oder zum Mindesten einmal im Jahr

müsst ihr es aber tun. Ferner geht alle Sonntage zur Opfergabe und zu jeder Messe. Wer von euch dazu nicht in der Lage ist, zahle Gott seinen Zehnt an Früchten, Hühnern, Lämmern, Schweinen und all dem anderen, wie es Brauch ist. Außerdem schuldet ihr den frommen Geistlichen im Kloster des heiligen Franz ein anderes Zehnt, das wir ganz besonders sorglich bezahlt wissen wollen. Das liegt uns am allernächsten am Herzen und wir wünschen über alles, dass diese Pflicht geübt werde. Sollte aber trotzdem eine unter euch sein, die ihre Pflicht nicht vollkommen erfüllt hat, aus Nachlässigkeit oder weil sie noch nicht darum ersucht worden war, so möge sie vortreten, um sie zu bezahlen. Ihr wisst, dass diese guten Mönche nicht zu euch in eure Häuser kommen können, um sich ihr Zehnt einzufordern, denn das würde ihnen gar zu viel Mühe und Umstände machen. Man muss sich schon damit abfinden, dass sie überhaupt die Mühe auf sich nehmen, diese Abgabe zu empfangen. Das also ist es, was ich euch zu sagen habe, es bleibt nun nur noch festzustellen, wer von euch gezahlt hat und wer es schuldig blieb.«

Meister Johann hatte seine Rede noch nicht recht beendet, da begannen schon mehr als zwanzig Frauen alle einstimmig zu schreien:

»Ich, ich habe bezahlt! Ich, ich habe bezahlt! Ich bin nichts schuldig! Ich auch nicht! Ich auch nicht!«

Auch sonst versicherten an die hundert andere und im Allgemeinen überhaupt alle, dass sie nichts schuldig seien. Ja, vier oder sechs schöne junge Frauen tänzelten sogar hervor und erklärten, sie hätten so reichlich bezahlt, dass man ihnen für die Zukunft eigentlich Gegenleistungen schuldig sei, der einen vier, der anderen sechs, der anderen zehn.

Freilich gab es andererseits ich weiß nicht wie viel alte Schachteln, die kein Tönchen schnauften. Meister Johann fragte sie, ob sie denn auch ihr Zehnt richtig bezahlt hätten, und darauf entgegneten sie, dass sie mit den Mönchen eine Einigung getroffen hätten.

»Wie?!«, rief er. »Bezahlt ihr nicht? Die anderen sollt ihr auffordern und drängen, ihre Pflicht zu tun, und ihr selbst hättet euch gedrückt?!«

»Nun freilich,« versetzte die eine, »an mir hat's nicht gelegen. Ich habe mich mehrmals angeboten, um meine Pflicht zu tun. Aber mein Beichtiger mochte nichts hören, er sagte jedes Mal, er habe keine Zeit.«

»Beim heiligen Johann«, riefen die andern alten Schachteln, »wir haben durch Übereinkunft mit ihnen das Zehnt, das wir ihnen schulden, in Zeug, Tuch, Kissen, Polstern, Kopfkissen und anderem Zierrat und Schmuck abgetragen, und zwar auf ihren Rat und nach ihrem Vorschlage, denn wir hätten unsere Schulden lieber so beglichen, wie die andern auch.«

»Bei unserer lieben Frau!«, meinte Meister Johann, »dann ist es ja noch nicht so schlimm, sondern recht brav getan.«

»Jetzt können sie, denke ich, wieder nach Belieben fortgehen, edler Herr,« wandte sich Meister Johann an den Schlossherrn. »Nicht wahr?«

»Gewiss«, erwiderte der. »Aber wie dem auch sein mag: Es darf nicht vergessen werden, an das Zehnt zu denken!«

Als alle Frauen wieder aus dem Saal waren, wurde die Tür verschlossen. Und unter den Männern, die blieben, wagte keiner, seinen Nachbarn anzuschauen.

»Nun,« hub der Schlossherr an, »was ist da zu machen? Wir sind jetzt des Verrates gewiss, den diese schuftigen Mönche uns durch ihre Leute und unsere Frauen angetan haben. Zeugen brauchen wir weiter keine.«

Nachdem verschiedenerlei Ansichten und Vorschläge jeder Art geäußert worden waren, kamen sie schließlich endgültig zu dem Entschluss, Feuer an das Kloster zu legen und die Mönche mitsamt ihrem Kloster zu verbrennen. Sie gingen also zur Stadt hernieder, begaben sich zu dem Kloster und holten das *corpus Domini* heraus. Andere trugen sonstige Reliquien davon, brachten alles in die Pfarre, und dann legten sie ohne große Umstände an verschiedenen Ecken Feuer an. Sie gingen auch erst fort, nachdem alles von den Flammen verzehrt war: Mönche, Laienbrüder, Kirche, Schlafsaal und all der Überfluss an Gebäuden, der sich dort breitmachte. So teuer erkauften die armen Franziskaner das ungewohnte Zehnt, das sie der Stadt auferlegt hatten. Gott selbst würde sicherlich auch sein entweihtes Haus verbrannt haben.

Ein Bruder, der mit sich reden lässt.

Derweile mir das Wort verstattet ist und für den Augenblick niemand weiter sich meldet, um das glorreiche und erbauliche Werk dieser Novellensammlung fortzuführen, will ich euch einen Fall erzählen, der sich jüngst in der Dauphiné zugetragen hat und der wohl bei diesen

Geschichten eingefügt werden könnte. Es handelt sich auch hier um eine wahre Begebenheit.

Bei einem Edelmanne aus besagter Dauphiné lebte im Hause seine Schwester, ein Mägdelein von etwa achtzehn oder zwanzig Jahren. Sie leistete seiner Frau Gesellschaft, wurde von ihr gar sehr geliebt und hochgehalten, und beide lebten zusammen, wie zwei Schwestern miteinander umgehen und zueinander stehen.

Nun traf es sich, dass dieser Edelmann eine Einladung von einem seiner Nachbarn erhielt, der zwei knappe Meilen von ihm wohnte und ihn bat, mit seiner Frau und seiner Schwester zu ihm zu Besuch zu kommen. So begaben sie sich denn dorthin, und Gott weis, wie wohl sie bewirtet wurden. Nach dem Abendessen nahm die Gemahlin des Edelmannes, der die Gesellschaft zu Gast hatte, die andere Edelfrau und die Schwester besagten Edelmannes mit auf einen Spaziergang. Und während sie von diesem und jenem plauderten, kamen sie zu dem Häuslein des zum Landsitze gehörigen Hirten, der unweit eines weiten großen Parkes die Schafe weidete. Richtig trafen sie denn auch unseren Meister Schäfer bei der Koppel in voller Tätigkeit.

Frauen wissen ja immer eine Menge verschiedenster Dinge zu fragen, und so erkundigten sie sich auch bei ihm unter anderem, ob er in seinem Hause nicht kalt habe. Er erklärte, ihn fröre keineswegs, im Gegenteil sei es bei ihm viel bequemer und behaglicher als bei den Leuten, die ihre schönen, hergerichteten, mit Teppichen und Decken ausgelegten Stuben besäßen. Ein Wort gab das andere, und so kamen sie mit Anspielungen schließlich zu allerlei anzüglichen Betrachtungen. Und der wackere

Schäfer, der kein Narr und ganz bei Troste war, verschwor sich bei seinem Leben, dass er auch nächtens seinen Mann zu stehen wisse, und ihn selbst zehn Beweise nicht schreckten. Die Schwester unseres Edelmanns, die diese Rede hörte, warf des Öfteren und insgeheim neugierige Blicke auf den Schäfer, und tatsächlich passte sie solange auf die Gelegenheit, bis sie ihm sagen konnte, er solle doch nichts unversucht lassen, in das Haus ihres Bruders zu kommen und zu ihr zu gelangen; sie würde ihn gar vortrefflich aufnehmen. Der Schäfer sah, wie hübsch das Mägdelein ausschaute, war natürlich weit über das gewöhnliche Maß erfreut, als er diese Aufforderung bekam, und versprach, bestimmt zu ihr zu kommen und sie aufzusuchen.

Kurz und gut, er tat, wie er es zugesagt hatte. Zu der Zeit, die zwischen ihm und dem Fräulein vereinbart war, fand er sich zu Füßen eines hohen Fensters ein, das nur mit Gefahr erklommen werden konnte. Aber sie ließ einen Strick hinunter, und mit dessen Hilfe und an Weingeranke, das sich dort emporschlang, gelangte er glücklich in ihr Zimmer. Es bedarf keines Wortes, um zu sagen, dass er gern gesehen wurde. Alsbald bewies er durch die Tat, wessen er sich gerühmt hatte, und bevor noch der Morgen kam, hatte er eine ganz ansehnliche Reihe wackerer Taten hinter sich, die seiner Liebsten gar frohe Genugtuung bereiteten.

Nun müsst ihr wissen, dass der Schäfer, um zu seiner Dame zu gelangen, zwei Meilen über Land zu gehen und schwimmend die breite Rhône zu durchqueren hatte, die das Haus, in dem die Dame wohnte, umspülte. Kam dann der Tag, so musste er wieder über die Rhône zurück, und derart kehrte er zu seiner Hürde heim. Diese Leistungen vollbrachte er lange Zeit hindurch, ohne dass es bemerkt wurde. Inzwischen begehrten verschiedene Edelleute des Reichs das Edelfräulein, das zur Schäferin geworden war, zur Ehe. Aber keiner konnte seinen Wunsch erreichen, worüber ihr Bruder keineswegs zufrieden war. Mehrfach hielt er ihr das vor, aber sie hatte stets einen Haufen Entschuldigungen und Entgegnungen zur Hand. Immerhin ließ sie ihren Freund, den Schäfer, das alles wissen, und eines Abends versprach sie ihm: Wenn er wolle, würde sie niemals einen anderen denn ihn heiraten. Und er erwiderte, ein schöneres Geschenk könne er sich gar nicht erdenken.

»Aber die Sache wird sich für Euren Bruder und Eure anderen Freunde nicht ermöglichen lassen«, meinte er.

»Das mag Euch nicht kümmern«, erwiderte sie. »Lasst mich nur machen, ich werde schon zum Ziel kommen.«

So gab einer dem anderen das Gelöbnis.

Aber eines Tages kam doch wieder ein Edelmann, der neuerlich um unsere schöne Schäferfrau anhielt und sie zum Weibe haben wollte, wenn er sie auch ohne jede Mitgift und andere Zutat denn ihre standesgemäße Ausstattung an Kleidern und Gewändern zur Frau bekäme. Diesem Vorschlage hätte der Bruder gern Gehör geschenkt, und er vermeinte, die Zustimmung seiner Schwester erlangen zu können, wenn er ihr alles vorstellte, was man in solchen Fällen vorzubringen hat. Doch er konnte nichts zuwege bringen und war darob gar unzufrieden.

Als sie nun aber sah, dass ihr Bruder gegen sie aufgebracht war, da nahm sie ihn beiseite und sagte:

»Lieber Bruder, Ihr habt mich oft gedrängt und mir gepredigt, ich sollte mich mit dem oder jenem verheiraten, und niemals wollte ich darauf eingehen. Ich bitte Euch aber, nehmet mir das nicht übel und verzeiht mir den Verdruss, den ich Euch bereitet habe. Ich will Euch den Grund sagen, der mich in diesem Falle bestimmt und veranlasst. Nur gebt mir die Versicherung, dass Ihr mir darob nichts Arges tun oder ungnädig werden wollet.«

Dies Versprechen gab ihr Bruder gern. Und als sie derart versichert war, erklärte sie ihm, sie sei so gut wie vermählt, und ihr lebelang wolle sie keinen anderen zum Manne haben als diesen; wenn er wünsche, würde sie ihn ihm in der kommenden Nacht zeigen.

»Ich möchte ihn gern sehen,« versetzte er. »Aber wer ist es denn?«

»Ihr werdet es schon rechtzeitig wissen«, erwiderte sie.

Als nun die gewohnte Stunde kam, siehe, da kletterte auch unser guter Schäfer ins Zimmer seiner Liebsten. Gott weiß, wie durch und durch nass er nach seinem Wege durch den Fluss war. Der Bruder schaut ihn sich an und sieht, dass es der Schäfer seines Nachbarn ist. Er war nicht schlecht verblüfft, aber der Schäfer war es noch mehr, und als er seiner ansichtig wurde, wollte er fliehen.

»Bleibe nur, bleibe nur«, rief der Bruder. »Du brauchst nicht in Sorge zu sein. – Ist das der Mann,« fragte er seine Schwester, »von dem Ihr mir erzählt habt?«

»Freilich, lieber Bruder,« versetzte sie.

»Also dann macht ihm ein gutes Feuerchen, an dem er sich wärmen kann«, meinte jener, »denn er hat es gar nötig. Im Übrigen betrachtet ihn als Euren Mann. Wirklich, Ihr habt ganz recht, wenn Ihr ihm wohlgesinnt seid, denn aus Liebe zu Euch stürzt er sich in große Gefahr. Und da Eure Angelegenheiten soweit gediehen sind und Ihr mutig genug seid, ihn zum Gatten haben zu wollen, so will ich kein Hindernis sein. Hol' den Teufel, wer zu spät kommt.«

»Amen«, sagte sie, »und wenn er will, morgen.«

»Recht so«, meinte er. »Und Ihr,« wandte er sich an den Schäfer, »was meint Ihr dazu?«

»Alles nach Wunsch.«

»Weiter gibt's kein Mittel,« versetzte der Edelmann. »Ich bin jetzt auch vom Hirtenstande, da ich doch nun einen Schäfer zum Bruder haben soll.«

Um es kurz zu machen: Der Edelmann gab seine Zustimmung zu der Heirat seiner Schwester und dem Schäfer; sie wurde vollzogen und er behielt beide bei sich im Hause, obgleich rings im Lande gar viel darüber gesprochen wurde. War er aber einmal dabei, wenn jemand Bemerkungen machte und meinte, es sei doch gar seltsamlich, dass er den Schäfer nicht geschlagen oder getötet habe, dann erwidert er, gegen jemanden, den seine Schwester lieb habe, könne er nicht böse sein, und es wäre doch immer weitaus besser, einen Schäfer zum Schwager zu haben, an dem seine Schwester ihr Gefallen finde, als sonst irgendeinen hohen Herrn, der ihr nicht behage. Alles das sagte er scherzend und im Spaß, denn er war und blieb stets ein gewandter, netter und unter-

haltsamer Edelmann. Und er duldete es gern, mit anzuhören, wenn unter seinen Freunden und seinen nächsten
Gefährten von seiner Schwester gesprochen wurde.

Zwischen zwei Feuern.

Ein Edelmann aus den Burgunder Marken, ein kluger,
wackerer, wohlerzogener, ruhm- und ehrwürdiger
Mann, der zwischen den Besten und Angesehensten genannt zu werden verdient, genoss die Gunst einer schönen Dame soweit, dass er sich ihren Diener nennen durfte und nach einiger Zeit alles erlangte, was man anstän-
digerweise erlangen kann. Obendrein rang er ihr ab,
dass sie ihm ihre Huld nicht verweigern konnte, die gar
mancher vordem und nachdem vergeblich erstrebte.

Das bemerkte und nahm sich ein sehr edler, hochgestellter Herr zur Lehre, ein gar scharfsinniger Mann,
dessen Namen und Titel ich nicht erwähnen will; denn
wäre ich in der Lage, die euch zu nennen, dann wüsstet
ihr alle gleich, um wen es sich dreht; und das will ich
nicht.

Also besagter Edelmann merkte die Liebesgeschichte
des obenerwähnten Rittersmannes, und als er sah, worauf die Sache hinauslief, da fragte er ihn, ob er nicht in
diese und diese Dame verliebt sei (und er nannte eben
jene Schöne). Der antwortete ihm: nein, das sei nicht der
Fall. Aber der andere wusste es besser und versetzte
deshalb, er wisse ganz genau, dass es so sei. Aber wie
eindringlich er ihm auch sagen oder darlegen mochte,
dass er ihm eine derartige Geschichte doch nicht verbergen dürft, denn wenn ihm selbst etwas ähnliches und
gar größeres Glück widerfahren wäre, würde er es ihm

nie verschweigen, – der andere wollte ihm doch nicht eingestehen, was jener ganz genau wusste. So bedachte er denn, ob er nicht, – statt irgendetwas anderes zu tun, und um sich die Zeit zu vertreiben, – einen Weg oder eine Möglichkeit finden könnte, sich an die Dame heranzumachen und in ihre Gunst anstelle dessen einzuschleichen, der so ablehnend war und so wenig Vertrauen zu ihm hatte.

Das glückte ihm denn auch ganz nach Wunsch, denn in kurzer Zeit war er bei ihr gar glänzend aufgenommen, – ja ebenso gut wie der, der vor ihm den Vorrang gehabt hatte. Er konnte sich fortan rühmen, ebenso viel erlangt zu haben wie jener, und das ohne großes Mühen oder Nachlaufen, während jener sich gar arg abgequält hatte und sich Arme und Beine dafür ausreißen musste. Und ein Gutes war vor allem dabei: Er war nicht die Spur in sie verliebt.

Der andere, der keine Ahnung hatte, dass er einen Gefährten besaß, war dafür über Kopf und Kragen in sie verliebt, zum Mindesten soviel, um damit ein liebeheißes Herz zu füllen. Aber man darf ja nicht etwa glauben, dass er von dem guten männertollen Weiblein schlechter oder just ebenso gut gehalten wurde wie früher, denn sie zog ihn immer tiefer hinein und machte ihn immer närrischer. Tatsächlich lag die Sache so, dass diese wackere Frau keineswegs untätig war, nun sie zwei in der Hand hatte, deren Verlust sie gar betrübt hätte. Zumal an dem letzten lag ihr viel, denn er war aus besserem Teige gebacken und edlerem Holz geschnitzt als der erste.

Sie bestimmte jeden Tag die Stunde und Zeit, wann der eine oder der andere zu ihr kommen sollte: heute der, Morgen der und so weiter. Auf diese Weise erfuhr der Letztgekommene genau die Zeit des anderen, tat aber so, als ob er nichts davon ahnte, und in Wirklichkeit kümmerte es ihn auch kaum, er scherte sich nicht eine Spur um die Narrheit des ersten, der sich gar zu wichtig um ein so wertloses Ding machte. Vielmehr bedachte er, dass er ihn schließlich doch darauf aufmerksam machen wollte, und das tat er denn auch. Er wusste ja zu gut, dass jene Tage, an denen ihm das Frauenzimmer verbot, zu ihr zu kommen (worüber er mit viel Geschick den Unzufriedenen spielte), für seinen zuerst gekommenen Gefährten bestimmt waren. Also passte er mehrere Nächte auf und sah ihn durch dieselbe Tür und zur selben Stunde bei ihr hineinschlüpfen, wie er das sonst an seinen Tagen tat. So sagte er denn eines Tages unter anderem zu ihm:

»Ihr habt mir die Liebe zwischen Euch und jener Frau stets mit übertriebener Sorgfalt verhehlt; jeden Eid wolltet Ihr mir darauf schwören, dass so etwas nicht der Fall sei, und ich bin wirklich recht erstaunt, dass Ihr so wenig Vertrauen zu mir habt, denn ich weiß viel mehr und ganz genau, wie es zwischen ihr und such steht. Und damit Ihr wohl unterrichtet seid, dass ich weiß, was los ist, so erfahret denn, dass ich Euch mehrmals umso und so viel Uhr bei ihr hineingehen sah, und gestern erst stand ich ganz dicht dabei und sah Euch hineingehen. Ihr müsst doch zugeben, dass ich die Wahrheit sage.«

Als sich der Erstangekommene so genauen Angaben gegenüber sah, wusste er nicht, was er sagen sollte. Er fühlte sich genötigt, einzugestehn, was er gern verhehlt hätte und nur ihm allein bekannt glaubte. Also erklärte er seinem Gefährten, dass er ihm fürder nicht mehr verbergen könne und wolle, wie verliebt er in sie sei, und dass er ihn nur um des Himmels willen bäte, die Sache nicht breitzutreten.

»Und was werdet Ihr sagen«, fragte der andere, »wenn Ihr hört, dass Ihr auch noch einen Gefährten habt?«

»Gefährten?«, fragte der andere, »was für einen Gefährten?«

»Einen Liebesgefährten.«

»Das kann ich nicht glauben«, meinte der.

»Beim heiligen Johann«, versicherte ihn der Letztgekommene, »ich weiß es genau und will Euch nicht erst lange zappeln lassen: Ich bin es. Und da ich Euch verliebter sah, als das Ding wert ist, wollte ich Euch auf diesem Wege darauf aufmerksam machen. Aber Ihr wolltet mich ja nicht hören, und tätet Ihr mir nicht mehr leid als Euch selbst, dann ließe ich Euch in Eurer Narrheit. Aber ich kann es nicht ertragen, dass solch ein Weibstück Euch und mich so lange an der Nase herumzieht.«

Das war für den Erstankömmling eine arge Überraschung, denn er glaubte, wunders wie in Gunst zu stehen. Er wusste nicht, was sagen oder denken. Als er endlich Worte fand, stöhnte er:

»Heilige Jungfrau, da hat man mir arg mitgespielt und ich hatte keine Ahnung davon. Das war leicht, einen hineinzulegen. Hol' der Teufel das Weibsstück, wenn es so eine ist!«

»Ich sage Euch, sie glaubt uns zu betrügen,« versetzte der andere, »und wirklich hat sie es recht gut angefangen. Aber jetzt müssen wir sie selbst hineinlegen.« »Bitte, tut das«, sagte der Erste. »Die Pest mag ihr in die Knochen fahren, wenn ich mich noch weiter mit ihr einlasse!«

»Ihr wisst ja«, sagte der Neuankömmling, »dass wir immer abwechselnd zu ihr gehen. Nun muss also einer von uns das nächste Mal, wo er bei ihr ist, zum Beispiel Ihr, zu ihr sagen, dass Ihr ganz bestimmt bemerkt und festgestellt habt, dass ich mit ihr einen Liebeshandel habe, und dass Ihr mich zu der und der Zeit und in dem und dem Gewand zu ihr kommen und bei ihr eintreten sähet. Und schwört ihr dann bei Tod und Teufel, Ihr würdet mich kurzerhand umbringen, wenn Ihr mich noch einmal zu ihr kommen seht, was Euch auch daraus erwachsen möge. Ebenso werde ich über Euch sprechen, und dann wollen wir einmal sehen, was sie tun und sagen wird, und uns dann weiter darüber beraten.«

»So ist's recht, das will ich«, meinte der andere. Gesagt, getan. Einige Tage später war der Letztgekommene an der Reihe, machte sich auf den Weg und kam zum bezeichneten Ort. Als er mit dem verliebten Frauenzimmer allein war, die ihn, soweit es schien, gar zärtlich und heißen Herzens empfing, tat er, – was er sehr gut verstand, – als ob er sehr kühl zu ihr sei und gebärdete sich recht zornig. Sie war gewöhnt, ihn immer ganz anders zu sehen, und wusste nicht, was davon denken sollte. Sie fragte ihn also, was er habe; denn sein Gebaren zeige, dass ihm nicht recht ums Herze sei.

»Ganz recht,« versetzte er, »und ich habe auch Grund genug, unzufrieden und unfreundlich zu sein. Das habe ich Euch zu danken, denn ihr habt mich in solchen Zustand versetzt.«

»Ich?!«, rief sie. »Nicht dass ich wüsste. Denn Ihr seid der einzige Mensch auf dieser Welt, den ich glücklich machen möchte und dessen Kummer und Unzufriedenheit mir zu Herzen geht!«

»Verdammt, wer daran glaubt!«, sagte er. »Glaubt mir, ich habe recht gut gemerkt, wie Ihr es mit dem und dem haltet (er nannte den Erstgekommenen). Ja, ja, mein Wort, ich sah zu gut, wie er abseits mit Euch redete und außerdem habe ich ihn belauscht und bei Euch eintreten sehen. Aber Tod und Teufel! Finde ich ihn jemals hier, dann ist sein letztes Stündlein gekommen, was auch geschehen mag. Ehe ich geduldig mit ansehe, wie er mir solchen Ärger macht, möchte ich lieber tausendmal sterben. Auch seid Ihr recht ungetreu, denn Ihr wisst nur zu gut, da ich nach Gott niemanden so liebe wie Euch, die Ihr ihm weiter zu meinem Schaden Eure Gunst gewährt.«

»Ach, edler Herr,« jammerte sie, »wer hat Euch das hinterbracht? Auf Ehre, Gott und Ihr sollt wissen, dass dies Ding ganz anders liegt, und ich rufe ihn selbst als Zeugen dafür an, dass ich nicht an einem einzigen Tage meines Lebens dem, den Ihr mir da nennt, oder irgendeinem anderen ein Stelldichein gegeben habe, sodass Ihr auch nur den geringsten Grund hättet, damit unzufrieden zu sein. Ich will gar nicht leugnen, dass ich mit ihm gesprochen habe und täglich spreche. Das tue ich auch mit anderen, aber von Liebeshandel ist da keine Rede.

Ich schwöre sogar, dass er an so etwas gar nicht denkt, und, bei Gott, er würde sich auch gewaltig irren. Gott soll mich nicht mehr am leben lassen, wenn ich auch nur ein Bruchteil von dem, was ganz Euer eigen ist, an andere abgäbe.«

»Verehrteste«, erwiderte er, »Ihr wisst recht schöne Worte, zu machen, aber ich bin nicht so dumm, das zu glauben.« So unzufrieden er auch war, so tat er doch, wozu er gekommen war, und beim Fortgehen sagte er:

»Ich habe es Euch also gesagt und Ihr sollt es von jetzt ab wissen: Merke ich noch jemals, dass der andere hierherkommt, dann lasse ich ihn umbringen oder versetze ihn selbst in einen Zustand, dass er weder mich noch einen andern mehr ärgern kann.«

»Ach, Herr«, sagte sie, »Ihr habt bei Gott Unrecht, Eure Gedanken auf ihn zu richten. Glaubt mir, ich kann sicher sein, dass er an so etwas gar nicht denkt.« Damit ging jener fort.

Am folgenden Tage versäumte der andere nicht des edlen Herrn Morgenbesuchsstunde, um Nachrichten einzuholen. Und der erzählte ihm lang und breit, wie es gegangen war, wie er den Zornigen gespielt, Todesdrohungen ausgestoßen hatte, und was des Frauenzimmers Antwort darauf gewesen war.

»Mein Wort, das war gut gemacht. Nun lasst auch mich an die Reihe kommen, mich soll's wundern, wenn ich meine Rolle nicht ebenso gut spiele.« Allgemach kam auch er an die Reihe und fand sich bei dem Weibe ein, das ihn nicht minder zärtlich empfing, als sie ihn sonst zu empfangen pflegte, just wie es auch dem letztgekommenen eben ergangen war. Hatte dieser sich in Worten und Taten bereits arg auf die Hinterfüße gestellt, so tat es jener noch mehr, und gleich ihm heuchelte er eine Wut, die selbst den größten Freudenüberschwang übertraf. Er fuhr sie nämlich an:

»Wie muss ich den Tag und die Stunde verfluchen, da ich Eure Gunst erlangte. Denn Gott und die ganze Welt kann nicht so viel Schmerz, Bedauern und bittere Reue im Herzen eines armen Liebhabers aufhäufen, wie mich heute umdrängen und bestürmen. Ach, unter vielen habe ich Euch als eine unvergleichlich hochherzige und liebevolle Frau erkoren, hielt Euch für die Krone aller Tugend und hohen Sinnes und gab such deshalb mein Herz hin, gab mich ganz in Eure Hand. Ach, ich vermeinte wirklich, an einen edleren Menschen nicht geraten zu können. Ihr hattet mich gar soweit gebracht, dass ich bereit und entschlossen war, den Tod zu erwarten, ja, schlimmeres noch, wenn es möglich gewesen wäre, um Eure Ehre zu retten. Und nun muss ich, der ich fest und unerschütterlich auf Euch baute, – nicht durch fremde Warnung, nein – mit eigenen Augen erschauen, dass ein anderer auftaucht, der mich zur Seite schiebt. Nun ist all meine einstige Hoffnung in mir ertötet, in Euren Diensten von Euch über alles hoch und in Ehren gehalten zu werden.«

»Lieber Freund«, antwortete das verbuhlte Frauenzimmer, »ich weiß nicht»wer an Eurer Seelenverwirrung schuld ist, aber aus Eurem Gebaren und Euren Worten kann man annehmen und schließen, dass such etwas über die Leber gelaufen ist. Worum es sich handelt, kann ich mir aber nicht recht denken, wenn Ihr nicht deutlicher sein wollt, wahrscheinlich ist es reine Eifersucht, die Euch quält. Die aber brauchte Euch nicht zuzusetzen, wenn Ihr bei Vernunft wäret. Soweit es mich angeht, sollt Ihr jedenfalls keine Gelegenheit dazu haben. Und wenn Ihr alles recht bedenkt, so steht Ihr doch mit mir gut genug, dass ich such deutlich genug bewiesen habe, wie fest Ihr auf mich vertrauen könnt. Und nun tut Ihr mir den Kummer an, so etwas zu mir zu sagen.«

»Ich bin nicht der Mann,« versetzte der gekränkte Liebhaber, »den Ihr mit Worten abspeisen könnt, denn solche Entschuldigung hat keinen Wert. Ihr könnt doch nicht bestreiten, dass der und der (er nannte den Letztankömmling) zu Euch gar zärtliche Beziehungen hat?! Ich weiß das ganz genau, denn ich habe aufgepasst und ihm aufgelauert, und so sah ich ihn erst gestern zu Euch kommen. Ich stand wenige Schritte von ihm, es war so und so viel Uhr und er harte das und das an. Aber ich gelobe bei Gott, er kann sein Testament machen, denn ich habe es auf ihn abgesehen. Und stände er auch hundertmal höher als ich, – begegne ich ihm, dann nehme ich ihm das Leben! Er oder ich, einer von uns beiden muss daran glauben. Denn in der Gewissheit, dass sich ein anderer an Euch ergetzt, könnte ich nicht länger leben. Falsch seid Ihr und treulos, dass Ihr mich so betrogen habt. Nicht ohne Grund verfluche ich die Stunde, da Ihr mit mir zusammenkamt, denn ich weiß genau, es ist mein Tod, wenn der andere von meiner Absicht hört. Und durch Euch weiß ich's, dass ich ein toter Mann bin. Lässt er mich aber leben, dann schärft er selbst das Messer, das ihm den Lebensfaden unbarmherzig abschneiden wird. So wird es kommen, denn die Welt ist nicht groß genug, um mich zu retten, wenn mir der Tod droht.«

Das Frauenzimmer musste sich nicht schlecht Mühe geben, um nachzudenken, wie es schnell eine genügende Ausrede finden sollte, die den empörten Edelmann zufriedenstellen konnte. Immerhin machte sie sich alsbald daran, ihn aus seinem Trübsinn zu reißen, und um ihn desto zufriedener zu stellen, sagte sie:

»Lieber Freund, ich habe des langen Eure vielen Vorwürfe mit angehört, aus denen ich entnehme, dass ich wohl wirklich nicht so vernünftig gewesen bin, wie ich hätte sein sollen, dass ich wohl doch zu eilig Euren trügenden Worten Glauben geschenkt habe, und dass ich mich allzu fügsam bereit fand, Euch anzuhören. Ihr denkt doch gar zu schlimm von mir. Da steckt sicher etwas ganz anderes hinter Eurem Grimm, denn Ihr wisst ja nur zu gut: Ich bin von Liebe zu Euch entbrannt und kam dadurch soweit, dass ich ohne Euch fürder nicht mehr leben könnte. Dies und noch andere Gründe haben es dahin gebracht, dass Ihr mich ergeben wie eine Sklavin halten wollt, die nicht einmal das Recht hat, mit jemand anderem als Euch zu reden. Macht Euch das Spaß, so soll es mir recht sein, aber Ihr habt keinen Grund, mich wegen irgendeines lebenden Wesens zu beargwöhnen, und ich habe mich auch für nichts zu entschuldigen. Die Wahrheit selbst ist meine beste Verteidigung.«

»Bei Gott, Liebste«, erwiderte der Erstankömmling, »die Wahrheit lautet so, wie ich es Euch sagte. Das wird Euch eines Tages bewiesen werden, und dem andern und mir teuer zu stehen kommen, wenn Ihr keine Änderung eintreten lasst.«

Nach diesen Worten und anderen Reden, die zu berichten zu lang wäre, ging der Edelmann fort, versäumte aber nicht, am nächsten Tage seinem Gefährten des langen und breiten die ganze Geschichte zu erzählen. Die beiden spaßten und wollten sich weiß Gott halbtot darüber lachen.

Das Frauenzimmer aber sah sich mit dieser verkniffelten Sache arg in der Klemme, denn sie merkte und begriff gar wohl, dass ihre beiden Liebsten sich gegenseitig beargwöhnten und beobachteten. Trotzdem unterließ sie nicht, ihnen immer wieder Stelldicheins zu geben, weil jene darum baten, und so kam stets von Neuem bald der eine, bald der andere an die Reihe, ohne dass sie einen verabschiedete. Jedem schärfte sie ein, ja recht geheim zu ihr zu schleichen, damit es keiner gewahren könne. Aber ihr könnt euch ja denken, dass der erste, als er an der Reihe war, wieder seine alte Klage vorbrachte und drohte, dass es um das Leben seines Gefährten geschehen sei, wenn er ihn träfe, und ebenso bemühte sich der andere am Tage seines Stelldicheins, zu zeigen, dass ihm womöglich noch schlimmer ums Herz war. Wenn man ihn hörte, dann war sein Gefährte schon so gut wie tot, falls er ihn auf der Tat erwischte.

Die listige, doppelzüngige Frau glaubte ihn durch Worte zu täuschen, denn die hatte sie immer flugs zur Hand, sodass ihr Schwatz so wahr erschien wie das Evangelium. Und sie bildete sich denn auch tatsächlich ein, dass es niemals trotz alles Argwohns und Misstrauens zu einem wirklichen Krach kommen würde, und dass sie wohl die Frau wäre, um alle beide besser an der Strippe zu behalten, als einer der beiden für sich allein vermocht hätte, ihr weites Herz auszufüllen. Aber die Sache ging anders.

Denn der Letztankömmling, den zu verlieren sie große Angst hatte (obgleich ihr auch der andere sehr wert war), sagte ihr eines Tages gehörig seine Meinung und erklärte ihr kurz und gut, dass er nie mehr zu ihr kommen würde. Dabei blieb es denn auch, was ihr gar betrüblich und bedauerlich schien. Obendrein aber schickte er, um ihr noch ärger das Feuer zu schüren, einen Edelmann aus seinem Gefolge zu ihr, der ihr seine Unzufriedenheit gehörig vorhalten sollte, weil er in ihrem Dienste einen Gefährten gehabt habe. Und er ließ ihr kurz und gut sagen: Wenn sie jenem nicht den Abschied gäbe, würde er sein Lebtag nicht wiederkommen.

Wie schon oben gesagt, hätte sie seine Liebe nur ungern eingebüßt. Sie beschwor alle Heiligen, entschuldigte sich wegen ihrer Beziehungen zu dem anderen, und schließlich sah sich gezwungen, dem Junker zu sagen:

»Seht, ich will Eurem Herrn zeigen, dass ich ihn liebe. Gebt mir Euer Messer.«

Sobald sie es hatte, löste sie ihr Haar und schnitt es mit dem Messer ab. Der andere, der die Geschichte ganz genau kannte, nahm das Geschenk entgegen und bot ihr an, die Sache, so gut er könne, einzurenken und das Geschenk ins rechte Licht zu stellen, – was er denn auch tat.

Der Letztgekommene empfing das Päckchen, öffnete es und fand darinnen die schönen, selten langen Haare der

Dame. Ihm war erst wieder wohl, als er seinen Gefährten gefunden hatte, dem er diese Botschaft, die ihm
übermittelt worden war, so wenig verhehlte wie das
große Geschenk, das er bekommen hatte und das doch
wirklich keine Kleinigkeit darstellte. Er zeigte ihm also
die schönen Haare und sagte:

»Ich glaube, ich stehe in großer Gunst. Euch wird solch
Glück wohl nicht zuteilwerden.«

»Beim Johann«, sagte der andere, »seht einmal, was für
Neuigkeiten! Nun ist ja kein Zweifel mehr, ich sitze auf
dem Trockenen. Jetzt dreht sich alles nur noch um
Euch!«

»Mein Wort«, erwiderte der andere, »ich wette, dass
die Sache noch nicht so weit ist. Ich bitte Euch, lasst uns
nachdenken, was da zu machen ist. Man muss ihr doch
ganz deutlich zeigen, dass wir wissen, was mit ihr los
ist.«

»Das will ich wohl,« versetzte der andere.

So dachten sie hin und her und kamen schließlich auf
Folgendes: Am nächsten Tage oder bald danach befanden sich die beiden in einem Zimmer, wo auch die
hochherzige Dame mit mehreren anderen war. Jeder saß
und nahm Platz, wo es ihm gefiel; so der Erstgekomme-
ne bei der wackeren Schönen. Nach längerem Plaudern
zeigte er ihr die Haare, die sie seinem Gefährten geschickt hatte.

Was sie auch denken mochte, – jedenfalls zeigte sie sich
nicht erschrocken. Im Gegenteil, sie sagte, dass sie den
Schopf nicht kenne und dass er nicht von ihr käme.

»Wie«, fragte er, »haben die Haare sich so schnell ver-
ändert, dass sie unkenntlich geworden sind?«

»Ich weiß nicht,« versetzte sie, »was das für Haare sind,
ich jedenfalls kenne sie nicht.«

Als er das hörte, bedachte er, dass es nun Zeit sei, sein
Spielchen zu spielen. Er tat so, als wolle er seinen Hut
aufsetzen, der ihm über der Schulter hing, und dabei
stieß er so hart an ihren Kopfputz, dass er zu Boden fiel.
Ach, wie arg beschämt und bekümmert machte sie das!
Denn nun merkten alle Anwesenden gar wohl, dass ihre
Haare ganz kurz geschnitten waren. Schnell sprang sie
auf, raffte ihren Kopfputz vom Boden und eilte in ein
anderes Zimmer, um ihn wieder aufzusetzen. Aber der
Edelmann folgte ihr. Er fand sie tiefbetrübt und erzürnt,
ja, sie weinte gar vor Gram, dass er ihr den Putz vom
Kopf gerissen hatte. Alsbald fragte er sie, weshalb sie
denn weine und bei welchem Spiel sie ihre Haare verloren habe. Sie wusste nicht, was antworten, so arg war sie
überrascht. Er aber war soweit, um den mit seinem Gefährten vereinbarten Schluss zu ziehen, und sagte demgemäß zu ihr:

»Ihr falsches, treuloses Ding! Ihr waret fast daran
schuld, dass jener andere und ich einander umbrachten
und entehrt wurden. Und ich bin überzeugt, dass Ihr es
gern getan hättet (denn Ihr habt es ja bewiesen), um
zwei neue Freunde zu fangen. Aber Gott sei dank, wir
haben gut aufgepasst. Und damit Ihr nun wisst: ich kenne seine Geschichte, wie er die meine, denn hier die
Haare, die Ihr ihm geschickt habt, hat er mir zum Geschenk gemacht. Glaubt nur nicht, dass wir so dumm
sind, wie Ihr es Euch bis jetzt eingebildet habt.«

Dann verließ er sie, rief seinen Gefährten, und als der herbeikam, sagte er zu ihm:

»Ich habe der wackeren Frau hier ihre Haare wiedergegeben und eben begonnen, ihr vorzuhalten, wie schön sie uns beide mit ihrer Gunst beglückt und wie sie durch ihr Verhalten gezeigt hat, dass es ihr gar nicht darauf ankam, uns gegenseitig zu entehren. Gott allein hat uns davor bewahrt.«

»Beim heiligen Johann, jetzt bin ich an der Reihe,« versetzte jener. Und nun fuhr er stracks über das Frauenzimmer her, und weiß Gott, er hat ihr ganz gehörig ins Gewissen geredet und ihr ihre Gemeinheit und die Niedrigkeit ihres Herzens vorgehalten. Sicherlich wurde niemals eine Frau derartig heruntergeputzt, wie sie, erst von dem einen, dann von dem andern.

Sie wusste nicht, was darauf sagen und antworten, da sie zu offensichtlich überführt war. Sie fand nur Tränen, und damit sparte sie nicht. Und das könnt ihr euch denken: Sie hatte keinen Spaß mehr daran, sich mit den beiden einzulassen, mit denen sie diese kummervolle Stunde durchmachte. Der Schluss freilich war, dass die beiden sie nicht sitzen ließen, sondern fortan nach gegenseitigem Einvernehmen einer um den anderen zu ihr gingen. Und kommen einmal beide zugleich, dann macht einer dem andern Platz, und beide sind gute Freunde wie früher, ohne mehr von töten und sich schlagen zu sprechen. So wurde es eingerichtet, und die beiden Gefährten führten eine ganz lange Weile dies Leben und diesen unterhaltsamen Zeitvertreib, ohne dass das Frauenzimmer ihnen irgend zu widersprechen wagte. Wurde aber zufällig der eine ferngehalten und blieb der Platz dem anderen, dann mühte sich der, all die guten Ratschläge zu befolgen, die jener ihm bei seinem Fortgehn gab. Sie machten auch recht schöne Sprüchlein und Gesänge, schickten sie einander zu, und noch heute wird davon geredet und auch auf besagte Geschichte angespielt, von der ich jetzt aber nichts weiter erzählen will, um endlich Schluss zu machen.

Die verliebte Fleischersfrau im Schornstein.

Einst geschah es in Lille, dass ein großer Gelehrter und Prediger des heiligen Dominikusordens durch seine erbauliche sanfte Predigt eines Metzgers Frau so tief und nachdrücklich bekehrte, dass sie ihn über alles in der Welt liebte und sich weder im Herzen noch ansonsten wohlfühlte, wenn sie nicht bei ihm war. Aber Meister Mönch bekam sie auf die Dauer satt, mochte von ihres Leibes Wonnen nichts mehr wissen, er dachte reiflich darüber nach, denn er hätte gern gewollt, dass sie von ihren vielen Besuchen bei ihm abließ.

Ihr war das über die Maßen betrüblich, und je mehr er sie von sich abwimmelte, umso tiefer wurzelte sich ihre Liebe ein. Als der Herr Mönch das sah, verbot er ihr überhaupt seine Stube und schärfte eindringlichst seinen Leuten ein: Sie sollten ja nicht mehr dulden, dass sie jemals wieder hineinkäme, was sie auch sagen möge. Nun war sie noch unglücklicher wie zuvor, was nicht verwunderlich ist, denn sie hing gleichsam mit Händen und Füßen in der Schlinge.

Fragt ihr mich aber, aus welchem Grunde der Herr Mönch das tat, so muss ich euch erwidern: Es geschah nicht aus Demut oder weil er fortan in Keuschheit leben wollte, sondern der Grund war, dass er eine Schönere, viel Jüngere und Reichere gefunden hatte, die schon so vertraut mit ihm stand, dass sie den Schlüssel zu seinem Zimmer hatte. Jedenfalls kam es dahin, dass die Fischersfrau ihn nicht mehr aufsuchte, wie sie es gewöhnt war. Ihm gefiel es viel besser und er fühlte sich dabei viel wohler, wenn seine neue Freundin in seinem Zimmer sich die Vergebung ihrer Sünden holte und, wie jene Frauen, von denen weiter vorn die Rede war, ihren Zehnt zahlte.

Eines Tages traf er die Vorbereitungen zu einem vergnügten Tage in seinem Zimmer im Anschluss an das Mittagessen, zu dem seine Freundin versprach, zu erscheinen und ihren Anteil an Wein und Fleisch mitzubringen. Da auch einige seiner Ordensbrüder mit ihm unter einer Decke steckten, so lud er zwei oder drei von ihnen insgeheim ein; und Gott weiß, wie gar herrlich sie es sich ergehen ließen bei diesem Essen, wo auch gehörig gepichelt wurde.

Nun müsst ihr aber wissen, dass unsere Fleischersfrau die Leute des Predigers gut genug kannte. Die sah sie an ihrem Hause vorbeikommen: Die einen trugen Wein, die andern Pasteten, die andern Gebäck und sonst allerlei köstliche Dinge. Sie konnte nicht an sich halten, sie zu fragen, was in ihrem Hause für ein Fest vor sich ginge. Darauf bekam sie zur Antwort, all diese guten Sachen seien für jenen Mönch, der sehr angesehene Leute zum Essen bei sich habe.

»Und wer ist das denn?«, erkundigte sie sich.

»Das weiß ich wahrhaftig nicht«, erwiderte der Mann. »Ich trag« meinen Wein bloß bis zur Tür, dort kommt unser Herr, nimmt ihn mir ab, und ich weiß nicht, wer drinnen ist.«

»Aha«, meinte sie, »das ist die geheime Gesellschaft. Also geht nur und bedient sie gut.«

Bald kam ein anderer Diener vorbei, den sie ebenso ausfragte und der ihr die gleiche Antwort gab wie sein Gefährte; nur ging er etwas weiter, denn er erklärte: »Ich glaube, da ist eine Dame, die nicht gesehen und erkannt werden will.«

Sie dachte sich gleich, wer das wohl sein mochte, und wäre vor Kummer und Wut schier geplatzt. Sie beschloss bei sich, einmal zu erspähen, wer ihr ihren Freund abspenstig gemacht und sie verdrängt habe. Würde sie ihr aber begegnen, dann wollte sie ihr schon ihre Meinung sagen und ein wenig das Gesicht zerkratzen.

Sie machte sich also auf den Weg in der Absicht, ihren Beschluss auszuführen. Als sie an den ersehnten Ort gelangte, hatte sie nicht die Geduld, die zu erwarten, die sie über alles hasste. Es hätte zu lange gedauert oder sie hätte schon in das Zimmer springen müssen, wo sie selbst so manchen frohen Tag erlebt hatte. Aber da kam sie auf den Gedanken, eine Leiter zu nehmen, die ein Dachdecker von seiner Arbeit hatte stehen lassen, während er zum Essen ging. Diese Leiter stellte sie an der Stelle ans Haus, wo sich die Esse der Küche befand, denn durch diese wollte sie auftauchen, um die Gesellschaft zu begrüßen. Sie wusste ja recht gut, dass sie anders nicht hineinkam. Nachdem sie die Leiter richtig so angelehnt hatte, wie sie es wollte, stieg sie bis zum Schornstein empor und fand auch dabei zufällig einen mittelstarken Strick, an dem sie sich festband. Nachdem sie das, wie es ihr schien, recht gut erledigt hatte, kroch sie in besagte Esse und begann hinabzusteigen und hinunterzurutschen. Das Schlimme nun aber war, dass sie unterwegs stecken blieb, ohne weiter zu können, weder hinauf noch hinab, soviel Mühe sie sich auch gab; und daran war erstens ihr Gesäß schuld, das viel zu feist und gewichtig war, und zweitens der Strick, der abriss, sodass sie sich nicht Hochziehen konnte.

Gott weiß, welch wundersames Missbehagen sie da empfand. Sie wusste nicht, was tun und was sagen, und gedachte schließlich, den Dachdecker abzuwarten und sich ihm in die Hand zu geben: Sie wollte ihn rufen, wenn er wiederkam, seine Leiter und seinen Strick zu suchen. Aber da hatte sie sich gehörig getäuscht, denn der Dachdecker kam erst am nächsten Morgen ganz früh wieder zur Arbeit, weil es zu stark regnete, von diesem Regen bekam sie auch ihr Teil ab, denn sie wurde bis auf die Haut durchnässt.

Als es auf den Abend ging und schon recht spät war, hörte unsere Fleischersfrau Leute in der Küche miteinander reden. Nun begann sie, zu rufen. Die andern waren gar verblüfft und erschrocken und wussten nicht, wer sie rief und wo der Ruf herkam. Aber trotz ihrer Verwunderung hörten sie doch noch einiges: Hatten sie erst eine Stimme vernommen, so begann nun, auch noch ein anderer Ton zu erschallen. Da vermeinten sie, es sei ein Geist, liefen zu ihrem Herrn und kündigten ihm den

Vorfall an. Der aber lag bereits im Schlafraum und war nicht mutig genug, hinzulaufen und nachzusehn, was da war, sondern er verschob alles auf den nächsten Tag.

Ihr könnt euch die herrliche Geduld der guten Frau ausmalen, die während der ganzen Nacht in diesem Schornstein steckte. Und während ihres ganzen Abenteuers regnete es, dass es nur so eine Freude war.

Am nächsten Morgen in der Frühe kam unser Dachdecker zur Arbeit, um den Schaden wieder gutzumachen, den der Regen am vorigen Tage angerichtet hatte. Er war bass erstaunt, seine Leiter ganz wo anders zu finden als dort, wo er sie gelassen hatte. Und obendrein sah er an den Schornstein seinen Strick geknotet. Er wusste nicht, wer und wozu dieser ›er‹ das gemacht haben mochte. Aber er entschloss sich, seinen Strick holen zu gehen, stieg auf seine Leiter hinauf, kletterte zum Schornstein und band seinen Strick los. Und um genau nachzusehen, steckte er den Kopf in den Schornstein, und da sah er unsere Fleischersfrau kläglicher denn eine gebadete Katze hocken. Er riss sämtliche Augen auf und fragte:

»Nanu, was macht Ihr denn da? Wollt Ihr die armen Mönche, im Hause ausrauben?«

»Ach, lieber Freund,« jammerte sie, »wahrhaftig nicht. Ich bitte Euch, helft mir hier hinaus, ich gebe Euch, was Ihr dafür verlangt.« »Oho, da werde ich mich schön hüten,« versetzte der Dachdecker, »ehe ich nicht weiß, wie Ihr hier hineinkamt.«

»Ich will es euch sagen, wenn Ihr es durchaus wissen wollt«, erwiderte sie. »Aber ich bitte Euch, erzählt die Geschichte nicht weiter.«

Darauf berichtete sie ihm ausführlich von ihren Liebesgeschichten mit dem Mönche und dem Grunde, um dessentwillen sie hierher gekommen war. Der Dachdecker hatte Mitleid mit ihr, tat nach ihrem Wunsche, und wenn es auch manche Unbequemlichkeit setzte, so brachte er sie doch mithilfe seines Strickes hinaus und vom Dache hinunter. Sie aber versprach ihm, wenn er reinen Mund hielte, dann wolle sie ihm Fleisch vom Ochsen und Hammel geben und das ganze Jahr für seinen Haushalt beisteuern. Das tat sie denn auch, und der andere hielt die Geschichte so geheim, dass alle Welt sie erfuhr.

Der Ehemann als Pfarrer.

Im letztvergangenen Jahre Fünfzig (1450) machte sich der Schreiber eines Dorfes aus der Diözese Noyon auf den Weg, um die weithin bekannten Ablässe zu Rom zu erflehen und zu erlangen. Er befand sich in Begleitung mehrerer anständiger Leute aus Noyon, Compiègne und verschiedenen Nachbarorten. Aber vor seinem Aufbruch traf er in all seinen Angelegenheiten genaue und bestimmte Anordnungen: erstens wegen seiner Frau und seines Haushaltes und dann wegen der Pfarre, die er einem jungen, netten Küster anvertraute, der dort bis zu seiner Rückkehr Dienst tun sollte.

In ziemlich kurzer Zeit kam er mit seiner Gesellschaft nach Rom, und alle beteten und wallfahrten, so gut sie es irgend verstanden.

Nun müsst ihr aber wissen, dass unser Schreiber zufällig in Rom einen früheren Schulgefährten traf, der bei einem mächtigen, großen Kardinal in Diensten stand. Der war sehr erfreut, ihn wieder getroffen zu haben, denn sie hatten früher sehr aneinander gehangen. So fragte er ihn denn, wie es ihm ginge, und der andere erzählte ihm vor allem, dass er leider verheiratet sei, weiter, wie viel Kinder er habe, und auch, dass er Küster in einem Sprengel sei.

»Ach,« versetzte sein Gefährte, »bei meinem Schöpfer, das tut mir recht leid, dass Ihr verheiratet seid.«

»Warum?«, fragte der Küster.

»Das will ich Euch sagen«, meinte der andere. »Der und der Kardinal hat mich eindringlichst beauftragt, ihm einen Angestellten aus unserem Lande aufzutreiben, der bei ihm als Schreiber eintreten kann. Ihr könnt mir glauben, das wäre ein guter Posten für Euch gewesen, da er reichlich bezahlt wird, wenn nur Eure Ehe nicht wäre, die Euch wieder nach Hause zwingt. Ihr habt dadurch alle Aussichten, mehr zu verlieren, als Ihr je gehabt habt.«

»Ach, wisst Ihr«, versetzte der Küster, »meine Ehe hat damit nichts zu tun. Denn offen gestanden bin ich zwar aus unserem Lande fortgegangen unter dem Vorwande, mir hier Sündenvergebung zu holen, aber das war nicht meine Hauptabsicht. Ich wollte es mir nämlich zwei oder drei Jahre lang in verschiedenen Ländern gut gehen lassen, und würde Gott in dieser Zeit meine Frau zu sich nehmen, dann wäre ich über die Maßen glücklich. Deshalb bitte ich Euch, seid mein Mittler bei dem Kardinal, damit ich in seinen Dienst trete. Wahrhaftig, ich werde so fleißig sein, dass Ihr mir nichts vorzuwerfen braucht. Und bekämt Ihr das fertig, dann würdet Ihr mir einen Dienst tun, wie ihn größer kein Freund dem andern tun kann.«

»Da Ihr es nun einmal so wollt«, sagte sein Gefährte, »so will ich Euch sofort diesen Dienst tun, und ich werde Euch in eine Stellung bringen, in der Ihr es gut haben könnt, wenn Ihr damit einverstanden seid.«

»Ach, lieber Freund, wie dankbar bin ich Euch«, rief der andere.

Kurz und gut, unser Küster wurde bei dem Kardinal untergebracht, und das berichtete er denn auch seiner Frau, nämlich erstens sein ganzes Erlebnis und zudem seine Absicht, dass er nicht so bald wieder heimkehren würde, wie er es bei der Abreise gesagt hatte. Sie tröstete sich und schrieb ihm zurück, sie würde alles daheim so gut wie möglich führen.

Unser braver Küster hielt und zeigte sich im Dienste des Kardinals gar tüchtig. Und so kam es, dass er schließlich seinen Herrn sehr für sich einnahm. Dieser bedauerte es recht von Herzen, dass der Küster keine Gottesdienste abhalten konnte, denn er hätte ihn reichlich damit versorgt. Während aber unser Küsterlein sich besagte Gunst eroberte, war der Pfarrer seines Dorfes mit dem Tode abgegangen und so war seine Pfründe frei geworden, die vom Papste zu verleihen war. Da dachte sich der Küster, der für seinen Gefährten in Rom die Stelle vertrat, er wollte sich schleunigst nach Rom begeben und die Hilfe seines Gefährten benutzen, um den

Posten zu erlangen. Das tat er auch keineswegs schläfrig; vielmehr sorgte er dafür, dass er trotz aller Mühe und Beschwer schon nach wenigen Tagen in Rom anlangte, wo er sich nicht eher zufriedengab, bis er seinen Gefährten, den Küster im Dienste des Kardinals, aufgetrieben hatte.

Nachdem sie sich beiderseits überströmend herzlich begrüßt hatten, erkundigte sich der Küster nach seiner Frau. Der andere gedachte, ihm eine besondere Freude zu machen und dadurch die Erledigung, um die er ihn bitten wollte, besser zuwege zu bringen, und deshalb erwiderte er: ›Sie ist tot‹. Das log er aber, denn ich wette, zur selben Zeit wusste sie ganz gehörig ihren Mann zu hörnen. »Was, Ihr sagt also, meine Frau ist tot?«, rief der Schreiber. »So bitte ich Gott, er möge ihr ihre Sünden vergeben.«

»Ja, gewiss,« versetzte der andere, »die Pest im vergangenen Jahre hat sie und viele andere hin weggerafft.«

Er erzählte diese Geschichte, die ihn später recht teuer zu stehen kam, weil er ja wusste, dass sein Kamerad sein Land nur um seiner Frau willen verlassen hatte, die so wenig friedlich war, dass er gar keine bessere Nachricht von ihr bringen konnte als die ihres Todes. Das war freilich wahr, aber die Kunde war falsch.

»Und was führt Euch hier ins Land?«, fragte der Küster nach diesem und jenem Gespräch.

»Das will ich such sagen, lieber Freund und Kamerad. Unser Pfarrer in der Stadt ist nämlich dahingeschieden und ich komme nun zu Euch, damit ich durch Eure Unterstützung seine Pfründe erlangen kann. Ich weiß recht gut, dass Ihr es in der Hand habt, sie mir zuzuwenden, denn Ihr könnt Euch ja auf die Hilfe Eures Herrn verlassen.«

Der Küster bedachte, nun sei seine Frau doch tot, und wenn die Pfarre in seiner Stadt frei stünde, so könne er ja selbst diese Pfründe schlucken und anderes noch mit, wenn es sich herausschlagen ließe. Das sagte er freilich seinem Gefährten nicht, vielmehr versicherte er ihm, dass er, so weit es an ihm läge, Pfarrer in seinem Städtchen werden würde. Dafür wurde er mit Dankesworten überhäuft, aber die Geschichte ging ganz anders weiter.

Denn am nächsten Tage verlieh der Heilige Vater auf Ersuchen des Kardinals, des Herrn unseres Küsters, diesem die Pfarre. Daraufhin kam unser Freund, sobald er die Nachricht empfangen hatte, zu seinem Gefährten gelaufen und sagte:

»Ach, lieber Freund, wahrhaftig, Eure Sache ist schief gegangen. Es tut mir furchtbar leid.«

»Wieso denn?«, fragte der andere.

»Die Pfarre unserer Stadt war bereits vergeben,« versetzte jener, »aber ich weiß nicht an wen. Mein Herr glaubte, Euch helfen zu können, aber es stand nicht mehr in seiner Kraft, etwas für Euch zu tun.«

Das ging natürlich dem armen Kerl arg gegen den Strich, denn er hatte viel Arbeit, Mühe und Geld verschwendet, um den weiten Weg zu machen. Aber schade war es ja eigentlich nicht um ihn. Er nahm also recht kläglich von seinem Gefährten Abschied und kehrte in sein Land zurück, ohne weiter etwas von seinem Schwindel verlauten zu lassen, den er verzapft hatte.

Nun zurück zu unserm Küsterlein, das über den Tod seiner Frau und die Pfarre in seiner Stadt, die ihm auf Ersuchen seines Herrn der Heilige Vater zum Lohne verliehen hatte, vergnügter war, wie ein Fisch im Wasser. Wir können also berichten, wie er in Rom zum Priester geweiht wurde und dort voller Demut seine erste Messe las; und wie er dann von seinem Herrn für eine Weile Abschied nahm, um flugs in seiner Heimat seine Pfarre anzutreten.

Als er nun in sein Städtlein einzog, widerfuhr ihm ein besonderes Glück: Der erste Mensch, dem er begegnete, war seine Frau! Und ich kann euch versichern, da riss er den Mund auf und die Galle schwoll ihm.

»Was soll denn das heißen?!«, rief er. »Liebe Freundin! Man hat mir doch erzählt, dass Ihr gestorben wäret.«

»Da habe ich mich fein gehütet«, sagte sie. »Ihr sagt das, wie mir scheint, weil Ihr es gern erlebt hättet. Und Ihr habt es ja auch gezeigt, denn Ihr habt mich fünf Jahre lang mit einem großen Haufen kleiner Kinder sitzen lassen.«

»Liebste Freundin«, rief er, »ich bin sehr froh, Euch bei bestem Wohlsein zu sehen, und preise Gott von ganzem Herzen! Verflucht der Kerl, der mir die andere Nachricht gebracht hat.«

»So sei es,« versetzte sie.

»Also nun muss ich Euch sagen, Liebste: Ich kann jetzt hier nicht verweilen, denn ich muss eiligst zu Herrn von Noyon in einer Angelegenheit, die ihn betrifft. So bald ich aber kann, werde ich Euch wiedersehen.«

Er verließ seine Frau, macht sich nach Noyon auf, aber unterwegs dachte er, weiß Gott, immer nur an sein klägliches Erlebnis:

»Ach«, stöhnte er, »ich bin ein verlorener, entehrter Mensch: Priester, Küster und verheiratet! Ich glaube, ich bin das erste Unglückshuhn, dem so etwas widerfahren ist.«

Er kam also zum Bischof von Noyon, der über seinen Fall aufs Äußerste verwundert war und keinen Rat zu geben wusste; darum schickte er ihn wieder nach Rom zurück. Als unser Freund dort ankam, erzählte er seinem Herrn des langen und breiten die volle Wahrheit seiner Geschichte. Der Kardinal war tiefbetrübt darüber und berichtete am nächsten Tage dem Heiligen Vater vor dem Kardinalskollegium und dem ganzen Rate, was seinem Manne, den er zum Pfarrer gemacht hatte, widerfahren war. Und da wurde denn bestimmt, das er Priester, Ehemann und Pfarrer zugleich bleiben solle. So blieb er denn mit seiner Frau wie ein ehrenwerter tadelloser Ehemann, und seine Kinder werden als durchaus vollberechtigt gelten und nicht als uneheliche Kinder, obgleich ihr Vater Priester ist. Und obendrein wurde beschlossen: Wenn es sich herausstellt, dass er auf Abwege geht und nicht zu seiner Frau hält, verliert seine Pfründe.

So also wurde der Schelm bestraft, weil er seinem Gefährten eine falsche Nachricht gebracht hatte. Und jener wurde gezwungen, in seiner Pfründe und, was doch schlimmer ist, mit seiner Frau zusammenzubleiben, auf die er gern verzichtet hätte, wenn es die Kirche nicht also bestimmt haben würde.

Die zwei ersoffenen Mauleselinnen.

In der Provence lebte einst ein hochgestellter Präsident von glänzendem Rufe, ein hochgelehrter kluger Mann und tapferer Waffengefährte, der gar zuverlässig im Rate war. Kurz, in ihm waren alle Vorzüge vereinigt, die man einem Manne nachsagen kann. Einen Haken hatte die Sache freilich, aber daran war er nicht schuld, sondern mit gutem Grunde litt gerade er am meisten darunter. Um es geradeheraus zu sagen: Er war Hahnrei, weil er eine Frau hatte, die alles andere denn ein Musterweib war.

Der gute Herr sah und kannte die Untreue seiner Frau und hatte sich zu der Erkenntnis durchgerungen, dass sie in Grund und Boden verlottert war. Aber aus welchem Grunde Gott ihr nun auch diese Anlage gegeben haben mochte, er wusste der Sache nicht anders abzuhelfen, als dass er darüber schwieg und sich ganz ahnungslos stellte. Er hatte ja genügend in seinem Leben gelesen und gesehen, um zu der richtigen Erkenntnis zu kommen, dass bei einer solchen Frau an Besserung nicht zu denken war. Immerhin könnt ihr euch vorstellen, dass ein mutiger tugendhafter Mann wie er sich in diesem Zustande nicht wohlfühlte, und man muss sagen und zu dem Schluss kommen, dass sein schmerzgequältes Herz schwer an der Last dieses unglückhaften Leidens trug.

Da er aber nun nach außen hin sich gebärdete und so tat, als wüsste und merkte er nichts von dem Benehmen seiner Frau, so kam eines Tages einer seiner Diener insgeheim zu ihm in sein Zimmer und sagte ihm nachdrücklichst:

»Gnädiger Herr, ich wollte Euch, wie es meine Pflicht ist, auf etwas aufmerksam machen, was ganz unmittelbar Eure Ehe betrifft. Ich habe das Verhalten eurer Gemahlin genau beobachtet und ich kann Euch versichern, dass sie gar schlecht die Treue hält, die sie Euch versprochen hat: ich weiß bestimmt, dass der und der (er nannte die Namen) gar oft Eure Stelle vertreten.«

Wie es um seine Frau stand, wusste der gute Präsident ebenso gut und besser noch als sein Diener, der ihm so etwas berichtete. Aber er erwiderte ihm stolz: »Wehe dir, Kerl; ich weiß genau, jedes deiner Worte ist erlogen. Ich kenne meine Frau zu gut. Nein, so ist sie nicht. Habe ich dich dazu bei mir aufgezogen, damit du mir eine solche Schwindelgeschichte erzählst gegen eine Frau, die so gut und treu ist? Aber wahrlich, du wirst mir so etwas nicht noch einmal erzählen! Sage mir, wie viel du von mir zu bekommen hast, und mache dich fort. Und wenn dir dein Leben lieb ist, dann lass dich nie wieder vor mir blicken.«

Der arme Diener hatte geglaubt, seinem Herrn mit seinem Bericht einen wirklichen, großen Dienst zu erweisen. Nun aber blieb ihm nichts anderes übrig: er sagte ihm, was er zu bekommen hatte, erhielt es ausgezahlt und ging hinweg.

Unser Präsident aber überzeugte sich davon, dass die Untreue seiner Frau immer ärgeren Umfang annahm. Seine Unzufriedenheit und sein Kummer wurden schließlich unerträglich. Er wusste nicht, was erdenken oder herausfinden, um irgendwie auf anständige Weise ihrer ledig zu werden. Schließlich fügte es sich durch Gottes Willen oder eine Schickung des Glückes, dass seine Frau in nächster Zeit eine Hochzeit besuchen musste. Wenn dann der Plan, den er fasste, glücklich zustande kam, wäre er der froheste Mensch der Welt gewesen. Er ging also zu einem Knecht, der seine Pferde besorgte, zu denen auch ein sehr schönes Maultier gehörte, und sagte zu ihm:

»Pass auf: Gib dem Maultier Tag und Nacht nichts mehr zu trinken, solange ich es dir sage. Und jedes Mal, wenn du ihm Hafer gibst, dann tu eine Hand voll Salz dazwischen. Hüte dich aber, ein Wort davon verlauten zu lassen.«

»Ich werde so tun«, versetzte der Knecht, »und werde alles ausführen, was Ihr befohlen habt.«

Als der Hochzeitstag von der Base seiner Frau nahte, sagte sie zu dem guten Präsidenten:

»Gnädiger Herr, wenn es such recht wäre, möchte ich gern die Hochzeit meiner Base besuchen, die am Sonntag da und da stattfindet.«

»Recht gut, Liebste, ich bin ganz einverstanden. Geht denn mit Gott.«

»Ich danke Euch, gnädiger Herr,« versetzte sie. »Aber ich weiß nicht recht, wie ich dort hinkommen soll. Mein Gespann möchte ich für die kurze Zeit nicht gern nehmen, und Euer Zelter ist so scheu, dass ich nicht die Fahrt mit ihm wagen möchte.«

»Schön, Liebste, so nehmt eben mein Maultier. Es ist sehr gut, geht schön und sanft, und ist so sicher auf den Beinen, wie ich noch nie eines gesehen habe.«

»Wahrhaftig, ich danke Euch, gnädiger Herr,« versetzte sie. »Ihr seid ein guter Ehemann.«

So kam der Tag des Aufbruches. Die Diener der Frau Präsidentin und ihre Frauen, die mit ihr gehen und sie bedienen sollten, machten sich bereit, und obendrein kamen noch zwei oder drei Gecken, die sie begleiten sollten, hoch zu Roß angeritten. Sie erkundigten sich, ob die Gnädige fertig sei, und diese ließ ihnen sagen, sie komme eben. Bald war sie bereit, kam herunter, und nun wurde ihr das schöne Maultier zum Ritt vorgeführt, das Maultier, das seit acht Tagen nichts getrunken hatte und von dem Salze, das es gefressen hatte, vor Durst fast rasend war. Sobald sie aufgestiegen war, trabten die Gecken voraus. Sie ließen ihre Pferde tänzeln und waren ganz toll darauf, recht hochgemut und prächtig auszuschaun. Und es war wohl möglich, dass einige der Gesellschaft ganz gut wussten, was für Vorzüge die Gnädige besaß.

Im Kreise dieser anmutsvollen Gecken, der Dienerschaft und ihrer Frauen ritt die Gnädige durch die Stadt und kam schließlich aufs Feld. Das ging so weit gut, bis sie zu einem Talweg kamen, wo die große Rhône vorbeigeht, die an dieser Stelle außerordentlich reißend ist. Als das Maultier, das acht Tage lang nichts getrunken hatte, den Fluss witterte, stürzte es, ohne Brücke oder Weg zu suchen, darauf zu und sprang mit einem Satz mitsamt seiner Last, nämlich dem kostbaren Leibe seiner Gnädigen, mitten in den Fluss.

Alle, die es mit ansahen, guckten zwar genau zu, aber andere Hilfe leisteten sie ihr nicht, und dazu hatten sie ja auch keine Möglichkeit. Und so ertrank denn leider Gottes die Gnädige elendiglich. Das Maultier aber trank sich satt, schwamm dann ein Stück die Rhône hinab, kam ans Ufer und wurde gerettet.

Die ganze Gesellschaft war in größter Verwirrung, da sie ihre Herrin verloren hatte, und kehrte nach der Stadt zurück. Einer der Diener ging zum Präsidenten, suchte ihn, der bereits sehnlichst auf Nachricht wartete, in seiner Stube auf und berichtete ihm weinend das klägliche Abenteuer seiner Herrin.

Der gute Präsident war in seinem Herzen froher als er jemals betrübt gewesen war, aber er zeigte sich recht aufgebracht, brach der Länge nach zusammen und betrauerte seine Frau gar eindrucksvoll. Ja, er verfluchte das Maultier und die schöne Hochzeit, die daran schuld war, dass seine Frau an diesem Tage sich auf den Weg gemacht hatte.

»Ach Gott«, seufzte er, »es ist doch recht traurig, dass so viele Leute dabei waren und kein einziger wusste der armen Frau beizustehn, die doch so viel für euch gesorgt hat. Ihr seid elende, feige Kerls, das habt ihr deutlich genug gezeigt.«

Der Diener und auch die anderen entschuldigten sich, so gut sie konnten, und verließen dann den Präsidenten, der mit gefalteten Händen Gott dafür dankte, seine Frau los zu sein. Als es dann so weit war, ließ er eine Trauerfeier veranstalten, wie es sich schickte. Aber ihr könnt mir glauben: Obgleich er noch im schönsten Mannesalter stand, so hütete er sich doch, nochmals eine Ehe einzugehen, denn er fürchtete die Gefahr, die er durchgemacht hatte.

Die richtigen Väter.

In Paris lebte einst eine Frau, die rechtzeitig mit einem schlichten Manne verheiratet wurde. Übrigens war er seinerzeit mit uns befreundet, so gut man nur befreundet sein kann. Diese Frau also, die in ihrer Jugend schön, reizend und anmutig war, denn ihre Augen waren allerorten, wurde von verschiedenen umworben. Und da die Natur sie mit viel Zärtlichkeit bedacht hatte, so war sie dem Flehen derer, die ihr gefielen, nicht unerbittlich, und daher hatte gar mancher seine Freude an ihr. Kurz, es fügte sich, dass sie mit der Zeit teils von den andern, teils von ihrem Manne zwölf bis vierzehn Kinder hatte.

Da geschah es nun einmal, dass sie schwer erkrankte und auf dem Totenbette lag. Aber sie wurde begnadet, also dass sie Zeit und Möglichkeit fand, zu beichten, ihre Sünden zu gestehen und ihr Gewissen zu erleichtern, während ihrer Krankheit sah sie nun ihre verschiedenen Kinder umhertrotten und es machte ihrem Herzen großen Kummer, sie derart zurückzulassen. Sie bedachte, wie arg es für ihren Mann sein würde, wenn dieser ganze Haufe ihm zur Last fiele, deren Vater er doch zumeist gar nicht war, obgleich er das glaubte und so gut für sie sorgte, wie kein anderer Mann in Paris.

Mithilfe einer Frau, die sie betreute, richtete sie es ein, dass zwei Männer zu ihr kamen, die in vergangenen Zeiten gar manche glückliche Stunde mit ihr verbracht hatten. Die langten rechtzeitig an, während ihr Mann noch in der Stadt war und alle Ärzte und Apotheker um ihrer Krankheit willen abklapperte, so wie sie ihn geheißen und gebeten hatte.

Als sie die beiden Männer erblickte, ließ sie alsbald alle ihre Kinder herbeirufen, hub an und sagte:

»Ihr, so und so, wisst, was seinerzeit zwischen Euch und mir gewesen ist. Heute bekümmert mich das schwer, und es wird mir in der andern Welt teuer zu stehen kommen, wenn unser Herr nicht barmherzig ist, dem ich mich anempfehle. Jedenfalls habe ich eine Torheit begangen und das sehe ich ein. Würde ich aber eine zweite machen, dann wäre es wohl schon zu arg. So seht denn: Diese und diese meine Kinder stammen von Euch, wenn auch mein Mann glaubt, dass es die seinigen sind. Ich würde mich gegen mein Gewissen verstoßen, wenn ich sie ihm auf dem Halse ließe; und deshalb bitte ich Euch: Sobald ich gestorben bin, was in kurzer Zeit geschehen wird, nehmt sie zu such, zieht sie auf und nährt sie, und tut alles, was eines guten Vaters Pflicht ist, denn es sind Eure Kinder.«

Ebenso sagte sie zu dem andern, dem sie andere Kinder übergab:

»Diese und diese dort gehören Euch, das kann ich Euch versichern. Ich empfehle sie Euch an und bitte Euch, sie zu übernehmen. Wollt Ihr mir das versprechen, dann würde ich leichter sterben.«

Während sie derart ihre Kinder verteilte, kam ihr Mann ins Haus zurück. Das merkte einer seiner Söhne, der vier oder sechs Jahre alt war, lief schnell die Treppe hinab ihm entgegen, und eilte in seinem Schrecken so schnell hinunterer, dass er ganz atemlos unten ankam. Und als er nun seinen Vater sah, rief er ihm zu:

»Ach, Vater, kommt doch um Gottes willen schnell her!«

»Was gibt es denn Neues?«, erkundigte sich der Vater. »Ist deine Mutter gestorben?«

»Nein, nein,« versetzte das Kind, »aber kommt nur schnell nach oben, sonst bleibt Euch gar kein Kind mehr, da sind oben zwei Männer zu meiner Mutter gekommen und unter die verteilt sie meine Brüder und Schwestern, und macht Ihr nicht flink, dann wird sie alle fortgeben.« Der brave Mann wusste nicht, was sein Sohn damit sagen wollte. Er stieg hinauf und fand seine kranke Frau, die Wärterin, zwei seiner Nachbarn und seine Kinder. Alsbald erkundigte er sich, was das heißen sollte, einer seiner Söhne habe eben erzählt, dass sie alle ihre Kinder verschenke.

»Das werdet Ihr dann schon erfahren,« versetzte sie. Weiter erkundigte er sich denn auch vorläufig nicht, sintemalen er nichts ahnte. Seine Nachbarn gingen fort, empfahlen die Kranke Gott und versprachen ihr, alles zu tun, worum sie gebeten hatte.

Sie dankte ihnen, und als der Tod kam, da bat sie ihren Mann um Verzeihung, gestand ihm, was sie sich während ihres Zusammenlebens mit ihm hatte zuschulden kommen lassen, und dass dieses und jenes Kind von dem Herrn soundso, diese und jene anderen aber von einem andrem wären, nämlich von den beiden, von denen vorhin die Rede war; dass die beiden aber nach ihrem Tode die Kinder an sich nehmen würden, sodass sie ihm niemals zur Last fielen.

Er war bass erstaunt, als er diese Neuigkeit hörte. Aber er vergab ihr doch alles, und alsbald starb sie. Und er schickte seine Kinder zu denen, die sie ihm genannt hatte, und die behielten sie auch. So war er seine Frau und seine Kinder los; aber den Verlust seiner Frau hat er bei Weitem nicht so bedauert wie den seiner Kinder.

Die Schäferstunde.

Ein Edelmann aus Flandern, ein junger, ausgelassener Herr, der gern spielte und gut sang, befand sich einst im Hennegau in der Gesellschaft eines anderen Edelmannes gleichen Schlages, der dort wohnte und den er öfters besuchte als Flanderns Marken, wo er eigentlich seinen schönen prächtigen Sitz hatte. Aber wie das so häufig kommt: Die Liebe war der Grund, weshalb er im Hennegau blieb, denn er war verliebt, ja geradezu vernarrt in ein junges Mädchen zu Maubeuge, und Gott weiß, was er um derentwillen alles tat.

Sehr oft veranstaltete er Feste, Maskeraden, Bankette, und im Allgemeinen überhaupt alles, was, wie er glaubte, seiner Dame gefallen konnte und ihm möglich war. Eine Weile stand er auch recht in ihrer Gunst, aber doch nicht in dem Maße, wie er es gern gewollt hätte. Sein Kamerad, der Edelmann aus dem Hennegau, der die ganze Geschichte kannte, war ihm nach Kräften behilflich, und an mangelndem Eifer seinerseits lag es jedenfalls nicht, wenn die Beziehungen zwischen den beiden nicht besser wurden, als sie es waren.

Was soll ich lange erzählen? Der gute Edelmann aus Flandern wusste schließlich ebenso wenig wie sein Gefährte, wie er es anstellen sollte, um von seiner Dame mit holdester Gunst begnadet zu werden. Er fand sie die ganze Zeit gar hart, obwohl er ihr immer weiter zusetzte. Da jedoch die Dinge nun einmal so lagen, wie ihr gehört habt, sah er sich am Ende gezwungen, nach Flandern zurückzukehren. Er nahm also geziemenden Abschied von seiner Dame und ließ ihr seinen Gefährten als Gesellschafter zurück, versprach ihr auch, oft zu schreiben und sich nach ihrem Befinden zu erkundigen, falls er nicht bald wieder zurückkäme. Und sie versprach, ihm ihrerseits Nachrichten zukommen zu lassen.

Einige Zeit, nachdem unser Edelmann nach Flandern zurückgekehrt war, überkam die Dame der Wunsch, eine Wallfahrt zu machen, und sie richtete alles darauf ein. Als nun das Gefährt vor ihrem Hause stand und der Kutscher, ein hübscher, starker, flinker Kerl, im Wagen alles herrichtete, warf sie ihm ein Kissen auf den Kopf, sodass er vornüber auf die Hände fiel, und begann laut und heftig zu lachen. Der Kutscher richtete sich auf, sah sie lachen und sagte:

»Bei Gott, Fräulein, Ihr habt mich zu Fall gebracht, aber glaubt mir, ich werde mich dafür rächen, und noch ehe es Nacht ist, werde ich Euch auch zu Falle bringen.«

»Ihr seid so übel nicht,« versetzte sie. Damit nimmt sie ein anderes Kissen, und ehe der Kutscher darauf achthatte, bringt sie ihn rücklings zu Falle wie zuvor. Und wieder lachte sie laut, ohne sich den geringsten Zwang anzutun.

»Was soll das, Fräulein?«, meinte der Kutscher. »Habt Ihr etwas gegen mich, dann nur zu. Mein Wort, wäre ich jetzt bei Euch, dann würde ich nicht zögern, mich auf der Stelle zu rächen.«

»Und was tätet Ihr?«, fragte sie.

»Wäre ich oben, dann würde ich es Euch sagen.«

»Also wunders was, wenn man such so hört«, sagte sie. »Aber Ihr hättet doch nicht den Mut, mich hier aufzusuchen.«

»Nein?«, meinte er. »Ihr werdet ja sehen.«

Er sprang vom Wagen, ging ins Haus und stieg nach oben, wo das Fräulein noch im Unterrock stand und sich unbändig freute. Sofort geht er auf sie los, und, um kurz zu sein, sie nahm es ruhig ihn, dass er ihr raubte, was er ihr ehrlicherweise nicht wiedergeben konnte.

So also geschah das, und als die Zeit kam, brachte sie einen hübschen Kutscherssohn zur Welt, oder, besser gesagt, einen hübschen Sohn. Das ging aber nicht so verschwiegen vor sich, dass nicht alsbald auch der Hennegauer Edelmann davon erfuhr. Er war ganz baff und schrieb in Hast durch besonderen Boten an seinen Kameraden in Flandern, dass seine Dame mithilfe eines Kutschers ein Kindlein zur Welt gebracht habe.

Ihr könnt euch denken, dass der andere starr vor Staunen war, als er diese Nachricht hörte. Er zögerte auch nicht lange, sondern kam nach dem Hennegau zu seinem Freund und Kameraden und bat ihn, mit ihm die Dame aufzusuchen. Denn er wollte ihr gehörig den Marsch blasen und ihr die Niedrigkeit und Gemeinheit ihres Sinnes vorhalten. Obgleich sie ob des ihr widerfah-

renen Missgeschickes damals noch kaum auf der Bildfläche erschien, so fanden die beiden Edelleute doch
schließlich die Möglichkeit, zu ihr zu gelangen. Sie war
recht beschämt und befangen über ihre Ankunft wie eine, die ganz genau weiß, dass sie von ihnen nichts An-
genehmes zu hören bekommen sollte. Aber schließlich
fasste sie sich und empfing sie, wie es sich geziemte. Sie
begannen von dem und jenem zu reden, und dann
machte sich der gute Edelmann aus Flandern an seine
Aufgabe und begann ihr unbeschreibliche Grobheiten zu
sagen:

»Ihr seid die verworfenste und ehrloseste Frau, die
man sich überhaupt vorstellen kann!«, rief er. »Ihr habt
Eure Nichtsnutzigkeit und niedrige Sinnesart genugsam
gezeigt, da Ihr Euch einem dreckigen, ekligen Kutscher
hingegeben habt, wie viel anständige Leute haben Euch
ihre Dienste angeboten und Ihr habt sie abgewiesen. Ihr
wisst ja auch, was ich für mein Teil alles getan habe, um
Eure Gunst zu erlangen. War ich nicht mehr wert, diese
Beute oder Besseres zu erlangen, als so ein Lump von
Kutscher, der nichts für Euch getan hat?!«

»Ich bitte Euch, gnädiger Herr, sprecht nicht mehr davon,« versetzt: sie. »Was geschehen ist, lässt sich nicht
ändern. Aber ich kann Euch versichern: Wäret Ihr zu der
Stunde da gewesen, als der Kutscher kam, dann hätte
ich für Euch das Gleiche getan, was ich damals für ihn
tat.«

»Ach, so war es?!« versetzte er. »Beim heiligen Johann!
Er kam also im rechten Augenblick! Der Teufel mag
dreinschlagen, dass ich nicht so glücklich war, Eure
Stunde zu kennen«

»Nein, wirklich!« entgegnete sie, »er kam eben just zu der Zeit, wo man kommen musste.«

»Hol der Teufel Eure Stunde, Euch selbst und Euren Kutscher!«, fluchte er.

Und er lief davon, sein Gefährte folgte ihm, und seitdem hat sich keiner mehr um sie gekümmert. Sie hatten ja auch guten Grund dazu.

Die drei Ratschläge.

Einst lag ein sehr hochgestellter, kluger, tugendsamer und weiser Edelmann auf dem Sterbebette. Und als er alle Anordnungen getroffen und sein Gewissen nach Möglichkeit entlastet hatte, rief er seinen einzigen Sohn zu sich, dem er eine Menge irdischer Güter hinterließ. Er empfahl ihm seine Seele an, auch die seine Mutter, die vor nicht zu langer Zeit gestorben war, und überhaupt im Allgemeinen sämtliche Insassen des Fegefeuers, und dann legte er ihm drei Dinge ans Herz als den letzten Rat, den er ihm jemals erteilen konnte. Er sagte nämlich zu ihm:

»Teurer Sohn, zum ersten rate ich Euch, besucht ein Haus niemals länger, als bis euch der Wirt Schwarzbrot anbietet. Zum zweiten ermahne ich Euch, hütet Euch wohl, Euern Gaul jemals bergab galoppieren zu lassen. Und zum dritten nehmt niemals eine Frau aus fremdem Lande. Erinnert such stets dieser drei Dinge, dann brauche ich nichts zu besorgen und es wird Euch immer gut ergehen. Handelt Ihr aber anders, dann könnt Ihr überzeugt sein, Ihr werdet die Erfahrung machen, dass die

Lehre Eures Vaters zu beachten ratsam für Euch gewesen wäre.«

Der gute Sohn dankte seinem Vater für den guten Wink und versprach ihm, sich die drei Weisungen fest ins Gedächtnis einzuprägen und sie so wohl im Sinne zu behalten, dass er sich niemals dagegen verstoßen würde. Bald danach starb sein Vater und die Leichenfeier wurde begangen, wie es sich für einen Mann seines Ranges und seiner Stellung geziemte. Denn sein Sohn wollte seine Pflicht erfüllen wie einer, der sich nicht lumpen zu lassen brauchte.

Einige Zeit danach erging es ihm, wie es einem nun einmal so ergeht: Man hat mehr Verkehr bei einem wie beim anderen, und so verkehrte unser wackrer Edelmann, der doppelt Waise und noch nicht verheiratet war, auch noch nicht wusste, was ein Haushalt ist, bei einem seiner Nachbarn und aß und trank fast alle Tage bei ihm im Hause. Sein Nachbar war verheiratet und hatte eine sehr schöne Frau. Allmählich kam er in die holde Leidenschaft der Eifersucht hinein und seine argwöhnischen Augen weckten in ihm die Vorstellung, dass unser Edelmann nur um seiner Frau willen ins Haus käme, dass er wirklich in sie verliebt sei und dass er sie auf die Dauer im Sturm erobern könnte.

Das behagte ihm gar nicht, und er wusste nicht, wie er ihn auf anständige Weise loswerden konnte. Denn so, wie er sich die Frage dachte, konnte er sie ihm doch nicht sagen, er fasste also den Entschluss, ihm in kleinen Bröckchen die Sache derart beizubringen, dass er, wenn er nicht zu dumm war, verstehen musste, wie wenig ihm dieser ewige Besuch gefiel. Und um seinen Plan auszuführen, ließ er ihm zunächst statt Weißbrot Schwarzbrot vorlegen. Ich weiß nicht, nach wie viel Mahlzeiten unser Edelmann das bemerkte. Aber er erinnerte sich plötzlich des Ratschlages von seinem Vater, sah ein, dass er auf falschem Wege war, begriff seine Schuld, steckte sich ganz heimlich solch ein Schwarzbrot in seinen Ärmel und trug es in sein Haus heim. Zur Erinnerung hing er es an einem Strick inmitten seines großen Saales auf und kehrte fortan nicht mehr in das Haus seines Nachbarn zurück, wo er vordem so viel gewesen war.

Er war jetzt auf Unterhaltungen ganz versessen. Eines Tages nun befand er sich auf dem Felde; die Hunde hatten einen Hasen aufgejagt und er spornte sein Pferd, so scharf er konnte, um ihm nachzusetzen. So erreichte er mit Hasen und Hunden einen Bergabhang, wo sein Gaul, der aus Leibeskräften vorwärts stob, mit allen Vieren stürzte, niederfiel und sich den Hals brach. Das jagte ihm einen gewaltigen Schrecken ein, aber er war auch recht froh, als er sah, dass er mit dem Leben und ohne Verletzung davongekommen war. Außerdem hatte er zum Lohn den Hasen. Als er den so in der Hand hielt und sein sehr geliebtes Pferd betrachtete, erinnerte er sich des zweiten Ratschlages, den ihm sein Vater gegeben hatte. Hätte er den gut im Gedächtnis behalten, dann würde ihm dieser Verlust erspart geblieben sein, und er wäre auch nicht diese große Gefahr gelaufen. Als er nach Hause kam, hing er deshalb in seinem Saal neben dem Schwarzbrot an einem Strick auch die Haut des Pferdes auf, zur Erinnerung und zum Gedächtnis an den zweiten Wink, den ihm sein Vater einst gegeben hatte.

Einige Zeit später überkam ihn der Wunsch, auf Reisen zu gehen und fremde Länder zu besichtigen. Er traf also demgemäß seine Anordnungen, rechnete alles ab und durchstreifte gar manches Land, kam in verschiedene Gegenden, und schließlich machte er halt und nahm in dem Hause eines mächtigen Edelmannes Aufenthalt, der in einem fernen, fremden Lande heimisch war. Er führte sich so hochgemut und gut in diesem Hause, dass der hohe Herr gern bereit war, ihm seine Tochter zur Frau zu geben, trotzdem er von ihm nichts weiter kannte als sein löbliches Wesen und Gebaren. Kurz und gut, er verlobte sich der Tochter des edlen Herrn an, und so kam der Tag der Hochzeit. Als er sich nun für die Nacht zu ihr begeben wollte, wurde ihm bedeutet: Es sei des Landes Brauch, dass ein Mann nicht die erste Nacht bei seiner Frau verbrächte, und er solle sich bis zum nächsten Tage gedulden.

»Ist das so Brauch«, meinte er, »dann wünsche ich durchaus nicht, dass die Sitte um meinetwillen gebrochen werden soll.«

So wurde denn sein Eheweib nach dem Tanz in ein Zimmer zur Ruhe geführt, er in ein anderes, und glücklicherweise war zwischen den beiden Zimmern nur eine Wand aus gemauerter Erde. Um sie genauer zu betrachten, kam er auf den Gedanken, mit seinem Degen in diese Wand ein Loch zu bohren. So sah er gar wohl und bequem, wie sein Eheweib sich in ihr Bett verfügte; er sah aber auch, und das dauerte nicht lange, wie der Kaplan des Schlosses zu ihr schlüpfte, um ihr Gesellschaft zu leisten, auf dass ihr nicht bange wurde, vielleicht auch, damit sie wohlvorbereitet wäre oder damit er für dir

Zukunft den Zehnt erhebe, wie es die Pfaffen taten, von denen weiter vorn die Rede war.

Ihr könnt euch denken, dass unser guter Edelmann innerlich arg ins Gedränge kam, als er dieser Vorgänge innewurde. Und alsbald kam ihm der dritte Rat seines guten Vaters in Erinnerung, den er so schlecht vor Augen behalten hatte. Immerhin tröstete er sich und sagte sich, dass die Sache ja noch nicht so weit gediehen sei, also dass er noch mit heiler Haut entschlüpfen könne.

Am nächsten Morgen erhob sich sein Vorgänger und Platzhalter für diese Nacht, der wackere Kaplan, in aller Frühe, und zufällig vergaß er unterm Kopfkissen der Jungvermählten seine Unterhosen. Unser Edelmann tat, als wüsste er von nichts, ging zu ihr ins Bett, begrüßte sie voll Anstand, wie er das so wohl zu tun wusste, und verstand es, die Beinkleider des Priesters an sich zu nehmen, ohne dass eine Menschenseele dessen inneward.

Den ganzen Tag über ging es gar hoch her, und als es dann Abend war, wurde das Bett der jungen Frau gar erstaunlich reich und prächtig geschmückt und hergerichtet, und alsdann wurde sie zu dem Ehelager geführt. Sodann wurde dem Bräutigam eröffnet, er könne nun bei seinem Weibe ruhen, wenn es ihm gefällig sei. Er aber hatte seine Antwort schon bereit und erklärte dem Vater, der Mutter und allen Verwandten, die es hören wollten, gar bescheidentlich:

»Ihr wisst nicht, wer ich bin und wem ihr eure Tochter gegeben habt. Somit erweiset ihr mir die größte Ehre, die je einem fremden Edelmanne zuteilwerden konnte, und nie werde ich euch genugsam dafür danken können. Trotzdem habe ich für mich selbst den Beschluss gefasst und mir vorgenommen, bei ihr erst zu ruhen, wenn ich ihr und euch gezeigt habe, wer ich bin, was ich habe und wie ich wohne.«

Alsbald nahm der Vater das Wort und entgegnete: »Wir wissen gar wohl, dass Ihr edlen Stammes und ein vornehmer Mann seid, und Gott hat Euch gewisslich nicht so viele schöne Vorzüge verliehen, ohne sie durch Freundschaften und Schätze zu ergänzen. Wir sind also mit Euch zufrieden, und darum zögert nicht, Eure Ehe zu vollziehen. Später ist es immer noch Zeit, uns, wenn es such gefällt, Genaueres über Euch wissen zu lassen.«

Um kurz zu sein: Jener verschwor und versteifte sich darauf, nicht eher bei ihr zu ruhen, bis sie in seinem Hause sei, und lud den Vater, die Mutter und mehrere Verwandte seiner Frau in seine Heimat ein. Er ließ sein Schloss für den Empfang instand setzen und traf dort einen Tag vor ihnen ein. Sobald er abgestiegen war, nahm er die Hosen des Priesters, die er mitgebracht hatte, und hing sie bei sich im Saale neben dem Brot und der Haut des Pferdes auf. Die Verwandten und Freunde der jungen Frau wurden ganz großartig empfangen und gefeiert. Sie staunten gewaltig beim Anblick des prächtigen Hauses voller Geschirr, reichgestickten Vorhängen und all dem vielen Hausrate, die dieser junge Edelmann besaß. Und alle priesen innerlich ihr Glück, die schöne Tochter so gut unter die Haube gebracht zu haben.

Indem sie durch die Räume gingen und alles betrachteten, gelangten sie auch in den mit schönen Teppichen geschmückten Saal. Da gewahrten sie in der Mitte das

Schwarzbrot, die Pferdehaut und ein paar Hosen, die sie staunend dort hängen sahen. Natürlich fragten sie den Hochzeiter, ihren Wirt, was das bedeuten solle. Er aber erwiderte, er würde ihnen das gern, aber aus gewissen Gründen erst später sagen, wenn sie bereits gegessen hätten.

Schon war das Mahl bereit, und sie wurden, weiß Gott, gar prächtig und gut bedient. Kaum aber hatten sie ihr Mahl beendet, da fragten sie von Neuem nach dem geheimnisvollen Schwarzbrot, der Haut und so weiter und wollten deren Bedeutung kennenlernen. Nunmehr erzählte ihnen der wackere Edelmann des langen und breiten, wie sein Vater ihm auf dem Sterbebette drei Ratschläge gegeben habe und, kurz, alles, wie es zuvor berichtet worden ist: dass der erste besagte, nur so lange ein Haus zu besuchen, bis ihm Schwarzbrot vorgelegt würde.

»Diesen Rat habe ich schlecht befolgt: Denn nach seinem Tode ging ich bei einem Nachbarn aus und ein, bis er auf seine Frau eifersüchtig wurde. So bekam ich eines Tages statt des gewohnten Weißbrotes Schwarzbrot vorgesetzt. Zur Erinnerung und als Bestätigung für die Wahrheit dieser Lehre habe ich dies Schwarzbrot hier aufgehängt Der Zweite Rat meines Vaters besagte, niemals talabwärts zu galoppieren. Und doch kam ein Tag, wo ich nicht darauf achtgab und so ging es mir schlecht: Denn ich jagte mit meinen Hunden einem Hasen den Berg hinunter nach, mein Pferd brach sich den Hals und ich wurde gehörig verletzt. Zur Erinnerung daran hängt nun die Haut des Pferdes dort, das ich bei diesem Unfall verlor. Als dritten Rat hieß mich mein Vater, niemals eine Frau aus fremdem Lande zu heiraten. Auch dagegen habe ich mich verstoßen, und ich will auch jetzt sagen, was für mich dabei herausgekommen ist. In jener ersten Nacht, in der ihr mir abschluget, bei eurer Tochter hier zu schlafen, wurde ich in einem Zimmer unmittelbar neben ihr untergebracht. So ist es die volle Wahrheit. Und weil die Wand zwischen ihr und mir nicht sehr stark war, durchbohrte ich sie mit dem Degen, und so sah ich euren Hauskaplan zu ihr schlüpfen. Als er sich am Morgen erhob, vergaß er zu Häupten ihres Bettes seine Hosen, ich eignete sie mir an, und sie waren es, die ihr dort hängen sahet. Sie bezeugen und bestätigen die kanonische Wahrheit auch des dritten Rates, den mir einst mein seliger Vater gab und den ich nicht befolgt habe. Damit ich aber nicht so arg damit hineinfalle, wie bei den anderen beiden Lehren, sollen mich diese drei Erinnerungsstücke mahnen, fortan klug und vorsichtig zu sein.

»Gott sei Dank, ich habe mich mit eurer Tochter nicht so sehr eingelassen, dass sie mich nicht verlassen könnte, und so bitte ich euch, nehmt sie mir hinweg und kehrt in eure Heimat zurück. Da ich euch aber von so weither kommen ließ und euch zeigen wollte, dass ich nicht ein Mann bin, der die Überbleibsel eines Pfaffen verdient, so will ich euch gern eure Auslagen bezahlen.«

Die anderen wussten nicht, was antworten. Sie sahen sich ins Unrecht gesetzt, sahen sich fern ihrer Heimat und hier an diesem Orte machtlos. So gaben sie sich denn damit zufrieden, dass ihnen ihre Kosten zurückerstattet wurden und sie von dannen gehen konnten, woher sie gekommen waren. Wer bei solcher Sache am meisten hineingesteckt hat, hat auch am meisten verloren.

Aus dieser Erzählung konntet ihr lernen, dass die drei Ratschläge, die der wackere Vater seinem Sohn« gab, gar wohl zu beherzigen sind. Schreibe sie sich jeder hinter seine Ohren, so deutlich und nachdrücklich, als er davon betroffen werden zu können vermeint.

Die Frau, der Pfarrer, die Magd und der Wolf.

Unlängst lebte in einem Städtlein unseres Königreiches im Herzogtum Auvergne ein Edelmann. Zu seinem Unglück hatte er eine sehr schöne junge Frau, von deren Güte soll meine Geschichte erzählen.

Diese gute Dame machte sich an einen Pfarrer heran, der eine halbe Meile abseits in der Nachbarschaft wohnte, und die freundnachbarlichen Beziehungen wurden so innig, dass der wackere Pfarrer allemal den Edelmann vertrat, wenn der außer Hause war. Die Kammerjungfer, die unsere Dame hatte, war in ihr Verschulden eingeweiht, trug dem Pfarrer oft Botschaften zu und übermittelte ihm Ort und Stunde, wo er sich ungestört bei ihrer Herrin einfinden könnte.

Immerhin wurde die Sache nicht so geheim geführt, als es die Pflicht des Pärchens gewesen wäre. Denn ein naher Verwandter des Edelmanns, der von dieser Entehrung betroffen wurde, erfuhr von der Geschichte und setzte den Ärmsten, den die Sache unmittelbar betraf, so genau davon in Kenntnis, wie man das nur irgend vermag und kann. Ihr könnt euch denken, wie wenig zufrieden unser Edelmann war, als er erfuhr, dass während seiner Abwesenheit sein Weib sich mit diesem Pfarrer behalf, wäre nicht sein Vetter zur Hand gewesen, so würde er im gleichen Augenblicke, da er die Mitteilung erhielt, mit eigener Hand schreckliche Rache genommen haben. So aber ließ er sich bestimmen, seinen Rachedurst zu verschieben, bis er die beiden auf der Tat ertappt haben würde. Demgemäß beschloss er gemeinsam mit seinem Vetter nach einem Orte, der vier oder sechs Meilen von seinem Herrensitze entfernt lag, eine Wallfahrt zu unternehmen und seine Frau und jenen Pfarrer mitkommen zu lassen, um besser beobachten zu können, wie die beiden miteinander standen.

Als sie sich dann von dieser Wallfahrt aus den Heimweg machten (der Herr Pfarrer hatte unterwegs alle Liebeskünste, zuckersüße Augen und sonstige aufmunternde Zärtlichkeiten spielen lassen), ließ sich der Ehemann durch eine geheuchelte Botschaft zu einem hohen Herrn seines Landes abberufen. Er tat, als ginge ihm das gar sehr gegen den Strich und als schiede er nur mit Bedauern von der Reisegesellschaft; aber was half es: Er wagte ja nicht ungehorsam zu sein, da der edle Herr nun einmal den Wunsch geäußert hatte. So brach er denn auf, begab sich hinweg, und sein Vetter, der andere Edelmann, erklärte, ihm Gesellschaft leisten zu wollen, weil er auf dem Heimwege zu seinem Sitze ziemlich denselben Weg hatte.

Niemals waren der Pfarrer und die Dame fröhlicher als in dem Augenblicke, da sie diese freudige Überraschung vernahmen. Sie berieten eifrig und beschlossen, der Pfarrer sollte im Hause von ihr Abschied nehmen und fortgehen, damit keiner der Hausbewohner gegen ihn

Verdacht schöpfen könnte; um Mitternacht aber solle er wiederkommen und auf dem Wege, den er zu benutzen gewohnt war, zu seiner Dame schleichen. Es dauerte denn auch nicht lange, nachdem sie diesen Entschluss gefasst hatten, da entfernte sich unser Pfarrer und verabschiedete sich.

Nun müsst ihr wissen, dass der Ehemann und der Edelmann, sein Verwandter, an einer Wegenge, wo der Pfarrer unbedingt hindurch musste, sich in den Hinterhalt gelegt hatten; denn um diese Stelle zu meiden, hätte er einen gar zu weiten Umweg machen müssen. So sahen sie unseren Pfarrer vorbeikommen, und ihr Herz sagte ihnen, dass er zur Nacht dorthin zurückkehren würde, von wannen er gekommen war, – wie er das ja auch wirklich vorhatte. Ohne ihn zu hindern oder ein Wort zu sagen, ließen sie ihn vorbei. Dann aber fassten sie den Gedanken, eine prächtige Falle mir Hilfe einiger Bauern herzurichten, die zu solchen Diensten gern bereit waren. Eilig wurde die Falle trefflich und zweckmäßig gegraben und hergerichtet, und es dauerte auch gar nicht lange, da fing sich bereits ein Wolf darin, der dort umherstreifte.

Einige Zeit danach kam Meister Pfarrer des Weges daher, in schmuckem Stutzerrock und mit einer schönen Schweinsfeder am Kragen. Als er zu der Falle kam, plumpste er hinein und saß nun, bass erstaunt, mit dem Wolf zusammen. Und dem Wolfe, der den Anfang gemacht war nicht minder bange vor dem Pfarrer, wie dem Pfarrer vor ihm.

Als unsere beiden Edelleute unsern Pfarrer mit dem Wolfe wohlgeborgen sahen, waren sie über die Maßen froh darüber; und der, dem die Sache am nächsten ging, erklärte steif und fest, er würde sich sein lebelang nicht von der Stelle rühren und den Kerl in dem Loch umbringen. Der andere machte ihm wegen seiner argen Absichten Vorwürfe und wollte ihm nicht gestatten, den Pfarrer zu töten; ihm schien es reichlich genug, wenn man den Spitzbuben seiner Mannheit beraubte. Aber der Ehemann wollte ihn unbedingt und in jedem Falle umgebracht haben.

In dieser Unentschlossenheit blieben sie lange und warteten derweile, dass es Tag und hell würde. Während sie aber derart harrten, saß die Ehefrau daheim in Erwartung ihres Pfarrers und wusste gar nicht, was sie von seinem Ausbleiben denken sollte. Schließlich hielt sie es für das Beste, ihre Kammerfrau zu ihm zu schicken, damit er sich ein wenig sputen sollte, die Zofe machte sich aus den Weg zum Pfarrershause, geriet in die Falle und wupps, purzelte sie zu dem Wolf und dem Pfarrer hinein. Denkt euch das Staunen des Mägdeleins, als es sich da in diesem Loche neben dem Wolf und dem Pfarrer hocken sah.

»Ach, weh,« jammerte der Pfarrer, »ich bin verloren, meine Tat ist entdeckt. Irgendeiner hat an diesem Durchgang auf uns Jagd gemacht!«

Und der Ehemann und der Edelmann, sein Vetter, die alles sahen und hörten, waren froh und guter Dinge, wie man es nicht mehr sein konnte. Als hätte es der Heilige Geist ihnen eingegeben, sagten sie sich, dass nun wohl auch die Herrin ihrer Kammerfrau folgen würde, nachdem sie von dem Mägdelein vernommen hatten, dass ihre Herrin sie zu dem Pfarrer geschickt hatte, um zu erfahren, warum er so lange ausbliebe und nicht zu der zwischen beiden vereinbarten Zeit käme.

Wirklich: Als die Herrin inneward, dass weder der Pfarrer kam, noch die Kammerfrau heimkehrte, wohl aber der Tag immer näher herandämmerte, da kam ihr die Besorgnis, am Ende konnte die Kammerfrau mit dem Pfarrer irgendetwas ihr zum Schaden ausfressen. Sie gedachte, die beiden vielleicht in dem kleinen Gehölz überraschen zu können, das sich in unmittelbarer Umgebung der Falle befand; und so entschloss sie sich, dorthin zu geben und einmal nachzuschauen, ob sie nichts Näheres in Erfahrung bringen konnte. Sie wandelte also über Land zu dem Hause des Pfarrers hin, gelangte zu der Stelle, wo die Falle lag, und plumpste zu den andern in die Grube. Wer von der ganzen Gesellschaft, die sich nunmehr andorten versammelt sah, sich am meisten verwunderte, braucht unseren Kopf nicht zu beschweren, und ebenso wenig brauchen wir zu bezweifeln, dass jeder sein möglichstes tat, um aus dem Loch hinauszukommen. Aber das führte zu nichts, und allesamt betrachteten sie sich bereits als totgeweiht und entehrt. Die beiden aber, die das Werk vollbracht hatten, der Ehemann besagter Frau und sein Vetter, der Edelmann, traten eben an die Grube heran, begrüßten die Gesellschaft und kündigten ihr an, dass sie jetzt erst ein treffliches Mahl zu sich nehmen und ein Frühstück bereiten wollten.

Der Ehemann starb fast vor Begier, eine Gewalttat zu begehen, und so fand er schließlich einen Vorwand, seinen Vetter fortzuschicken, um einmal nach ihren Pferden zu sehen, die nicht weit davon in einem Hause untergestellt waren. Während er sich seiner entledigt sah, sammelte er, so gut es ging, reichlich Reisig, stopfte es in die Grube, legte Feuer an und verbrannte die ganze Gesellschaft, die Frau, den Pfarrer, die Kammerzofe und den Wolf.

Alsdann entwich er aus dem Lande und ließ den König durch Boten um die Erlaubnis zur Rückkehr bitten. Er erlangte auch ohne große Schwierigkeiten Verzeihung. Manche behaupten sogar, der König habe gesagt, dass es nur um den armen Wolf schade gewesen sei, der mitverbrannt wurde, obgleich er an der Missetat der anderen doch keinerlei Schuld gehabt habe.

Der verliebte Kranke.

In Saint-Omer lebte einst ein Edelmann und Waffenherold des Königs, der eine gute und getreue Ehefrau zur Gattin hatte. Die war vordem schon einmal verheiratet gewesen, und aus dieser Ehe war ihr ein Sohn geblieben, den sie in die zweite Ehe mitbrachte. Obwohl nun der wackere Gesell solch gute ehrsame Frau hatte, war er allenthalben bei Tag und Nacht hinter Liebesabenteuern her, wo er nur irgend die Möglichkeit dazu fand.

Im Winter freilich entstehen leichter Schwierigkeiten, als wenn man zu anderen Jahreszeiten auf der Liebesjagd ist, und deshalb kam er auf den Gedanken und zu dem Entschluss, außerhalb seines Hauses keinerlei Seitensprünge zu machen. Er hatte nämlich bei sich im Hause ein sehr nettes hübsches junges Mädel. Das war die Kammerfrau seiner Gemahlin, und er gedachte Mittel und Wege zu finden, um ihr, wenn möglich, ein zärtlicher Diener zu sein. Kurz und gut, durch Geschenke und Versprechungen erlangte er schließlich die Erlaubnis, alles zu tun, was er wollte, – wenn das auch nicht ohne Mühe ging, weil seine Frau immer hinter ihnen her war. Denn sie kannte schon die Neigungen ihres Mannes.

Aber Amor, der seinen eifrigen Anhängern stets beisteht und hilft, schärfte die Erfindungsgabe seines wackeren und getreuen Knechtes, also dass er einen Ausweg fand, sein Spielchen zu spielen: Der Edelmann gab nämlich vor, sich schrecklich erkältet zu haben, und ob dieser geheuchelten schweren Krankheit sagte er zu seiner Frau: »Liebwerte Gefährtin, sieh einmal: Ich bin so schwer krank, wie es ärger nicht sein kann. Ich muss mich ins Bett legen, und darum bitte ich such, schickt auch all die anderen ins Bett, damit niemand Lärm macht, und dann kommt zu mir in unser Zimmer.«

Der guten Frau ging die Krankheit ihres Gatten arg zu Herzen. Sie tat nach seinem Geheiß, holte dann zwei schöne Decken, wärmte sie, und nachdem ihr Mann sich gelegt hatte, deckte sie ihn gut damit zu. Als er nun längere Zeit gehörig in Hitze gekommen war, meinte er:

»Liebste, das genügt. Ich bin jetzt ganz wohl, dank Gott und Eurer Hilfe. Ihr habt Euch ja auch gar viel Mühe gemacht. Bitte kommt nun und legt Euch bei mir ins Bett.«

Sie hatte nur den Wunsch, für die Gesundheit und Ruhe ihres Mannes zu sorgen und tat daher, wie er es angeordnet hatte. So schnell sie konnte, schlief sie ein. Sobald aber unser verliebter Herr merkte, dass sie schlief, machte er sich ganz sacht aus dem Bett hinaus und schlüpfte zu dem Bette der ersehnten Kammerfrau, das in der Nähe stand. Dort wollte er sein Versprechen erfüllen. Er wurde mit offenen Armen aufgenommen, fand einen liebeskampfbereiten Partner, und die zwei brachen so viele Lanzen miteinander, dass sie schließlich beide todmüde wurden und vereinbarten, Arm in Arm schlafend die Nacht zu verbringen.

Wie es einem nun manchmal begegnet, wenn er in unbehaglicher oder trübseliger Stimmung einschläft: Wacht er auf, so ist der drückende Gedanke das erste, was ihm wieder vor Augen steht, und manchmal ist er sogar der Grund seines Erwachens. So erging es auch der Ehefrau. Aber trotzdem sie so besorgt um ihren Mann gewesen war, hatte sie doch nicht genügend über ihn gewacht, denn nun ward sie inne, dass er sein Bett verlassen hatte. Sie tastete nach seinem Kopfkissen und fand, dass die Stelle, wo er gelegen hatte, ganz kalt war, dass er also dort schon lange nicht mehr gelegen hatte. Nun sprang sie ganz verzweifelt auf und nahm ihr Hemd und ihren Unterrock, während sie zu sich selbst sagte:

»Was bist du für ein arges, nachlässiges Ding! Wenn du durch deine Unaufmerksamkeit schuld daran bist, dass dein Mann zugrunde geht, dann bist du eine ganz nichtwürdige Frau und hast dir die schwersten Vorwürfe zu machen. Ach, warum habe ich mich heut Nacht niedergelegt und derart dem Schlafe hingegeben? Ach, Jungfrau Maria, gib meinem Herzen die Freude wieder und sorge, dass durch meine Schuld kein Unheil entsteht. Ich würde mich ewig mit Vorwürfen quälen, wenn er des Todes wäre!«

Nach solchen kummervollen Klagen machte sie sich eilends auf und ging, Licht zu suchen. Sie wollte sich von ihrer Kammerfrau helfen lassen, nach ihrem Manne Ausschau zu halten, und deshalb kam sie zu ihr in das Zimmer, um sie aus dem Bette zu holen. Und da fand sie denn auch richtig das zärtliche Pärchen Arm in Arm schlafend an Ort und Stelle, und ihr schien, dass die beiden heut Nacht keine Mühe gescheut hatten, denn sie schliefen so fest, dass sie auch durch das Hereinkommen nicht geweckt wurden, selbst nicht durch das Licht, das in die Stube gebracht wurde.

Die Frau war tief beglückt zu sehen, dass ihr Mann nicht so krank und elend war, wie sie es gefürchtet und bangen Herzens ausgemalt hatte. Ader trotzdem ging sie hinaus, holte ihre Kinder und die Hausleute, führte sie in die Stube und zeigte ihnen das hübsche Paar schärfte ihnen aber zugleich dringend ein, sie sollten nichts davon verlauten zu lassen. Dann fragte sie alle Zeugen leise, wer das dort im Bett der Kammerfrau sei und in deren Armen ruhe. Und die Kinder bestätigten, dass es ihr Vater, die Knechte, dass es ihr Herr sei.

Nunmehr schickte sie alle wieder hinaus und hieß sie schlafen gehen, denn zum Aufstehen war es noch zu früh; und auch sie verfügte sich wieder in ihr Bett, aber schlafen konnte sie kaum, und so lag sie, bis die Stunde des Aufstehens kam.

Indessen erwachte, reichlich viel später, auch das zärtliche Liebespärchen, und beide nahmen gar liebevoll voneinander Abschied. Unser Hausherr kehrte stillschweigend in sein Bett zurück und schlüpfte neben seiner Frau in die Federn. Diese ihrerseits tat, als merkte sie nichts und als läge sie fest im Schlaf, und darüber war er inniglich erfreut, denn er vermeinte, dass sie von seinem glücklichen Abenteuer nichts erfahren habe. Im Innersten nämlich hatte er gar gewaltige Angst und Sorge, sowohl um seines Friedens willen als des Mägdeleins wegen.

Richtig versank unser Hausherr von Neuem in festen Schlaf. Die gute Hausfrau aber tat auch fürder kein Auge zu, und als die Stunde des Aufstehens kam, erhob sie sich, um ihrem Manne ein Gutes anzutun und ihm stärkende Nahrung nach der abführenden Medizin zu geben, die er heut Nacht genommen hatte. Sie ließ die Hausleute aufstehen, rief die Kammerfrau und hieß sie, die zwei schönsten Kapaune aus dem Hühnerstall zu holen und sorglich zuzubereiten; selbst solle sie sich in die Schlachtstube begeben, das beste Stück Rindfleisch verlangen, das sich auftreiben ließ, es im ganzen schön in Wasser kochen, gut durchziehen lassen, und kurz alles tun, was sie so wohl zu tun wisse, denn sie sei ja gar meisterlich geschickt, kräftige Suppen zu machen. Das Zöflein wollte von ganzem Herzen seiner Herrin und mehr noch seinem Herrn zu Gefallen sein, diesem aus Liebe, jener aus Furcht, und versprach deshalb, alles aufs Beste auszuführen.

Derweile begab sich die gute Hausfrau zur Messe. Auf dem Rückwege ging sie beim Hause ihres Sohnes vorbei, von dem weiter oben die Rede war, und forderte ihn auf, zum Essen zu ihrem Manne zu kommen und drei oder vier wackere Gefährten, die sie ihm nannte, mitzubringen. Dann ging sie heim und erkundigte sich in der Küche, ob auch die Brühe nicht aus Unvorsichtigkeit übergekocht war, denn sie hatte an der Unvorsichtigkeit der Nacht genug. Aber Gott sei Dank, damit war es nichts: Der Ehemann hatte nirgends gestört, denn er war in die Kirche gegangen.

Inzwischen ging der Sohn der Hausfrau zu den Freunden, die sie ihm genannt hatte, und lud sie ein. Es waren das die ärgsten Spaßmacher der ganzen Stadt Saint-Omer. Der Ehemann aber, der jetzt von der Messe heimkam, überhäufte seine Frau mit Umarmungen und Küssen und wünschte ihr einen recht guten Morgen. Also tat auch sie, aber von ihren Gedanken ließ sie sich nicht abbringen. Sie versicherte ihm nur, wie froh sie sei, ihn wieder so wohl und gesund zu sehen, und dafür dankte er ihr und sagte:

»Wirklich, ich bin wieder ganz gut auf den Beinen, Liebste, und nach meinem Kirchgange bedünkt es mich, dass ich ganz gehörigen Hunger habe. Ich würde gern essen, wenn es Euch recht ist.«

Darauf meinte sie:

»Freilich ist's mir recht, aber man muss noch etwas mit dem Essen warten, bis es fertig ist und die und die, die wir heute zu Gaste gebeten haben, angelangt sind.«

»Zu Gast gebeten?« verwunderte er sich. »Aus welchem Grunde denn? Mir liegt nichts dran und es wäre mir lieber, sie blieben fort, denn es sind so arge Spottvögel, dass sie mich unaufhörlich aufziehen werden, wenn sie hören, dass ich krank gewesen bin. Wenigstens seid so gut, Schönste, und sagt ihnen, bitte, nur davon nichts. Und dann noch etwas anderes: Was bekommen sie denn zu essen?«

Sie erklärte ihm, deshalb brauche er sich nicht zu besorgen, sie würden schon genug zu essen haben, denn sie habe die beiden schönsten Kapaune der Wirtschaft herrichten lassen und obendrein ihm zu Ehren ein treffliches Grützbrot. Darüber war er sehr froh und versicherte ihr, dass sie ihre Sache gut gemacht habe.

Bald nachher kamen die Gäste zusammen mit dem Sohn der Hausfrau. Als alles bereit war, gingen sie zu Tische, setzten sich und ließen es sich wohlschmecken, tranken auch, bald der eine, bald der andere, einen kräftigen Schluck auf das besondere Wohl des Hausherrn. Dann aber meinte dieser zu seinem Stiefsohne:

»Johann, mein Lieber, bitte, trinkt auf das Wohl Eurer Mutter und greift dann gut zu!«

Der Sohn war gern dazu bereit, und als er eben auf das Wohl seiner Mutter getrunken hatte, kam die Kammerfrau, die das Essen auftrug, an den Tisch. Daraufhin und anknüpfend an den Trunk rief die Hausfrau sie herbei und sagte:

»Kommt her, holde Hausgefährtin, trinkt auch Ihr auf mein Wohl! Ich will Euch Bescheid tun.«

»Holde Gattin«, erkundigte sich unser Liebesjünger, »woher plötzlich diese große Zärtlichkeit? Der Schlag mag dreinfahren, wenn das nicht eine gewaltige Neuigkeit ist!«

»Aber das ist doch wirklich meine zuverlässige, getreue Gefährtin! Erscheint Euch das so erstaunlich?«

»Ei, ei, Johanna, bedenket, was Ihr da sagt. Man könnte ja geradezu denken, dass zwischen ihr und mir irgendetwas sei!«

»Und warum denn auch nicht?« entgegnete die Frau. »Habe ich Euch heut Nacht denn nicht Arm in Arm in ihrem Bette schlafend gefunden?«

»In ihrem Bette?!«, rief er.

»Aber freilich, so ist's«, erwiderte sie.

»Auf mein Wort, meine Herren, damit ist es nichts. Sie sagt das nur, um mich zu ärgern und das arme Mädel in Verlegenheit zu bringen. Denn kein Mensch hat mich so gefunden.«

»Wirklich nicht?«, spottet« sie. »Nun, Ihr werdet es ja hören und ich will es Euch von allen Leuten unseres Hauses bestätigen lassen.«

Alsbald rief sie ihre Kinder und die Hausleute an, die bei Tische saßen, und fragte sie, ob sie nicht ihren Vater im Bette der Kammerfrau gesehen hätten. Die bestätigten, dass es wahr sei, aber der Vater fuhr sie an:

»Ihr lügt ja, ihr bösen Buben, eure Mutter hat euch das nur vorgesprochen!«

»Nehmt es uns nicht übel, Vater, aber wir selbst haben Euch dort liegen gesehen, und ebenso sahen es auch unsere Leute.«

»Und was sagt ihr dazu?« wandte sich die Frau an die Dienerschaft.

»Es ist wahrhaftig wahr!«, erwiderten sie. Nun gab's ein gewaltiges Gelächter bei den Gästen, die dabei waren, und der Hausherr erlebte eine Hatz, bis er nicht mehr konnte. Denn seine Frau erzähle allen, wie er sich krank gestellt und was er alles angerichtet hatte, ebenso, wie alles, was sie selbst getan und welche Vorbereitungen sie getroffen hatte, um ihn zu feiern: wie sie dies Essen hatte richten und seine Freunde hatte bitten lassen. Und die gingen gar nachdrücklich auf jede Einzelheit ein, also dass er aufs Tiefste beschämt war, kaum noch wusste, wie er sich in seiner Verlegenheit helfen sollte, und schließlich keinen anderen Ausweg fand, als zu erklären:

»Da also alle gegen mich sind, muss ich eben schweigen und zugeben, was gegen mich behauptet wird. Denn ich allein kann gegen euch alle nicht aufkommen.«

Dann ordnete er an, die Tafel aufzuheben, und nachdem sie sich gesegnet hatten, rief er seinen Stiefsohn und sagte:

»Johann, liebster Freund, bitte nehmt mich in Schutz, wenn die andern mir so etwas zum Vorwurf machen, und schützt meine Ehre. Kümmert Euch auch um das arme Mädel, damit sie bekommt, was wir ihr schuldig sind. Bezahlt sie reichlich, damit sie nicht zu klagen hat, und schickt sie dann weg. Denn ich weiß gar wohl, Eure Mutter wird sie im Hause nicht länger bei sich dulden.«

Der Stiefsohn ging und tat, wie ihm geheißen war, und kehrte dann zu den Gefährten zurück, die er mitgebracht hatte. Er fand sie im Gespräche mit seiner Mutter, der sie für die gastliche Aufnahme dankten. Dann nahmen sie Abschied und gingen hinweg. Die andern aber blieben im Hause und man darf wohl annehmen, dass es zwischen ihnen noch so manche Aussprache setzte, der verliebte Edelmann aber hatte bei diesem Mittagessen sicherlich noch nicht den letzten bitteren Tropfen seiner Leidensschale geleert.

Man kann hier passend wie von Hunden, Vögeln und Waffen auch von der Liebe sagen: Auf eine Freude tausend Schmerzen. Und wenn jemand mit diesen nicht zugleich fürliebnehmen will, dann darf er auch mit jenen nichts zu tun haben wollen.

So also, wie hier steht, verlief für den wackeren Edelmann der Seitensprung, den er sich geleistet hatte, und alles hat sich wahrhaftiglich so zugetragen, wie hier berichtet ist.

Die neuen Minoritenbrüder.

Kürzlich lebten in Mecheln drei Weiblein, die Frauen dreier bemittelter, einflussreicher und wohlgestellter Bürger der Stadt. Sie hatten sich in drei Minoritenbrüder verliebt, und um recht geheim und unvermerkt ihren Gefühlen nachgeben zu können, erhoben sie sich Tag für Tag, als wäre es aus lauter Frömmigkeit, schon ein oder zwei Stunden vor Morgenanbruch; und schien die Stunde gekommen, wo sie ihre Liebsten sehen konnten, dann erzählten sie ihren Männern, dass sie zur Morgenandacht und ersten Messe gingen. Sie hatten an den zärtlichen Zusammenkünften so große Freude (gleichwie auch die drei geistlichen Brüder), dass sie oft vom Tage überrascht wurden und dann kaum wussten, wie aus dem Hause kommen, ohne dass die anderen Mönche etwas davon merkten.

Derart wurden sie immer mehr der großen Gefahr und Unannehmlichkeiten inne, die daraus entstehen könnten, und endlich fassten sie allesamt den Entschluss, eine jegliche sollte ein geistlich Gewand beschaffen und sich eine große Tonsur auf dem Kopfe scheren lassen, damit sie aussähen, als ob sie zum Kloster gehörten. So geschah es: Als sie wieder eines Tages dorthin kamen und, ohne dass ihre Männer eine Ahnung davon hatten, in die Zellen ihrer Freunde schlichen, wurde ein verschwiegener Bartkratzer, nämlich ein Frater des Klosters, herbeigeholt, und der schor jeglicher der Frauen eine Platte. Als es dann Fortgehen hieß, schlüpften sie in die Kutten, die ihnen besorgt worden waren, und in dieser Verkleidung kehrte jegliche heim, zog in ihrem Zimmer die Kutte aus, legte sie bei pfiffigen Frauen ab und alle gingen dann wieder zu ihren Männern. Und derart taten sie gar lange Zeit, ohne dass jemand etwas merkte.

Weil es aber doch recht schade war, dass so viel fromme Demut unbekannt bleiben sollte, so fügte es in gütiger Voraussicht das Schicksal, dass eines Tages die Verkleidung bei einer der Bürgerfrauen entdeckt wurde, als sie sich wieder auf den Weg zu dem gewohnten Orte machte: Ihr Mann war ihr nämlich nachgegangen, fasste sie in ihrem heuchlerischen Gewande ab, sprach sie an und sagte:

»Schöner Bruder, welches Glück, dass ich Euch hier treffe! Bitte kommt doch zu mir in mein Haus, denn ich muss Euch ernstlich um Rat fragen.«

So führte er sie kurzerhand heim, ohne dass sie etwa darob gar festlich beglückt war. Als sie aber dann im Hause waren, da hub der Ehemann an und meinte spottend:

»Holdselige Gefährtin, meint Ihr auf Ehre, dass die wahrhaftige Demut, in die Ihr diesen ganzen Winter über vernarrt gewesen wäret, Euch das Gewand des heiligen Franz anlegen und eine Tonsur tragen hieß, die den Glatzen wahrer Mönche gleicht? Sagt mir doch bitte, wer Euer Berater war. Wenn nicht, so würdet Ihr's, beim heiligen Franz! Zu büßen haben.«

Dabei tat er, als wenn er seinen Degen zücken wollte. Flugs warf sich das arme Ding vor ihm auf die Knie, erhob ein groß Geschrei und jammerte:

»Ach, liebster Mann, ich bitte Euch, verzeiht mir, erbarmt Euch meiner, denn ich bin durch schlechte Gesellschaft verführt worden. Ich weiß gar wohl, ich bin des Todes, wenn Ihr dieses willens seid, – ich weiß, dass ich nicht so gehandelt habe, wie es meine Pflicht war. Aber ich bin nicht allein derart in die Irre gegangen, und wollt Ihr mir versprechen, dass Ihr mir nichts tun werdet, so will ich Euch alles sagen.«

Damit war ihr Mann einverstanden. Und alsbald erzählte sie ihm, wie sie mehrmals mit zweien ihrer Gefährtinnen, in die sich zwei Mönche verliebt hatten, in besagtes Kloster gegangen war; wie dann der dritte sich in der Zeit, da die beiden anderen in ihren Zellen sich an der Liebe labten, gleichfalls von Liebesglut zu ihr ergriffen wurde und ihr so demutsvoll und sanft zusetzte, dass sie sich nicht herauszureden gewusst habe. Und wie zumal das Zureden und Drängen besagter Gefährtinnen sie bestimmt habe, die ihr einredeten, dass sie gemeinsam so schöne Zeit verbringen könnten und niemand etwas davon wissen würde.

Daraufhin erkundigte sich der Ehemann, wer ihre Gefährtinnen seien, und sie nannte sie ihm. So erfuhr er, wer ihre Männer waren und stellte fest, dass sie des öfteren gemeinsam einen Schoppen tranken. Weiter erkundigte er sich, wer der Bartkratzer gewesen sei, und darauf nannte sie ihn und verriet ihm auch die Namen der drei Geistlichen.

Der wackere Ehemann beschaute sich in Ruhe all diese Umstände, blieb auch nicht ungerührt von den schmerzvollen Klagen und dem reumütigen Bedauern seines Weibleins und erklärte deshalb schließlich:

»Hütet Euch denn also wohl, irgendjemandem zu sagen, dass ich in dieser Sache Bescheid weiß. Dann verspreche ich Euch, dass Euch nichts Arges widerfahren wird.«

Das gute Ding versprach ihm, sich streng an seine Vorschriften zu halten. Und unverzüglich machte sie sich aus und ging, die beiden Ehemänner, ihre Frauen, die drei Pfaffen und den Bartkratzer für den nächsten Tag zum Essen einzuladen. Alle sagten zu, kamen, setzten sich, zu Tische und tafelten frisch darauf zu, ohne etwas von ihrem Missgeschicke zu ahnen. Als dann die Tafel aufgehoben wurde, sollte die Zeche beglichen werden, und alle machten allerlei ausgelassene Vorschläge, wie die Zeche ausgeknobelt und festgelegt werden solle, da sie aber keinen passenden Ausweg fanden und sich nicht einigen konnten, erklärte der Gastgeber:

»Offenbar finden wir nicht den rechten Weg, unsere Schulden durch *den* zahlen zu lassen, der sie zu tragen hat. Ich will euch deshalb sagen, was wir tun wollen: Wir werden diejenigen von uns zahlen lassen, die die größte Glatze auf dem Kopfe tragen, ausgenommen die guten Mönche hier, die nichts zu bezahlen haben.«

Darauf einigten sich alle, stimmten dem Vorschlage zu, und der Bartkratzer wurde zum Richter ernannt. Und als alle Männer ihre Platte gezeigt hatten, meinte der Gastgeber, man müsste doch auch nachsehen, ob denn die Frauen keine hätten. Wir brauchen nicht erst zu fragen, ob einige aus dem fröhlichen Kreise ihr Herz beklommen fühlten. Der Gastgeber jedenfalls fackelte nicht lange, packte seine Frau beim Kopfe und enthüllte ihn. Als er ihre Glatze sah, tat er bass erstaunt, stellte sich, als ob er nichts davon gewusst habe und erklärte:

»Man muss doch sehen, ob auch die anderen solche Glatzen tragen!«

Daraufhin zwangen die beiden anderen Ehemänner ihre Frauen, gleichfalls den Kopfputz abzutun, und da zeigte sich, dass auch sie, wie die erste, mit einer Tonsur geziert waren. Sonderlich beglückt waren sie darüber nicht; aber sie deckten ihre Verlegenheit durch gewaltiges Gelächter, und wie im Scherz erklärten sie, die Zeche sei nun festgestellt und ihre Frauen hätten zu zahlen.

Nun galt es aber zu erfahren, woraufhin diese Platten entstanden waren, und deshalb erzählte der Gastgeber, dem diese geheimnisvolle Geschichte und das ganze Abenteuer der Weiblein einen Mordsspaß machte, wie sich die schöne Geschichte zugetragen hatte, vorerst aber ließ er sich versprechen, dass sie ihren Ehefrauen für diesmal noch vergeben wollten im Hinblick auf die Buße, die den wackeren Mönchen vor ihren Augen zugedacht war. Damit waren die beiden Ehemänner einverstanden; und alsbald gab der Gastgeber ein Zeichen: vier oder fünf stramme Kerle kamen aus einen, Nebenzimmer herbeigeeilt. Die waren über ihre Pflichten im Voraus hinreichend unterrichtet, packten die schönen Mönche beim Kragen und zählten ihnen so viele Gastgeschenke auf, als sie nur auf dem Buckel unterbringen konnten.

Dann warfen sie sie zum Hause hinaus. Die andern aber blieben noch eine Weile dort, und wir brauchen wohl nicht zu zweifeln, dass es einige kleine Auseinandersetzungen gab, die etwas weitläufig zu erzählen wären: Ich kann der Kürze wegen darauf verzichten.

Der hineingelegte Ehekrüppel.

Eines Tages begab es sich, dass in einer reizenden Stadt im Hennegau ein wackerer Kaufmann sich mit einer Frau verheiratete, die es hinter den Ohren hatte. Er ging gar oft seinem Handel außer Hause nach, und das bot seinem Weibe die schönste Gelegenheit, einen anderen als ihn lieb zu haben. Und so trieb sie es gar manche Weile.

Immerhin, – der Trug kam durch einen Nachbarn heraus, der mit dem Ehemann verwandt war und dem Hause des Kaufmanns gegenüber wohnte. Von dort aus sah er oft den Liebhaber nächtens eintreten oder aus des Kaufmanns Hause schlüpfen.

Als dem Ehemann die Geschichte mitgeteilt wurde, die sich ihm zum Schaden zutrug, ging ihm dass arg zu Herzen. Er dankte seinem Nachbarn und Verwandten und erklärte, er werde der Sache in kurzem beikommen und wolle sich am Abend in seinem Hause verstecken, um genau zu sehen, wer dort bei ihm aus und ein ginge. Zu dem Ende stellte er sich, als habe er außerhalb zu tun, und bedeutete seiner Frau und seinen Leuten, dass er nicht wisse, wann er heimkäme. Ganz früh am Morgen ging er hinweg, blieb aber nur bis zum Abend fort, brachte sein Pferd irgendwo unter, begab sich insgeheim zu seinem Vetter und spähte durch eine kleine Luke in der Erwartung, das Schauspiel zu erblicken, das ihm so wenig Freude versprach.

Solcherart lauerte er bis gegen die neunte Abendstunde, als endlich der Liebhaber – den die Frau benachrichtigt hatte, dass ihr Mann außer Hause sei – einige Gänge vor den Fenstern der Schönen machte und auf die Tür schaute, um zu sehen, ob er jetzt hinein könne. Noch aber fand er sie geschlossen.

Er sagte sich, dass doch noch nicht die Stunde sei, wo man vor Dieben Angst zu haben braucht, und deshalb spazierte er noch einiges hin und wieder. Der wackere Kaufmann derweile dachte sich, dass dies sein Mann sei, ging hinunter, kam zur Tür und sagte:

»Lieber Freund, unsere Frau hat Euch wohl bemerkt; da es aber noch Zeit genug ist und sie nicht gewiss weiß, ob unser Herr nicht zurückkommt, so hat sie mich beauftragt, Euch hineinzulassen, wenn's Euch gefällig ist.«

Der Bursche meinte, da sei einer der Knechte, ließ es darauf ankommen und ging mit ihm ins Haus. Ganz sacht wurde die Tür aufgemacht und der Mann führte ihn ganz hinten in eine Stube, wo eine riesengroße Kleiderkiste stand. Die schloss er auf und ließ ihn hineinklettern, damit der Kaufmann ihn nicht finden sollte, wenn er etwa heimkäme. ›Seine Herrin‹, meinte er, ›würde sicher bald kommen, ihn hinauslassen und mit ihm sprechen.‹ All das nahm der edle Liebste geduldig hin, um es später umso besser zu haben, zumal aber, weil er meinte, dass der andere die Wahrheit rede, der Kaufmann aber machte sich unverzüglich, so heimlich er konnte, hinweg, ging zu seinem Vetter und dessen Frau und berichtete ihnen:

»Ich verspreche euch, die Ratte sitzt in der Falle; aber wir müssen nun beschließen, was wir damit anfangen.«

Darob waren sein Vetter und insonderheit dessen Frau, die für die andere keinerlei Liebe empfand, strahlend froh, wie sich die Sache gemacht hatte. Sie meinte, es wäre gut, ihn den Verwandten der Frau zu zeigen, damit sie sich von deren arger Aufführung ein recht anschaulich Bild machen könnten. Nachdem sie das einträchtiglich beschlossen hatten, eilte der Kaufmann zum Hause von dem Vater und der Mutter seiner Frau und sagte ihnen: ›Wenn sie ihre Tochter noch am Leben sehen wollten, dann sollten sie flugs zu ihr hinkommen.‹

Die sprangen jäh in die Höh', und während sie sich ankleideten, ging er weiter zu zwei Brüdern und zwei Schwestern von ihr, um auch sie zu rufen, und sagte ihnen das gleiche wie dem Vater und der Mutter. Und dann führte er sie allesamt zum Haus seines Vetters, und dort erzählte er ihnen die ganze Geschichte, so wie sie sich zugetragen hatte, und die Art, wie die Ratte in die Falle gegangen war.

Nun muss man aber wissen, wie sich der edle Liebste derweile in jener Truhe verhielt, aus der er gar spaßig befreit wurde: daher denn das Abenteuer.

Die Frau fiel nämlich aus einer Verwunderung in die andere, wo ihr Freund wohl bleiben mochte und warum er nicht kam. Sie ging nach hinten und wieder nach vorn, um nachzuschauen, ob sie keinerlei Nachricht oder Merkzeichen erkunden könnte. So dauerte es nicht sehr lange, da hörte sie der schmucke Jüngling ganz dicht bei sich vorübergehen, und als man ihn immer weiter in der Kiste stecken ließ, begann er mit der Faust die Truhe zu bearbeiten, also dass die Frau es hörte und bis ins Innerste hinein erschrak. Trotz ihres Entsetzens aber fragte sie, wer da sei, und der Bursche erwiderte ihr:

»Ach, holdseligste Schöne, ich bin es ja, und ich sterbe hier vor Hitze und vor Bangen. Ich komme gar nicht aus dem Staunen heraus, dass Ihr mich hier habt einsperren lassen und weder hierher geht noch kommt.«

Wer aus den Wolken fiel, war sie.

»Ach«, rief sie, »heilige Jungfrau Maria! – glaubt Ihr wirklich, liebster Freund, dass ich Euch hier verstecken ließ?«

»Mein Wort!« versetze er, »ich weiß nicht recht! Zum mindestens kam doch Euer Knecht zu mir und hat mir gesagt, Ihr hättet ihm aufgetragen, mich ins Haus zu lassen. Und ich sollte in diese Truhe schlüpfen, damit mich Euer Mann nicht finden könne, wenn er heut Nacht unversehens etwa zurückkäme.«

»Ach, bei meinem Leben, das ist mein Mann gewesen!«, rief sie. »Ich bin verloren, und all unsere Missetat ist erkannt und entdeckt!«

»Wisst Ihr, was man da tut?«, meinte er. »Das Richtigste ist, dass ich hinausgelassen werde, sonst zerschlage ich alles, denn länger kann ich es hier nicht aushalten.«

»Weiß Gott«, meinte die Frau, »ich habe keinen Schlüssel, und wenn Ihr den Kasten aufbrecht, bin ich vernichtet. Denn mein Mann wird sagen, dass ich es getan habe, um Euch zu erretten.«

Immerhin suchte die Frau so lange, bis sie alte Schlüssel fand, unter denen auch einer war, der den armen Gefangenen befreite.

Als er draußen war, bekam er seine Buhlin zu packen und ließ all seinen Grimm an ihr aus. Als dann aber der edle Liebste sich davon machen wollte, da hielt die Frau ihn fest und tat gar zärtlich, und erklärte ihm, wenn er also davonginge, sei sie nicht minder entehrt, als wenn er die Truhe aufgebrochen hätte.

»Also was denn tun?«, meinte der Liebste.

»Wenn wir nicht irgendetwas dort hineinstecken, also dass mein Mann es findet, kann ich keine Entschuldigung ausdenken, wie Ihr entkommen sein solltet ohne mich.«

»Und was soll man dort hineinstecken«, erkundigte sich der andere, »damit ich fort kann? Denn es ist höchste Zeit.«

»Wir haben hier im Stall einen Esel«, erwiderte sie, »den wollen wir hineinsperren, wenn Ihr mir dabei helft.«

»Mein Wort, so ist's recht,« versetzte er.

So wurde also dieser Esel in den Kleiderkasten gesteckt; sie schlossen ihn zu und der Liebste nahm mit einem zärtlichen Kusse Abschied. Dann machte er sich durch einen Hinterausgang davon und die Frau ging eilends schlafen.

Das dauerte freilich nicht lange. Der Ehemann hatte nämlich, während dies geschah, seine Leute versammelt und in das Haus seines Vetters geführt, wie oben erzählt wurde, und dort berichtete er ihnen die ganze Geschichte, – wie man ihm die Sache gesteckt hatte, und auch, wie er den zärtlichen Gast beim Kragen gekriegt hatte.

»Damit ihr nun nicht sagen könnt«, fuhr er fort, »dass ich eure Tochter ohne Grund mit Schande belade, will ich euch leibhaftigen Auges und greifbar den Lumpen zeigen, der uns diesen Schimpf angetan hat. Und ich flehe zum Himmel, dass er des Todes sein soll, ehe er noch hinausschlüpfen kann.«

Worauf alle erklärten, dass es so sein solle.

»Weiter aber«, erklärte der Kaufmann, »will ich euch eure Tochter in ihrer ganzen Ehrlosigkeit zurückgeben.«

Dann setzten sich die anderen mit in Bewegung, und düsterer Gram nagte ihnen am Herzen ob solch bedauerlicher Nachrichten. Alle hatten Fackeln und Leuchter in der Hand, um besser überall nachspüren zu können und sich nichts entgehen zu lassen.

Sie pochten derart grob an die Tür, dass die Frau als erste herzusprang, ehe noch einer im Hause erwachte, und ihnen flugs die Tür aufmachte. Und als sie eingetreten waren, begrüßte sie ihren Mann, ihren Vater, ihre Mutter und die andern unfreundlich und bedeutete, dass sie aufs Tiefste verwundert sei, was sie alle zu dieser nächtlichen Stunde herführe. Bei diesen Worten reckte sich ihr Ehegemahl, gab ihr eine gehörige Backpfeife und meinte:

»Das wirst du gleich erfahren, du falsches Frauenzimmer, das du bist.«

»Ach, bedenkt doch, was Ihr sagt. Führt Ihr deshalb meinen Vater und meine Mutter hierher?«

»Gewiss,« versetzte die Mutter, »du falsche Dirne, die du bist. Dein Schürzenjäger wird dir auf der Stelle gezeigt werden.«

Worauf ihre Schwestern sagten:

»Weiß Gott, Schwester, du bist doch nicht aus anständiger Familie hierhergekommen, um dich derart aufzuführen!«

»Liebe Schwestern,« versetzte sie, »bei allen Heiligen Roms! – nichts habe ich getan, was eine wohlanständige Frau nicht tun dürfte und könnte, und ich fürchte nicht, dass man mir das Gegenteil beweisen könnte.«

»Da hast du gelogen«, rief der Ehemann, »denn ich werde es dir sofort zeigen und der Schuft soll vor deinen Augen getötet werden. Vorwärts, öffne mir die Truhe dort!«

»Ich!« entgegnete sie, »wirklich, ich glaube, Ihr träumt oder Ihr seid von Sinnen! Denn Ihr wisst doch ganz gut, dass ich niemals den Schlüssel davon hatte, sondern dass er mit all Euren Schlüsseln an Eurem Gürtel hängt seit der Zeit, wo Ihr Eure Sachen hier hineintatet. Wenn Ihr sie aber trotzdem aufgetan haben wollt, so öffnet sie doch. Ich aber flehe zu Gott: So wahr, als ich niemals dem, was da drinnen eingeschlossen ist, zärtlich zugetan war, möge er mich zu meiner Freude und Ehre erretten. Alle Bosheit, die man gegen mich sinnt, möge hier erzeigt werden und zutage kommen. Ja, ich habe die feste Hoffnung, dass es so sein wird!«

»Ich glaube«, meinte der Ehemann, als er sie weinend und seufzend niederknien sah, »sie kann recht gut das zierliche Kätzlein spielen, und wenn ihr einer Glauben schenken wollte, wüsste sie ihn gar schön hinters Licht zu führen. Ihr braucht nicht zu zweifeln, ich bin hinter diese Schliche gekommen. Also voran, ich will den Kasten aufmachen, und ich bitte euch, ihr Herren, packt den Schuft sofort fest, damit er uns nicht entwischt, denn es ist ein starker, strammer Kerl.«

»Nur keine Angst«, riefen sie alle zusammen, »wir werden die Sache schon recht machen!«

Sie zogen alle ihre Degen und nahmen Knüppel, um den armen Liebhaber zusammenzuhauen, ja, sie riefen ihm schon zu:

»Auf, beichte nur schnell, denn nie mehr wirst du einen Priester zur Hand haben!«

Die Mutter und die Schwestern wollten den Mord nicht mit ansehen und drängten zur Seite. Sobald nun aber der wackere Mann den Kasten geöffnet hatte und der Esel das Licht sah, begann er zu wiehern und schrie so gräulich, dass auch den Kecksten Sinn und Erinnerung entschwand.

Als sie innewurden, dass dort ein Esel steckte und der Kaufmann sie also falsch unterrichtet hatte, wollten sie diesem an den Kragen und überhäuften ihn mit ebenso viel Schmähungen, wie je Sankt Peter ehrfurchtsvolle Worte zu hören bekommen hat. Selbst die Frauen wollten ihren Zorn an ihm auslassen. Wahrhaftig, – wäre er nicht davon geflohen, dann hätten ihn die Brüder der Frau auf dem Fleck getötet, weil er ihnen so argen Schimpf und Schande angetan hatte oder hatte antun wollen.

Es gab gar viel zu tun, bis es nur gelang, dass schließlich durch die vornehmen Bürger der Stadt wieder Friede und Eintracht zustande kam, und seine Ankläger blieben ihr lebelang aufs Höchste gegen den Kaufmann aufgebracht. Es heißt sogar, dass man die größten Schwierigkeiten hatte, eine friedliche Aussöhnung zustande zu bekommen. Die Freunde der Frau wollten immer weiter nichts davon wissen, und der Kaufmann musste seinerseits gar manche bindende Versprechung abgeben. Seitdem hat er sich gar brav und liebenswürdig daheim geführt, und nie lebte wohl ein Mann besser mit seiner Frau, als er fortan und sein lebelang mit der seinen stand. Und so sind sie allezeit geblieben.

Der verlorene Ring.

Um den Juli herum fanden ziemlich dicht bei dem Schloss Oye zwischen Calais und Gravelinghen allerlei

Abkommen und Beratungen statt. Für diese Versammlung waren zahlreiche Fürsten und hohe Herren aus unserem Heimatlande Frankreich, wie auch aus Engelland herbeigekommen. Es galt, das Lösegeld für den Herrn von Orléans zu besprechen und festzulegen, der damals in die Gefangenschaft des Königs von Engelland geraten war.

Unter den Vertretern der genannten engelländischen Partei befand sich auch der Kardinal von Viscestre, der zu besagter Versammlung mit gewaltig großem, prächtigem Aufwande, einem riesigen Gefolge von Rittern, Knappen und Geistlichen gekommen war. Unter den verschiedenen Edelleuten befand sich einer namens John Stocton als Stallmeister und Thomas Brampton als Mundschenk jenes Kardinals. John und Thomas Brampton hingen voll herzlicher Liebe aneinander, als ob sie geradezu zwei Zwillingsbrüder wären. Man hätte sie wirklich dafür halten können; denn ihre Gewänder, Harnische und sonstigen Kleidungsstücke waren einander stets so ähnlich, als sie es irgend einrichten konnten; zumeist benutzten sie dasselbe Bett und das gleiche Zimmer, und niemals hatte man zwischen den beiden Ärger, Missverständnis oder Unzufriedenheit gesehen.

Als besagter Kardinal, wie berichtet, nach Calais gekommen war, wurde den Edelleuten das Haus von Richard Fery zur Wohnung überwiesen, das größte Gebäude, das in Calais zu finden war; und es ist ja bei den großen Herren so Brauch, in solchem Ort, zu dem sie öfters auf dem Hin- und Rückwege kommen, Wohnung zu nehmen. Besagter Richard war verheiratet und seine Frau stammte aus Holland. Sie war hübsch, anmutig und es stand ihr gar wohl an, Leute bei sich zu empfangen.

Die Verhandlungen über das erwähnte Abkommen dauerten reichlich zwei Monate. John Stocton und Thomas Brampton waren so etwa siebenundzwanzig oder achtundzwanzig Jahre alt, von gesunder, lebhafter Röte und Tag und Nacht zu männlichem Kampfe aufgelegt. Aber trotzdem sie in inniger Freundschaft als Kameraden und Waffengefährten tagaus tagein während der ganzen Zeit einander kaum aus den Augen ließen, brachte es John Stocton hinter dem Rücken von Thomas fertig, bei der genannten Dame des Hauses Eintritt und liebenswürdige Aufnahme zu finden. Oft verbrachte er seine Zeit mit Plaudern und dergleichen Liebenswürdigkeiten, wie man sie aus der Jagd nach Liebe zu üben pflegt. Und schließlich nahm er sich ein Herz und erbat sich die Gunst seiner Wirtin, – ihr Freund zu sein und in Liebe sie als seine Herzensdame betrachten zu dürfen.

Sie tat daraufhin freilich, als ob sie vor solcher Frage schier aus den Wolken fiele, und erwiderte ihm ganz kalt: ›Weder er noch ein anderer sei ihr verhasst und sie habe auch gegen keinen etwas Böses vor, sondern liebe jeden, wie es sich gezieme, in allen Ehren. Aber aus der Art seiner Bitte lasse sich schließen, dass sie dergleichen nicht erfüllen könne, ohne sich argen Schimpf und Schande anzutun, ja selbst ihr Leben in Gefahr zu bringen, und dazu wolle sie um nichts in der Welt ihre Zustimmung geben.‹

Aber John gab ihr zur Antwort, ›sie sei gar wohl in der Lage, ihm Entgegenkommen zu zeigen. Denn er sei ein Mann, der ihre Ehre bis zum Tode hüten und beschützen wolle, und lieber möchte er selbst zugrunde gehen und im anderen Leben die furchtbarsten Qualen dulden, ehe ihre Ehre durch seine Schuld auch nur im geringsten zu Schaden käme. Sie brauche nicht einen Augenblick zu zweifeln, dass ihre Ehre von seiner Seite aus bis ins Kleinste gewahrt bliebe‹, – und solcherart flehte er sie immer von Neuem an, seiner heißen Bitte zu entsprechen. Immerdar würde er ihr ergebenster Diener und herzlichster Freund sein.

Darob schien sie in gewaltiges Zittern zu geraten, erwiderte und sagte, dass er ihr wahrlich das Blut im Leibe vor Angst und Bangen in Wallung bringe, maßen sie nichts schrecklicher fände als den Gedanken, ihm seinen Wunsch zu erfüllen. Alsbald trat er an sie heran und bat sie um einen Kuss, womit Engellands Frauen und Mädchen recht freigiebig und bedenkenlos zu sein pflegen. Und indem er sie küsste, bat er sie gar sanft, nur ja nicht bänglich zu sein, dass jemals eine Nachricht von dem, was zwischen ihnen wäre, zu eines Lebenden Ohr gelangen könne.

Darauf entgegnete sie ihm:

»Ich sehe gar wohl, dass ich Euch nicht entrinnen kann, ohne zu tun, wie Ihr es wollt. Und da ich also etwas für Euch tun muss, soweit wenigstens meine Ehre nicht gefährdet wird: – Ihr kennt doch die Vorschrift, die von den Herren unserer Stadt Calais aufgestellt ist. Danach ist es bestimmt, dass jeder Hausherr persönlich einmal in der Woche des Nachts auf der Mauer der Stadt Wache halten muss. Da nun aber die Edelleute und hohen Begleiter im Gefolge Eures Herrn, des Kardinals, in großer Zahl bei uns im Hause untergebracht sind, hat mein

Mann mithilfe einiger seiner Freunde durch den Kardinal erreicht, dass er nur die halbe Wache zu halten braucht, und demgemäß muss er am nächsten Donnerstag von der Zeit der Abendglocke bis zur Mitternachtsstunde Dienst tun. Wenn Ihr also in der Zeit, während mein Mann auf Wache steht, mir irgendetwas sagen wollt, so will ich Euch gern anhören, und Ihr werdet mich mit meiner Kammerfrau in meinem Zimmer finden.« Die Kammerfrau aber war von Herzen bereit, die Wünsche und das Begehr ihrer Herrin zu erfüllen und alles dafür zu tun.

Unser John Stocton war über diese Antwort gewaltig erfreut, dankte seiner Wirtin und sagte ihr, er würde nicht verfehlen, an besagtem Tage rechtzeitig zu ihr zu kommen, wie sie es ihm angegeben hatte.

Dies Gespräch fand am Montag nach dem Mittagessen statt, aber es darf nicht unerwähnt bleiben, dass Thomas Brampton hinter dem Rücken seines Gefährten John Stocton in gleicher Weise seiner Wirtin mit Drängen und Bitten zugesetzt hatte. Auch ihm hatte sie keinen Wunsch erfüllen wollen, bald machte sie ihm Hoffnung, bald stürzte sie ihn in Zweifel, versicherte und betonte immer wieder, dass er gar zu wenig auf ihre Ehre bedacht sei, denn täte sie, was er erbäte, so könne sie darauf schwören, dass ihr Mann, seine Verwandten und Freunde sie ums Leben bringen würden.

Darauf erwiderte Thomas: »Holdselige Frau und Wirtin, denket doch, dass ich ein Edelmann bin und um alles in der Welt nichts tun möchte, was Euch zu Schimpf und Schande werden könnte. Denn das wäre des Adels Sitte nicht. Sondern vertrauet fest darauf, dass ich Eure

Ehre hüten will wie die meine, und lieber möchte ich sterben, ehe etwas davon bekannt würde. Kein Freund oder sonst jemand steht mir so nahe, dass ich es ihm irgendwie verraten würde.«

Als die Frau der selten großen Zuneigung und des heftigen Begehrens von Thomas inneward, erklärte sie ihm an dem Mittwoch nach jenem Tage, da unser John oben erzählte zärtliche Antwort besagter Gastfrau erlangt hatte: ›Da er sie so dringend sehen und ihr zu Diensten sein wolle in all und jedem, was ihre Ehre gestatte, wolle sie nicht so undankbar sein, ihn von sich zu weisen.‹ Und weiter verkündete sie ihm, wie ihr Mann gehalten sei, am folgenden Abend gleich den anderen Häuptern der Stadt Wache zu tun, so wie es durch die Lenker der Stadtverwaltung bestimmt und angeordnet worden war. Gott sei Dank habe ihr Mann in der Umgebung des Herrn Kardinals gute Freunde gehabt, die es glücklich fertiggebracht hätten, dass er nur halben Dienst zu tun brauche, nämlich von Mitternacht bis zum Morgen; wolle er, Thomas, in dieser Zeit mit ihr sprechen und zu ihr kommen, so würde sie seinen Worten gern Gehör schenken. Nur möge er um Gottes willen so geheim zu ihr schleichen, dass ihr keinerlei Schande daraus entstehen könne. Und unser Thomas wusste ihr gar herrlich zu versichern, wie heftig sein Wunsch sei, ihr Begehren zu erfüllen. Alsdann nahm er Abschied und ging hinweg.

Als der folgende Tag kam, – eben der viel besprochene Donnerstag, – als die Vesperstunde nahte und die Glocke zur Wacht erklungen war, versäumte John Stocton nicht, pünktlich zu der Zeit, die ihm seine Wirtin genannt hatte, zu ihr zu gehen. Er eilte zu ihrem Zimmer, trat ein und fand sie ganz allein. Sie begrüßte ihn und bereitete ihm einen gar trefflichen Empfang, denn der Tisch war gedeckt. John bat, mir ihr essen zu können, damit beide besser miteinander plaudern könnten. Anfangs wollte sie das nicht zugeben und erklärte, sie könne Vorwürfe ernten, wenn man ihn bei ihr fände. Aber er bat so lange, bis sie seinem Wunsche willfahrte.

Als dann das Essen beendet war (unserem John schien es entsetzlich lange zu währen), rückten sie einander näher, und alsbald ergötzten sie sich miteinander, nachdem kein hindernd Kleidungsstück ihnen mehr im Wege war.

Bevor er zu ihr in das Zimmer gekommen war, hatte er an einen Finger einen güldenen Ring mit einem schönen, großen Diamanten gesteckt, der wohl dreißig Stücke feinsten Goldes wert sein mochte. Während sie sich nun miteinander erlustigten, fiel dieser Ring von seinem Finger in das Bett, ohne dass er etwas davon merkte. Nachdem sie solcherart bis zur elften Stunde der Nacht zusammengewesen waren, bat ihn die Dame gar zärtlich: ›Er habe doch nun mit größter Bereitwilligkeit alle Gunst genießen können, die sie ihm hätte erweisen können; und maßen er derart zufriedengestellt sei, möge er sich nun ankleiden und ihr Zimmer verlassen, damit er nicht von ihrem Manne angetroffen würde, den sie mit dem Schlage der Mitternachtsstunde erwarten müsse. Denn er habe ihr doch versprochen, dass er unbedingt auf ihre Ehre bedacht fein wolle.‹

Der Edelmann fürchtete wirklich, dass der Ehemann alsbald heimkehren könne, erhob sich, kleidete sich an und schlüpfte aus dem Zimmer, sobald es zwölf Uhr schlug, ohne an den Diamanten zu denken, den er in dem Bette gelassen hatte.

Als er aus jener Stube kam, begegnete John Stocton nach wenigen Schritten unserem Thomas Brampton, seinem Gefährten. Er vermeinte, das sei Richard, sein Wirt. Und ebenso bildete sich Thomas, der zu der ihm von seiner Liebsten bestimmten Stunde herbeieilte, allen Ernstes ein, dass John Stocton Richard selbst sei, und zögerte ein wenig, um sich zu vergewissern, welchen Weg dieser Mann einschlagen würde, dem er begegnet war. Als er sich hierüber beruhigt hatte, ging er weiter und trat in das Zimmer der Herrin des Hauses, dessen Tür er nur angelehnt fand. Die Dame war offensichtlich ganz erschrocken und fast von Sinnen, und fragte Thomas voller Furcht und Bangen, ob er nicht ihrem Manne begegnet sei, der eben das Zimmer verlassen habe, um auf Wache zu ziehen.

Der Edelmann erwiderte, dass er allerdings einem Manne begegnet sei, doch sei er nicht sicher gewesen, wer das sein mochte, ihr Ehemann oder ein anderer, und deshalb habe er etwas gewartet und zugeschaut, welchen Weg er wohl nehmen würde. Als sie das gehört hatte, begann sie ihn kühnlich zu küssen und versicherte ihm, wie herzlich willkommen er ihr sei.

Eine gute Weile später machte sich dann ohne viel Fragen und Umstände Thomas daran, ihr seine Liebe recht eindrucksvoll zu zeigen. Beide opferten männiglich dem Liebesgotte und brachen in zärtlichem Kampfe gar manche Lanze. Während dieses unterhaltsamen Streitens aber begegnete unserm Thomas eine seltsame Überraschung. Denn er verspürte unter seinem Schenkel den Diamanten, den John Stocton dort verloren hatte. Und da er weder ein Narr war, noch sich verblüffen ließ, so nahm er ihn und steckte ihn an einen seiner Finger.

Nachdem sie solcherart bis zum nächsten Morgen beisammen gewesen waren und bald die Glocke den beendeten Wachtdienst künden sollte, erhob John sich auf die Bitten der Dame. Sie küssten sich noch einmal gar liebevoll und zärtlich, und dann ging er hinweg. Es dauerte auch nicht lange, so kam Richard von seiner Wache zurück, wo er die ganze Nacht verbracht hatte, und ganz erfroren und schlafbegierig betrat er sein Haus, wo er seine Frau beim Aufstehen antraf. Sie ließ ihm Feuer machen, und da er wahrlich von der Nacht recht abgearbeitet war, so ging er schlafen und suchte Ruhe. Man kann glauben, dass es der Frau nicht anders erging wie ihrem Manne, denn sie hatte sich um seines Nachtdienstes willen ja so sehr gesorgt und deshalb kaum ein Auge zugetan.

Etwa zwei Tage nachdem sich alles dieses zugetragen hatte, trafen sich John und Thomas gemäß dem Brauche der Engelländer nach der Messe zum Frühstück in einer Schenke bei einem guten Glase Wein mit einigen Edelmännern und Kaufleuten. Sie setzten sich zum Frühstück und Stocton und Brampton saßen einander gegenüber. Während des Essens blickte John auf die Hände von Thomas und sah, dass er an einem seiner Finger den besagten Diamanten trug. Er betrachtete ihn eingehend und es schien ihm gewiss, dass es derselbe sei, den er verloren hatte, ohne zu wissen, wann und wo. Er bat also unsern Thomas, ihm den Diamanten zu zeigen. Der gab ihm den Ring, und als er ihn in der Hand hatte, erkannte er sofort, dass es sein Eigentum war.

Er erkundigte sich also bei Thomas, wo er ihn her habe, und versicherte ihm, dass er ihm zugehöre. Worauf Thomas das Gegenteil behauptete und ihm erwiderte, dass es sein eigenstes Eigentum sei. Darauf versicherte Stocton, er habe ihn seit einiger Zeit verloren, und sollte er ihn in dem Zimmer gefunden haben, in dem sie zusammen schliefen, so tue er nicht recht daran, ihn zu behalten, da sie einander doch immer in liebevoller Brüderlichkeit zugetan gewesen seien. Es kam zu einigen heftigen Worten. Beide wurden hitzig und erzürnten sich widereinander. Thomas wollte durchaus den Diamanten wiederhaben, aber er konnte es nicht erreichen.

Als die andern Edelmänner und Kaufleute dieses Streites gewahr wurden, taten sie alle das Möglichste, um den Zank zu schlichten, und suchten Mittel und Wege, die beiden zu beschwichtigen. Aber nichts wollte fruchten, denn der eine, der den Diamanten verloren hatte, wollte ihn wiederhaben, der andere pochte auf sein glückliches Erlebnis, die Liebe seiner Dame genossen und obendrein solch guten Fund gemacht zu haben. Derart also war der Streit schwer beizulegen.

Schließlich begriff einer der besagten Kaufleute, dass ein Breittreten der Sache keinen Nutzen brachte, und erklärte deshalb: ›Er glaube, einen anderen Ausweg gefunden zu haben, mit dem John und Thomas wohl zufrieden sein dürften; aber er werde kein Wort sagen, wenn sich nicht beide Parteien bei einer Buße von zehn Goldstücken verpflichteten, sich genau an seinen Vorschlag zu halten.‹ Alle, die dabei standen, meinten, der

Kaufmann habe ganz recht, und sie drängten John und Thomas, ihr Einverständnis zu der Anregung zu geben.

Da alle eindringlichst darauf bestanden, stimmten die beiden schließlich zu. Darauf befahl der Kaufmann, der Diamant solle ihm zu Händen übergeben werden, da alle beiden Teile, die sich über den Streit geäußert und ihn zu schlichten verlangt hätten, keinen Glauben hätten finden können. Danach sollten sie das Haus, in dem sie sich befanden, verlassen, und dem ersten besten, dem sie vor der Tür begegneten, gleichgültig, welches Standes oder Ranges er sei, den Grund und Verlauf des Streites zwischen John und Thomas erzählen. Was der dann sagen und bestimmen würde, solle genau und fest von den genannten beiden Parteien eingehalten und erfüllt werden.

Alsbald brach die ganze Gesellschaft aus dem Hause auf, und der erste, dem sie draußen begegneten, war Freund Richard, der Hausherr und Wirt der beiden streitenden Parteien. Ihm wurde gemäß der Anordnung des Kaufmanns diese ganze Geschichte und der Streit erzählt und dargelegt. Nachdem Richard alles gehört und die Anwesenden ausgefragt hatte, ob die Sache sich wirklich so zugetragen habe, und ob sich die beiden streitenden Parteien durch so viel angesehene Männer nicht hätten einigen und beschwichtigen lassen, erklärte er und entschied: ›Besagter Diamant gehöre ihm allein zu eigen, und weder der einen noch der anderen Partei dürfe er wieder zufallen.‹

Als unser Thomas sah, dass er des glücklichen Fundes, seines Diamanten, wieder verlustig gegangen war, gab ihm das einen argen Stich. Und wir dürfen gern glauben, dass die Geschichte unserm John Stocton, der den Ring verloren hatte, nicht milder wider den Strich ging. Jedenfalls aber bat Thomas alle, die sich zusammengefunden hatten, mit Ausnahme seines Wirtsherrn, sie sollten in das Haus zurückkehren, wo sie eben gefrühstückt hatten; dort wolle er ihnen ein Mittagsmahl springen lassen, damit sie auch erfahren sollten, welcherart und wie besagter Diamant in seine Hände gelangt sei. Alle stimmten ihm freudig zu, und während sie auf das Essen warteten, das vorbereitet wurde, erzählte er die einleitenden Schritte und die verschiedenen Gespräche, die er mit seiner Wirtin gehabt hatte, wie und zu welcher Stunde sie ihn zu sich bestellt hatte, damit er mit ihr ungestört sein könne, während ihr Mann auf Wache sei, und auch den Ort, wo der Diamant sich gefunden hatte.

Als John Stocton das hörte, fiel er aus allen Wolken, und staunte blaue Wunder. Dann bekreuzigte er sich, erzählte, dass ihm in genau derselben Nacht ganz das Gleiche widerfahren sei, wie es eben geschildert worden war, und versicherte, dass er fest überzeugt sei, seinen Diamanten dort verloren zu haben, wo ihn Thomas gefunden hatte: Ihm also sei der Verlust viel schmerzlicher als für Thomas, denn der habe nichts verloren, während ihm der Ring gar teuer zu stehen gekommen sei. Darauf erwiderte Thomas, er dürfe sich nicht darüber beklagen, wenn der Wirt den Ring als sein Eigen erklärt habe, da ihre Wirtin doch ob dieses Vorfalles hart zu leiden habe und ihm obendrein der Vortritt in jener Nacht vorbehalten geblieben sei. Er, Thomas, sei gleichsam sein Page und Stallmeister gewesen, der dem Brauche nach hinterher ritte.

Diese Darlegungen beruhigten unseren John Stocton immerhin einigermaßen über den Verlust seines Diamanten, maßen er ja nun einmal anderes nicht dabei gewinnen konnte. Alle aber, die anwesend waren, begannen über die Geschichte mordsmäßig zu lachen und ergingen sich in ausgelassenster Freude. Und als sie dann gegessen hatten, ging jeder seiner Wege.

Die Frau mit den drei Ehemännern.

Es mag wohl drei Jahr oder doch etwa so viel Zeit her sein, dass ein Pelzmützer [8] aus dem Pariser Parlament ein ergötzliches Abenteuer erlebte. Es lohnt, es der Erinnerung einzuprägen, und deshalb will ich diese Geschichte berichten, wenngleich ich damit keineswegs gesagt haben will, dass alle Pelzmützer gute, wahrhaftige Menschen sind. In diesem freilich steckte nicht nur ein klein wenig Unwahrhaftigkeit und Hinterlist, sondern eine gehörige Menge, und das ist immerhin selten und ungewöhnlich, wie jeder weiß.

Um zur Sache zu kommen: dieser Pelzmützer, um nicht zu sagen dies Mitglied eines hohen Parlaments, wurde zu Paris für die Frau eines Schuhmachers arg von Liebe ergriffen. Sie war schön und reizvoll, recht einladend und nach dortiger Art gut bei Mundwerk. Unser Pelzmützer erreichte durch reichen Aufwand an Geld und anderen Mitteln, mit der schönen Schustersfrau insgeheim und unter vier Augen eindringlich zu reden, und war er schon vor seinem glücklichen Erfolge in sie

---

[8] Scherzhafte Bezeichnung, die auf die Huttracht der betreffenden Beamten anspielt. Anm. d. H.

reichlich verliebt gewesen, so wurde er hernach noch umso närrischer.

Das merkte sie, nahm es sich *ad notam*, spielte sich gehörig als die Stolze auf und schraubte sich im Preise.

Während er in seiner Glut durch keinerlei Botschaften, Bitten, Versprechungen und Geschenke, kurz durch kein Drängen fürder zum Ziele kommen konnte, beharrte sie darauf, sich nicht mehr sehen zu lassen, um desto mehr Geld aus ihm zu ziehen und seine Leiden noch zu steigern. Was half es unserm Pelzmützer, dass er Unterhändler zu seiner Frau Schusterin schickte? Alles war umsonst, ums Leben wollte sie nicht zu ihm kommen.

Schließlich, – wir wollen's kurz machen: Um zu erreichen, dass sie wie ehedem wieder bei ihm einkehre, versprach er vor dreien oder vieren seiner Freunde, die ihn in solchen Dingen berieten, er wolle sie zur Frau nehmen, wenn ihr Mann mit dem Tode abgehe. Als sie dies Versprechen erlangt hatte, ließ sie sich überzeugen und kam, wonach sie selbst schmachtete, zur Morgenstunde und zu anderen Tageszeiten, sobald sie nur aus dem Hause entschlüpfen konnte, zu unserm Pelzmützer, der genau so liebestoll blieb wie in den ersten Freudentagen. Und da sie ihren Mann schon alt und abgenutzt sah und obendrein besagtes Versprechen erlangt hatte, so betrachtete sie sich schon ganz als seine Frau.

Nur kurze Zeit danach wurde der lang ersehnte Tod des Schusters bekannt und allenthalben kundgetan. Die wackere Schustersfrau aber kam mit großem Schwung ins Haus unseres Pelzmützers gestürmt, und der empfing sie voller Freuden und versprach ihr erneut, sie zur

Frau zu nehmen. So waren also nun die beiden, der Pelzmützer und seine Schustersfrau, mit Herz und Seele beisammen.

Wie aber oft eine Sache, die mit Gefahr verknüpft ist, weit höher geschätzt wird als etwas, das man bequem zur Hand und zur Verfügung hat, so ging's auch hier: unser Pelzmützer begann, die Schustersfrau über zu bekommen; sie wurde ihm langweilig, und seine Liebe zu ihr wurde merklich kühler. Sie drängte ihn immer wieder, die Ehe zu vollziehen, die er ihr versprochen hatte, aber er erklärte ihr:

»Liebste, auf mein Wort, ich kann mich niemals vermählen, denn ich gehöre der Kirche an und beziehe diese und diese Einkünfte, wie Ihr ganz genau wisst. Das Versprechen, das ich Euch einst gab, ist nichtig, und als ich mich dazu verstand, geschah es nur aus übergroßer Liebe, die mir zusetzte, maßen ich die Hoffnung hatte, Euch auf diese Weise leichter für mich zu gewinnen.«

Sie glaubte ihm aufs Wort, dass er der Kirche angehöre, und da sie einsah, dass sie genau so Herrin im Hause war, als wenn sie seine rechtmäßige Gattin wäre, sprach sie hinfort nicht mehr von dieser Ehe, und alles ging den gewohnten Gang.

Unser Pelzmützer aber setzte ihr mit schönen Worten und mancherlei Vorstellungen immer wieder zu, bis sie sich dazu bereitfand, sein Haus zu verlassen und einen Bartkratzer aus der Nachbarschaft zu heiraten, dem er bare dreihundert Taler aufzählte; und Gott weiß, mit wie viel Schmuck und Kleinodien sie schließlich von ihm ging.

Nun müsst ihr aber wissen, dass unser Pelzmützer diese Trennung und diese Ehe durchaus nicht leicht zustande brachte, und dass er keineswegs zum Ziele gekommen wäre, wenn er seiner Liebsten nicht versichert hätte, er wolle fortan Gott dienen, sich mit seinen Einkünften begnügen und sich ganz der Kirche ergeben. Er tat aber gerade das Gegenteil davon, sobald er sie vom Halse hatte und mit dem Bartkratzer verheiratet sah. Kaum ein Jahr später traf er insgeheim ein Abkommen, um die Tochter eines vornehmen, reichen Bürgers von Paris zur Frau zu bekommen. Die Sache wurde abgemacht und festgelegt, der Tag für die Hochzeit genau bestimmt; und ebenso verfügte er über seine Einkünfte, die nicht so ohne waren. Diese Geschichte wurde in Paris bekannt und kam auch der Schustersfrau, oder vielmehr jetzt der Bartkratzersfrau zu Ohren, und ihr könnt euch denken, dass ihr das an die Nieren ging.

»Sieh einer diesen hinterlistigen Verräter!«, rief sie. »Derart also hat er mich betrogen? Hat mich in die Vorstellung gewiegt, fortan nur Gott dienen zu wollen, und hat mir einen andern aufgehalst?! Bei unserer lieben Frau von Clery, so sott das Ding nicht bleiben!!«

Dabei beließ sie es auch nicht, denn sie ließ unsern Pelzmützer vor den Bischof bescheiden, und da legte ihr Sachwalter klar und deutlich ihre Sache dar, erzählte, wie der Pelzmützer der Schustersfrau vor mehreren Zeugen versprochen habe, dass er sie zur Frau nehmen wolle, wenn ihr Mann sterben sollte. Als dann ihr Mann wirklich gestorben sei, habe er sie etwa ein Jahr lang immer hingehalten und sie dann schließlich einem Bartkratzer an den Hals geworfen.

Kurz und gut: Nachdem der Bischof die Zeugen angehört und die Sache eingehend besprochen hatte, entschied und urteilte er, dass besagte Ehe bemeldeter
Schustersfrau mit dem Bartkratzer null und nichtig sei,
und er verpflichtete und hieß den Pelzmützer, sie zum
Weibe zu nehmen; denn sie sei von Rechts wegen die
Seine, maßen er nach oben dargelegtem Versprechen mit
ihr fleischliche Gemeinschaft gepflogen habe.

So wurde unser Pelzmützer aus allen Himmeln gerissen. Die schöne Bürgerstochter glitt ihm aus den Fingern, er verlor seine dreihundert güldenen Taler, die der
Barbier eingesackt hatte, und obendrein hatte dieser
länger als ein Jahr seine Frau zu eigen gehabt, war er
aber recht unzufrieden, seine Schustersfrau zu bekommen, so war der Bartkratzer umso fröhlicher, sie los zu
sein. So also, wie hier berichtet, hat sich vor Kurzem ein
Pelzmützer des Pariser Parlaments aufgeführt.

Die ausgeplünderte Dirne.

Es ist durchaus nicht ungewöhnlich, noch eine überra-
schende Neuigkeit, dass Frauen ihre Ehemänner eifersüchtig, ja selbst, bei Gott, auch zum Hahnrei gemacht
haben. So begab es sich kürzlich in der Stadt Antwerpen,
dass eine verheiratete Frau, wahrlich nicht das zuverläs-
sigste Weib dieser Erde, von einem gar edlen Manne an-
gegangen wurde, seinen zärtlichen Wünschen zu willfahren. Und da sie zutunlich und, wie gesagt, ebenso
war, wie sie war, so verweigerte sie den Liebesdienst,
der ihr vorschlagen wurde, nicht, sondern ließ sich gar
gutmütig einfangen und führte dies Leben mit ihm dann
eine gute Weile.

Da nun aber Frau Fortuna es so wollte (weil sie ersicht-
lich solch frohem Glück feindlich und böse gesinnt war),
richtete sie es schließlich so ein, dass der Ehemann das
Pärlein beim schönsten Kosen antraf, was ihn gar mächtig in Staunen setzte. Freilich weiß man nicht, wer am
Ende am meisten verblüfft war, der Liebste, seine
Freundin oder der Ehemann. Immerhin vermochte sich
der Herr Liebhaber mithilfe eines guten Degens des Paa-
res kräftiger Fäuste, die ihn gepackt hatten, zu entledigen und aus der Lage zu retten, ohne Schaden dabei zu
nehmen und ohne dass eine Menschenseele ihm folgte.
Es verblieben: der Ehemann und die Frau.

Wovon die beiden miteinander zu reden hatten, lässt
sich leichtlich denken. Nachdem sie dann aber dieses
und jenes hin und wider gesprochen hatten, sagte sich
der Ehemann innerlich: Nachdem sie nun einmal mit
dergleichen Torheiten begonnen habe, würde es schwer
halten, ihr ihre Narrheit auszutreiben; so wie die Sache
lag, würde sie möglicherweise das Ding nur noch
schlimmer treiben, und kam die Geschichte unter die
Leute, dann wäre er öffentlich entehrt. Sie schlagen oder
gröblich schelten war verlorene Mühe. Und so entschloss er sich schließlich, sie einfach kurzerhand auf die
Straße zu setzen und bei sich aus dem Hause zu werfen,
also dass sein Haus niemals mehr, von wem es auch sein
mochte, beschmutzt werde.

Er sagte also gar sänftiglich zu seiner Frau:

»Ich sehe gar wohl, dass Ihr zu mir nicht so seid, wie
Ihr von Rechts wegen sein solltet. Immerhin will ich hoffen, dass Euch so etwas nicht von Neuem widerfährt,
und deshalb soll von dem, was geschehen ist, nicht mehr

die Rede sein. Aber wir wollen von etwas anderem reden. Ich habe da eine Geschichte, die mich aufs nächste betrifft und Euch auch. Ihr müsst dafür all unsern Schmuck daran geben, und habt Ihr irgendwo noch etwas Silber für Euch zurückgelegt, so müsst Ihr das ebenfalls hervorholen, denn der Fall verlangt das dringend.«

»Auf mein Wort,« versetzte das verbuhlte Frauenzimmer, »das will ich gern und freudigen Herzens tun, aber dafür verzeiht mir auch das Missgeschick, dass Euch widerfahren ist.«

»Sprecht nicht mehr davon«, erwiderte er, »so wenig, wie ich davon reden will.«

Sie glaubte, ihrer Schuld ledig gesprochen zu sein und Verzeihung für all ihre Sünden erlangt zu haben. Um ihrem Manne zu Gefallen zu sein, nachdem sie ihm eben solchen Streich gespielt hatte, gab sie ihm alles, was sie an Geld besaß, ihre Ketten, Ringe, reiche, prächtig gezierte Täschchen, einen Haufen sehr feiner Hauben, mehrere wertvolle Federn, Gewänder und kurz, alles, was sie hatte und was ihr Mann nur fordern mochte, – all das gab sie ihm, um ihm damit Freude zu machen.

»Sieh nur«, erklärte er, »immer noch ist es nicht genug.«

Als er schließlich alles bis auf ihr Kleid und den Unterrock hatte, die sie trug, erklärte er:

»Ich brauche auch dies Kleid!«

»Aber«, versetzte sie, »ich habe doch weiter nichts anzuziehen. Wollt Ihr, dass ich ganz nackt herumlaufe«

»Es ist unbedingt nötig,« versetzte er, »dass Ihr es mir gebt, und auch den Unterrock müsst Ihr hergeben. Wäre es aus Liebe oder mit Gewalt, – ich muss ihn haben.«

Da sie einsah, dass sie mit Gewalt nicht gegen ihn aufkommen konnte, zog sie ihr Kleid und ihren Rock aus, und wie sie so im Hemde dastand, meinte sie:

»Nun sagt doch, – tue ich Euch nicht alles zu Gefallen?«

»Stets habt Ihr es nicht getan«, erwiderte er. »Gehorcht Ihr mir jetzt zur Stunde, so weiß Gott allein, ob Ihr es gutwillig tut. Aber wir wollen das lassen und von etwas anderem reden. Als ich such in unglückseliger Stunde zum Weibe nahm, brachtet Ihr nichts mit außer Euch, und wenn es wirklich ein wenig gewesen war, so habt Ihr es zum Fenster hinausgeworfen und durchgebracht. Es lohnt sich nicht, dass ich Euch Euer Verhalten im Einzelnen vors Gewissen führe: Ihr selbst wisst besser als jeder andere, was Ihr für eine Frau seid. Und als die, die Ihr seid, gebe ich Euch jetzt feierlichen Abschied und sage such endgültig Lebewohl. Hier ist die Tür, macht Euch fort, und wenn Ihr vernünftig sein wollt, dann lasst Euch nie wieder bei mir sehen.«

Das arme verliebte Frauenzimmer war mehr denn je aus allen Wolken gefallen, wagte aber nach diesen schrecklichen Worten und angesichts dieses furchtbaren Bannfluches nicht, fürder in diesem Hause zu bleiben. Sie ging hinaus und begab sich, soviel ich weiß, zum Hause ihres Liebesgefährten, um wenigstens in der ersten Nacht Unterkunft zu finden. Sie ließ auch durch vielerlei Leute Verhandlungen führen, um ihre Ringe und

Kleider wiederzubekommen, aber das nützte ihr nichts. Denn ihr Mann bestand fest, hartnäckig und eigensinnig auf seinem Vorsatz, wollte nichts von ihr hören und dachte noch weniger daran, sie wieder bei sich aufzunehmen. Freilich wurde ihm gewaltig zugesetzt, sowohl von seinen eigenen Freunden wie von denen seiner Frau. Aber dieser blieb nichts weiter übrig: Sie sah sich gezwungen, so gut sie konnte, andere Kleider aufzutreiben, und sie musste statt mit ihrem Manne mit ihrem Freunde vorlieb nehmen. So wartete sie auf die Versöhnung mit ihrem Ehegemahl, der noch zur heutigen Stunde arg gegen sie aufgebracht ist und sie immer noch nicht sehen mag.

Die anständige Frau mit zwei Ehemännern.

Nicht nur bei den Bewohnern der Stadt Gent, wo sich die Geschichte, die ich hier beschreibe, vor nicht zu langer Zeit zutrug, sondern auch unter den meisten Bewohnern Flanderns und auch euch ja, die ihr hin anwesend seid, ist es bekannt, dass in der Schlacht zwischen dem Ungarnkönig und dem Herzog Johann (den Gott erlösen möge!) einerseits und dem Großherrn des Türkischen Reiches andrerseits mehrere französische, flämische, deutsche und picarder Rittersleute und Knappen gefangen genommen wurden. Einige fanden den Tod und wurden vor den Augen jenes Türkenkaisers umgebracht, die andern für immer in den Kerker geworfen, wieder andere verurteilt, Sklavendienste zu vollbringen und die Freiheit zu verlieren. Zu letzteren gehörte ein Edelmann aus Flandern, ein Herr Klaus Utenhoven.

Mehrere Jahre hindurch tat er diese niederen Dienste, und das war für ihn keine kleine Arbeit, sondern ein unerträgliches Duldertum, denn er war herrlich und in Freuden aufgewachsen und edler Abkunft.

Nun müsst ihr wissen, dass er vordem in Gent eine Frau genommen hatte, und zwar war er mit einer sehr schönen guten Dame verheiratet, die ihn von ganzem Herzen liebte und wert hielt und nun tagtäglich zu Gott betete, dass sie ihn doch recht bald wiederhaben und bei sich wiedersehen wolle, wenn er noch am Leben sei. Wäre er aber tot, so möge der Herr in seiner Gnade ihm seine Sünden vergeben und ihn in die Schar der glorreichen Märtyrer aufnehmen, die durch Niederwerfung der Ungläubigen und ihre Begeisterung für den heiligen katholischen Glauben freiwillig dem irdischen Tode geweiht und hingegeben haben.

Diese gute Dame war reich, schön und voller Güte. So wurde sie von vertrauten Freunden unaufhörlich gedrängt und bestürmt, sie solle sich doch wieder vermählen. Alle sagten und versicherten ihr mit aller Bestimmtheit, ihr Mann sei tot; denn wäre er noch am Leben, so würde er gleich den anderen zurückgekehrt sein, wäre er aber Gefangener, so würde man Nachrichten von ihm erhalten haben, um seine Auslösung in die Wege zu leiten. Man mochte ihr aber sagen, was man wollte, mochte ihr noch so viel anscheinend überzeugende Gründe vorführen, um nichts wollte sie sich mit solcher Ehe einverstanden erklären, und so gut sie nur konnte, entschuldigte sie sich, den Rat ablehnen zu müssen.

Schließlich aber waren all ihre Ausreden wenig oder nichts nütze, denn sie wurde von ihren Eltern und

Freunden doch so weit gebracht, dass sie sich schließlich fügte und gehorchte. Gott freilich weiß, dass es voll schmerzlichen Bedauerns geschah und neun Jahre seit dem Tage währte, wo sie von ihrem guten, getreuen Gatten getrennt worden war, den sie mehr liebte, als ihr Leben. Und so erging es ja den meisten, die ihn kannten. Gott aber, der seine Diener und Anhänger behütet und beschützt, hatte es anders beschlossen.

Denn noch lebte der Edelmann und tat seinen langweiligen Sklavendienst. Um nun zur Sache zu kommen: Die gute Dame wurde also mit einem anderen Rittersmann vermählt, und sie lebten wohl ein halbes Jahr miteinander, ohne dass die Frau von ihrem ersten Manne anderes hörte als bisher, nämlich, dass er tot sei. Zufällig fügte es sich nun aber nach Gottes Willen, dass es der gute edle Ritter Klaus, der noch zu der Stunde, da seine Gemahlin sich anderweit verheiratete, den schönen Beruf eines Sklaven ausübte, durch einige christliche Edelleute und Kaufleute zuwege brachte, freigelassen zu werden. Er begab sich auf ihr Schiff und kehrte derart alsbald heim.

Während er sich nun auf dem Rückwege befand und durch die Lande zog, begegnete und traf er mehrere gute Bekannte, die über seine Befreiung hocherfreut waren. Denn wirklich kann man sagen, dass er ein überaus tapferer, tugendhafter Mann war, der sich des besten Rufes erfreute. So verbreitete sich die frohe Botschaft von seiner heiß ersehnten Befreiung weithin und gelangte schließlich auch nach Frankreich, noch Artois und der Picardie, wo sein Name nicht minder bekannt war als in seinem Heimatlande Flandern.

Auf diesem Wege konnte es denn auch nicht lange dauern, bis die Nachrichten nach den, flämischen Landen gelangten und seiner schönen, wackeren Ehefrau zu Ohren kamen. Die war ganz außer sich, schier von Sinnen, und derart erregt und erschrocken, dass sie sich nicht zu fassen vermochte.

»Ach!«, rief sie schließlich, als sie wieder sprechen konnte, »mein Herz war wahrlich damals nicht einverstanden, zu tun, was zu vollbringen mich meine Eltern und Freunde mit Gewalt gezwungen haben. Wehe! Was wird mein treuer Herr und Gatte dazu sagen! Nicht, wie es meine Pflicht war, habe ich ihm die Treue gehalten, sondern wie eine leichtfertige, nichtsnutzige, wankelmütige Frau habe ich mich benommen, habe einem anderen zuteilwerden lassen, was er allein als Herr und Meister zu eigen hatte. Wie kann ich heute noch wagen, sein Kommen zu erwarten?! Ich bin nicht wert, dass er mich auch nur mit einem Blicke anschaut, geschweige denn mich jemals wieder als Gefährtin betrachtet.«

So rief sie und klagte mit vielen bitteren Tränen, und dann schwand dieser ehrenwerten, tugendhaften und herzlich getreuen Frau das Bewusstsein, und sie sank besinnungslos nieder.

Freilich wurde sie aufgerichtet und auf ein Bett getragen, und ihre Besinnung kehrte zurück. Aber fortan konnte weder ein Mann noch eine Frau von ihr erzwingen, dass sie aß oder schlief. Drei Tage hintereinander verblieb sie derart, weinte unaufhörlich, und ihr Herz zerfraß sich in dem grässlichsten Kummer, den je eine Frau erlebte. Während dieser Zeit beichtete sie und bestellte ihre Dinge als gute Christin, bat auch jedermann um Verzeihung, in Sonderheit aber ihren edlen Gatten. Und bald danach starb sie, und darob war große Trauer, Es braucht auch nicht gesagt zu werden, welch tiefer Gram ihren Gatten überkam, als er diese Nachricht empfing. Ja, sein Schmerz brachte ihn gewaltig in die Gefahr, auf ähnliche Weise seiner getreuen Gattin in den Tod zu folgen. Aber Gott, der ihn vor anderen dräuenden Gefahren behütet hatte, wendete auch diese glücklich von ihm ab.

Das Horn des Teufels.

Ein edler Rittersmann aus Deutschland, ein großer Reisender vor dem Herrn, tapfer im Waffenkampfe, hochgemut und mit allen edlen Tugenden in reichem Maße ausgestattet, kam einst von einer weiten Reise heim in eines seiner Schlösser. Dort wurde er von einem seiner Leute, der in der gleichen Stadt wohnte, gebeten, Pate eines seiner Kinder zu sein und das Neugeborene über die Taufe zu halten, dessen Mutter just zu seiner Rückkehr dem Kindlein das Leben gegeben hatte.

Diese Bitte erfüllte er dem besagten Bürger bereiten Herzens. Obgleich aber unser Rittersmann in seinem Leben schon mehrere Kindlein über die Taufe gehalten hatte, – so andächtig hatte er noch nie den heiligen Worten, die der Pfarrer sprach, oder dem Mysterium dieses heiligen, erhabenen Sakramentes gelauscht, wie in diesem Falle. Ihm schien, das alles sei, wie es ja auch in Wahrheit ist, voll hoher göttlicher Geheimnisse.

Als nun die Taufe beendet war, blieb er, statt auf sein Schloss zurückzukehren, zum Essen in der Stadt, denn er war ein freimütiger, hochherziger Mann und legte

Wert darauf, dass seine Leute ihn unter sich sahen. Gesellschaft leisteten ihm der Pfarrer, sein Gevatter und einige der angesehensten Leute. Nachdem über manches hin und her geredet worden war, erhoben sie sich zu immer höheren und höheren Dingen, und so begann der edle Herr gewaltiglich das achtungswerte Sakrament der Taufe zu loben und zu preisen und sagte mit lauter, klar vernehmlicher Stimme, also dass es alle hörten:

»Wenn ich bestimmt wüsste, dass bei meiner Taufe dieselben würdigen und heiligen Worte ausgesprochen worden sind, die ich zur Stunde bei der Taufe meines neuen Patensohnes vernommen habe, würde ich nicht die Spur Angst davor haben, dass der Teufel über mich irgendwelche Gewalt oder Macht erlangen könnte, es sei denn die, mich zu versuchen. Ja, ich würde darauf verzichten, das Zeichen des Kreuzes zu machen, – verstehet mich wohl: Ich weiß recht gut, dass dies Zeichen genügt, um den Teufel zu verjagen. Aber ich glaube fest daran, dass die bei der Taufe eines jeglichen Christen ausgesprochenen Worte, wenn sie die gleichen sind, die ich heute hörte, die Macht haben, alle Teufel der Hölle zu verjagen, und wenn es auch noch so viele wären.«

»Wirklich«, erwiderte darauf der Pfarrer, »wirklich, hoher Herr, ich kann Euch versichern, in *verdo sacerdotis*, dass dieselben Worte, die heute bei der Taufe Eures Patenkindes gesprochen wurden, auch bei Eurer Taufe gesagt wurden und erklangen. Das weiß ich genau, denn ich selbst habe Euch getauft, und ich habe die Sache noch so frisch im Gedächtnis, als wäre es gestern gewesen. Gott möge Euren Herrn Vater bedanken: er fragte mich am Tage nach Eurer Taufe, was ich von seinem jüngsten Sohne hielte; die und die waren Eure Paten, und die und die waren anwesend.«

Und er erzählte alle Einzelheiten der Tauffeier und gab die sichere Gewissheit, dass weder vorn noch hinten ein Wort bei dieser Taufe anders gewesen sei als bei der dieses Patenkindes.

»Wenn das so ist,« versetzte darob der edle Rittersmann, »so verspreche ich Gott, meinem Schöpfer, dass ich, um in festem Glauben das heilige Sakrament der Taufe gehörig zu ehren, niemals, in welche Gefahr ich auch kommen mag, wie mich der Teufel auch bestürmen oder wider mich angehen mag, fürder das Zeichen des Kreuzes machen werde. Einzig in Gedanken an das Sakrament der Taufe werde ich ihn von mir jagen, – so festes gläubiges Vertrauen setzte ich in dies göttliche Mysterium. Und nie wird es mir möglich erscheinen, dass der Teufel einem Menschen schaden könnte, der mit solchem Trutz bewaffnet ist. Denn er ist derart fest, dass er allein, ohne jede andere Hilfe, außer natürlich dem wahren Glauben, vollständig genügt.«

Das Essen ging zu Ende, und ich weiß nicht wie viel Jahre später kam der wackere Rittersmann für irgendeine Angelegenheit, die ihn dorthin rief, nach einer netten Stadt in Deutschland, wo er im Gasthof Unterkunft fand. Eines Abends war er nach dem Essen mit seinen Leuten zusammen, redete und stritt mit ihnen, und so kam es, dass er schließlich einmal austreten musste, denn seine Leute stritten immer weiter, und keiner wollte von dem Streite ablassen. So nahm er also eine Kerze und ging ganz allein hinaus.

Als er nun in die verborgene Klause kam, sah er vor sich ein gewaltig großes, erschreckliches und furchtbares Ungeheuer mit mächtigen langen Hörnern und mit Augen, die noch heller leuchteten als Ofenlöcher, mit dicken, starken Armen, spitzen, scharfen Klauen, kurz, es war ein ganz fürchterliches Ungeheuer, und ich glaube sicher, es war ein Teufel. Dafür hielt es auch unser wackerer Rittersmann, der auf den ersten Anhieb über solche Begegnung mächtig verdutzt war.

Nichtsdestoweniger fasste er sich ein Herz und wollte sich kühnlich zur Wehr setzen, wenn der ihm etwas anhaben sollte. Dabei kam ihm das Gelübde in Erinnerung, das er getan hatte, und die Geschichte von dem heiligen, göttlichen Mysterium der Taufe. In diesem festen gläubigen Vertrauen ging er auf das Ungeheuer, das ich kurz und gut als Teufel bezeichnen will, geradeswegs zu und fragte es, wer es sei und was es wolle.

Ohne ein Wort zu erwidern, begann dieser Teufel auf ihn einzuschlagen, und der wackere Rittersmann, sich zu verteidigen. Immerhin hatte er als einzige Waffe nur seine Fäuste, denn er war im einfachen Wams, im Begriffe, schlafen zu gehen, und sein guter Degen war sein festes gläubiges Vertrauen zu dem heiligen Mysterium der Taufe.

Der Kampf dauerte lange, und der wackere Rittersmann ward schließlich so matt, dass es ein reines Wunder war, wie er dem harten Ansturm überhaupt noch widerstehen konnte. Aber sein Glaubensschild war ihm ein fester Trutz, also dass die Schläge seines Feindes ihm nur wenig Schaden taten.

Schließlich, als dieser Kampf wohl schon eine gute Stunde gewährt hatte, bekam der wackere Rittersmann die Hörner dieses Teufels zu packen, riss ihm eins aus und vermöbelte ihn damit gehörig, so wenig es dem andern auch behagte. Als Sieger verließ er den Kampfplatz, ließ das Ungeheuer vollständig erschöpft liegen und suchte seine Leute auf, die sich noch immer hin und her stritten, wie sie es schon vor seinem Weggange getan hatten.

Sie waren sehr erschrocken, als sie ihren Herrn derart erhitzt, mit ganz zerkratztem Gesicht erblickten. Sein Wams, Hemd und Hosen, kurz alles war zerrissen und zerfetzt, und er war vollständig außer Atem.

»Ach, edler Herr«, riefen sie, »woher kommt Ihr und wer hat Eure Kleider derart zugerichtet?«

»Wer?«, meinte er, »der Teufel ist's gewesen, mit dem ich mich derart herumgeschlagen habe, dass ich noch ganz außer Atem bin und in den Zustand kam, in dem ihr mich erblickt. Und ich versichere euch auf mein Wort: Ich bin wahrhaftig fest davon überzeugt, dass er mich erwürgt und gefressen hätte, wenn ich mich nicht auf der Stelle meiner Taufe und des erhabenen Mysteriums dieses Sakramentes erinnert hätte, und zugleich auch meines Gelübdes, das ich einst tat, ich weiß nicht, vor wie viel Jahren. Und ihr könnt mir glauben, ich habe es getreulich gehalten. Denn so arg auch die Gefahr sein mochte, die mir drohte, niemals machte ich das Zeichen des Kreuzes, sondern ich hielt mir besagtes heiliges Sakrament vor Augen, habe mich kühnlich verteidigt und bin froh und frei entschlüpft. Lob und Dank sei unserm Herrn, der durch diesen Schild des heiliges Glaubens mich gesund und heil erhalten hat. Mögen auch all die andern bösen Geister kommen, die drunten in der Hölle sind, – solange dies heilige Zeichen dauert, fürchte ich sie nicht, Preis, Preis sei unserm erhabenen Gotte, der seine Streiter mit solchen Waffen zu rüsten weiß.«

Als die Leute dieses edlen Herrn ihren Meister den Fall berichten hörten, waren sie bass erfreut, ihn so ungefährdet zu sehen. Aber ganz verblüfft staunten sie über das Horn, das er ihnen zeigte, eben jenes, das er dem Teufel vom Kopfe gerissen hatte. Und kein Mensch; der es sah oder fürder vor Augen bekam, vermochte zu sagen und zu beurteilen, woraus es bestand, ob es Knochen oder Horn war, so wie andere Hörner sind, oder was es sein mochte.

Alsbald erklärte einer der Leute dieses Rittersmannes, er wolle hingehen und sehen, ob der Teufel noch da sei, wo ihn sein Meister gelassen hatte, und fände er ihn, so wollte er auch mit ihm kämpfen und ihm das andere Horn ausreißen. Sein Herr redete ihm zu, doch ja nicht hinzugehen, aber er bestand daraus, seinen Willen durchzusetzen.

»Tu das nicht,« drängte ihn sein Herr, »die Gefahr ist zu groß.«

»Kümmert mich nicht,« versetzte der andere, »ich werde hingehen.«

»Glaube mir,« versetzte sein Herr, »und gehe nicht hin.«

Aber was nützte es alles: Er wollte nun einmal gehen und seinem Herrn nicht gehorchen. Er nahm also eine Fackel in die eine, ein mächtiges Beil in die andere Hand

und begab sich zu der Stätte, wo sich sein Herr herumgeschlagen hatte. Was er dort tat, hat man nie erfahren.
Sein Herr bangte um ihn, aber so eilig er ihm auch folgen mochte: – gefunden hat er ihn nicht, und den Teufel
auch nicht, und niemals wieder hat er etwas von seinem
Gefolgsmann gehört.

So also, wie berichtet, kämpfte der wackere Rittersmann mit dem Teufel und überwand ihn kraft des heiligen Sakra, mentes der Taufe.

Not macht erfinderisch.

Bei einer dieser Geschichten fällt mir ein, dass in den
Marken der Picardie kürzlich ein Edelmann lebte, – ich
glaube sogar, dass er noch zur Stunde sich dort befindet,
– der gewaltig in die Frau eines Rittersmannes in der
Nachbarschaft verliebt war. Darob konnte er keine ruhige Minute, kein glückliches Stündlein mehr finden, es
sei denn, dass er sich bei ihr befand oder wenigstens von
ihr Nachricht erhielt. Und was nicht wenig besagen will:
Er war auch ihr nicht minder wert und teuer. Der Jammer bestand bloß darin, dass sie keinerlei Mittel und
Wege erdenken konnten, unter vier Augen miteinander
allein zusammen zu sein, um nach Behagen einander sagen und ausdrücken zu können, wie es ihnen ums Herz
war. Denn das hätten sie um nichts in der Welt vor irgendeinem andern, wäre es auch der beste Freund gewesen, enthüllen mögen.

Nachdem sie nun so manche arge Nacht, manch
schmerzlich kummervollen Tag sich durchgequält hatten, richtete es Amor, der seine treuen Diener gern einmal hilfreich unterstützt, wenn er bei Laune ist, so ein,

dass sich ein Tag fand, wie sie ihn so von Herzen ersehnten: der qualvolle Ehemann nämlich, der eifersüchtiger war, als sonst ein Lebender überhaupt fertigbekommt, sah sich genötigt, seinen Haushalt im Stich zu lassen und sich wegen einer Angelegenheit hinwegzubegeben, die ihm also nahe ging, dass er einen gewaltigen Sack voll Geld eingebüßt haben würde, wenn er nicht selbst zur Stelle gewesen sein würde, dagegen er durch sein Eintreten dies Geld retten konnte, was er denn auch tat. Indem er aber diesen Gewinn einheimste, fiel ihm noch eine andere herrlichere Beute zu: Er erntete den Titel eines Hahnrei zu dem eines Eifersüchtlings, der er schon vordem gewesen war.

Denn kaum war er aus seinem Hause hinaus, als der Edelmann, der für kein anderes Jagdtier mehr Sinn hatte, sich heranmachte und bei ihm eindrang, und ohne erst lange Umstände zu machen, unverzüglich tat, wofür er gekommen war: Er erlangte von seiner Liebsten, was nur ein ergebenster Diener erbitten kann und zu fordern wagt, und das so gar erquicklich und in aller Vergnüglichkeit, wie man es sich nicht besser wünschen kann. Sie nahmen sich nicht einmal sonderlich in acht, dass der Ehemann sie überraschen könnte. Sie ließen sich dadurch nicht ihr Glück verkümmern, hofften sogar, in der Nacht zu vollenden, was der Tag freudevoll, für sie schier zu knapp, begonnen hatte, und dachten wirklich und wahrhaftig, dass dieser Teufel von einem Ehemann nicht vor dem nächsten Tage zur Zeit des Mittagessens, geschweige denn früher, zurückkehren könnte.

Aber die Sache kam anders. Denn die Teufel brachten ihn ins Haus zurück; und ich weiß nicht und mir liegt auch nichts daran, zu wissen, wie er seine Sache so flugs erledigen konnte. Genug, er kam schon abends wieder heim, und darüber war das Pärchen, nämlich unsere zwei verliebten Leutchen, über die Maßen verblüfft. Ja, ihre Besorgnisse, dass diese schmerzvolle Rückkunft ihnen über den Hals kommen könnte, waren so gering gewesen, dass sie völlig überrascht wurden und der arme Edelmann keinen anderen Ausweg fand, als sich in den Abtrittsraum des Zimmers zu verkriechen, in der Hoffnung, irgendwie später hinauszuschlüpfen. Wie, das sollte seine Liebste herausfinden, bevor der Rittersmann etwa in jene Ecke hineinkäme. Aber auch das kam ganz anders, denn unser Rittersmann hatte den Tag über seine fünfzehn oder sechzehn gehörige Meilen stramm geritten und war so matt, dass er kaum seine Glieder regen konnte. Er wollte gleich in seinem Zimmer, wo er die Stiefel ausgezogen hatte, zu Abend essen, und ließ dort decken, ohne erst in den Saal zu gehen.

Ihr könnt euch denken, dass dem wackeren Edelmanne die schöne Zeit, die er an diesem Tage verbracht hatte, gehörig in den Gliedern steckte, denn er starb schier vor Hunger und obendrein auch vor Kälte und Angst. Und dazu kam, um das Übel noch ärger zu machen und zu verschlimmern, dass ihn ein gräulicher, gewaltiger Husten packte, bei dem es ihm schier blau vor Augen wurde, und es hing an einem Haare, dass er bei jedem Huster, den er tat, in dem Zimmer gehört wurde, wo die ganze Gesellschaft, der Rittersmann, die Dame und die übrigen Leute aus dem Hause beisammensaßen.

Die Dame hatte Aug' und Ohr gespitzt und dachte nur an ihren Freund. So hörte sie ihn auch zwischendurch gelegentlich, und das gab ihrem Herzen einen gewaltigen Stoß, denn sie musste fürchten, dass auch ihr Mann ihn hören könnte. Immerhin fand sie die Möglichkeit, gleich nach dem Abendessen allein zu ihm zu schlüpfen, und da redete sie auf ihren Freund ein, er möge sich doch um Gottes willen hüten, derart zu husten.

»Ach, Liebste«, erwiderte er, »ich kann doch wirklich nicht anders. Gott weiß, wie hart ich gestraft bin. Und um Gottes willen sinnt nur darauf, wie Ihr mich hier aus dieser Klause hinausbekommt.«

»Das will ich tun«, erwiderte sie.

Und alsbald ging sie wieder hinaus, und unser wackerer Mann begann wieder seinen Hustengesang, und zwar so laut, dass man ihn mit Leichtigkeit hätte hören können, wenn nicht die Gespräche gewesen wären, die seine Dame in Schwung zu bringen bemüht war.

Als sich der wackere Held derart von Husten bestürmt sah, wusste er schließlich kein anderes Mittel, um nicht gehört zu werden, als seinen Kopf in den Sitz zu stecken. Das war zwar recht duftig, weiß Gott, aber ihm war das immer noch lieber, als gehört zu werden. Um kurz zu sein, er hockte derart eine lange Weile, spuckte, nieste und hustete, und es war schier, als habe er sein lebelang nie etwas anderes zu tun gewusst.

Immerhin ließ bei diesem geschickten Abhilfmittel der Husten etwas nach, und er glaubte, den Kopf wieder zurückziehen zu können. Aber er war nicht imstande, ihn aus dem Loch herauszubekommen, so tief und fest hatte er ihn hineingesteckt. Ihr könnt euch denken, wie wohl ihm zumute war! Kurz, er wusste kein anderes Mittel, herauszukommen, so sehr er sich auch mühte. Sein Hals war ganz zerschunden, seine Ohren förmlich abgerissen. Schließlich wollte es Gott gefallen, dass er eine mächtige Anstrengung machte und richtig das Brett losriss, sodass er es um den Hals trug. Aber er war außerstande, es dort fortzukriegen, und war es ihm auch unbehaglich genug, so sah er sich immer noch lieber in dieser Lage als in der vorigen.

In dieser glücklichen Verfassung kam seine Liebste an, um ihn aufzusuchen. Sie fiel freilich aus allen Wolken, wusste auch nicht, wie sie ihm helfen sollte; um aber sein Glück vollzumachen, erklärte sie ihm, dass sie keinen Ausweg zu finden wüsste, um ihn aus dieser Ecke herauszubekommen.

»Weiter nichts?!«, meinte er. »Holla, holla! Tod und Teufel, ich bin gerüstet genug, um mit einem fertig zu werden, wer es auch sein mag, hätte ich nur einen Degen in der Hand.«

Den bekam er denn auch, und zwar einen gar trefflichen. Als ihn die Dame in dem Zustande sah, konnte sie sich trotz all ihrem Kummer des Lachens nicht enthalten, und ihr Schildträger nicht minder.

»Also jetzt empfehle ich mich Gott an«, meinte er alsbald, »und ich will versuchen, wie ich hier hinauskomme, nur schwärzt mir zuvor noch gehörig mein Gesicht.«

So tat sie, empfahl ihn dem Schütze Gottes, und der wackere Mann mir dem Holzschmucke am Hals, den bloßen Degen in der Hand und mit einem Gesicht, schwärzer als Kohle, setzte an, sprang in die Stube, und glücklicherweise war der erste, aus den er traf, der beklagenswerte Gatte. Als der ihn sah, bekam er eine Mordsangst, denn ihm bedünkte, dass sei ein Teufel. So lang er war, ließ er sich zur Erde niederfallen. Es fehlte nur ein Haar, dass er sich das Genick brach, und lange Zeit war er vollständig besinnungslos.

Als seine Frau ihn in diesem Zustande sah, sprang sie herzu und spielte mit täuschender Ähnlichkeit die Erschreckte, die sie gar nicht war. Sie nahm ihn in ihre Arme und fragte ihn, was er habe. Schließlich war er einigermaßen wieder zu sich gekommen und sagte mit gebrochener, überaus kläglicher Stimme:

»Habt Ihr nicht diesen Teufel gesehen, dem ich da eben begegnet bin?«

»Gewiss habe ich ihn gesehen,« versetzte sie. »Es fehlte nichts, dass ich vor lauter Schrecken über diesen furchtbaren Anblick geradeswegs gestorben wäre.«

»Aber woher mag er denn nur hier ins Haus gekommen sein!« barmte der Mann, »und wer hat ihn uns auf den Hals geschickt?! Das ganze Jahr lang und darüber hinaus noch werde ich nicht beruhigt sein, so entsetzt bin ich gewesen!«

»Weiß Gott, mir geht es ebenso,« versetzte die demutsvolle Dame. »Ihr könnt sicher sein, das soll irgendetwas bedeuten. Mag uns Gott vor allem üblen Geschick behüten und bewahren! Mir ist ob dieser Erscheinung gar schlimm ums Herz.«

Darauf sagte jeder der Hausleute sein Sprüchlein wegen dieses Teufels, denn alle glaubten wahr und wahrhaftig, dass alles wirklich so vor sich gegangen sei. Die

Dame freilich wusste ganz genau, was dahinter steckte, und deshalb war sie von Herzen froh, dass sie alle dieses Glaubens sah. Und fortan blieb der Handel mit dem besagten Teufel im Gange, so wie jeder das gern haben möchte, und weder der Ehemann noch all die andern kamen hinter die Sache, mit Ausnahme der vertrauten Kammerfrau, die in ihre Geschichte eingeweiht war.

Der Vogel im Käfig.

In der schönen holden Grafschaft Saint-Pol, in einem ansehnlichen Städtlein ziemlich dicht bei der Stadt Saint-Pol selbst, lebte einst ein schlichter Landmann. Er war mit einer schönen, ansehnlichen Frau verheiratet, in die sich der Pfarrer des Dorfes derart verliebt hatte, dass er weder aus noch ein wusste. Maßen er sich nun derart von den Flammen der Liebe erfasst fühlte, wobei es für ihn sehr schwer war, an seine Liebste heranzukommen, ohne dass es bekannt oder zum Mindesten beargwöhnt wurde, sagte er sich, dass er gütlich ihre Gunst nicht erlangen könnte, ohne zuvor die des Ehemannes zu gewinnen, und dass es unbedingt notwendig sei, diesen Umweg einzuschlagen.

Diesen Plan enthüllte er seiner Geliebten, um deren Ansicht zu hören, und ihr Rat war über die Maßen günstig und geeignet, ihre verliebten Absichten zu glücklichem Ende zu führen.

Indem also unser Pfarrer den Rat seiner Schönen und damit auch seine eigenen Absichten befolgte, richtet er es durch gar anmutsvolle und geschickte Mittel so ein, dass er m engen Verkehr mit dem Manne kam, dessen Gefährte oder auch Stellvertreter er sein wollte. Und richtig wusste er den guten Kerl dahin zu bekommen, dass er keinen Tag mehr trinken oder essen, ja selbst irgendetwas sonstwie tun mochte, ohne dabei regelmäßig von seinem guten Pfarrer zu reden. Tag für Tag und Woche für Woche wollte er ihn zum Mittag- und zum Abendessen bei sich haben. Kurz und gut, in dem Hause des wackeren Mannes war schon nichts mehr recht getan, wenn der Pfarrer nicht dabei war.

Auf diese Weise – ganz so, wie er es wollte – kam der Pfaffe also ins Haus, zu jeder Zeit, die ihm passte. Da nun aber die Nachbarn dieses schlichten, einfältigen Arbeitsmannes gelegentlich sahen, was er selbst nicht sehen konnte, weil Leichtgläubigkeit und Schwäche ihm die Augen geblendet und verbunden hatten, so erklärten sie ihm, es sei nicht anständig, tagtäglich den Besuch des Pfarrers zu haben. So könne das nicht weitergehen, ohne dass seine Frau gewaltig in Schande gerate, zumal ja schon die andern Nachbarn und seine Freunde darauf aufmerksam wurden und ihre Bemerkungen in seiner Abwesenheit darüber machten.

Als sich der wackere Mann derart heftig von seinen Nachbarn getadelt sah, und da sie ihm den Verkehr dieses Pfarrers in seinem Hause zum Vorwurf machten, war er genötigt, ihm zu sagen, dass er sich weiterhin dieses Umganges enthalten möge. Und wirklich verbot er ihm mit drängenden und drohenden Worten, er solle sich ja niemals mehr bei ihm im Hause betreffen lassen, wenn er nicht von ihm gerufen sei, und er verschwor sich hoch und heilig: Wenn er ihn dort fände, würde er mit ihm Abrechnung halten und ihn reichlicher bedenken, als es ihm Freude machen würde, und in einer Weise, die ihm wenig lieb sein dürfte.

Dies Verbot missfiel dem Pfarrer mehr, als man es in Worten ausdrücken kann. War es aber auch misslich, so wurden die liebevollen Beziehungen deshalb doch nicht abgebrochen. Sie waren ja so tief in den Herzen der beiden verwurzelt, zumal durch die fröhlichen Erfolge, die sie bisher eingeheimst hatten, dass es ein Ding der Unmöglichkeit war, das Pärchen voneinanderzureißen und zu trennen, mochte auch die Drohung noch so arg sein. Hört nun, wie unser Pfarrer sich nach diesem Verbot verhielt.

Auf Anweisung seiner Liebsten nahm er es sich zur Richtschnur und zur Gewohnheit, jedes Mal zu ihr zu Besuch zu kommen, wenn er merkte, dass der Ehemann abwesend war. Immerhin benahm er sich dabei recht plump, denn er wusste es nicht einzurichten, dass er in das Haus kam, ohne dass die Nachbarn, auf deren Veranlassung das Verbot zurückzuführen war, davon erfuhren. Denen missfiel die ganze Geschichte so sehr, als wenn sie selbst im Besonderen davon betroffen würden. Der wackere Mann wurde neuerdings von ihnen gewarnt, und sie wiederholten ihm, dass der Pfarrer die Gewohnheit genommen habe, auch weiterhin in sein Haus zu kommen, um dort die Glut zu löschen wie vor dem Verbot.

Unser schlichter Mann wurde, als er diese Nachricht erfuhr, über die Maßen in Staunen gesetzt und umso heftiger gegen seine bessere Hälfte erzürnt. Und um einen Ausweg und ein wirksames Heilmittel zu finden, erdachte er einen Plan, den ihr nun hören sollt.

Er sagte zu seiner Frau, ohne ein anderes Wesen zu zeigen, als man sonst an ihm gewöhnt war, er wolle an einem bestimmten Tage, den er ihr nannte, einen Wagen mit Korn nach Saint-Omer fahren, und damit seine Angelegenheiten besser gewahrt würden, beabsichtige er, selbst dorthin zu gehen. Als dann besagter Tag kam, an dem er fort wollte, tat er, wie das in der Picardie und zumal in der Umgegend von Saint-Omer Brauch ist: Er lud das Korn um Mitternacht auf seinen Wagen und rüstete dann auch für eben diese Zeit zum Aufbruch. Als alles vorbereitet und in Ordnung war, nahm er von seiner Frau Abschied und zog mit seinem Wagen von dannen. Sobald er zum Tor hinaus war, schloss die Frau den Umgang und alle Türen des Hauses ab.

Nun müsst ihr wissen, dass unser Getreidehändler aus dem Hause eines seiner Freunde, der am Ende der Stadt wohnte, besagtes Saint-Omer machte: er begab sich nämlich dorthin, fuhr seinen Wagen auf den Hof besagten Freundes, der um die ganze Geschichte wusste, und schickte dann diesen aus, um die Umgegend seines Hauses zu bespähen, zu erkunden und nachzuschauen, ob ein Dieb etwa dort einbräche.

Als sein guter Freund und Nachbar an Ort und Stelle angelangt war, wo er sein Späheramt zu vollziehen hatte, verkroch er sich in einem Eckchen einer starken Fichtenhecke, von wo aus er alle Eingänge besagten Hauses übersehen konnte. Denn er war dem Kaufmann in dieser Sache bereitwillig ergeben und sein aufrichtiger Freund. Kaum hatte er angefangen, die Ohren zu spitzen, da kam auch schon Meister Pfarrer, um sein Kerzlein in Flammen zu setzen, oder richtiger, um das Feuer zu löschen, und ganz still und sacht pochte er an das Hoftor. Das wurde alsbald von der Frau gehört, die nicht die Gabe hatte, in solch erwartungsvollen Augenblicken zu schlafen. Seine Liebste nämlich kam hurtig im Hemde hinunter und ließ ihren Beichtiger hinein, sperrte dann die Tür wieder zu und führte ihn an die Stätte, die ihr Mann eigentlich einnehmen sollte.

Um nun auf unseren Späher zurückzukommen: Sobald dieser alles, was da vorging, wahrgenommen hatte, kam er aus seiner Ecke herausgekrochen und ging hinweg, um die Warnungstrompete zu blasen, – kurz, er setzte dem guten Ehemann den Vorfall haarklein auseinander. Daraufhin wurde sofort Kriegsrat gehalten und folgender Plan festgestellt:

Der Getreidehändler tat, als käme er wegen gewisser Umstände mit seinem Wagen wieder zurück, wegen Zwischenfällen, die er entweder angeblich zu befürchten hatte oder erlebt zu haben glaubte. So gelangte er denn zum Tor, pochte an und rief seine Frau heraus, die aus allen Wolken fiel, als sie seine Stimme hörte. Aber so verblüfft war sie denn doch nicht, dass sie nicht noch schnell die Gelegenheit ergriff, ihren Liebsten, den Herrn Pfarrer, in ein Möbel zu stecken, das sich im Zimmer befand.

Um euch nun begreiflich zu machen, was für ein Möbel das war, so hört: Es war ein Speiseschrank nach Art einer Truhe, deshalb lang, schmal und ziemlich tief. Nachdem der Pfarrer dort hineingesteckt war, wo ansonsten Eier, Butter, Käse und andere derartige Lebensmittel untergebracht zu werden pflegen, zeigte sich die wackere Hausfrau, als wäre sie halb wach, halb verschlafen, vor ihrem Mann und sagte zu ihm:

»Ach, guter Mann, was mag dir denn begegnet sein, dass du so hastig zurückkehrst? Sicher kam dir irgendein Missgeschick oder sonst eine Geschichte dazwischen, die dich deine Reise nicht ausführen ließ?! Ach, bei Gott, sage es mit nur schnell.«

Der gute Mann kochte innerlich schier zum Zerbersten, wenn er es sich auch möglichst wenig merken ließ. Er erklärte, er wolle in sein Zimmer gehen und ihr dort den Grund seiner eiligen Rückkunft erzählen. Als er dann dort war, wo er den Pfarrer zu finden glaubte, nämlich in seinem Zimmer, begann er die Gründe zu erzählen, die ihn zum [... Zeile fehlt im Buch. d.K. ...] er es sich auch möglichst wenig merken ließ. Er erklärte, [... Zeile fehlt im Buch. d.K. ...] er, es sei aus Misstrauen vor ihrer möglichen Untreue geschehen, und er habe gar sehr befürchtet, mit Hörnlein geziert zu werden, wie man ja zu sagen pflegt, und dieser Verdacht sei der Grund gewesen, dass er so eilig heimgekehrt sei. Item sei dieser Verdacht so hartnäckig und unablässig in seinem Sinn umherspaziert, dass er von dem Augenblicke an, da er außer Hause gewesen sei, an nichts anderes mehr hätte denken, nichts anderes sich hätte vorstellen können, als dass der Pfarrer seine Stelle verträte, während er zu Geschäften abwesend sei. Item habe er seine Vorstellungsgabe etwas erproben wollen, und deshalb, erklärte er, sei er derart zurückgekehrt, und wolle auf der Stelle die Kerze haben und nachsehen, ob seine Frau es wage, in seiner Abwesenheit ohne Gesellschaft zu schlafen. Als er mit der Auszählung der Gründe für seine Rückkehr fertig war, erhob seine Frau ein groß Geschrei und erklärte:

»Ach, mein guter Mann, woher kommt Euch nur jetzt diese grundlose Eifersucht? Habt Ihr denn irgendetwas bei mir bemerkt, was mich in anderem Lichte erscheinen lässt denn als gute, getreue und tugendhafte Frau? Ach, verflucht sei die Stunde, da ich Euch kennenlernte und mit Euch vermählt wurde. Denn ich habe nicht verdient, derart zu Unrecht wegen einer Sache beargwöhnt zu werden, an die mein Herz nicht einmal im Traume je gedacht hat. Ach, Ihr kennt mich noch schlecht und wisst nicht, wie rein und ganz mein Herz sein und bleiben wird.«

Vielleicht wäre der gute Kaufmann gezwungen worden, ihrem Geschwätz und Schwindel zu glauben, wenn er nicht ihren Wortschwall unterbrochen hätte. Er erklärte aber, dass er die Richtigkeit seiner Gedankenbilder erproben wolle. Ohne sie weiterschwatzen zu lassen, begann er alsbald alle Ecken und Winkel der Stube zu durchsuchen und zu durchstöbern, wo er nur irgend hingucken konnte. Als er sie alle abgesucht hatte, ohne dort zu finden, was er suchte, fasste er den Speisekasten ins Auge und kam zu der Ansicht, dass er gerade das Rechte sei, um seinen Gefährten zu bewahren. Er ließ sich aber nichts merken, sondern rief seine Frau und sagte ihr:

»Meine Liebe, wirklich, ich habe Euch ohne jeden Grund und mit Unrecht der Untreue gegen mich verdächtigt. Ihr seid nicht so böse, wie meine irrenden Gedanken es mir vorgestellt haben. Und trotzdem bin ich der festen Überzeugung, des Glaubens, und wie darin verrannt, dass es mir nie wieder möglich sein wird, zärtlich mit Euch zu sein. Deshalb bitte ich Euch, erklärt Euch mit einer Scheidung und Trennung zwischen uns beiden einverstanden, also dass wir in Liebe und Güte unsere Habe in zwei gleiche Teile teilen.«

Das verliebte Weiblein, das diesen Handel gar beglückend fand, maßen sie ja dann umso leichter mit ihrem Pfarrer zusammen sein konnte, stimmte, ohne sich groß zu verstellen, dem Vorschlage ihres Mannes zu, unter der einzigen Bedingung freilich, dass sie die Teilung des Hausrates vornehme, zuerst darüber zu bestimmen und die Wahl zu treffen habe.

»Aber aus welchem Grunde wollt Ihr denn als erste die Wahl treffen?«, fragte der Mann. »Das ist doch gegen alles Recht und alle Gerechtigkeit!«

Lange Zeit stritten sie sich hin und her, wer als erster die Wahl treffen solle. Schließlich aber siegte der Ehemann, traf seine erste Entscheidung und wählte den Speisekasten, wo nur Kuchen, Gebäck, Käse und andere Lebensmittel darin waren, mitten unter ihnen begraben aber unser Pfarrer, der all die schönen Reden hörte, die um seinetwillen gehalten wurden.

Als der Ehemann den Speiseschrank gewählt hatte, wählte die Frau den Kessel, dann der Ehemann ein anderes Möbelstück, dann sie wieder ein anderes, und so fort, bis alles geteilt und bestimmt war. Als dann die Teilung beendet war, meinte der gute Ehemann:

»Ich bin damit einverstanden, dass Ihr in meinem Hause bleibt, bis Ihr Unterkunft für Euch gefunden habt. Ich aber will gleich zur Stunde mein Teil fortschaffen und es ins Haus meines Freundes bringen.«

»Tut, wie Ihr wollt,« versetzte sie.

Nun ließ er sich einen guten langen Strick geben, band ihn um den Speiseschrank, verschnürte ihn, ließ dann seinen Wagen kommen und ein Pferd vor seinen Speiseschrank spannen, damit er zum Hause dieses und dieses Nachbarn hingebracht würde.

Als die wackere Frau diesen Befehl hörte, stellt sie sich, als wäre sie ganz einverstanden, denn sie wagte nicht, einen entgegengesetzten Rat zu geben. Sie hatte nur eine Angst: dass der Kasten aufgemacht werden könnte. Deshalb ließ sie alles gehen, was auch für Dinge daraus entstehen mochten.

Der Speiseschrank wurde also, wie gesagt, hinten bei dem Gespann aufgeladen und die Straße dahin gefahren, um dorthin gebracht zu werden, wo der gute Mann es angeordnet hatte. Aber er hatte noch keinen langen Weg zurückgelegt, da begannen die Eier und die Butter unserm Pfarrer schon die Augen vollzulaufen, und er schrie um Gottes willen um Gnade.

Als der Karrenführer diese klägliche Stimme aus dem Speiseschranke herausjammern hörte, sprang er ganz erschrocken ab, rief die Leute und seinen Herrn herbei, und die öffneten alsbald den Kasten, allwo sie den armen Gefangenen auffanden. Von lauter Eiern, von Milch, Käse und sonstigen hunderterlei Dingen war er ganz vergoldet und besudelt. Ja, der ärmste Liebhaber war so jämmerlich zugerichtet, dass man nicht wusste, womit er am meisten bekleckert war. Als ihn der wackere Ehemann in diesem Zustande erblickte, konnte er trotz seiner berechtigten Wut nicht umhin, in lautes Gelächter auszubrechen. Er ließ allen Zorn fahren, kam zu seiner Frau gelaufen und zeigte ihr, dass er gar nicht so sehr im Unrecht gewesen war, ihre Untreue zu beargwöhnen.

Als sie sich durch diesen Beweis überführt sah, bat sie um Gnade, und ihr wurde unter der Bedingung Verzeihung gewährt, dass sie, wenn ihr Ähnliches noch einmal begegnen sollte, etwas schlauer sein müsse, als den Mann ausgerechnet in den Speiseschrank zu stecken. Denn hier war ja der Pfarrer Gefahr gelaufen, seinen Kittel für immer zu verderben. Fortan blieben sie noch lange Zeit miteinander. Der Mann trug seinen Schrank wieder heim, und ich weiß nicht, wo der Pfarrer sich künftig in Sicherheit brachte. Für dies Abenteuer jedenfalls erlangte er den Spitznamen, den er heute noch trägt: Herr Baudin-Speiseschrank.

Der Dudelsack.

In den Zeiten des Krieges zwischen den zwei Parteien Burgund und Armagnac trug sich in Troyes in der Champagne ein gar anmutsvolles Geschehnis zu, das wohl wert ist, berichtet und hier mit aufgenommen zu werden. Die Geschichte war so:

Die Leute von Troyes waren zuvor Anhänger der Burgunder gewesen und hatten sich dann auf die Seite der Armagnaken gestellt. Zu ihnen gehörte ein halb närrischer Geselle, der war zwar nicht ganz und gar jeglicher Vernunft bar, aber er hielt es wahrlich mehr mit der Frau Tollheit denn mit dem gesunden Menschenverstande, obgleich er sich bisweilen mit Hand und Mund mancherlei Dinge leistete, die vernünftiger waren, als man ihm hätte zutrauen können.

Um jetzt aber zu der eigentlichen Geschichte zu kommen: Besagter Schlingel gehörte zur Besatzung der Burgunder, die in Saint-Menehould standen. Eines Tages nun hielt er seinen Gefährten einen großen Vortrag und sagte, wenn sie ihm vertrauen würden, wolle er ihnen einen guten Rat geben, wie man von den Faulpelzen in Troyes einen gehörigen Happen erbeuten könne. Denn diese hasste er wirklich auf den Tod, und auch sie verspürten keine Liebe für ihn und drohten stets, ihn an den Galgen zu bringen, wenn sie seiner habhaft werden könnten. Er sagte also Folgendes:

»Ich will gen Troyes ziehen und mich an die Vorstädte heranmachen und so tun, als suchte ich dort die Stadt auszuspähen: Ich werde mit meiner Lanze in den Gräben herumstochern und so dicht an die Stadt herankommen, dass ich gepackt werde. Ich bin fest überzeugt: Sobald mich der wackere Schöffe in den Fängen hat, wird er mich zum Galgen verurteilen, und keiner in der Stadt wird ihm mir zuliebe widersprechen, denn sie haben mich allesamt auf dem Strich. Derart also werde ich ganz früh am Morgen zum Galgen geführt, ihr aber werdet im Gehölz dicht dabei im Hinterhalte liegen. Sobald ihr nun mich und mein Gefolge kommen hört, werft ihr euch auf die Gesellschaft, packt und behaltet, was ihr mögt, und befreit mich aus ihren Händen.«

Alle seine Gefährten aus der Besatzung waren einverstanden und meinten, wenn er es wagen wolle, solch gefährlichen Streich zu unternehmen, wollten sie ihm gern behilflich sein, ihn auszuführen.

Um kurz zu sein: Der närrische Kerl machte sich an Troyes heran, so wie er es gesagt hatte, und wurde ganz nach seinem Wunsch gefangen genommen. Die Nachricht war bald in der ganzen Stadt herumgesprochen, und es gab keinen, der ihn nicht am Galgen zu sehen wünschte. Auch der Schöffe selbst hatte ihn kaum erblickt, da erklärte er und verschwor sich bei allen guten Göttern, dass er fein säuberlich am Halse aufgeknüpft werden solle.

»Ach, edler Herr,« versetzte der Schlingel, »ich bitte Euch um Erbarmen, denn ich habe Euch nichts Arges getan.«

»Ihr lügt, arger Schelm«, erwiderte der Schöffe. »Ihr habt die Burgunder hier in das Gebiet geführt und habt die guten Bürger und Kaufleute verraten. Aber Ihr werdet Euren Lohn ernten, denn Ihr kommt an den Galgen.«

»Ach, bei Gott, edler Herr«, sagte unser wackerer Bursch, »wenn ich schon einmal sterben muss, dann geruht es einzurichten, dass es ganz früh am Morgen sei und die Strafe nicht allzu öffentlich vollstreckt wird, maßen ich in der Stadt so viele Verwandte und Freunde habe.«

»Gut, gut,« versetzte der Schöffe, »wir wollen das bedenken.«

Am nächsten Tage am frühesten Morgen kam der Henker mit seinem Karren beim Gefängnis vorgefahren, und kaum war er angelangt, da kam auch schon der Schöffe hoch zu Roß mit den Bütteln, und hinterdrein eine große Zahl Gefolgsleute. Unser Mann wurde aufgepackt, auf dem Karren festgebunden und behielt nur seinen Dudelsack in der Hand, auf dem er dauernd spielte. So wurde er zum Richtplatz geführt, und er hatte, trotz der frühen Morgenstunde, weitaus mehr Geleit, als gar manch anderer gehabt hätte, – so grimmig wurde er in der Stadt gehasst.

Nun müsst ihr wissen, dass seine Gefährten von der Besatzung in Saint-Menehould nicht vergaßen, sich unweit des besagten Richtplatzes von Mitternacht an in einem Gehölze in Hinterhalt zu legen, um ihren Mann zu retten, wenngleich er nicht einer der vernünftigsten war, und auch um Gefangene und andere Dinge einzuheimsen, wenn das ging. Sobald sie also dorthingekommen und angelangt waren, trafen sie alle Vorbereitungen, wie der Krieg es mit sich bringt, und schickten auch einen Späher auf einen Baum hinauf, der ihnen berichten sollte, wann die Leute von Troyes auf dem Richtplatz anlangten. Der Späher setzte sich oben hin, machte es sich bequem und versicherte, seine Pflicht gut erfüllen zu wollen.

So kamen und betraten denn die Rechtsvollstrecker die Stätte beim Galgen, und um die Sache so kurz wie möglich zu machen, ordnete der Schöffe an, unsern armen Schelm recht schnell ins Jenseits zu befördern. Der war über die Maßen verwundert, wo denn seine Gefährten steckten, und warum sie nicht kamen und auf die verflixten Armagnacs einstürmten.

Es war ihm nicht ganz wohl zumute, aber er schaute nach hinten und nach vorn, und zumal nach dem Gehölz. Doch er hörte und sah nichts. Solange er nur irgend konnte, beichtete er, aber schließlich wurde er von dem Priester fortgeholt, und, um es kurz zu machen, er stieg die Leiter hinauf; und als er dort oben war, da wurde ihm weiß Gott recht kunterbunt zumute, und er guckte und spähte immer nach dem Gehölz hin. Aber das war umsonst. Die Wache, der befohlen war, den Angriff zu leiten, den sie zu seiner Befreiung geplant hatten, war wohl oben auf ihrem Baume eingeschlafen. So kam es, dass unser Ärmster nicht wusste, was tun und sagen, und er hatte nur noch den einen Gedanken, dass sein letztes Stündlein gekommen sei.

Der Henker traf zu dem Ende bereits alle Vorbereitungen, um ihm die Schlinge um den Hals zu legen, auf dass er ins Jenseits befördert würde. Aber als er dessen inneward, da kam ihm ein Gedanke, der ihn gar von Nutzen wurde. Er sagte nämlich:

»Edler Herr Schöffe, ich bitte Euch bei Gott, lasset mich, bevor man weiter mit mir verfährt, ein Liedlein aus meinem Dudelsack blasen. Weiter bitte ich Euch nichts, – ich werde dann zufrieden sterben und vergebe Euch und allen andern meinen Tod.«

Diese Bitte wurde ihm verstattet, und er bekam seinen Dudelsack hinaufgereicht. Als er ihn in der Hand hielt, da begann er, so frisch er nur irgend konnte, darauf zu blasen, und er spielte ein Liedlein, dass seine Gefährten im Hinterhalte recht gut kannten. Ein Vers darin hieß:

»Du weilst zu lange, Robinet, du weilst zu lange.«

Beim Klang des Dudelsacks wachte der Späher auf, und vor Schreck ließ er sich vom Baume oben, wo er saß, jach hinunferfallen und rief:

»Man hängt unsern Mann auf! Vorwärts, vorwärts! Sputet euch!«

Und seine Gefährten waren alle bereit. Mit Trompetengeschmetter stürmten sie aus dem Gehölz hervor und brachen über den Schöffen und die ganze Sippschaft herein, die vor dem Galgen stand. Ob dieses Schreckes verlor der Henker den Kopf und wusste in seiner Verwirrung nicht mehr, dass er ihm den Strick um den Hals legen und ihn hinunterstoßen sollte; sondern er bat ihn stattdessen, ihm das Leben zu retten. Das hätte unser Freund auch gern getan, aber es stand nicht in seiner Macht; vielmehr tat er etwas anderes, Wichtigeres. Denn hoch von seiner Leiter herab rief er seinen Gefährten zu:

»Nehmt den dort! Hascht den da! Der hier ist reich, bei dem dort ist nicht sonderlich viel zu holen.«

Kurz, die Burgunder töteten einen ganzen Haufen von denen, die aus Troyes herausgekommen waren, nahmen einen großen Teil als Gefangene mit und retteten ihren Mann so, wie ihr es gehört habt. Aber er sagte stets, dass er zeit seines Lebens niemals eine derart grimmige Angst gehabt habe wie in jener Stunde.

Der Ehemann als Beichtiger.

Im Lande Brabant, dem schönen, erquicklichen Gebiet, das mit hübschen, gewöhnlich recht artigen und tugendhaften Mägdelein recht nett ausgestattet und geziert ist, übrigens auch zumeist mit Männern, von denen man sagen könnte, – wie es sich ja auch in Wirklichkeit herausgestellt hat: je mehr da sind, umso dummer sind sie – in diesem Lande Brabant also geschah es einstmals, dass ein Edelmann von guter Abkunft und entsprechender Zukunft es sich in den Kopf setzte, übers Meer nach verschiedenen Orten Reisen zu unternehmen, wie nach Zypern, nach Rhodos und andern Gebieten jener Gegend. Zu guter Letzt war er in Jerusalem und wurde dort zum Ordensritter geschlagen.

Während der Dauer seiner Reise war sein wackeres Weib nicht ganz untätig, sondern ließ sich mit dreien ihrer Nachbarn ein, die, wie das mit der Zeit so kommt, gar höfisch in Worten und Taten bei ihr Dienst taten und so bei ihr ein offen Ohr fanden, vor allem war da ein frisch-fromm-fröhlicher Junker, mannhaft in jeder Beziehung, der derart ins Zeug ging, dass sie ihn bis auf die Haut plünderte und wie eine Zitrone auspresste. Er bekam die Geschichte schließlich satt, zog sich zurück und ließ sie kurz und gut sitzen.

Der andere, der danach kam, war ein Rittersmann und ein Held von großem Rufe, der gar froh war, diesen Platz erstürmt zu haben und, just wie der andere, nach besten Kräften das Seine tat, und gleichfalls so viel Geld springen ließ, als das verbuhlte Weiblein ihm nur abzuluchsen verstand, denn in der Beziehung konnte es ihr keiner gleichtun. Kurz und gut: War der wackere Junker, der zuvor diesen Platz innegehabt hatte, ausgeplündert und gerupft worden, so ward es dieser nicht minder. Er machte also kehrt, nahm Abschied und überließ die Schöne anderen.

Um noch einen hübschen Mundvoll zu bekommen, hing sich das Frauchen nunmehr an einen Priester, und war der auch schlau, gerissen und mit Geld überreich ausgestattet, so wurde er doch mit Kleidern, Zierrat, Ringen und dergleichen gehörig geschröpft.

Da geschah es Gott sei Dank, dass der wackere Ehemann dieses verbuhlten Weibleins Kunde von seiner Ankunft gab und berichten ließ, wie er in Jerusalem Ordensritter geworden sei. Alsbald ließ sein gutes Weib das Haus herrichten, schmücken, behängen, putzen und zieren, so sehr es nur irgend möglich war. Alles war, kurz gesagt, fein säuberlich und recht vergnüglich, mit Ausnahme von ihr allein, die im Hause saß, denn mit der vielen Beute, die sie durch ihres Leibes Kunst davongetragen hatte, war von ihr ein gewaltiger Haufen von Geschirr, Geweben, Leinen und anderem Hausrat zusammengeschleppt worden.

Weiß Gott, was es dann für eine Freude und frohe Feier gab, als der holde Gemahl seinen Einzug hielt. Besonders stellte sich diejenige an, die gar nicht so wild darauf versessen war, – seine wackere Frau. Ich gehe über all ihre Freudenäußerungen hinweg und will zu dem Augenblick kommen, wo ihr Herr Gemahl, wenn er auch ein arger Tropf war und noch ist, die Augen ob dieses Jahrmarktes von Möbeln aufsperrte, derweile er sein Haus durchlief, denn all die schönen Dinge waren ja vor seiner Reise noch nicht darin zu finden gewesen. So kam er zu den Kästen und Anrichteschränken und zu andern Stätten und fand eine solche Überzahl, dass ihm ein Schwindel zu Kopfe stieg und er gleich auf den ersten Anhieb begriff, was da los war. So kam er also alsbald recht erhitzt und übler Laune zu seiner guten Frau und erkundigte sich, wo denn all diese Menge Habe herkäme, die weiter vorn aufgezählt worden ist.

»Beim heiligen Johann,« versetzte unsere Frau, »edler Herr, das ist gar nicht so übel gefragt. Ihr habt wirklich allen Grund, deshalb solch Wesens zu machen, und wenn man Euch so sieht, scheint es gar, als ob Ihr erzürnt wäret!«

»Ganz recht, ich bin durchaus nicht bester Laune«, erwiderte er, »denn ich habe Euch bei meiner Abreise nicht so viel Geld da gelassen, und Ihr könnt Euch auch nicht so viel erspart haben, um all das Geschirr, die vielen Zeuge und diese Unmenge von Geschmeiden anzuschaffen, die ich hier im Hause finde. Ich glaube und ich argwöhne wohl nicht ohne Grund, dass sich irgendjemand an Euch herangemacht und unsern Haushalt derart unterstützt hat!«

»Bei Gott, edler Herr«, erwiderte die schlechte Frau, »Ihr habt unrecht, eine solche Gemeinheit auf mich laden zu wollen. Ich wollte gern, dass Ihr die Überzeugung bekommt, wie wenig ich solch einer Frau gleiche. Vielmehr bin ich noch weitaus besser in jeder Beziehung, als Ihr es überhaupt verdient. Ist das etwa recht: – ich habe mir so viel Mühe gegeben, zu sparen und aufzuhäufen, um Euer und mein Haus wachsen zu machen und zu verschönen, und nun bekomme ich Vorwürfe, werde gescholten und geschmäht! Das nennt man doch nicht, meine Mühe anerkennen, wie es einem guten Ehemann gegenüber seiner wackeren, tugendsamen Frau geziemt. Ja, so sieht Eure Frau aus, Ihr böser, schlechter Kerl, und es ist eigentlich schade darum.«

Der Streit dauerte eigentlich noch viel langer, aber schließlich hörte er auf, und es blieb eine Weile still. Um aber über das Verhalten seiner Frau genau Bescheid zu erhalten, fasste der Ehemann den Plan, sich mit seinem Pfarrer, der zugleich sein bester Freund war, dahin zu verständigen, dass er selbst ihre Beichte hören sollte. Das brachte er denn auch mithilfe des Pfarrers, der ihm dabei sehr gern entgegenkam, zuwege.

Eines Morgens nämlich in der Osterwoche, als sie sich ihrem Pfarrer nahte, um zu beichten, schickte er sie in eine geheime Kapelle, kam dann zu dem Ehemann, hüllte ihn in sein Gewand und schickte ihn flugs zu seiner Frau, damit er seine Stelle vertreten sollte. Man braucht nicht erst zu fragen, ob unser Ehemann darüber froh war. Als er sich so dicht am Ziele sah, lief er eilends in die Kapelle und trat, ohne ein Wort zu sagen, in den Beichtstuhl. Schon kam sein Weib, ließ sich vor ihm auf die Knie nieder, glaubte wahrhaftig, dass es ihr Pfarrer sei, und begann ohne Zögern mit der Beichte. Sie sprach das Benidicite, und unser Freund, ihr Ehemann, erwidert das Dominus; und so gut er es wusste, ganz wie der Pfarrer es ihn gelehrt hatte, sagte er alles, was zur Sache gehörte.

Nachdem dann die gute Frau Generalbeichte gehalten hatte, ging sie auf die Einzelheiten ein und begann zu erzählen, wie sie in der ganzen Zeit, während ihr Mann außer Hause gewesen war, zunächst einen Junker zum Stellvertreter gehabt und dessen Gold, Silber und Geschmeide in großen Mengen zu eigen bekommen habe. Gott weiß, wie wohl dem Manne zumute war, als er diese Beichte hörte. Hätte er es gewagt, so würde er sie auf der Stelle umgebracht haben. Um aber noch weiter mitanzuhören, fasste er sich in Geduld

Als sie sich lang und breit über den ersten ausgelassen, hatte, bezichtigte sie sich alsbald des Umganges mit dem Rittersmann, der sie gleich dem ersten mit Schmuck überhäuft hatte. Der gute Ehemann barst und zersprang schier vor Kummer, aber er wusste nicht, wie sich aus der Sache ziehen: sollte er sich zu erkennen geben und ihr die Sühne ohne längeres Zögern zuteil werden lassen?

Er tat es doch nicht, nahm Geduld und wollte sie erst noch weiter anhören. Nach der Geschichte von dem Rittersmann kam alsbald der Priester an die Reihe, dessen sie sich ebenfalls voll Demut bezichtigte. Aber, o heilige Jungfrau, bei diesem Schlag verlor der gute Ehemann alle Geduld und vermochte sie nicht länger mitanzuhören. Er warf Kutte und Kapuze weg, zeigte sich ihr und rief:

»Falsches, treuloses Geschöpf, jetzt sehe und erkenne ich all Euren Verrat! Weder der Junker noch der Rittersmann genügte Euch! Konntet Ihr also nicht ohne einen Priester auskommen?! Der geht mir bei Gott noch mehr zu Herzen und bringt mich noch ärger in Zorn als alles was Ihr sonst getan habt!«

Nun müsst ihr wissen, dass die wackere Frau auf den ersten Anhieb gewaltig verblüfft und überrascht war. Aber ihre Fähigkeit, schlagfertig zu antworten, gab ihr die Sicherheit wieder, und ihre Selbstbeherrschung kam ihr so wohl zu Hilfe, dass ihre Antwort, wenn man sie so hörte, sicherer schien als das größte Recht der Welt. Zuerst sprach sie ein Stoßgebet, dann aber erwiderte sie Schlag auf Schlag, wie es der Heilige Geist ihr eingab, und sagte kühl:

»Armer Wicht, der Ihr such so quält, – wisst Ihr wenigstens, wofür? Also hört mich gefälligst an. Glaubtet Ihr vielleicht, ich habe nicht ganz genau gewusst, dass Ihr es seid, dem ich da beichte? So habe ich Euch aufgedient, wie die Lage es erforderte, und ich erzählte Euch meine ganze Geschichte, ohne auch nur ein Wörtlein hinzuzulügen. Sehet nur recht zu: der Junker, dessen ich mich bezichtigte, seid Ihr, mein holder Freund, denn als Ihr mich in die Ehe führtet, waret Ihr Junker, und Ihr tatet mit mir, was Euch gefiel, und waret mir zu Diensten, – Ihr wisst es selbst, – Gott weiß, wie bereitwillig. Auch der Rittersmann, der mein Herz gewann und dessen ich mich beschuldigt habe, waret auf mein Wort Ihr selbst. Denn bei Eurer Rückkehr habt Ihr mich zur Edelfrau gemacht. Und endlich seid Ihr auch der Priester, denn keiner, der nicht Priester ist, kann die Beichte anhören.«

»Auf mein Wort, Liebste,« versetzte darauf der Rittersmann, »Ihr habt mich wahrlich überwunden und mir klar und deutlich gezeigt, dass Ihr tugendsam und gut seid, und dass ich Euch ohne Grund, zu Unrecht und gar übel beraten, beschuldigt und genugsam Schlimmes von such gesagt habe. Aber das tut mir leid, ich bereue es, bitte Euch um Verzeihung und verspreche such, die Sache gemäß Euren Worten wieder gutzumachen.«

»So sei such denn ebenfalls leichten Herzens vergeben,« versetzte die wackere Frau, »da Ihr die Sache nunmehr! Eingesehen habt.«

Derart also wurde der gute Rittersmann durch den listigen, scharfsinnigen Geist seiner ungetreuen Frau hintergangen.

Der wiedergefundene Esel.

Im schönen Burgunderlande, wo lauter so gute Dinge geschehen, gab es vor Kurzem einen Arzt, und Gott weiß, was er für ein tüchtiger Kerl war. Weder Hippokrates noch Galienus wussten mit ihrer Wissenschaft so zu schalten, wie er es tat: Statt Sirup, Getränken, Dosen, Lösemittel und all den hundert verschiedenen Behandlungsarten, die Ärzte vorschreiben, um das Wohlbefinden der Menschen zu erhalten oder ihnen die verlorene Gesundheit wiederzugeben, bediente er sich nur eines einzigen Mittels: Er gab Klistiere.

Was für eine Krankheit man auch vorzuweisen und anzugeben hatte, stets ließ er Klistiere geben, und jedes Mal ging die Geschichte so gut ab und von der Hand, dass alle Welt mit ihm zufrieden war. Jedermann genas, und so drang sein Ruf in die Lande, wuchs und mehrte sich, von allen wurde er zurate gezogen, selbst in die Häuser der Fürsten und hohen Herren, in die großen Abteien und blühenden Städte wurde er gerufen. Weder Aristoteles noch Galien genossen solches Ansehen, und zumal bei dem einfachen Volke war unser Meister grenzenlos bewundert und angesehen. Und sein Ruhm wuchs schließlich in solchem Maße, dass er von den Leuten für jede Sache um Rat gefragt wurde. Er wurde unaufhörlich von den Leuten bestürmt und wusste schon gar nicht mehr, wen er noch anhören sollte. Hatte eine Frau einen groben, faulen oder schlechten Kerl zum Manne, dann kam sie zu dem Meister gelaufen, um ihn um ein Heilmittel zu bitten; kurz, worum man überhaupt einen Menschen um Rat fragen kann, – in allem wurde unser guter Doktor als Sachverständiger gerühmt.

Da geschah es eines Tages, dass ein guter schlichter Landsmann seinen Esel verlor. Nachdem er lange Zeit nach ihm herumgesucht hatte, kam er auf den Gedanken, sich an jenen gelehrten Herrn zu wenden, der so überaus weise war. Just aber, wie er zu ihm kam, war der Arzt derart von Volk überlaufen, dass er nicht wusste, auf wen überhaupt hören. Doch der wackere Mann brach sich durch das Gedränge Bahn, und obgleich der Meister mit anderen sprach und ihnen antworten, erzählte er ihm seine Geschichte, nämlich, dass er seinen Esel verloren habe, und dass er ihn um Gottes willen bäte, ihm den rechten Weg zu weisen und irgendetwas zu geben, damit er ihn wiederfinden könne.

Der Meister hörte mehr auf die andern als auf ihn, und als der Lärm und sein Geschwätz, von dem er kein Wort hörte, beendet war, wandte er sich zu ihm und war der Meinung, dass er irgendein Leiden habe. Um ihn also los zu sein, sagte er zu seinen Leuten:

»Gebt ihm ein Klistier«

Nachdem er das gesagt hatte, wandte er sich den anderen zu.

Der gute schlichte Landmann, der seinen Esel verloren hatte, wusste gar nicht, was der Meister gesagt hatte. Er wurde von dessen Leuten beim Kragen genommen, und die gaben ihm, so wie es ihnen aufgetragen worden war, ein Klistier, worüber er gewaltig staunte, denn er hatte gar keine Ahnung, was das war.

Als er nun sein Klistier weghatte und das Zeug in seinem Bauch war, machte er sich auf und ging fort, ohne weiter nach seinem Esel zu fragen, denn er glaubte fest und steif, dass er ihn dadurch wiederfinden würde, er war auch noch nicht weit gegangen, da begann es in seinem Bauch zu kollern und zu wirbeln, sodass ihm schließlich nichts weiter übrig blieb, als sich in eine alte unbewohnte Hütte zu verkriechen, um dort dem Klistier seinen Lauf zu lassen, maßen es den Ausgang ins Freie verlangte. Aber bei dieser Erleichterung machte er so gewaltigen Lärm, dass des armen Mannes Esel – der sich verlaufen hatte, zufällig hier in diese Gegend geraten war und ganz dicht vorbeikam, – alsbald zu wiehern und zu schreien begann.

Flugs sprang der wackere Mann, auf, lief herzu, sang ein Tedeum und sah auch schon seinen Esel kommen, den er durch das Klistier wiedererlangt und gefunden zu haben vermeinte. Und der Meister, der es ihm hatte geben lassen, erntete dadurch noch unvergleichlicheren Ruhm denn zuvor. Fortan hielt man ihn für einen Menschen, der imstande war, verlorene Dinge zu finden, und so galt er als der vollkommenste Weise aller Wissenschaften, obgleich sein ganzer Ruhm von einem einzigen Klistier stammte.

So habt ihr also gehört, wie der Esel mithilfe eines Klistieres gefunden wurde, eine Sache, die gar nicht so wunderbar erscheint und sicherlich oft geschieht.

Der gerettete Hahnrei.

In einem netten kleinen Städtchen in der Umgegend, das ich aber nicht nennen will, hat sich kürzlich ein Spaß zugetragen, den ich euch hier kurz schildern will. Da lebte nämlich ein guter, einfältiger, etwas plumper Bauer, der mit einer vergnüglichen und recht niedlichen Frau verheiratet war. Sie ließ ihn nach Herzenslust essen und trinken, damit sie ihren Liebesgelüsten desto ungestörter nachgehen könne. Und der gute Ehemann blieb gewöhnlich durch seine Tätigkeit oft draußen auf den Feldern in einem Hause, das ihm dort gehörte, manchmal drei Tage, manchmal vier, bisweilen mehr, bisweilen weniger, wie es ihm gerade so bequem war. So ließ er seiner Frau die allerschönste Muße, sich im Städtlein die Zeit zu vertreiben, so wie sie es denn auch tat: Damit sie sich nicht langweilte, hatte sie immer einen Mann zur Hand, der ihres Ehegatten Platz einnahm und das eheliche Glück schön eifrig betreute in der ernstlichen Besorgnis, dass es verrosten könnte, wenn es vernachlässigt würde.

Diese wackre Bürgersfrau hatte es sich zur Regel gemacht, jedes Mal den Augenblick abzuwarten, wo ihr Mann von der Bildfläche verschwand. War er nicht mehr zu sehen, und hielt sie es für gewiss, dass er nicht mehr zurückkommen würde, dann ließ sie den Stellvertreter kommen, denn sie hatte Angst, dass sie etwa zu kurz kommen könnte.

Aber sie wusste bei dieser Anordnung und Regel doch nicht alles so einzurichten, dass sie nicht schließlich hineinfiel. Dann eines Tages war ihr Mann wieder einmal zwei, drei Tage über Land geblieben; am vierten hatte sie so lange als möglich bis zu dem Augenblick gewartet, wo die Tore der Stadt geschlossen wurden, und glaubte nun, dass er an diesem Tage jedenfalls nicht mehr zurückkehren werde. Sie schloss deshalb, wie an den anderen Tagen, Türen und Fenster, ließ ihren Liebsten ins Haus, und dann begannen die beiden, frisch darauflos zu bechern, und es sich von Herzen wohl sein zu lassen.

Sie hatten aber noch nicht lange bei Tisch gesessen, als plötzlich der Mann ankam und an die Tür pochte. Er war sehr verwundert, sie verschlossen zu finden. Die wackere Frau aber hörte ihn kaum, da brachte sie schleunigst ihren Liebsten in Sicherheit, steckte ihn kurzerhand unter das Bett, ging dann zur Tür und fragte, wer eben gepocht habe.

»Macht auf, macht auf!«, rief der Ehemann.

»Ach, mein Mann!«, erwiderte sie. »Seid Ihr also doch da? Ich wollte Euch morgen in aller Frühe Nachricht schicken und wissen lassen, dass Ihr nicht heimkehren sollet.«

»Was ist denn? Was gibt es?« verwunderte sich der gute Ehemann.

»Was es gibt? Heiliger Gott im Himmel!« versetzte sie. »Ach, die Büttel sind seit über zweiundeinerhalben Stunde hier im Hause und wollen Euch ins Gefängnis schleppen.«

»Ins Gefängnis?«, rief er. »Weshalb denn ins Gefängnis? Was habe ich denn Böses getan? Bin ich jemandem etwas schuldig? Hat sich jemand über mich beklagt?«

»Ich weiß nichts,« versetzte das gerissene Ding. »Ich weiß nur, dass sie ganz erpicht darauf sind, Euch eins auszuwischen. Mir scheint, sie sind bereit, selbst das magere Fasten abzuschlachten.« [⁹]

»Aber nun sagt doch einmal,« jammerte unser Freund, »haben sie such denn nicht wenigstens gesagt, was eigentlich gegen mich vorliegt?«

»Keineswegs,« entgegnete sie. »Das Einzige ist klar: Wenn sie Euch erst einmal haben, dann werden sie Euch nicht so bald wieder aus dem Gefängnis herauslassen.«

»Bis jetzt haben sie mich ja Gott sei Dank noch nicht! Also lebt wohl, mit Gott, ich gehe wieder von dannen.«

»Aber wohin wollt Ihr denn gehen?« entgegnete sie, obgleich sie sich gar nichts Besseres wünschte.

»Dorthin, wo ich herkomme,« entgegnete er.

»Dann will ich also mit Euch kommen«, meinte sie.

»Tut das nicht, sondern hütet fein sorglich und nett das Haus und sagt niemandem, dass ich hier gewesen bin.«

»Wenn Ihr denn also aufs Feld zurück wollt, so sputet Euch,« mahnte sie ihn, »damit Ihr hinauskommt, bevor das Tor geschlossen wird. Denn es ist schon spät.«

»Wenn es geschlossen ist, wird der Torwächter es mir zuliebe schon so einrichten, dass er es mir noch einmal öffnet, ohne Schwierigkeiten zu machen.«

Mit diesen Worten zog er wieder ab, und als er zum Stadttor kam, fand er es bereits geschlossen. So sehr er aber auch den Wächter bitten mochte, der wollte nicht aufschließen. So musste er sich denn wohl oder übel damit abfinden, wieder zu seinem Hause zurückzukehren, obwohl er vor den Häschern Angst hatte. Freilich

---

⁹ zu suchen, wo nichts zu suchen ist.

blieb ihm weiter nichts übrig, wenn er nicht auf der Straße schlafen und übernachten wollte.

Er kam also zurück, pochte von Neuem daheim an sein Tor, und seine Frau, die mit ihrem Liebsten wieder in schönster Einträchtigkeit beisammen war, fiel nun noch ärger aus den Wolken. Sie sprang auf, lief ganz verzweifelt und entsetzt zur Tür und rief:

»Mein Mann ist noch nicht zurück, ihr gebt euch zwecklos Mühe.«

»Macht doch auf, macht doch auf, Liebste!«, rief der gute Mann. »Das bin ja ich.«

»Ach, ach, Ihr habt das Tor nicht mehr offen gefunden. Ich hatte mir das schon gedacht,« versetzte sie. »Wirklich, ich weiß nicht, was man für einen Ausweg wählen soll, damit Ihr in Eurer Lage nicht abgefangen werdet. Denn die Häscher haben mir gesagt, – ich erinnere mich jetzt genau: – sie würden über Nacht nochmals zurückkommen.«

»Also«, erwiderte er, »dann heißt es nicht mehr, erst noch lange darüber reden. Wir wollen schnell erdenken, was zu tun ist.«

»Ihr müsst irgendwohin verstaut werden, – irgendwo hier im Hause«, meinte sie. »Aber ich weiß keinerlei Ecke oder Winkel, wo Ihr sicher verborgen sein könntet.«

»Wäre ich nicht bei uns oben im Taubenschlag in Sicherheit?«, schlug er vor. »Wer soll mich von dort herausholen?«

Sie war über diesen Einfall und den Ausweg, den er gefunden hatte, über die Maßen froh, doch ließ sie es sich nicht merken, sondern erwiderte:

»Überaus herrlich ist der Ort ja gerade nicht. Dort herrscht ja ein grässlicher Gestank!«

»Das kümmert mich nicht,« versetzte er. »Lieber verkrieche ich mich dort für eine oder zwei Stunden und komme heil davon, als dass ich mich an einem würdigeren Orte verberge, aber zu finden wäre.«

»Nun denn«, meinte sie, »wenn Ihr fest dazu entschlossen seid und guten Mut habt, dann will ich Eurer Ansicht beipflichten, dass Ihr Euch dort verkriechen möget.«

Der wackere Mann kletterte also in den Taubenschlag, der dann von außen mit dem Schlüssel abgeschlossen wurde, ließ sich fest einschließen und bat seine Frau: ›Wenn die Büttel nicht alsbald und in kurzer Zeit kämen, solle sie ihn wieder hinauslassen.‹

Unsere gute Bürgersfrau aber ließ ihren Mann in dem Loch stecken, und die ganze Nacht hindurch mit den Tauben zusammen kollern. Ihm freilich behagte das nicht sehr, doch er schnaufte kein Wort, noch rief er gar, denn er hatte die ganze Zeit vor den Häschern Angst.

Als dann der frühe Morgen hereinbrach; die Stunde, wo der Liebhaber aus der Wohnung schlüpfte, kam die Frau, rief nach ihrem Mann und machte ihm die Tür auf. Sofort fragte er sie, warum sie ihn denn so lange in der Gesellschaft seiner Tauben gelassen habe, worauf sie, die für diese Nacht schließlich auch anderes im Kopf gehabt hatte als ihren Mann, ihm schilderte, wie die Häscher während der ganzen Nacht um das Haus herumspaziert seien und es bewacht hätten, und dass sie mehrmals mit ihnen gesprochen habe. Erst eben seien sie abgezogen, aber sie hätten geäußert, dass sie schon zur rechten Zeit kommen würden, um ihn abzufangen.

Der wackere Mann war über die Maßen verwundert, was diese Häscher eigentlich gegen ihn haben mochten. Aber er machte sich unverzüglich auf, kehrte auf seine Felder zurück und versprach, dass er eine gute Weile nicht mehr zurückkommen würde. Gott weiß, wie gern das verbuhlte Weiblein das aufnahm, und wie betrübt sie sich darüber zeigte. Und solcherart erlangte sie noch mehr freie Zeit als zuvor, denn nun brauchte sie wegen der Rückkehr ihres Ehemannes fürder keinerlei Besorgnis zu haben.

Der zweigestaltige Pfarrer.

In den Marken der Picardie im Kirchspiel Teroenne befand sich vor etwa anderthalb Jahren oder so ein wackerer Pfarrer, der in der guten Stadt, in der er lebte, den liebenswürdigen Schwerenöter spielte, ohne sich irgendwie Zügel anzulegen, er trug einen kurzen Rock, hohe Strümpfe nach dem Brauche des Hofes, und war überhaupt ein Galgenstrick, wie man es nicht schlimmer sein kann, was bei Kirchenleuten doch schon etwas besagen will.

Der Promotor von Teroenne, den Leute mit solchen Gewohnheiten als Teufel zu bezeichnen pflegen, bekam Wind von dem Gebaren unseres liebenswürdigen Pfarrers und ließ ihn vorladen, damit er bestraft und in seinen Sitten gebessert werde. Richtig erschien er auch ganz bieder in seinem kurzen Rock, als ob er sich um den Promotor überhaupt nicht kümmerte, weil er wohl glaubte, er könnte zufälligerweise um seiner schönen Augen willen oder sonst wie freikommen. Aber so lief die Geschichte denn doch nicht ab.

Als er vor dem Herrn Offizial erschien, zählte ihm sein Partner, der Promotor, sein Sündenregister des langen und breiten auf und bat als Schlussfolgerung, dass ihm diese Art sich zu kleiden und all sein übriges unpassendes Gebühren verboten würde. Und obendrein solle er noch zu einer bestimmten Buße verurteilt werden.

Als der Herr Offizial mit eigenen Augen sah, was unser Pfarrer, den man ihm vorführte, für ein Hecht war, sprach er ausdrücklich bei allen kanonischen Strafen das bestimmte Verbot aus, sich fürder derartig herzurichten, wie er es bis dahin getan hatte, und befahl ihm, fortan ein langes Gewand und langes Haar zu tragen. Außerdem verurteilte er ihn zur Zahlung einer gehörigen Summe Geldes.

Unser Schlingel versprach, sich der Anordnung zu fügen, also dass er künftighin nicht mehr wegen solcher Dinge vorgeladen zu werden brauche. Er verabschiedete sich von dem Promotor und kehrte zu seiner Pfarre zurück. Sobald er dort angekommen war, ließ er den Tuchhändler und den Schneider kommen und sich einen Rock zuschneiden, der zu mehr als dreiviertel hinten nachschleppte, und erzählte dabei dem Schneider die neuesten Nachrichten von Teroenne, das heißt, wie er angefahren worden war, weil er ein kurzes Gewand trug, und dass er angewiesen worden sei, es fortan lang zu tragen. Er zog also fortan dies lange Gewand an und ließ sich die Haare und den Bart wachsen, und in diesem Zustande tat er Dienst in seinem Kirchspiel, las die Messe und erfüllte die anderen Dienste, die ihm als Pfarrer oblagen.

So wurde der Promotor neuerdings darauf aufmerksam gemacht, wie sich sein Pfarrer gegen alle Sitte und allen guten Anstand und den Brauch benahm, der geistlichen Personen gezieme. Der Promotor ließ ihn wie zuvor vor Gericht rufen, und dort erschien er mit demselben langen, schleifenden Gewande.

»Was soll das heißen?«, fragte der Offizial, als er vor ihm erschien. »Mir scheint, Ihr macht Euch über die Bestimmungen und Anordnungen der Kirche lustig?! Seht Ihr nicht, wie die andern Priester sich ankleiden? Ginge es nicht um die Ehre Eurer guten Freunde, so würde ich Euch gleich eine gehörige Kerkerstrafe aufbrummen.«

»Wie denn, hoher Herr,« versetzte unser Pfarrer. »Habt Ihr mich nicht beauftragt, lange Kleider und langes Haar zu tragen? Tue ich nicht, wie Ihr mich geheißen habt? Ist dies Kleid nicht lang genug, sind meine Haare nicht lang? Was wollt Ihr denn, dass ich tue?«

»Ich will,« versetzte der Herr Offizial, »dass Ihr Kleid und Haar halblang tragt, nicht lang und nicht kurz.

Für Euren argen Verstoß aber verurteile ich Euch, dem Promotor zehn Pfund, an die Werkerei hier zwanzig Taler und ebenso viel an Herrn von Teroenne zu zahlen, die dieser seinem Almosenamt zuwenden mag.«

Unser Pfarrer war über die Maßen verwundert, aber es half ihm nichts, er musste die bittere Pille schlucken. Er nahm also Abschied, kehrte in sein Haus zurück und bedachte, wie er sich fortan kleiden sollte, um den Spruch des Herrn Offizial zu erfüllen.

Er bestellte also den Schneider und ließ ihn ein Gewand zuschneiden, das auf der einen Seite so lang war, wie wir oben geschildert haben, auf der andern so kurz wie vordem. Und dann ließ er sich auf der Seite, wo das Gewand kurz war, barbieren. Und in diesem Zustand ging er über die Straße und tat seinen Gottesdienst. Und ob man ihm auch immer wieder vorstellte, dass er daran nicht recht tue, kümmerte er sich darum nicht im geringsten.

Von Neuem wurde der Promotor davon benachrichtigt und wiederum ließ er ihn vor sich kommen. Als er erschien, war der Herr Offizial weiß Gott wie ungehalten, Es fehlte fast nichts, dass er wie von Sinnen von seinem Sitze emporsprang, als er seinen Pfarrer in einem Gewände einherkommen sah wie auf einer Mummenschanz.

War der Schlingel schon die beiden ersten Male scharf mitgenommen worden, so wurde er es diesmal noch mehr, denn er bekam zudem eine tüchtige, fette Pön auferlegt. Als sich nun unser guter Pfarrer derart durch Strafzahlungen gerupft und mit Verurteilungen überhäuft sah, meine er:

»Hoher Herr Offizial, mir scheint, mit Verlaub und allem geziemenden Respekt, dass ich ganz nach Eurer Anordnung gehandelt habe. Hört mich nur an, so will ich Euch den Grund sagen.« Alsbald nahm er seine

Hand hoch, verdeckte seinen langen Bart damit und erklärte:

»Wenn Ihr wollt, habe ich keinen Bart.«

Und dann legte er die Hand auf die andere Seite, bedeckte das kurzgeschnittene Haar und das barbierte Gesicht und sagte:

»Und wenn Ihr wollt, habe ich einen langen Bart. Habt Ihr mich nicht gerade das geheißen?«

Der Herr Offizial merkte nun, dass er ein richtiger Schelm war und ihn hineinzulegen suchte. Er ließ also den Bartkratzer und den Schneider kommen und dem Schlingel vor allen Anwesenden Bart und Haar zurechtmachen und obendrein das Gewand auf die Länge zurechtschneiden, die nötig und vernünftig war. Dann schickte er ihn auf seine Pfarre zurück, wo er sich fortan durchaus würdig benahm und hielt. Und er hat dies vernünftige Gebaren, das er auf Kosten seines Geldsackes erst erlernen musste, künftig beibehalten.

Die Kehrseite der Medaille.

Lebte da einst in der schönen Stadt Valenciennes ein angesehener Bürgersmann, der ehemals Steuereinnehmer im Hennegau gewesen war und sich aller nur erdenklicher Vorzüge rühmen konnte. Seine weitherzige, zurückhaltende Klugheit war beinahe sprichwörtlich, und in dem Strahlenkranze seiner Tugenden glänzte nicht zum Mindesten seine Freigiebigkeit, die ihm auch die Gunst der Fürsten, der hohen Herren und anderer Leute der verschiedensten Stände eintrug. Solchermaßen goss Frau Fortuna das Füllhorn des Glückes über ihn aus und wachte über ihn bis ans Ende seiner Tage.

Schon bevor der Tod die Kette zerriss, durch die er an sein Eheweib gefesselt war, bewohnte dieser biedere Mann ein Haus, das wohl auch dem vornehmsten Bürgersmanne zur Ehre gereicht hätte. Das lag inmitten mehrerer prächtiger Häuser und hatte Ausgänge nach verschiedenen Straßen. So gab es denn da auch eine kleine Hintertür, und der gegenüber wohnte ein wackerer Geselle mit seinem Weibe, einem bildhübschen, zierlichen, rundlichen Ding. Und wie's so geht: Ihre Augen, diese Bogenschützen des Herzens, entsandten so viele Pfeile wider den vermeldeten Bürgersmann, dass er sicher nicht mit dem Leben davonkommen konnte, wenn er für seine Wunden nicht schleunigst das nötige Heilmittel beschaffte.

Um zu dem fraglichen Ziele zu gelangen, wusste er es durch allerlei pfiffig erdachte Mittel einzurichten, dass er sich mit dem Ehegemahl der liebeheißen Huldin aufs Innigste und Herzlichste anfreundete. Und bald gab's kein Mittag- und kein Abendessen, kein Gelage, kein Schwitzbad, keine Kurzweil mehr, weder bei sich daheim noch anderwärts, wo der Ehemann ihm nicht Gesellschaft leistete. Und darob war selbiger riesig stolz und schwelgte in den ihm gebotenen Freuden.

Nachdem sich unser Bürgersmann solcherart mit der Verschlagenheit eines Fuchses die Gunst des Gatten erschlichen hatte, brauchte er nicht mehr in Sorge zu sein, dass ihm die Liebe der Schönen entgehen könnte. Wirklich hatte er es nach wenigen Tagen unermüdlicher Vorstöße dahin gebracht, dass dies unternehmungslustige

Weiblein ihm mit glückseliger Zufriedenheit Gehör schenkte und seinen zärtlichen Klagen lauschte. Nun galt es nur noch festzustellen, wann und wo sie ihre ärztliche Pflege dem armen Kranken angedeihen lassen könnte. Und zu dem Ende versprach sie dem Herzliebsten, sie würde ihn sofort in Kenntnis setzen, wenn ihr Mann abwesend sei und die ganze Nacht fortbleiben würde.

Es dauerte auch gar nicht lange, da trat das so sehnlichst erhoffte Ereignis ein: Der Ehemann teilte seiner besseren Hälfte mit, dass er sich zu seinem Schlosse begeben müsse, das drei Meilen von Valenciennes lag, und da er dort unbedingt bis zum folgenden Tage zu tun habe, so müsse sie sorglich daheimbleiben, und während vierundzwanzig Stunden das Haus hüten. – Dass die Schöne innerlich vor Vergnügen strahlte, wenn sie sich das auch äußerlich nicht merken ließ, darüber brauchen wir nicht im Zweifel zu sein. Und der Ehemann mochte noch keine Meile zurückgelegt haben, als der andere bereits längst wusste, was für ein Glücksfall sich da ereignet hatte. Alsbald ließ er das Bad heizen und richten, ließ Pasteten, Backwerk und Würzwein vorbereiten und entwickelte so viel Prunk, schaffte so viel von den holden Dingen herbei, damit der liebe Gott die Welt gesegnet hat, dass es bei ihm aussah wie in eines Königs Palast.

Als dann der Abend kam, ging die Hinterpforte auf und hinein schlüpfte die Schöne, die doch eigentlich daheim aufpassen sollte. Dass sie hinreichend zärtlich empfangen wurde, weiß der liebe Himmel: Ich glaube, ich kann über diesen Punkt sachte hinweggleiten, und zudem nehme ich an, dass die Zwiesprache, die das fröhliche Pärchen pflog, auch allerlei Dinge umfasste, denen sie sich zuvor nicht hatten widmen können, bevor ihnen dieser Tag der Erfüllung ihrer Wünsche schlug.

Nachdem sie in die Stube hinabgestiegen waren, begaben sie sich in das Bad, allwo ihnen in aller Eile in prächtiges Abendessen gereicht wurde. Dass sie sich beim Trinken nicht in strenger Mäßigkeit übten, dürfte einleuchtend genug sein; und was die Dinge anbetraf, die es da zu schnabulieren und zu schlecken gab, so kann ich wohl auf eine längere Beschreibung verzichten – kurz gesagt: Wenn man überhaupt etwas daran hätte aussetzen können, so war's die riesige Menge und die große Auswahl.

Solchermaßen verlief diese nur allzu kurze holde Nacht in sanften Wonnen: Küsse hin, Küsse zurück – und mancher geriet so lang, dass die Bedürfnisse nach dem Bette dauernd stiegen.

Während es nun aber dort so hoch und herrlich herging, kam unversehens der Ehemann von seiner Reise zurück, der ja von den Dingen, die sich da zutrugen, keine Ahnung hatte und gar vernehmlich an die Tür pochte. Maßen nun die versammelten Anwesenden nicht gerade in der Stimmung waren, jemanden hineinzulassen, so wurde ihm zunächst die Tür nicht geöffnet, ehe er nicht seinen Namen genannt hatte. Den sagte er laut und deutlich, und so konnte weder für die holde Schöne noch für den Bürgersmann ein Missverständnis obwalten. Dem Weiblein gab die Stimme ihres Eheliebsten einen derartigen Schrecken, dass um ein Haar ihr edles Herz aufgehört hätte zu schlagen. Und sie hatte alle

Fassung auf Nimmerwiedersehen verloren, wenn sie nicht der Bürgersmann und seine Leute gar zart getröstet und beruhigt hätten. Besonders der Bürgersmann behielt seine ganze Geistesgegenwart und zeigte sich völlig auf der Höhe: Er ließ sie schleunigst ins Bett schlüpfen, legte sich neben sie, befahl ihr, sich so eng wie möglich an ihn zu schmiegen und ihr Gesicht so wohl zu verbergen, dass man auch kein Eckchen davon wahrnehmen konnte, und gab dann ohne Hast, aber natürlich so bald als möglich den Befehl, die Tür zu öffnen.

Und so platzte der Ehemann in die Stube hinein. Der ahnte bereits irgendein Geheimnis, als er draußen so lange hatte warten müssen. Und als er nun den Tisch erblickte, der unter der Last der Weine und Prunkgerichte schier zusammenbrach, als er das Bad so herrlich gerichtet sah und den Bürgersmann in dem Himmelbett mit seinen prangenden Vorhängen zur Seite einer holden Weiblichkeit erschaute, da erlegte er sich weiß Gott keinen Zwang aus und erläuterte das Wappenschild des Ehemannes nach allen Regeln der Kunst: schimpfte ihn Wüstling, Hurenjäger, Lüstling und Säufer, und taufte ihn kurz und gut mit so wohlklingenden und ausdrucksvollen Namen, dass alle Anwesenden und am Ende er selbst sich vor Lachen schüttelten. (Seinem Weibe war allerdings derweile nicht so fröhlich zumute, zumal es doch nun keine Möglichkeit hatte, seine Lippen auf die seines neuen Freundes zu pressen.)

»Ach, Herr Geilbock!«, schalt der Eindringling, »Ihr habt mir dieses Festgelage ja recht sorgfältig verheimlicht! Aber wenn ich schon das Hochzeitessen verpasst habe, dann muss ich doch zum Mindesten die Braut zu sehen bekommen!«

Sprach's, nahm eine Kerze und nahte mit großen Schritten dem Bette. Und schon war er im Begriff, die Decke fortzureißen, darunter sein treffliches, gutes Frauchen schweigend Höllenqualen erduldete, als der Bürgersmann und seine Leute dazwischenfuhren und ihn daran hinderten. Aber damit ließ er sich nicht abspeisen; kräftig wehrte er die andern ab und griff immer wieder nach dem Bett. Freilich kam er nicht zum Ziel und ward schließlich inne, dass man ihm mit gutem Grund seinen Wunsch doch nicht erfüllen würde. Aber dann wurde ihm etwas zugebilligt, was einigermaßen den Reiz der Neuheit für ihn hatte und sanften Balsam auf sein unzufriedenes Gemüte goss: Der Bürgersmann ließ sich dazu verstehen, ihm die Hinterfront seines Weibes, der Hüften und Schenkel blinke Rundlichkeiten in ihrer ganzen prangenden Pracht und allem Drum-und-Dran zu enthüllen. Aber mehr als dieser schöne, ehrenhafte Anblick ward ihm nicht gewährt, und das Gesicht der Schönen blieb sorglich zugedeckt.

Der wackere Mann stand eine gute Weile mit seiner Kerze in der Hand in diesen Anblick versunken da, ohne ein Wörtlein zu reden. Und als endlich seine Sprache wiedergefunden hatte, da besang er die Schönheit dieser (seiner) Frau in den höchsten Tönen; legte sogar einen Eid darauf ab, dass er niemals Frauenreize gesehen habe, die so sehr denen seines eignen Weibes geglichen hätten, und erklärte, er würde geschworen haben, dass sie es wäre, wenn er sie nicht daheim in seinem Hause wüsste!

Alsbald ward die Decke wieder zurückgeschlagen, und er entfernte sich von dem Bette; und weil er gar nachdenklich dreinschaute, so redeten die anderen auf ihn ein und bedeuteten ihn: Sicherlich sei er im Irrtum und er würde ja bald Gelegenheit haben, sich daheim davon zu überzeugen, dass er seine bessere Hälfte viel zu gering eingeschätzt habe und bei ihr sicherlich ganz andere, unvergleichlichere Schönheiten bewundern könne. – Um die überangestrengten Augen des armen Märtyrers wieder zu kräftigen, befahl der Bürgersmann, ihn an dem Tische zu verstauen, allwo er denn auch bald auf andere Gedanken kam, sintemalen er sich an Speise und Trank gütlich tat, soweit ihm wenigstens die andern etwas übrig gelassen hatten, die sich auf seine Kosten erlustigten.

So schlug denn die Abschiedsstunde: Er wünschte dem Bürger und dessen Leuten eine gute Nacht und bat eindringlichst, dass man ihm die Hintertür öffne, damit er schneller nach Hause käme. Aber der Bürger bedauerte, jetzt den Schlüssel nicht suchen zu können; und zudem würde diese Tür so wenig benutzt, dass sicherlich das Schloss ganz verrostet sei und möglicherweise gar nicht aufginge. So musste sich der andere damit zufriedengeben, dass man ihn vorn hinausließ, wo er freilich ein ganz Stück Weges hatte, bis er zu seinem Hause gelangte. Während ihn aber die andern zur Vordertür geleiteten und ihn durch Plaudern möglichst lange hinhielten, half man dem guten Weiblein schleunigst in ihre Sachen. Eins, zwei, drei war es in die Unterkleider geschlüpft, hatte das Leibchen unter den Arm genommen und sauste zur Hinterpforte; mit einem Satz war die Holde daheim und erwartete wohlgerüstet und sehr sicher in der Rolle, die sie zu spielen gedachte, ihren Mann, der solch großen Umweg machen musste.

Als er an seinem Hause anlangte und dort noch Licht sah, pochte er recht grob an die Tür. Derweile hantiert sein Weiblein mit einem Kehrbesen herum und fragt ihn:

»Wer ist da?« – obgleich sie es doch ganz gut weiß.

Er antwortet: »Dein Mann.«

»Mein Mann?« verwundert sie sich. »Das kann nicht sein. Mein Mann ist außer Stadt.«

Wieder pocht er und ruft: »Mach' auf, mach' auf.' Ich bin dein Mann.«

»Ich kenne meinen Mann recht gut und weiß, dass er nicht so spät heimkommt, wenn er in der Stadt ist. Schert Euch nur fort – hier seid Ihr nicht richtig. Das ist hier kein Haus, wo man zu so später Stunde anklopfen kann.«

So pocht er zum dritten Mal und ruft ihr zwei-, dreimal seinen Namen zu. Aber sie tat, als erkenne sie ihn nicht, und als er immer weiter rief: »Mach' auf, mach' auf!«, da entrüstete sie sich:

»So macht doch selbst auf! Seid Ihr noch nicht da, Herr Krachmacher?! Bei allen Heiligen, ich sähe Euch lieber ertrinken, als dass ich Euch hereinließe! Schert Euch weg und schlaft Euren Rausch in der Kneipe aus, wo Ihr herkommt!«

Nunmehr wurde der Mann fuchsteufelswild. Er trommelt aus Leibeskräften wider die Tür, als wollte er sie einschlagen, und drohte seinem Weibe wutschäumend, sie braun und blau zu schlagen. Davor war ihr nicht sehr bange; aber am Ende macht sie doch auf, um den Streit zu beenden und ihm besser auf den Kopf zu kommen.

Als er eintrat – heiliger Himmel, was für eine Laune traf er da an, was für ein giftiges, zornflammendes Gesicht bekam er da zu sehen! Erst konnte sie offenbar keine Worte finden, und der tobende Grimm, der ihr im Herzen quoll, schnürte ihr die Kehle zu. Dann aber setzte es eine Gardinenpredigt, die sich gewaschen hatte! Die Worte, die auf ihn niederregneten, waren schneidend wie frisch abgezogene Rasiermesser: Da warf sie ihm vor, er habe das absichtlich so eingerichtet und voller Bosheit ausgetüftelt, um sie auf die Probe zu stellen und möglicherweise abzufangen; wie ein feiger Schuft habe er sich benommen, er sei ein ganz gemeiner, hinterlistiger Kerl und nicht einen Pfifferling wert, geschweige denn, dass er es überhaupt verdiene, ein so keusches, sittsames Weib, wie sie eines wäre, zu eigen zu haben.

Der gute Gesell war zwar selbst zuvor gehörig wütend und erregt gewesen. Aber wie nun der Spieß umgekehrt und ihm sein Unrecht vorgehalten wurde, da verflüchtigte sich sein Grimm; und genau so wild, wie er eben noch vor der Haustür getobt und geschrien hatte – genau so sanft begann er, nun plötzlich sein Weiblein zu beschwichtigen. Er brachte zu seiner Entschuldigung vor, dass er just das Wichtigste, den Brief, vergessen hatte, darin sein ganzer Auftrag beschrieben war, und deshalb sei er wieder zurückgekommen.

Sein Ehgemahl tat, als glaubte sie ihm kein Wort. Wieder begann sie, ihn mit Schmeichelworten zu überschütten, warf ihm vor, dass er aus der Kneipe käme, oder einem Dampfbad, oder sonst einer verhurten Lasterstätte, und dass es geradezu eine Schande wäre, wenn sich ein anständiger Mensch so skandalös aufführe; und dann verfluchte sie die Stunde, da sie ihn kennengelernt hatte, die Stunde, da sie ihm angetraut und zu ihrem Unglück sein ehelich Weib geworden war.

Der Ärmste war ganz verzweifelt. Er sah sein Unrecht ein, und da er sein gutes Frauchen nicht, ach!, noch mehr erregen wollte, als sie es offenbar bereits war, so wusste er gar nicht, was er noch zu seinen Gunsten vorbringen könnte. Nachdem er dann aber eine Weile nachgesonnen hatte, zog er sie sanft an sich heran, kniete unter heißen Tränen vor ihr nieder und sprach alsdann folgende herrliche Worte:

»Teure Gefährtin meines Lebens, du mein hochgemutes Weib – ich bitte dich flehentlich, verscheuche all den Zorn, der dein Herz ergriffen hat, und vergib mir, wenn ich dir irgendwie Unrecht getan haben sollte. Ich sehe ja alles ein, weiß, wo ich schuld bin – denn ich komme von einem Orte, wo es recht hoch herging. Ich muss sogar zu meiner Schande gestehen, dass ich dich in dieser Gesellschaft erkannt zu haben glaubte und deshalb über die Maßen ungehalten war. Und da ich dich solchermaßen ohne Grund und zu Unrecht in einem falschen Verdacht hatte und deine Tugend törichterweise in Zweifel zog, so bitte ich dich nunmehr, wo ich das bitterlich bereue, von Herzen und flehentlichst, lass allen Grimm fahren, so wie mein Zorn entschwunden ist; vergiss, verzeihe mir gütigst und trage mir meine Torheit nicht nach.«

Als das liebefrohe Weiblein seinen Mann da angelangt sah, wo es ihn haben wollte, da ward es auch zusehends milder und verzichtete darauf, weiter Gift und Galle zu speien. Es klang schon ganz anders, als sie sagte:

»Wie denn, du arger Lüstling, – wenn du von einer schändlichen Lasterstätte kommst, dann hältst du dich für berechtigt anzunehmen und dir vorzustellen, dein züchtiges Weib könnte auch an solchen Orten Gefallen finden?«

»Nein doch, da sei Gott vor! Ach, ich weiß ja, Liebste – bitte, rede nicht mehr davon,« schluchzte der Mann. Und dann neigte er sich voll Zärtlichkeit zu ihr und bat sie um holde Gunst, davon hier ja schon des Öfteren die Rede war. Und sie war zwar noch immer über seinen Verdacht recht aufgebracht; aber da sie ihn so außerordentlich zerknirscht sah, stellte sie ihre Vorwürfe ein, ließ ihr bebendes Herz mählig zur Ruhe kommen und verzieh ihm, wenn auch nicht ohne Bedauern, seine schlimmen Kränkungen, nachdem er ihr hunderttausend Reueeide geschworen und ebenso viel schöne Versprechungen gegeben hatte.

So konnte sie denn fortan ohne alle Angst und Unruhe das Hinterpförtlein benutzen. Das tat sie späterhin nämlich noch gar manches Mal, und niemals kam der Mann, den die Sache am meisten anging, hinter diese Schliche.

Die Verwandlung.

Wenn es den Herren gefällig ist, mögen sie, bevor es zu spät am Tage wird, eilends meine kleine Geschichte anhören, – den kurzen Bericht von einem wackeren Bischof

in Spanien, der in irgendwelchen Angelegenheiten seines Herrn, des Königs von Kastilien, zur Zeit dieser Geschichte den Hof zu Rom besuchte.

Dieser wackere Prälat, von dem diese köstliche Geschichte handelt, kam eines Abends in ein kleines Städtlein in der Lombardei. Und da er am Freitag und ziemlich frühzeitig vor Abend dort angelangt war, hieß er
seinen Hausmeister, das Abendessen gut zu richten und
ihm recht reichlich und nett alles aufzutischen, was sich
nur in der Stadt Brauchbares auftreiben ließe. Denn Gott
sei Dank, er war zwar dick und fett, aber wenn er den
Tag über so gefastet hatte, dann gab er sich der schonen
Tätigkeit des Essens gern und gehörig hin.

Sein Hausmeister begab sich gehorsam auf den Markt,
eilte auch von einem Fischladen zum andern, aber er
vermochte keinerlei Fisch aufzutreiben. Um nicht lange
drumherum zu reden: Er konnte nicht einmal einen einzigen armseligen Bissen ergattern, obwohl er und der
Wirt sich alle erdenkliche Mühe gaben.

Als sie dann schließlich ohne Fisch wieder ins Gasthaus
zurückkehrten, trafen sie zufällig dort einen braven
Landmann, der zwei Rebhühner hatte und sich nichts
Besseres wünschte, als sie loszuwerden. Flugs sagte sich
der Hausmeister, wenn er die Hühner billig haben könnte, würde er sie auf alle Fälle bereithaben; sie wären ja
zum Sonntag gerade recht und sein Herr würde dann
ein schönes Festessen haben. Er kaufte sie also, bekam
sie billig, lief mit den beiden noch lebenden fetten und
leckeren Rebhühnern in der Hand zu seinem Herrn und
erzählt ihm, was es für ein Jammer mit den Fischen in

der Stadt gewesen sei, und wie betrübt über sein Missgeschick er heimkehre.

Worauf der Bischof meinte:

»Also was können wir denn heute Abend essen?«

»Ich kann Euch Eier auf hunderttausenderlei Art herrichten,« versetzte der Hausmeister. »Außerdem könnt Ihr Apfel und Birnen haben. Unser Wirt hat auch noch guten, fetten Käse im Hause, wir werden also ganz gut zurechtkommen. Geduldet Euch nur für heute, so ein Abendessen ist bald vorbei, und so es Gott gefällt, werdet Ihr morgen besser versorgt sein, wir werden bis dahin nach der Stadt kommen, die weit besser mit Fischen versehen ist, wie diese hier, und für den Sonntag habt Ihr bestimmt ein treffliches Festtagsgericht zu erwarten, denn hier sind zwei Rebhühner, die ich mir verschafft habe. Sie sind gut bei Fleisch und überaus köstlich.«

Der Herr Bischof ließ sich die beiden Rebhühner reichen und überzeugte sich, dass sie ganz vortrefflich ausschauten. Deshalb bedachte er, dass sie beim Abendessen recht gut die Stelle der Fische vertreten könnten, auf die er gerechnet hatte und die er nicht erlangen konnte. Denn dass noch welche zu finden waren, schien ausgeschlossen.

Er ließ sie also eiligst töten, rupfen, in Speck wickeln und auf den Spieß stecken. Als der Hausmeister sah, dass er sie braten lassen wollte, fiel er aus allen Wolken und sagte zu seinem Herrn: »Hochwürden, zwar ist's ja ganz gut, dass sie getötet worden sind, aber sie jetzt schon für Sonntag zu braten, scheint mir nicht das Richtige.«

Unser Hausmeister aber redete ins Blaue. Denn mochte er auch noch so viel Einwürfe machen, er fand kein Gehör. Die Rebhühner wurden richtig auf den Spieß gesteckt und gebraten, und der wackere Prälat war den größten Teil der Zeit, da sie brutzelten, anwesend. Sein Hausmeister fiel aus einer Verwunderung in die andere. Er ahnte ja nicht die Geistesverwirrung seines Herrn, der just danach schleckte, die Rebhühner gleich jetzt auf der Stelle zu verzehren; wogegen er vermeint hatte, dass er sie für den Sonntag vorbereite, um sie gleich ordentlich zum Essen herzurichten.

Sie wurden also fix und fertiggemacht, und als sie bereit und schön gebraten waren, als der Tisch gedeckt dastand, der Wein gebracht war, die auf verschiedenerlei Art hergerichteten und zubereiteten Eier aufgetragen wurden, setzte sich der Prälat an den Tisch, sprach das Benedicite und verlangte sich feine Rebhühner mit Mostrich.

Sein Hausherr hätte gern gewusst, was sein Herr wohl mit den Rebhühnern anfangen wollte. Er brachte sie also herbei, just wie sie vom Spieße kamen. Sie strömten einen gar köstlichen leckeren Duft aus, darob jedem Feinschmecker das Wasser im Munde zusammengelaufen wäre. Und unser guter Bischof machte sich auch gleich darüber her und zerlegte sofort das Allerschönste, das da war. Er begann aufzuschneiden und zu essen, und er hatte solche Eile, dass er seinem Pagen, der ihm das Essen vorlegen, sollte, überhaupt keine Zeit ließ, mit seinem Brote noch mir seinen Messern zuwege zu kommen.

Als der Hausmeister sah, wie sein Herr über die Rebhühner herfiel, erstaunte er, konnte aber nicht den Mund halten, sondern musste sich zu der Frage versteigen: »Ach, Hochwürden, was tut Ihr da? Seid Ihr denn ein Jude oder Sarazene, der sich um den Freitag nicht kümmert? Mein Wort, ich bin über die Maßen erstaunt über das, was Ihr da tut.«

»Schweigt, schweigt!« versetzte der wackere Prälat, dessen Hände und Bart von dem Fett dieser Rebhühner trieften. »Du bist ein Dummkopf und weißt nicht, was du sagst. Ich tue durchaus kein Unrecht. Denn du weißt und siehst doch recht wohl, dass ich und jeder andere Priester durch die rechten Worte eine Hostie, die doch nur aus Mehl und Wasser besteht, in den köstlichen Leib Jesu Christi verwandle. Kann ich dann also nicht mit umso viel mehr Recht, – zumal ich am Hofe zu Rom und an mancherlei andern Orten so vieles gesehen habe, – durch die rechten Worte diese Rebhühner, die aus Fleisch bestehen, in Fisch verwandeln, obgleich sie äußerlich weiter die Form und Gestalt von Rebhühnern behalten? So geschieht es, siehst du. Schon mancher Tag ist ins Land gegangen, seit ich diese Praxis kenne. Die Hühner staken noch nicht recht auf dem Spieße, als ich sie bereits durch Worte, die ich zu diesem Zwecke weiß, derart bezaubert habe, dass sie sich in das Wesen von Fischen verwandelten. Ihr könnt auch alle, die ihr hier seid, gleich mir davon essen, ohne eine Sünde zu begehen. Aber ob der falschen Vorstellungen, die ihr dabei haben könntet, würden sie bei euch Schaden anrichten. Und deshalb werde ich allein diesen Fehler begehen.«

Der Hausmeister und alle andern Leute des Gefolges begannen zu lachen und taten, als ob sie dem Spaße ihres Herren beipflichteten, denn der Scherz war ja schlau hergerichtet und geschickt frisiert. Späterhin ließen sie sich das gar wohl gesagt sein, und sie haben es noch oft an mancherlei Orten fröhlich berichtet.

Das Hundetestament.

Hört, bitte, wenn's gefällig ist, was unlängst einem einfältigen reichen Dorfpfarrer widerfuhr, der in seiner Einfalt seinem Bischof die Summe von fünfzig guten güldenen Talern darangab.

Dieser wackere Pfarrer hatte einen Hund von Jugend an aufgezogen und heranwachsen lassen, der alle Hunde des Landes weit in der Fähigkeit übertraf, Stöcke aus dem Wasser zu apportieren oder einen Hut, den sein Herr etwa vergaß oder irrtümlich irgendwo liegen ließ, herbeizubringen. Kurz, er war in allem, was ein guter, kluger Hund verstehen muss und zu machen weiß, trefflich bewandert. Und darum liebte ihn sein Herr denn auch derart, dass es schon geradezu ein Kunststück ist, zu erzählen, wie närrisch er in dieser Beziehung war.

Immerhin geschah es, ich weiß nicht, in welchem Zusammenhang, – vielleicht war es zu heiß, vielleicht zu kalt gewesen, vielleicht aß er auch etwas Unbekömmliches, – kurz, er wurde schwer krank, und an dieser Krankheit starb er und entschwand aus diesem Jammertal geradeswegs in das Hundeparadies. Was tat nun unser guter Pfarrer? Er hatte sein Haus, das heißt seine Pfarrerswohnung, bei dem Kirchhof; und als er nun sah, dass sein Hund aus dieser Welt dahingeschieden war, da bedachte er, dass ein so kluges, gutes Tier nicht ohne Grab bleiben dürfe. Er machte also dicht bei der Tür seines Hauses ein Grab, tat ihn dort hinein und beerdigte ihn. Ob er auch einen Marmorstein setzen und darauf einen Gedenkspruch eingraben ließ, weiß ich nicht, und deshalb will ich darüber schweigen.

Es dauerte auch nicht lange, da wurde der Tod des guten Hundes im Dorfe und in der Nachbarschaft bekannt, und das Geschwätz darüber breitete sich so weit aus, dass es zugleich mit all dem Gerede über das geweihte Grab, das der Herr seinem Hunde gegeben hatte, dem Bischof der Gegend zu Ohren kam. Der ließ ihn durch einen Häscher vor sich laden, der dem Pfarrer den Befehl überbrachte.

»Ach«, meinte der Pfarrer zu dem Büttel, »was habe ich denn nur angestellt und wer lässt mich vor den Richterstuhl rufen? Ich kann mich gar nicht genug darüber wundern, dass ich vor dem Bischofsstuhl erscheinen soll.« »Ich für mein Teil«, erwiderte jener, »weiß auch nicht recht, um was es sich dabei drehen mag. Aber vielleicht handelt es sich darum, da Ihr Euren Hund an geweihter Stätte bestattet habt, wo man nur die Leichen von Christenmenschen begraben darf.«

»Aha«, dachte der Pfarrer bei sich, »handelt es sich darum?«

Also jetzt erst kam ihm der Gedanke in den Kopf, dass er nicht recht getan hatte, und er sagte sich, dass er nicht ungerupft davonkommen würde, und saß er erst einmal im Gefängnis, dann musste er damit rechnen, vom Leben zum Tode gebracht zu werden. Denn der Bischof war Gott sei Dank einer der glaubenseifrigsten Prälaten des Königreiches, und weiß Gott, was für Leute es um ihn gab, die Wasser auf seine Mühle zu leiten wussten.

»Also es hilft nichts, ich verliere' es, – immer besser früher als später.«

So kam der Tag der Vorladung, und frisch und froh machte er sich auf den Weg zu dem Herrn Bischof. Der hielt ihm zunächst einen langen einleitenden Vortrag über das geweihte Grad, das er seinem Hunde hatte zuteilwerden lassen, und dann malte er seinen Fall in so erstaunlich leuchtenden Farben aus, dass es dem Pfarrer so schien, als habe er noch Schlimmeres getan als Gott geleugnet. Nachdem jener dann all seine Weisheit verzapft hatte, befahl er, den Pfarrer ins Gefängnis zu führen.

Als dieser merkte, dass er in die Kieselgrube gesteckt werden sollte, bat er um Gehör, und das bewilligte ihm der Herr Bischof denn auch. Nun müsst ihr wissen, dass bei dieser Verhandlung ein wahrer Jahrmarkt von Leuten hohen Standes zusammengekommen war, – der Offizial, die Promotoren, die Schreiber, Notare, Advokaten und Staatsanwälte, die alle ihre besondere Freude an dem ungewöhnlichen Fall des armen Pfarrers hatten, der seinem Hunde einen Platz an geweihter Stätte gegeben hatte. Der Pfarrer aber fasste sich kurz und sagte zu seiner Entschuldigung und Verteidigung:

»Wahrlich, Hochwürden, wenn Ihr meinen braven Hund, dem Gott vergeben möge, so gut gekannt hättet wie ich, dann würdet Ihr nicht so erstaunt über das Grab sein, das ich ihm gegeben habe, wie Ihr es seid. Denn niemals war seinesgleichen, und niemals wird je wieder seinesgleichen sein.«

Und dann erzählte er eine gar erstaunliche Geschichte von diesem Hunde und schloss seinen Bericht mit den Worten: »war er aber schon zu Lebzeiten ein gutes, kluges Tier, so war er es umso mehr bei seinem Tode, denn er hinterließ ein herrliches Testament, und weil er Eure Bedürftigkeit und Not kannte, so bestimmte er, Euch fünfzig Taler in Gold auszuzahlen, die ich such hiermit überbringe.«

Damit zog er besagte Summe aus seinem Rock hervor und übergab sie dem Bischof, der sie gerne in Empfang nahm und nunmehr den klugen Sinn des wackeren Hundes lobte und billigte, und zugleich das Testament uns das Grabmal anerkannte, das dem gescheiten Tier zuteilgeworden war.

Der Unglücksrabe.

Nach diesen Geschichten von allerlei Tieren will ich euch kurz und wahrheitsgemäß ein gar anmutsvolles Späßlein von einem Rittersmann erzählen, den ihr, gute Herren, zum größten Teil selbst kennt. Es ist tatsächlich wahr, dass besagter Rittersmann, wie das bei jungen Leuten nun einmal so ist, sich ganz gehörig in eine sehr schöne, edle und junge Dame vernarrte. Sie war in der Gegend, in der sie wohnte, die bestberühmte und weitestbekannte Schönheit. Mochte er aber auch aufstellen, dienstbar und pflichtbereit sein, soviel er wollte, um ihre Gunst zu erlangen, so vermochte er es doch niemals dahin zu bringen, dass sie seine Ritterdienste annahm. Darob war er alles andere als zufrieden, denn er liebte sie mit glühender Liebe, unerschütterlicher Treue und so von ganzem Herzen, wie vollkommener niemals eine Frau geliebt worden war. Und dabei darf man nicht vergessen, dass er alles an Kleidern und Aufputz aufwandte, was ein ergebener Diener nur aufwenden kann. Und doch, wie gesagt, fand er seine Dame stets barsch und unzugänglich, und sie zeigte ihm weniger Liebesgefühle, als sie es eigentlich von Rechts wegen hätte tun sollen. Denn sie wusste ja wahr und wahrhaftig, dass sie von ihm treu, heiß und innig geliebt wurde. Offen gesagt, sie war schon zu hart zu ihm, und man muss wirklich annehmen, dass dies aus Stolz geschah, der sie, mehr als gut war, erfüllte, soweit man wenigstens von ihr hörte.

Während die Dinge so standen, ward die andere Dame aus der Nachbarschaft und eine Freundin der vorherbenannten des Werbens dieses Rittersmannes inne, und sie verliebte sich derart in ihn, dass es ärger schon nicht mehr möglich war. Auf gute Weise, die hier zu beschreiben zu lang wäre, wusste sie es einzurichten, dass unser wackerer Rittersmann es bemerkte. Das ging ihm freilich nicht einmal über die Maßen nahe, so vollkommen hatte er sich seiner widerspenstigen, hartherzigen Herrin hingegeben.

Doch da er ein netter Kerl war, so sprang er gar geschickt mit ihr, die in ihn verliebt war, um, damit die andere davon unterrichtet würde und trotzdem keinen Grund bekam, ihren ergebensten Diener dieserthalben irgendwie zu tadeln. Hört nun, wie diese Liebesgeschichte verlief und welches Ende sie nahm.

Ob der weiten Entfernung, die unsern verliebten Rittersmann von seiner Dame trennte, konnte er nicht so oft bei ihr sein, als es sein treues Herz und sein allzu verliebter Sinn begehrte. So kam er eines Tages auf den Gedanken, einige Ritter und Gefolgsleute zu sich zu bitten, lauter gute Freunde, die aber doch nicht von seiner Geschichte wussten. Sie wollten sich in den Marken des Landes ergehen, wo seine Dame sich befand, wollten Falkenjagd halten und Hasen sagen; er aber wusste durch seine Späher genau, dass ihr Ehemann damals nicht daheim, sondern zu Hofe gegangen war, wo er sich öfters aufhielt, ebenso wie der, von dem die Geschichte handelt.

Wie also der verliebte Rittersmann mit seinen Gefährten verabredet hatte, so geschah es: Sie brachen am nächsten Morgen ganz früh aus der lieben Stadt, wo der Hof sich aufhielt, auf, jagten hinter den Hasen her und verbrachten derart den Tag bis etwa drei Uhr nachmittags, ohne zu trinken und zu essen. Dann kamen sie in großer Hast in ein kleines Dorf, um sich etwas zu erfrischen. Das Essen war kurz und mager, dann aber stiegen sie wieder aufs Pferd und von Neuem machten sie sich frisch auf die Hasenjagd.

Unser Rittersmann freilich, der es nur auf eine einzig Beute abgesehen hatte, hielt die Schar, so gut er konnte, stets von der Stadt fern, wo seine Gefährten sich gern hinbegeben wollten, denn schon oft sagten sie zu ihm:

»Die Vesperstunde naht, es ist Zeit, sich zur Stadt zu begeben. Wenn wir nicht achthaben, werden wir ausgesperrt, und dann sind wir genötigt, in einem dreckigen

Dorf liegen zu bleiben und allesamt vor Hunger zu sterben.«

»Kümmert euch nicht darum,« versetzte unser verliebter Jüngling, »es ist noch Zeit genug. Und obendrein weiß ich für den schlimmsten Fall einen Ort in dieser Gegend, wo man uns sehr gut ausnehmen wird. Offen gesagt, soweit es nicht an euch hängt, werden uns die Damen dort festlich bewirten.«

Da Leute vom Hofe gern mit Damen zusammen sind, so waren sie es zufrieden, sich nach den Wünschen dessen zu richten, der sie hierhergeführt hatte, und verbrachten die Zeit, solange der Tag währte, mit Hasen- und Rebhuhnjagd. So kam die Stunde der Heimkehr, und nun sagte der Rittersmann zu seinen Gefährten:

»Kommt voran, immer frisch zu, ich werde euch schon führen.«

Etwa um sieben oder acht Uhr abends kam der wackere Rittersmann mit seiner Gesellschaft dorthin, wo sich besagte Dame befand, auf die der Führer der Schar derart scharf war, dass es ihn gar manche Nacht nicht hatte schlafen lassen. Einer pochte an die Tür des Schlosses, und alsbald kamen denn auch die Knechte herzu und fragten, was man wolle. Der, den die Sache am nächsten anging, nahm das Wort und entgegnete:

»Sagt doch, ist der Herr des Hauses und seine Gemahlin daheim?«

»Der Herr ist allerdings nicht da«, erwiderte einer für die andern alle, »aber die Dame ist zu Hause.«

»Dann sagt Ihr, bitte, dass die und die Rittersleute und Junker des Hofes und auch ich, so und so, bei einem

Ausflug und der Hasenjagd hier in die Gegend gekommen sind und uns jetzt verirrt haben, sodass es zu spät ist, in die Stadt zurückzukehren. Wir bitten, uns gnädigst für heute als Gäste empfangen zu wollen.«

»Gern,« entgegnete er.

Er ging und richtete seine Botschaft seiner Herrin aus, die ohne langes Fackeln ihnen folgende Antwort zugehen ließ, ohne selbst einen Schritt zu ihnen zu machen: »Edler Herr«, berichtete nämlich der Knecht, »die gnädige Frau lässt Euch sagen, dass der Herr des Hauses, ihr Mann, nicht daheim ist, was sehr zu bedauern ist, denn wäre er da, so würde er Euch gar gastlich aufgenommen haben. In seiner Abwesenheit aber wagt sie niemanden zu empfangen und bittet such, ihr das nicht verübeln zu wollen.«

Ihr könnt euch denken, dass der Rittersmann, der die Gesellschaft hierhergeführt hatte, aus allen Wolken fiel und gar beschämt war, als er diese Antwort hörte, denn er hatte geglaubt, seine Herrin nach Herzenslust sehen und sattsam mit ihr reden zu können, und davon war er nun weit entfernt. Und noch schwerer fiel ihm auf die Seele, dass er seine Gefährten an eine Stätte geführt hatte, wo sie, wie er sich gerühmt hatte, herrlich und in Freuden aufgenommen werden sollten. Als gewandter, edel erzogener Mann zeigte er nicht, was in seinem armen Herzen vor sich ging, sondern er sagte frisch heraus zu seinen Gefährten:

»Ihr Herren, verzeiht mir, dass ich euch diesen zwecklosen Weg machen ließ. Ich dachte nicht, dass die Damen dieses Landes so wenig entgegenkommend sein würden, verirrten Rittersleuten eine Unterkunft zu verweigern. Nehmen wir's in Geduld hin. Ich verspreche euch auf mein Wort, euch anderswohin zu führen, nur wenig abseits von hier, wo wir wesentlich anders aufgenommen werden!« »Also denn vorwärts!«, riefen die andern. »Frisch darauf zu. Gott schuldet uns noch ein schönes Abenteuer.« Sie machten sich also auf den weg. Ihr Führer hatte die Absicht, sie zu dem Hause der Dame zu führen, die größere Stücke auf ihn hielt, als er es von Rechts wegen verdiente, und die ihm von Herzen zugetan war. Er beschloss, zur Stunde alle Liebeslasten wegen der Dame, die seiner Gesellschaft so gröblich die Aufnahme verweigert, und bei der er so ertraglos Dienst getan hatte, von sich zu werfen. Und er fasste den Plan, so gut er nur könnte, fortan die andere zu lieben, zu umwerben und ihr gehorsam zu sein, da sie ihm so wohlwollte und er sich, dafern es Gott gefiel, alsbald bei ihr befinden würde.

Um kurz zu sein: Nachdem die Gesellschaft mehr als gute anderthalb Stunden sich hatte den Buckel vollregnen lassen, kamen sie zu dem Hause der Dame, von der weiterhin die Rede war. Einer von ihnen pochte gar vernehmlich an die Pforte, denn es war schon recht spät, etwa neun oder zehn Uhr nachts, und sie waren sehr im Zweifel, ob nicht schon alles schliefe. Knechte und Mägde, die eben schlafen gehen wollten, sprangen herfür und fragten, wer dort sei. Das wurde ihnen gesagt, und so begaben sie sich zu ihrer Herrin, die schon im Unterrock dastand und die Nachthaube aufgesetzt hatte, und berichteten ihr:

»Gnädige Frau, an der Tür ist der und der Herr und bittet um Einlass. In seiner Gesellschaft befinden sich einige Rittersleute und Junker des Hofes, es mögen wohl drei sein.«

»Sie sind herzlich willkommen!« versetzte sie. »Vorwärts, vorwärts! Ihr und Ihr lasst Kapaune und Geflügel schlachten und richtet alles, was es Gutes im Hause gibt, schnell zum Essen her.«

Kurz, als guterzogene großzügige Frau, wie sie es war und heute noch ist, ließ sie alle Vorbereitungen treffen, wie ihr weiterhin hören werdet. In aller Hast nahm sie ihr Nachtkleid um, und so schön hergerichtet, wie sie just war, kam sie gar anmutiglich zu den Herren, zwei Fackeln vor sich her und eine einzige Frau bei sich, ein sehr hübsches Mägdelein; denn die andern richteten die Stuben.

Auf der Brücke zum Schloss kam sie ihren Gästen entgegen, und der edle Rittersmann, der sich so sehr ihrer Gunst erfreute, trat als Führer der Schar an deren Spitze, stellte die Herren vor, küsste die Frau, und nach ihm küssten auch die anderen sie gleichermaßen. Alsdann sagte sie als wohlgebildete Dame zu den edlen Gästen:

»Meine Herren, seid herzlich bei mir willkommen. Herrn Soundso (damit bezeichnete sie den Anführer der Gesellschaft) kenne ich schon. Er ist, wenn's ihm beliebt, ganz hier zu Hause. Wenn es ihm gefällig ist, wird er Hausherrnstelle vertreten.«

Kurz und gut, – nachdem alle Höflichkeiten gewechselt waren und das Abendessen alsbald bereitstand, wurde ein jeglicher in einem schönen, großen, mit Geweben und allem Nötigen ausgestatteten und geschmückten Zimmer untergebracht. Man braucht nicht erst zu sagen, dass die Dame und der wackere Rittersmann in der Zeit, da das Abendessen bereitet wurde, lange und so eingehend miteinander sprachen, bis sie sich ganz darüber einig waren, dass sie die Nacht in einem Bett verbringen wollten, denn glücklicherweise war der Ehemann nicht daheim, sondern mehr als vierzig Meilen fern. So kam die Stunde, wo das Essen während dieser Gespräche fertig wurde und sie allesamt denkbar fröhlichst ihr Abendessen einnahmen.

Nach all den Abenteuern des Tages will ich euch nun von der Dame berichten, die der Gesellschaft ihr Haus verschlossen hielt und so unhöflich war, wie man nur sein konnte. Sie erkundigte sich nämlich bei ihren teuren, als diese von ihrer Bestellung zurückkehrten, was der Rittersmann für eine Antwort gegeben habe. Einer sagte:

»Gnädig« Frau, seine Antwort war ganz kurz. Er sagte einfach, dass er seine Gäste an einen Ort nicht weit von hier führen wolle, wo man ihm die beste Aufnahme und den schönsten Empfang bereiten würde.«

Alsbald fiel ihr ein, wer das wohl sein könne, und sie sagte sich innerlich:

»Ach, jetzt ist er zum Hause von der und der hinweggegangen, die ihn, wie ich genau weiß, nicht ungern sieht. Dort wird sich irgendetwas zu meinem Schaden zutragen, – daran darf ich nicht zweifeln.«

Während sie sich diesen Gedanken und Vorstellungen hingab, wurde plötzlich ihr harter Sinn, den sie ohne

Schonung ihrem ergebensten Diener gezeigt hatte, in das gerade Gegenteil, in herzlichste, freundlichste Bereitwilligkeit umgewandelt, und der Grund war ihre Unfreundlichkeit an diesem Abend. Derart kam sie zu einem Entschluss, der ebenso zart und holdselig war, wie ihre Haltung zuvor stolz und ablehnend: sie war bereit, ihrem liebsten Diener alles zu bewilligen, was er nur wünschen mochte, so nahm die Sache ihren Lauf. Da sie nun aber fürchtete, dass die Dame, zu der die Gesellschaft sich hinbegeben hatte, den Mann beglücken könne, den sie also hart behandelt hatte, so schrieb sie mit eigener Hand an ihren Freund einen Brief, dessen Zeilen zumeist mit ihrem eigenen kostbaren Blut geschrieben waren, und der Inhalt war derart, dass er, sobald er den Brief gelesen hatte, alle anderen Gedanken von sich tun sollte. Sie schrieb ihm nämlich, er möchte mit dem Boten ohne Begleitung zu ihr kommen, denn er würde so freundlich bei ihr aufgenommen werden, wie liebevoller niemals ein Werber von seiner Liebsten zu seiner Zufriedenheit beglückt worden sei. Zum Zeichen vollkommenster Wahrhaftigkeit aber tat sie in den Brief einen Diamanten, den er ganz genau kannte.

Der Bote, der vollkommen zuverlässig war, nahm den Brief und traf besagten Rittersmann bei seiner Wirtin zusammen mit der ganzen Gesellschaft beim Abendessen an. Gleich nach der Mahlzeit nahm er ihn beiseite, gab ihm den Brief und sagte ihm, er solle sich nichts merken lassen, sondern einfach tun, was darinnen stünde.

Als der wackere Rittersmann diesen Brief sah, war er bass erstaunt und mehr noch erfreut. Denn wenn er auch zu dem Entschluss und der festen Entscheidung gekommen war, aller Liebe und Zuneigung zu derjenigen zu entsagen, die ihm da schrieb, so war er doch nun wieder schwankend, ob sein allerheißestes Begehren nicht durch diesen Brief der Erfüllung nunmehr nahe war. Er nahm also seine Wirtin beiseite und erklärte ihr, sein Herr ließe ihn in aller Eile rufen, und deshalb sei er genötigt, noch in derselben Stunde aufzubrechen. Und dabei stellte er sich, als wenn es ihm das größte Missbehagen bereitete.

Jene hatte die Erfüllung ihres ersehnten Wunsches ganz nahe gesehen und war deshalb gar froh gewesen. Nun wurde sie alsbald traurig und kummervoll; er aber stieg aufs Pferd, ließ seine Gefährten dort zurück und kam mit dem Boten bald nach Mitternacht zu dem Haus seiner Dame. Und siehe da: Eben war deren Mann vom Hofe zurückgekehrt und rüstete sich gerade zum Schlafengehen. Man kann sich denken, in welchem Zustand die Schöne war, die ihren Liebsten durch den Brief hatte herbeiholen lassen. Der wackere Rittersmann, der nun den ganzen Tag nicht aus dem Sattel gekommen war, erst um Hasen zu jagen, dann um Unterkunft zu finden, erfuhr an der Tür, dass der Gemahl seiner Liebsten angekommen sei, und seine Freude darob könnt ihr euch denken. Er fragte also seinen Führer, was da zu tun sei. Sie kamen schließlich zu dem Entschluss, dass er so tun solle, als habe er sich von seinen Gefährten getrennt und verirrt, glücklicherweise aber diesen Führer gefunden, der ihn nun zu dem Schlosse geleitet habe.

Gesagt, getan: Die Unglücksstunde war nun einmal nicht abzuwenden, und so suchte er denn den edlen Herrn und seine Gemahlin auf und spielte seine Rolle, so gut er konnte. Nachdem er noch einmal einen Trunk getan hatte, der seine Lage herzlich wenig besserte, wurde er in sein Schlafzimmer geführt, wo er aber während der Nacht nur wenig schlief. Und am nächsten Morgen kehrte er mit seinem Wirt zum Hofe zurück, ohne irgendetwas von dem vollbracht zu haben, was in besagtem Briefe zu lesen gestanden hatte. Ich kann euch aber auch sagen, dass er niemals mehr dorthin zurückkehrte, denn bald danach verließ der Hof dies Land, er ging mit, und alles versank in Vergessenheit, wie das ja oft geschieht.

Der tugendhafte Liebhaber.

Lebte da vor nicht zu langer Zeit in der schönen mächtigen und volkreichen Stadt Genua ein ansehnlicher Kaufmann, der mit Gütern und Reichtümern über und über gesegnet war. Seine Tätigkeit und sein Lebensberuf bestanden darin, mächtige Warenladungen übers Meer nach fremden Ländern, und insbesondere nach Alexandrien zu schaffen. Er war so voll davon, Schiffe zu leiten und Schätze und Reichtümer zu häufen, dass er die ganze Zeit, von seiner zartesten Jugend an bis zu seinem fünfzigsten Lebensjahre überhaupt nicht auf den Gedanken kam, etwas anderes zu tun.

Als er nun in dies genannte Alter gelangt war und anfing, über seinen Zustand nachzudenken, da sah er, dass er all die Tage und Jahre hindurch nichts anderes fertiggebracht hatte, als Schätze zu sammeln und zu mehren, ohne auch nur einen einzigen Augenblick gehabt zu haben, wo ihm innerlich der Gedanke oder die Neigung aufgetaucht wäre, sich zu verheiraten, um Erben für die

Menge von Gütern zu erhalten, die er so eifrig und mühsam aufgespeichert und erworben hatte. Wem sollte er sie hinterlassen, wer sollte sie nach ihm besitzen? Sein Herz wurde von bitterem, peinigendem Schmerz zerschnitten, und es missfiel ihm über die Maßen, dass er seine jungen Tage derart missbraucht und verschwendet hatte.

In diesem qualvollen Bedauern verblieb er gar manchen Tag. Da begab es sich inzwischen in der bemeldeten, Stadt, dass die kleinen jungen Kinder bei einem Feste, das sie wie alle Jahre gefeiert hatten, in allerlei fremdartigen und bunten Gewändern und Verkleidungen sich in großen Scharen zu einem öffentlichen Platze begaben, wo die städtischen Feiern gewöhnlich abgehalten wurden. Dort sollten sie vor ihren Vätern, Müttern und Freunden spielen, um Lob, Ansehen und Ruhm zu ernten. Zu dieser Versammlung kam auch der gute Kaufmann, der ganz in seine Gedanken und Sorgen vergraben war. Und als er nun sah, wie die Väter und Mütter so viel Freude daran hatten, ihre Kinder spielen und in Gewandtheit und Zierlichkeit sich ergehen zu sehen, da wurde sein Schmerz, den er schon vorher empfunden hatte, noch viel ärger. Ja, er wurde so schlimm, dass er gar nicht mehr zusehen konnte, sondern traurig und nachdenklich in sein Haus zurückkehrte, allein in seine Stube ging und dort eine ganze Weile vor sich herjammerte:

»Ach, ich armer, unglücklicher Greis, so bin ich nun und so war ich immer! Wie hart hat das Schicksal, wie mitleidlos das Glück mir mitgespielt! Ja, es ist bitter, wenn man so etwas schlucken muss! Ach, du Jammerhahn! Du bist ja durch die vielen Nachtwachen, Arbeiten und Mühen, die du zu Wasser und zu Lande durchgemacht hast, viel abgearbeiteter und matter als jeder andere! Was nützen dir nun dein großer Reichtum und die gehäuften Schätze, die du dir unter Gefahren mit Fleiß und Schweiß zusammengegrabscht hast, für die du deine ganze Zeit verschwendetest, ohne auch nur einen flüchtigen Augenblick darüber nachzudenken, wer sie besitzen wird, wenn du tot und dahingeschieden bist, und wem du sie nach Menschenrecht zur Erinnerung an dich und deinen Namen hinterlassen sollst? Ach, du schlimmes Herz, wie konntest du das zulassen?! Du hast nie an Ehe gedacht, hast sie stets gemieden, gefürchtet, ausgeschlagen, hast sogar die guten und vernünftigen Ratschläge deiner Freunde gehässig missachtet, die dich unter die Haube bringen wollten, damit du Nachkommen hättest, die deinen Namen, deinen Ruhm weiterführen konnten. Ach, wie glücklich sind doch die Väter, die kluge gute Kinder zurücklassen! Wie habe ich heute die Väter neidisch betrachten müssen, die den Spielen ihrer Kinder beiwohnten, ihr Glück fangen und sich sagen konnten, dass sie ihre Jahre trefflich angewandt hatten, selbst wenn sie nach ihrem Tode nur ein winzig Teil der großen Güter hinterlassen sollten, die ich besitzt. Was kann ich noch für Freude, was für Trost haben?! Wo bleibt mein Name, wo mein Ruhm nach meinem Tode? Wo habe ich einen Sohn, der die Erinnerung an mich wachhält, wenn ich nicht mehr bin, Gesegnet sei die heilige Ehe, durch die das Gedenken an die Väter erhalten bleibt und Besitz und Erbschaft durch den Übergang an holde Kindlein verewigt wird!« Nachdem der gute

Kaufmann eine gute Weile derart gegrübelt hatte, kam er plötzlich zu einer heilsamen Lösung seiner Sorgen, indem er sagte:

»Aber wozu brauche ich mich denn trotz meinen vielen Lebensjahren mit Kummer, Angst und Sorgen herumzuquälen. Eigentlich gleicht doch das, was ich bisher tat, dem Gebaren der Vöglein, die ihr Nest bauen und schön herrichten, bevor sie Eier legen. Ich habe Gott sei Dank genügend Schätze zu eigen für eine Frau und, wenn ich welche bekomme, auch einige Kinder, und ich bin nicht so alt und abgeklappert, um alle Hoffnung auf Nachkommenschaft aufzugeben. Jetzt ist es gerade das richtige, haltzumachen, die Augen aufzusperren und gehörig allenthalben aufzumerken, wo ich eine Frau finde, die für mich passt und mir Glück bringt.«

So beschloss er seine lange Rede, entfernte sich aus seinem Zimmer, und da sah er auch schon zwei seiner Kameraden kommen, Seeleute wie er, denen er bis ins Einzelne seine Lage darlegte und die er gar herzlich bat, ihm dabei zu helfen, wenn er sich eine Frau suchte, nach der ihm jetzt mehr als nach irgendetwas anderem auf der Welt der Sinn stand.

Die beiden Kaufleute hörten seine erbaulichen Worte an, lobten und priesen ihn gar sehr und übernahmen es, den größten Eifer bei der Suche nach einer Frau zu entwickeln. Und während sie Himmel und Hölle in Bewegung setzten, spielte unser Kaufmann, der nun schon ganz Feuer und Flamme war, sich zu verheiraten, den Liebeswerber, kümmerte sich um weiter nichts und suchte in der ganzen Stadt nur noch nach der jüngsten unter den allerschönsten Mädchen. Er stöberte so lange, bis er auch wirklich eine fand, wie er sie sich wünschte: denn sie stammte von angesehenen Eltern, war zum Erstaunen schön, so um die fünfzehn Jahr alt, zierlich, sanft und gut erzogen.

Nachdem er all ihre Tugenden und erquicklichen Vorzüge kennengelernt hatte, packte ihn solch brennender Wunsch, sie durch regelrechte Ehe zur Herrin seiner Güter zu machen, dass er ihre Eltern und Freunde um ihre Hand bat. Die machten erst einige Schwierigkeiten, aber das dauerte nicht lange, und schließlich willigten sie ein und sagten ja. Und zur Stunde wurde Verlobung gefeiert und die Summe und Sicherheit festgesetzt, die er ihr bewilligen wollte.

Hatte der wackere Kaufmann vordem schon mit allen Fasern seines Herzens an seinem Unternehmen gehangen, so klammerte er sich nun noch umso fester daran, als er sich der Ehe gewiss sah, und obendrein der Ehe mit einer Frau, von der er so schöne holde Kindlein erwarten konnte. Das Hochzeitsfest und die Vermählungsfeier wurde geziemend mit großer Pracht begangen. Und als das Fest aus war, schlug er sich alle Erinnerung an seine frühere Lebensart, sein Umherfahren auf dem Meere, aus dem Sinn, ließ es sich wohl sein und erlustigte sich über die Maßen in der Gesellschaft seiner schönen, sanften Frau.

Aber es dauerte gar nicht lange, da hatte er die Geschichte über und über satt; denn kaum war das erste Jahr herum, da machte es ihm schon keinen Spaß mehr, untätig im Hause herumzusitzen und die Wirtschaft so zu führen wie einer, der daran hängt, sondern er ödete und langweilte sich und jammerte seinem einstigen Beruf als Seefahrer so bitterlich nach, dass es ihm viel netter und bequemer schien, solche Tätigkeit, auszuüben als die häusliche Arbeit, die er freudigen Herzens für Tage und Nächte übernommen hatte, er tat weiter nichts mehr als grübeln und sinnen, wie er wieder seiner Gewohnheit nach gen Alexandrien fahren könnte, und es schien ihm schwer, ja ganz unmöglich, dass er fürder nie mehr ein Schiff lenken, das Meer durchqueren und alle Mühen meiden sollte. Aber war er auch schon ganz fest entschlossen, zu seinem früheren Beruf zurückzukehren, so lag ihm doch der Gedanke schwer auf dem Herzen, ob seine Frau sich darüber nicht ärgern würde. Das schuf ihm Angst und Zweifel, erschütterte ihn in seinem Vorsatz, hinderte ihn an dessen Ausführung: Denn er kannte das jugendliche Feuer seines Weibleins und war ganz fest davon überzeugt, dass sie sich nicht würde zügeln können, wenn er sie allein ließe. Außerdem dachte er an den bekannten Wankelmut der Frauen: hatte doch schon, während er hier war, gar mancher junge Galant die Gewohnheit gehabt, bei der Tür vorzusprechen, um sie zu sehen. Er nahm also mit Recht an, dass sie ihr während seiner Abwesenheit bei Weitem näher auf den Leib rücken und gar seine Stelle vertreten könnten. Eine lange Zeit hindurch schlug er sich mit derartigen Schwierigkeiten und quälenden Bildern herum, ohne einen Ton zu schnaufen; so kam er endlich zu der Hinsicht, dass er den größten Teil seines Lebens bereits hinter sich hatte, entschied, sich um Weib, Ehe und alles Übrige nicht zu scheren, weder um den Haushalt noch all die Einwände und Bedenken, die ihm den Kopf verdreht hatten, und kam zu folgendem kurzen Entschluss:

»Besser leben als sterben! Wenn ich meinen Haushalt nicht schleunigst stehn und liegen lasse, dann kann ich sicher nicht mehr lange vorhalten. Soll ich mich also von dieser schönen holden Frau trennen? Ja, ich lasse sie hier; mag sie sich fortan um sich selbst bekümmern und mit sich fertig werden, wie es ihr behagt, – ich will diese Last nicht mehr auf dem Halse haben. Ach; was werbe ich tun! Welche Entbehrung, welch Kummer für mich, wenn sie sich nicht zügelt und in keuscher Reinheit verbleibt! Aber lieber will ich leben als sterben, um mich mit der Sorge um sie abzuquälen! Sicher will Gott nicht, dass ich um des Leides einer Frau willen mir so enge Sorgenfesseln auferlege. Ich habe ja doch keinen anderen Lohn davon als körperliche und seelische Qualen. Fort mit den Ängsten und Bitternissen, die so viele durchmachen, um nur bei ihren Frauen zu bleiben! Es gibt nichts Grausameres und Zerquälenderes auf der Welt! Wenn mich nur Gott noch so lange leben lässt, dass ich ein paar Abenteuer durchmache, statt in meiner Ehe zu verkommen, dann werde ich nicht mehr zornig noch traurig sein. Ich will jetzt meine Freiheit und die Möglichkeit haben, alles zu tun, was mir Spaß macht!«

Nachdem der wackere Kaufmann seine endlosen Betrachtungen abgeschlossen hatte, traf er sich mit seinen Schiffskameraden und sagte ihnen, dass er noch einmal nach Alexandrien fahren und Waren laden wolle, wie er es sonst so oft mit ihnen zusammengetan hatte. Die Kümmernisse freilich, die ihm seine Ehe bereitete, die verriet er ihnen nicht.

Sie waren bald einig und vereinbarten, beim ersten günstigen Winde zur Abfahrt bereit zu sein. Die Schiffe wurden geladen und segelfertig zur Abfahrtsstelle gebracht, wo sie auf den rechten Wind warten mussten. So hatte denn der wackere Kaufmann seinen festen unerschütterlichen Entschluss gefasst, und als er, wie Tags zuvor, allein mit seiner Frau nach dem Abendessen in der Stube saß, enthüllte er ihr seinen Plan der bevorstehenden Reise und sagte mit gespielter Fröhlichkeit:

»Teure Gattin, ich liebe dich mehr als mein Leben! Nun tu bitte dein möglichstes, sei fröhlich und bekümmere und ärgere dich nicht über das, was ich dir jetzt sagen will. Ich habe vor, so Gott will, noch einmal Alexandrien zu besuchen, wie ich es seit langer Zeit gewöhnt bin, und mir scheint, du solltest darüber nicht unzufrieden sein, denn du weißt ja: Das ist so meine Lebensgewohnheit und mein Beruf, durch die ich Schätze, Häuser, Namen, Ansehen, viel Freunde und Beziehungen erworben habe. All die reichen schönen Gewänder, Schmuckstücke, Armringe und die anderen köstlichen Geschmeide, mit denen du, wie du weißt, reicher als irgendeine Frau dieser Stadt geschmückt bist, sie alle habe ich aus dem Gewinne meines Handels angeschafft. Also diese Reise darf dich nicht bekümmern noch betrüben, denn ich komme ja bald zurück. Und ich verspreche dir: Ist mir dieses Mal, wie ich hoffe, das Glück günstig, dann werde ich nie mehr dort hingehen, und will für immer dort Abschied nehmen. Du musst also jetzt guten Mut fassen, denn ich überlasse dir die Verwaltung und Verfügung über all meine Habe.

»Bevor ich aber fortfahre, will ich dir einige Wünsche ans Herz legen. Zum ersten bitte ich dich, sei während meiner Reise vergnügt und lebe behaglich. Wenn ich mir vorstellen kann, dass du das tust, werde ich sorgenloser reisen. Zum zweiten weißt du: Zwischen uns beiden darf nichts verhehlt oder verschwiegen werden, denn Ehre, Ansehen und Gewinn müssen, so wie ich es im Sinne habe, uns beiden gemeinsam sein, und Lob und Ehre des einen sind nicht ohne Vorteil für den anderen, Entehrung des einen nicht ohne Schande für alle beide denkbar. Du sollst nun also begreifen, dass ich nicht so töricht und sinnlos bin zu vergessen, wie hilflos ich dich in deiner Jugend, Schönheit, Sanftmut, Frische und Zärtlichkeit ohne Mann zurücklasse, und dass du von gar manchem während meiner Abwesenheit umworben sein wirst. Ich glaube natürlich gern, dass du im Augenblick die reinsten Absichten und ein keusches ehrenhaftes Herz hast. Aber da ich doch weiß, wie jung du bist und wie dein jugendliches Blut überkocht, so scheint es mir ganz unmöglich, dass dir aus rein natürlichem Drange während meiner Abwesenheit nicht der Wunsch beikäme, einen Mann zu umfangen. Aber Gott sei Dank, das erschüttert mich nicht. Es ist mein Wunsch, dass du nachgibst, wenn deine Natur übermächtig wird; denn ich weiß, dass du doch nicht zu widerstehen vermagst. Hier also kommt der Punkt, wo ich dich gar herzlich bitten muss: lass unsere Ehe so lange du irgend kannst, unangetastet. Ich habe nicht den geringsten Wunsch, dich irgendwie beaufsichtigen zu lassen, um dich zu behindern; ich weiß, dass du selbst darum besorgt sein wirst und dich nach Möglichkeit in Acht nimmst. Es gibt ja keine hinreichend strenge Wache, um eine Frau, die nicht freiwillig dazu bereit ist, daran zu hindern, dass sie ihre Wünsche befriedigt. Wenn dich also deines Fleisches Glut stachelt und derart peinigt, dass du die Macht verloren hast, sie zu bändigen, dann bitte ich dich, teure Gattin, bei der Erfüllung deines Begehrens Klugheit und Vorsicht walten Zu lassen, damit es nicht öffentlich bekannt wird. Tust du das nicht, dann bist du, bin ich, sind all unsere Freunde entehrt und entwürdigt.

»Wenn du also tatsächlich nicht mehr in Keuschheit verbleiben kannst, dann gib dir Mühe, dir deinen guten Ruf wenigstens vor der Öffentlichkeit zu bewahren. Nun will ich dich darüber belehren, wie du dich zu verhalten hast, wenn solch ein Fall eintritt. Du weißt, es gibt hier in der Stadt einen Haufen hübscher junger Männer. Zwischen ihnen erwähle einen einzigen und begnüge dich mit ihm allein, wenn du nicht lassen kannst, was die Natur von dir heischt. Immerhin musst du auch bei der Wahl besonders darauf sehen, dass es kein Luftikus, kein ehrloser, verlotterter Kerl ist. Denn mit solchen Menschen sollst du dich nicht einlassen: Daraus kann dir die schwerste Gefahr erwachsen. Man darf nicht daran zweifeln, dass so ein Kerl eins, zwei, drei dein Geheimnis ausplaudert und unter die Leute bringt. Von solcher Bande wird nichts geheim gehalten und verschwiegen. Wähle also einen, von dem du sicher sein kannst, dass er klug und vernünftig ist, damit er im schlimmsten Falle ebenso bemüht ist, die Sache zu verhehlen, wie du selbst. Darum also bitte ich dich von ganzem Herzen: versprich mir offen und fest, dass du diese Lehre beherzigst und nicht vergisst. Bitte, antworte mir auch nicht, wie andere Frauen das in solchen Fällen tun, wenn man mit ihnen spricht, wie ich es eben mit dir tue; ich kenne schon die Antworten, die sie in solchen

Fällen geben: ›Ach, ach, liebster Mann, wie kannst du nur so traurig und bekümmerten Herzens sein!! Wer hat dich so tief beunruhigt? Wo hast du diese grausame, unwetterschwangere Stimmung her? Wie könnte denn überhaupt ein so scheußliches Vergehen erdenklich sein? Gott bewahre mich! Niemals werde ich dir so etwas versprechen! Ja, ich bitte Gott, er möge die Erde auftun und mich lebendigen Leibes verschlingen und verschlucken lassen, wenn ich, – ich sage schon gar nicht, so etwas beginge, sondern auch nur den leisesten Gedanken an einen derartigen schändlichen Fehltritt hätte! Liebe Frau, ich habe dir diese schönen Redensarten vorerzählt, damit du sie vor mir nicht verschwendest. Ich glaube ehrlich und fest, dass du zur Stunde die besten Absichten hast, und bitte dich, verharre darin, solange deine Natur es dir gestattet. Vermeine auch nicht, ich wollte von dir das Versprechen, dass du so handeln sollst, wie ich es dir beschrieben habe. Ich meine nur: Tue so einzig in dem Falle, wo du mit deiner frischen Jugendkraft und deinem jugendlichen Hunger gar nicht mehr anders fertig werden kannst.«

Als der wackere Ehemann zu Ende geredet hatte, begann sein schönes, holdes, rundliches und appetitliches Weibchen in Schamesröte gar gewaltig zu zittern, maßen sie nun auf die Bitten ihres Mannes antworten sollte. Aber die Röte schwand, und sie fasste sich. Sie festigte und wappnete ihren Mut mit Vertrauen, und derart erklang ihre anmutsvolle Antwort, wenn auch ihre Stimme beim Sprechen bebte:

»Holder, heißgeliebter Mann! Ich versichere dich, niemals war ich so entsetzt, verwirrt und aller Besinnung bar als jetzt eben bei deinen Worten, die mich etwas lehrten, was ich nie zuvor gehört oder gewusst habe, denn niemals hatte ich einen solchen Gedanken. Ich nehme an, du willst mich zur Arbeit anhalten, denn du kennst ja meine Einfalt, Jugend und Unschuld, die mir noch recht arg zu sein scheinen. Sicher kann ich in meiner Jugend einen solchen Fehltritt gar nicht tun oder erdenken. Du hast mir gesagt, du seiest sicher und wüsstest bestimmt, dass ich während deiner Abwesenheit unsere Ehe nicht unangetastet lassen könnte. Das quält mein Herz und lässt mich zittern und zagen. Ich weiß nicht, was ich auf deine Gründe antworten und ihnen dawiderhalten kann, denn du hast mir das Wort abgeschnitten. Nur eines will ich sagen, und das kommt aus der Tiefe meines Herzens und dringt zu meinen Lippen, wie es in mir entstanden ist: Ich flehe voll Demut und mit gefalteten Händen zu Gott, er möge einen Abgrund auftun, wo ich mit zerschmetterten Gliedern hineingeworfen und in grausamen Todesqualen umgebracht werde, wenn ein Tag kommen sollte, da ich einen Fehltritt in meiner Ehe begehen, ja nur den flüchtigen Gedanken hätte, so etwas zu vollbringen. Wie etwas derartiges entstehen könnte, begreife ich gar nicht. Und da du mir unmöglich gemacht hast, dir diese Antwort zu geben, indem du sagtest, die Frauen hätten solche Antworten zur Gewohnheit, um für ihre Seitensprünge faule Ausreden zu gebrauchen, will ich dir Freude machen und dich von allen Sorgen befreien. Du sollst sehen, dass ich bereit bin, zu gehorchen, achtzugeben und mich zu zügeln, und darum verspreche ich dir zur Stunde voll Überzeugung und festen Herzens, den Tag deiner Rückkunft in wahrer, reiner und vollkommener Keuschheit zu erwarten. Und wenn Gott nicht fügt, dass es anders kommt, kannst du dessen versichert bleiben, und das verspreche ich dir: Ich werde die Lehren beherzigen und besorgen, die du mir gegeben hast, und will mich in nichts gegen sie verstoßen. Sollte dein Herz noch andere Sorgenlasten tragen, dann enthülle sie mir bitte und heiße mich, wie ich deinen Wunsch erfüllen kann; ich begehre gar nichts besseres, als in allem eines Willens mit dir zu sein und zu tun, wie du es wünschst, – nicht nach meinem Sinn.«

Als unser Kaufmann die Antwort seiner Frau hörte, war er so froh, dass er die Tränen nicht zurückhalten konnte. Und er sagte zu ihr:

»Teure Gattin, da deine holde Güte sich zu diesem Versprechen verstanden hat, um das ich dich bat, so flehe ich nur noch: Halte es auch.«

Am nächsten Morgen ganz früh wurde der wackere Kaufmann von seinen Gefährten geholt, um in See zu stechen. Er nahm also Abschied von seiner Frau, empfahl sie dem Schutze Gottes und segelte davon. Der Weg nach Alexandrien ward schnell zurückgelegt und der Wind war so günstig, dass sie schon nach wenigen Tagen anlangten. Aber sie blieben eine lange Weile dort, um ihre Waren los zu werden und neue aufzuladen.

Während dieser Zeit blieb die reizende, anmutige Frau daheim im Hause, und ihre einzige Gesellschaft war ein junges, kleines Mädel, das sie bediente. Wie ich schon gesagt hatte: Die schöne Frau war eben erst fünfzehn Jahr alt, und deshalb konnte man einen Fehltritt, den sie etwa beging, weniger ihrer Bosheit als der mangelnden Festigkeit ihrer Jugend zuschreiben. Nachdem also der Hausmann einige Tage ihren schönen Augen entschwunden war, geriet er allmählich in Vergessenheit. Und weil ihre Huld, Schönheit und Anmut schon längst in der ganzen Stadt als einzigartig bekannt waren, kamen die jungen Leute, sobald sie nur von der Abfahrt ihres Mannes hörten, herbei, um sie zu besuchen. Das wollte sie anfangs auf keinen Fall: Sie mochte weder das Haus verlassen noch sich sonst zeigen. Aber da das tagtäglich immer so weiter ging mit Besuchen und Drängen, und weil sie so viel Freude an den holden, klangvollen Liedern und Lautenklängen hatte, die vor ihrer Tür ertönten, so kam sie schließlich hervor, um durch Fensterluken und Ritzen zuzugucken, und derart konnte sie recht gut diejenigen erblicken, die gern auch sie gesehen hätten. Indem sie nun diese Lieder und Tänze vernahm, bekam sie daran so viel Freude, dass gar zärtliche Gefühle ihr Herz bewegten und die innere Glut sie arg bestürmte, ihre Enthaltsamkeit abzuwerfen. So wurde sie gar oft heimgesucht, und schließlich siegten Begier und innerliche Lust, und des Fleisches Stachel drang gar tief. Sie dachte oft, das sie jetzt, wenn sie wollte, so viel Zeit und alles so bequem haben könnte, denn niemand bewachte sie, keiner hinderte sie, ihr Begehren zu stillen, und so kam sie am Ende zu dem Schluss und der Einsicht, dass ihr Mann gar weise gewesen war, als er ihr versichert hatte, dass man in Enthaltsamkeit und Keuschheit auf die Dauer nicht leben könne. Sie wollte jedenfalls seine Lehre beherzigen und das Versprechen halten, dass sie ihm gegeben hatte.

»Es gehört sich«, sagte sie, »dass ich den Rat meines Mannes befolge. Tue ich das, dann begehe ich kein Verbrechen und brauche keine Entehrung zu fürchten, denn er hat mir ja freie Hand gelassen; nur darf ich nicht über die Grenzen hinausgehen, die er mir gezogen hat. Er hat mich darauf aufmerksam gemacht und ernstlich vermahnt, im Falle ich nicht in Keuschheit verbleiben könnte, einen Mann zu erwählen, der vernünftig, guten Rufes und sehr tugendhaft ist, – einen anderen nicht. So will ich denn auch, so gut ich kann, danach handeln; es genügt mir vollkommen, wenn ich von dieser Lehre nicht abweiche. Ich nehme an, er hat es nicht so gemeint, dass dieser Mann alt sein muss; also scheint mir, er muss jung sein und so viel Bildung und Wissen besitzen wie ein Alter. Mir scheint, das war seine Ansicht.«

Gerade nun in diesen Tagen, als unsere schöne Frau diese Betrachtungen anstellte und nach einem tugendsamen jungen Manne suchte, der ihre Glut löschen sollte, langte zu ihrem Glücke ein gar weiser junger Rechtsgelehrter in der Stadt an, der eben von der Universität Bologna kam, wo er mehrere Jahre hindurch gewesen war, ohne nach Hause zurückzukehren. Er hatte sich dem Studium derart hingegeben, dass es im ganzen Lande keinen angeseheneren Gelehrten gab; alle Beamten und behördlichen Personen der Stadt wandten sich an ihn, und er hatte überhaupt nur mit ganz gelahrten Männern zu tun. Seit seiner Ankunft nahm er die Gewohnheit, von der er niemals abließ, alltäglich auf den Markt zum Rathause zu gehen, wo die Gerichtsverhandlungen stattfanden; er begab sich dorthin, um die Sache verschiedener Parteien zu vertreten. Nun führte der gerade Weg von seinem Hause zum Markte durch die Straße, wo das Haus besagter Dame lag, und indem er durch diese Straße ging, musste er auch regelmäßig vor der Tür dieses Hauses vorbeikommen. Er mochte noch nicht hundertmal dort entlang gegangen sein, da wurde er bereits erschaut und ob seiner ernsten, sachten Art mit viel Gefallen von der Dame ins Auge gefasst. Und obgleich sie sich niemals um Rechtssachen gekümmert hatte, sagte sie sich doch, dass er sicher ein sehr großer Rechtsgelehrter sein müsse, und außerdem hörte sie ihn von der ganzen Stadt als ein wahres Musterbild von Gelehrsamkeit preisen. Derart also begann sie, all ihre sehnsüchtigen Gefühle auf ihn zu vereinigen, ihr Begehren wuchs, und sie sagte sich, wenn er nichts dawider habe, müsse dieser ihr helfen, die Lehren ihres Mannes zu befolgen. Aber wie konnte sie ihm ihre große, glühende Liebe zu verstehen geben, wie ihm den geheimen Wunsch ihres Herzens enthüllen? Sie wusste es nicht, und das war ihr über die Maßen betrüblich.

Immerhin kam sie auf den Gedanken: Da er täglich auf dem Wege zum Markt an ihrer Tür vorbei musste, wollte sie sich, so prächtig gekleidet, als sie nur konnte, auf den Altan begeben, damit beim Vorübergehen sein Blick auf ihre Schönheit fiele, sodass er Gefallen an ihr fände und sein Wunsch nach dem rege würde, was ihm nicht verweigert werden sollte. Mehrmals zeigte sie sich, ganz entgegen ihrer bisherigen Gewohnheit; aber obgleich sie gar erquicklich anzuschauen und wohl berufen war, ein junges Gemüt in Liebesglut zu entflammen, blieb sie doch dem jungen Manne unbemerkt, denn er ging so bescheidentlich, dass er niemals einen Blick nach rechts oder links warf. Derart also kam die gute Dame in keiner Weise zu dem Erfolge, den sie sich erhofft und ausgemalt hatte. Darüber war sie über die Maßen schmerzerfüllt und betrübt, das kann man sich ja denken, und je mehr sie an ihren Rechtsgelehrten dachte, umso höher flammte und brannte die Lohe.

Schließlich, nachdem sie gar vielerlei Pläne geschmiedet hatte, über die ich der Kürze halber hinweggehen will, entschloss sie sich, ihre kleine Zofe zu ihm zu schicken. Sie rief sie also und hieß sie, das Haus des Herrn Soundso zu suchen; und wenn jene seine Wohnung entdeckt habe, solle sie ihm ausrichten, dass er in aller Eile zum Hause der Frau Soundso, der Gattin des Herrn Soundso, kommen solle. Wenn er frage, was die Dame denn von ihm wünsche, solle sie antworten, das wisse sie nicht, ihr sei nur gesagt worden, dass sein Kommen sehr nötig wäre.

Das Mädchen prägte sich den Auftrag genau ein und ging, den Gelehrten zu suchen. Sie fand ihn auch, denn es dauerte nicht lange, da wurde ihr das Haus gezeigt, wo er gerade in einem großen Kreise seiner Freunde und anderer hochangesehener Personen zu Mittag aß. Das Mädel trat ein, begrüßte die Gesellschaft und wandte sich dann an den Rechtsgelehrten, den sie erfragt hatte; und vor aller Ohren richtete sie ihm bei Tische richtig und genau die Botschaft aus, die ihr aufgetragen worden war.

Der gute Herr kannte den Kaufmann, von dem das Mädel sprach, und sein Haus schon seit seiner Jugend, aber er wusste nicht, dass er verheiratet und wer seine Frau war, und dachte sofort, diese Frau könnte infolge der Abwesenheit des Kaufmannes ihn wegen einer wichtigen Sache angehen wollen, so wie das ja auch ihre Absicht war; nur meinte er etwas anderes als sie. Er antwortete also dem Mädel:

»Kleine, geh und sag' deiner Herrin, sowie das Essen fertig ist, komme ich zu ihr.«

Die Botin überbrachte die Antwort, wie es sich gehörte, und die Kaufmannsfrau empfing sie weiß Gott hochbeglückt; sie erzitterte und wusste gar nicht, was sie anstellen sollte, so groß war ihre Seligkeit, so glühend ihr Begehren, den Rechtsgelehrten in ihrem Hause zu haben. Sie ließ allenthalben putzen und kehren, duftende Kräuter in ihrem Zimmer ausstreuen, das Bett und das Lager zudecken, reiche Überzüge, Teppiche und Gewebe hinbreiten, und dann schmückte und zierte sie sich mit den köstlichsten Gewändern und Geschmeiden, die sie besaß. In diesem Zustande wartete sie eine kleine Weile, die ihr aber ob ihres gewaltigen Sehnens zum Staunen lang schien. So heiß wurde der, der da kam, herbeigewünscht und erwartet; und kaum erblickte sie ihn von Weitem, da ging sie vom Zimmer hinab und wieder hinauf, lief hierhin und dorthin, denn sie war ganz durcheinander und es schien, als wäre sie aller Vernunft beraubt. Schließlich begab sie sich in ihr Zimmer und dort legte sie die Ringe und Schmuckstücke heraus, die sie bekommen hatte, und breitete sie hin, um ihrem Liebsten einen recht köstlichen Empfang zu bereiten. Unten aber ließ sie das Kammermädel warten, damit es ihn hineinließe und dorthin führte, wo sich die Herrin befand.

Als er ankam, empfing ihn das Zöflein geziemend, ließ ihn ein, schloss die Tür, sperrte aber all seine Begleiter aus und teilte ihnen mit, dass sie draußen ihren Herrn erwarten sollten. Als die Frau hörte, dass ihr Liebster gekommen war, konnte sie nicht an sich halten, sondern musste hinab, ihm entgegengehen. Sie begrüßte ihn gar holdselig, nahm ihn bei der Hand und führte ihn in das Zimmer, das für ihn hergerichtet war. Er staunte ganz gewaltig bei seinem Eintritt über den vielerlei Schmuck, die schöne Zier und die kostbare Ausstattung, aber auch über die großmächtige Schönheit der jungen Frau, die ihn hier hinführte.

Sobald er im Zimmer war, setzte sie sich auf einen Sessel neben dem Lager, ließ ihn auf einen anderen dicht bei ihr niedersitzen, und so saßen die beiden alsbald eine ganze Weile, ohne ein Wort zu sagen; denn jeder erwartete, dass der andere beginnen würde; der Rechtsgelehrte vermeinte, sie müsse ihm eine große, schwierige Sache enthüllen und wollte sie beginnen lassen, sie ihrerseits dachte, er wäre so klug, dass er auch ohne nähere Erklärung und Darlegung verstehen müsse, wofür sie ihn gerufen hatte. Als sie nun aber sah, dass er keinen Anlauf nahm, etwas zu sagen, da hub sie an:

»Teurer, lieber Freund, Ihr so überaus kluger Mann, ich will Euch jetzt sagen, was mich bestimmt hat, Euch rufen zu lassen. Ich glaube, Ihr kennt meinen Mann recht gut und steht ihm nahe; er hat mich so, wie Ihr mich hier seht, daheim gelassen, um seine Waren nach Alexandrien zu schaffen, wie er das seit Langem gewohnt ist. Vor seiner Abfahrt sagte er mir, er sei ganz sicher, dass ich während seiner Abwesenheit von meiner jugendlichen

Glut gezwungen würde, meine Enthaltsamkeit aufzugeben, und dass die Natur mich nötigen würde, mich einem Manne hinzugeben. Ich halte ihn wirklich für einen überaus klugen Menschen, denn das, was ich für unmöglich hielt, erwies sich nun durch die Erfahrung als richtig: meine Jugend, meine Schönheit und mein zärtlich Gemüt können nicht ertragen, dass ich meine Zeit derart zwecklos verbringe und verschwende; meine Natur kann sich damit nicht abfinden. Damit Ihr mich nun aber ganz genau versteht, so wisset: Mein kluger, vorsichtiger Mann hatte Bedauern mit meiner Lage, als er abfuhr, – mehr noch als ich selbst, denn er sah ja, dass zarte, junge Blümlein verdorren und vertrocknen, wenn etwas Ungünstiges auf sie einwirkt, das ihrer natürlichen Anlage zuwider ist. Derart betrachtete er auch das, was mir geschehen sollte. Und da er ganz klar voraussah, dass ich zugrunde gehen würde, wenn ich nicht so lebte und mich führte, wie die Natur es erfordert, so ließ er mich versprechen und schwören, ich sollte, wenn ich derart von meiner Natur überwältigt und gezwungen würde, mit meiner Selbstbeherrschung zu brechen, einen klugen, einsichtsvollen Mann erwählen, der vernünftig und verschwiegen genug sei, unser Geheimnis zu bewahren. Nun weiß ich in der ganzen Stadt keinen Menschen, der so wie Ihr dafür geschaffen wäre, denn Ihr seid ebenso wohl klug als jung: Und ich denke, Ihr werdet mich weder zurückweisen noch Widerwillen vor mir haben. Ihr seht, wer und wie ich bin, und dass Ihr für die Abwesenheit meines guten Mannes Ersatz schaffen könnt, denn niemand wird darüber ein Wort sagen. Ort, Zeit und alle Umstände sind uns günstig.«

Der gute Herr war in tiefstem Herzen erstaunt, wenn er es sich auch nicht merken ließ. Er nahm die rechte Hand der guten Dame und sagte mit fröhlichem Gesicht und launigem Scherz:

»Ich muss wahrlich der Frau Fortuna unsäglichen Dank aussprechen dafür, dass sie mich heute mit so viel Glück überschüttet hat und mir den schönsten Lohn vor Augen hält, den ich mir je auf dieser Welt hätte erträumen können; bei solch unermesslicher Güte darf ich nie mehr wagen, mich als Unglücksvogel zu betrachten. Ich kann vielmehr sagen, dass ich heute der glücklichste Mensch auf Erden bin; denn wenn ich mir vorstelle, schöne holdselige Freundin, wie wir unsere jungen Tage in Freuden miteinander verbringen können, ohne dass jemand sich darein mischen wird, dann könnte ich vor Freude weinen. Gibt es einen glückbegünstigteren Menschen als mich? – Nur eine Kleinigkeit kommt mir da ein wenig in die Quere, das auszuführen, was ich nur mit bitterer Betrübnis verschieben möchte; denn ich wäre ja sonst der unglückseligste Mensch auf Erden.«

Als die Dame hörte, dass es ein Hindernis gab, das es ihm unmöglich machte, sofort seine Liebe zu bezeigen, da war sie gar schmerzlich berührt und bat ihn, er möge sich doch näher darüber auslassen, damit sie das Hindernis, wenn möglich, beseitigen könnte.

»Das Hindernis ist so gering«, sagte er, »dass es in kurzer Zeit aus dem Wege geräumt sein wird. Und da Ihr in Eurer Huld es kennenlernen wollt, so will ich es Euch verraten. Als ich auf der Universität Bologna studierte, wurde die Bevölkerung durch Aufständische zur Auflehnung gegen den Herrn verführt. Und ich wurde mit einigen Kameraden beschuldigt, der Urheber und Förderer dieses Aufstandes gewesen zu sein. Deshalb kam ich ins Gefängnis; und als ich dort saß und trotz meiner Unschuld fürchten musste, das Leben zu verlieren, vertraute ich mich Gott an und versprach ihm, wenn er mich aus dem Kerker befreien und meinen Eltern und Freunden wiedergeben würde, wollte ich ein ganzes Jahr aus Liebe für ihn fasten, Tag für Tag nur Brot und Wasser zu mir nehmen und mich auch aller fleischlichen Genüsse enthalten. Mit seiner Hilfe habe ich den größten Teil dieses Jahres bereits hinter mir. Da es Euch nun in Eurer Güte gefallen hat, mich zu dem Euren zu erwählen, so bitte ich und flehe ich Euch an, wendet Euch nicht einem anderen zu und lasset Euch nicht durch die kleine Frist abschrecken, die ich noch brauche, um meine Fastenzeit zu beenden. Das wird bald erledigt sein und umso eher, wenn ich es hätte wagen können, mich an jemand anderen zu wenden, damit er mir etwas dabei mithelfe; denn ich bin jedes Fastentages ledig, den ein anderer für mich übernimmt. Da ich nun Eure große Liebe und das Vertrauen sehe, das Ihr mir schenkt, so werde ich Euch mit Verlaub auch ein Vertrauen schenken, das ich selbst meinen Brüdern und Freunden nicht geschenkt hätte, und ich bitte Euch: Helft mir einen Teil der noch fehlenden Tage beim Fasten, damit ich sobald als möglich dem anmutsvollen Ansinnen entsprechen kann, das Ihr an mich gestellt habt. Holdselige und herzinnige Freundin, ich habe nur noch sechzig Tage vor mir, und die wollen wir, wenn es Euch recht ist, teilen. Ihr übernehmt die eine Hälfte, ich die andere, natürlich unter der Bedingung, dass Ihr mir versprecht, pünktlich und ehrlich die Bedingungen einzuhalten. Sind die Tage herum, dann können wir in Fröhlichkeit leben. – Habt Ihr also den Wunsch, mich in dieser Weise zu unterstützen, dann sagt es mir jetzt.«

Es ist wohl anzunehmen, dass ihr diese lange Frist nicht über die Maßen behagte; da sie nun aber einmal so sänftiglich gebeten worden war und den Wunsch hatte, dass die Fasten ein Ende nähmen, zumal sie sich berechnete, dass dreißig Tage schließlich nicht unüberwindlich seien, versprach sie alles so zu tun und ohne Trug oder Hinterlist das Fasten durchzuführen.

Als der gute Herr sah, dass er seine Sache gewonnen hatte, nahm er von der Dame Abschied und sagte ihr: Da sein Weg ihn immer an dem Hause vorbeiführe, würde er öfters kommen und sie besuchen. So ging er fort, und schon am nächsten Tage begann die Schöne mit ihrer Enthaltsamkeit; sie hielt sich genau an die Vorschrift und nahm vom Morgen bis zum Sonnenuntergang nichts weiter als ihr Brot und Wasser zu sich. Als sie drei Tage gefastet hatte, besuchte sie der weise Rechtsgelehrte auf dem Wege zum Markt zur gewohnten Stunde und plauderte lange mit ihr. Und als er Abschied von ihr nahm, fragte er sie, ob sie mit Fasten begonnen habe.

Sie sagte ja, und darauf meinte er:

»Fahrt nur so fort und haltet das Versprechen, das Ihr mir gegeben habt.« »Pünktlich will ich es einhalten!« versetzte sie; »verlasst Euch darauf.«

Er verabschiedete sich und ging, und sie befolgte Tag für Tag die Fastenregel und hielt ihr Versprechen ein, denn sie war eine gute, ehrliche Frau. Aber sie hatte noch keine acht Tage gefastet, da begann sich ihre innere Glut abzukühlen, und das wurde so schlimm, dass sie die Kleider wechseln musste: Statt der dünnen, zierlichen Sommerkleider, die sie vor Beginn des Fastens getragen hatte, musste sie sich die dicksten, mit Pelz gefütterten Sachen hervorsuchen. Am fünfzehnten Tage wurde sie wieder von ihrem Liebsten besucht, und er fand sie so schwach, dass sie nur noch mit Mühe im Hause umhergehen konnte. Das einfältige Frauchen merkte noch nichts von der List, so hing sie an ihren Liebesgedanken und so heftig war sie auf die Durchführung des Fastens erpicht, um des fröhlichen, vergnüglichen Fehltrittes willen, den sie in den Armen ihres Rechtsgelehrten zu begehen hoffte. Als dieser sie nun aber bei seinem Kommen so schwach sah, fragte er:

»Was für ein Gesicht habt Ihr und wie geht Ihr? Jetzt merke ich, dass Ihr ernstlich zu fasten begonnen habt. Holde, einzige Freundin, habt nur guten Mut, heut ist die Hälfte unserer Fastenzeit um. Ist Eure Natur schwach, dann besiegt sie durch die Unerbittlichkeit und Strenge Eures Herzens und brechet ja nicht Euer hochherziges Versprechen.«

Er redete ihr so sanft zu, dass er ihr neuen Mut einsprach, um auch die nächsten vierzehn Tage, die noch blieben, nicht unerträglich zu finden. Als der fünfundzwanzigste Tag kam, hatte das gute Ding alle Farbe verloren und schien halb tot. Von all ihrem Begehren, so groß es auch gewesen war, blieb nicht mehr die kleinste Spur. Sie musste sich ins Bett legen und dauernd darin bleiben; und dabei kam ihr die Einsicht, dass ihr Liebster ihr diese Enthaltsamkeit auferlegt hatte, um ihres Fleisches Gelüste zu kasteien. Sie sah ein, dass die Art, wie er das angefangen hatte, gar klug erdacht war, und dass nur ein weiser Mann solchen Gedanken haben konnte. Aber dadurch ließ sie sich nicht abschrecken: Sie gab den Entschluss, den sie gefasst, das Versprechen, das sie gegeben hatte, nicht auf. Am vorletzten Tage ließ sie ihren Rechtsgelehrten rufen. Als er sie im Bett sah, fragte er, ob sie etwa den Mut verloren habe, obgleich nur noch ein Tag übrig sei. Aber sie unterbrach ihn und versetzte:

»Ach, bester Freund, Ihr habt mich wahrlich und wirklich geliebt und nicht ehrlos, wie ich es im Sinne gehabt hatte. Deshalb betrachte ich Euch, solange mir Gott mein Leben erhalten wird, als meinen teuersten und einzigsten Freund. Denn Ihr habt mich gelehrt und unterrichtet, mich in völliger Keuschheit zu erhalten, und meine Ehre und den guten Ruf von mir, meinem Manne, meinen Eltern und Freunden nicht anzutasten. Segen über meinen teuren Gatten, dem ich diese gute Lehre zu danken habe, die er mir zur Stärkung meines Herzens hatte zuteilwerden lassen! Aber auch Euch, Ihr mein wahrer Freund, danke ich von ganzem Herzen, für all das Gute, das Ihr an mir getan habt. Weder ich noch mein Mann noch meine Eltern und Freunde können das je wieder abtragen.«

Der gute, wackere Herr, der nun sein Unternehmen geglückt sah, nahm von der Schönen Abschied und sprach ihr noch einmal gut zu, niemals zu vergessen, wie man seine Natur durch Enthaltsamkeit jedes Mal überwinden könne, wenn man von ihr gepeinigt würde. Und so kämpfte sie sich die ganze Zeit durch bis zur Rückkehr ihres Mannes, der nie etwas von der Geschichte erfuhr, denn sie verheimlichte es ihm, und ebenso tat auch der Rechtsgelehrte.

www.ingramcontent.com/pod-product-compliance
Lightning Source LLC
Chambersburg PA
CBHW030335120726
47901CB00007B/1805